KUWEI
酷威文化
图书 影视

相爱有归期

XIANGAI YOU GUIQI

涤尘 著

百花洲文艺出版社
BAIHUAZHOU LITERATURE AND ART PRESS

图书在版编目（CIP）数据

相爱有归期 / 涤尘著 . — 南昌：百花洲文艺出版社，2018.1

ISBN 978-7-5500-2543-1

Ⅰ . ①相… Ⅱ . ①涤… Ⅲ . ①长篇小说—中国—当代 Ⅳ . ① I247.5

中国版本图书馆 CIP 数据核字（2017）第 316054 号

相爱有归期

XIANGAI YOU GUIQI

涤尘 著

出 版 人 姚雪雪
出 品 人 刘运东
特约监制 王兰颖
特约策划 杨 洁
责任编辑 袁 蓉
特约编辑 马春雪 苗玉佳
封面设计 ABOOK-悠悠走
出版发行 百花洲文艺出版社
社 址 南昌市红谷滩世贸路898号博能中心I期A座20楼
邮 编 330038
经 销 全国新华书店
印 刷 三河市佳星印装有限公司
开 本 680mm × 970mm 1/16
印 张 20
版 次 2018年1月第1版第1次印刷
字 数 346千字
书 号 ISBN 978-7-5500-2543-1
定 价 39.80 元

赣版权登字：05-2017-531

发行电话：0791-86895108
网 址：http://www.bhzwy.com

目录

Chapter 1 //

结婚纯属意外事故

从民政局一出来，欧小歌跟林佳铭就结结实实地吵了一架。

决定结婚是一个非常偶然的事故。

说是事故，是因为这本来不是计划内的事，至少他们都没想过做毕婚族。虽然欧小歌的理想就是毕业工作稳定后变成林佳铭的合法妻子，但那不该是距离毕业还有一个月的两个大学生该干的事。

那天欧小歌本来是陪着林佳铭取补办的身份证和护照的。

为了满足欧小歌的“毕业旅行”梦，林佳铭背着欧小歌偷偷地租了一辆车，把一切外出的装备、吃喝玩乐的东西都准备好了。本想给欧小歌一个惊喜，结果去取车的途中，手忙脚乱之际丢了一个重要的包，包里有他的身份证、护照、求职信等等所有重要的东西。当他垂头丧气地出现在欧小歌面前的时候，把欧小歌都气哭了。

按照欧小歌的脾气，林佳铭本来已经准备好挨一个晚上的骂了，没想到他的女朋友遇到大事反而十分冷静，先是立刻决定帮他挂失，搜索关于补办挂失的方法，然后催着他去把各种证件一一补办。

在林佳铭的眼里，欧小歌这个北京小妞一直是个两手不沾阳春水的大小姐，自己一入校就被她开朗冲天的笑声和大大咧咧的做事风格所吓到。当然，除了这些个性属性，欧小歌长了一张卡通美少女的脸，比起满大街的网红，她五官清秀明朗又独具特色，属于人群里一眼可以认出来，留在脑子里久久不会轻易忘记的那种。和欧小歌能够恋爱也是一个意外，大学就像是一个温和的器皿，让他们无风无浪地度过了四年。在林佳铭看来，欧小歌就是个任性乖张、头脑简单，需要时刻被哄着的大小姐，如今，毕业前夕，却因为补办身份证这件事，他第一次发现欧小歌的体贴和成熟。

为了保险，护照和身份证都是寄到了欧小歌的家里，这天欧小歌拿着信封喜滋滋地来到林佳铭的面前，说："恭喜恭喜，在北京新生了。"

林佳铭笑着拆开了信封，他的新身份证和护照赫然出现在面前，有点不真实的感觉。

欧小歌看到证件终于补齐，也觉得自己功劳很大，于是一直笑嘻嘻地追问林佳铭失而复得什么感觉，证件寄到她家里是不是像在她的家里新生的，搞得林佳铭有了一种强烈的归属感和亲情暗示。这天，他觉得欧小歌是他在这座城市最亲的人，而不仅仅是情感上的恋人。

为了感谢欧小歌的帮助，林佳铭十分大方地请她吃大餐，席间两人醉眼蒙眬，觥筹交错之际，林佳铭突然脱口说了句："既然证件都在，我的户口本也在，干脆结婚算了。"

老天作证，这真的是一句半玩笑半应景的醉话，没想到欧小歌仰脖子灌下去一口酒，桌子一拍："就这么定了。"

结婚，对林佳铭来说简直是天方夜谭的事情。

在他的大学四年里，虽然不断有同村的同学、同学的兄弟姐妹纷纷投入婚姻的行列，他也跟着随份子，各种被问什么时候结婚，可是总觉得"结婚"离自己很远，看上去他的女朋友也没有着急要嫁人的意思。其实最主要的是，他打算在这城市立足，也是有他的部署计划的，工作、房子、经济基础……这些成年人世界里的东西，一直是林佳铭早就背负在身的革命使命。他给自己的时间是五年，五年内，他会用自己的努力把一切准备好，然后再考虑结婚的事。

另一方面，他也绝对没想到欧小歌对于结婚的决定如此干脆地答应了。

没想到，正当林佳铭第二天酒醒后把一切抛诸脑后时，欧小歌已经把生辰八字拿来了。

也不知道欧小歌是在哪里找的业余算命大师，算出来某年某月的八点八分是良辰吉日，这时候结婚后会举案齐眉，相濡以沫，如果错过了这个时辰，会如背石登山，路阻且险。

笃信星座、血型、24 型人格说的欧小歌此刻又迷上了周易预测，且非常严肃地规定好，必须要在某年某月的八点八分，领到结婚证，从此鱼水相欢，阖家团圆。

如鲠在喉。

是自己提出来的“结婚”建议，如今结婚就在眼前，林佳铭总不能说自己没做好结婚的打算。他很了解欧小歌，若他说了实话，她一定会觉得受到很大的伤害，还可以引申出他其实并不想结婚，甚至并不爱她这些不着边际的预测，那么未来很长的一段时间内，林佳铭将要心力交瘁地用各种方式来弥补这个不小心犯的错。

可是……结婚这么大的事呢?

五年后，五年后才应该考虑的事，被凌空搬到了眼前，还是自己用无敌穿越臂给搬来的，怪谁?

林佳铭大概用了几分钟的时间，以微笑的自己应付着喋喋不休讲述良辰吉日的欧小歌，而真正的自己做了一个虚拟的“黄粱之旅”。

他设想五年后，工作有了起色，收入尚且满意，房子也已经有了眉目，那时候，他理想中的妻子，是眼前的欧小歌吗?

答案是：是的。

他想象不出还能有比欧小歌更适合自己的人生伴侣了。

欧小歌从外形到背景，都是林佳铭非常满意的人选，尤其她是北京姑娘，衣食无忧，免去了他在打拼之余还要照顾另一个白手起家的伴侣的麻烦，就算他没有达到理想的状态，至少他在这城市有个可依靠的港湾，更直白一点，未来孩子不用再像他一样，顶着外地人的帽子在这个摩登大都市里打拼……人类很难直面的就是赤裸裸的欲念，当这些念头在林佳铭微笑的外表下暗暗滋生的时候，他立刻把自己的身体和灵魂调整到了统一状态。

此刻，欧小歌正兴奋地抓着林佳铭的手，说：“就这么定了。”

就这么定了。

人生很多事，也许只是一个决定。

糟糕的毕业旅行没成行，没想到一个意外惊喜的婚姻扑面而来，已成定局，不知道是该庆幸还是该悲哀。

为了不耽误掉这大吉的时辰，向来晚睡晚起的欧小歌分别的时候给两人的手机设置了同时响起的闹铃，时间是早晨六点钟。六点钟起床，就算梳妆打扮上厕所再加上可能会出现的ABC种问题，也肯定会在八点之前到达民政局，顺顺利利地把结婚证领到手。

欧小歌心想，这一天意义非凡，还要拍证件照，所以从服装到化妆一定要精心设计一番，自拍啊，直播啊，也都不能落下。想到朋友圈里可以收到满满一屏幕赞，她觉得心花怒放。好久没晒恩爱了，这下晒的是结婚照和结婚证，肯定会平地激起大雷，炸出万年潜水员们，普天同庆吧。

没想到，当两个人兴高采烈地奔向民政局的时候，彻底傻眼了。

民政局门口排了长长的一队人，欧小歌粗略地算了算，至少有20对，再一看，民政局的大门关得紧紧的，欧小歌着急地跑上前去抓住一个排队的人问道："请问，你知道几点开门吗？"

回答："不知道。"

欧小歌再抓住一个人问，也回答不知道，让欧小歌网上查查，口气轻松得似乎几点开门这件事只跟欧小歌有关系。

眼看欧小歌已经开始着急，林佳铭劝欧小歌沉住气，既然大家都在排队等候，且安心地等吧，总有开门的时候。欧小歌像看怪物一样看着林佳铭，说："我当然知道总有开门的时候！"

林佳铭本来想安慰欧小歌，没想到碰了钉子，也就沉默了。

欧小歌压着一肚子怒火四处张望，正好这时候胡同里走过来一个老太太，看起来门儿清的样子。欧小歌把焦躁的表情收了起来，特别客气礼貌地问老太太知道不知道民政局几点开门，老太太连停都没停地说："怎么着也得八点半吧！"

林佳铭知道一场暴风雨又要降临了，正咬紧牙关准备接受流星雨划过脸庞之际，没想到欧小歌却明显懈怠了。粉嫩的小脸上堆起一坨乌云，无意间为这张气势恢宏的面容增加了一副楚楚动人的怜爱之态。林佳铭看了有点心疼，想想欧小歌为这个"良辰吉日"确实费了不少周折，如今人算不如天算，可怜的姑娘被彻底击垮了。

林佳铭把身边委屈的恋人搂在怀里，和风细雨地劝说："一切顺其自然就好了，八点有什么好？论起数字的吉利程度，我觉得九点寓意更好，你想，八点八分，也可以理解为88，而九点九分，不才是天长地久的意思吗？"

欧小歌说："我要的不是数字吉利，这是根据我们的属相算出来的……难道我们俩注定以后要像背石登山一样艰难吗？"

林佳铭说："不能，就算是，也是我背石，你只管登山，走不动了我连石头跟你一起背上去。”

欧小歌被林佳铭笨拙的安慰给逗笑，接着又看了一眼排队长龙，叹了口气说：“九点钟还不一定能轮到咱们呢！”

欧小歌遥望了一下前面的长龙，再回头看了一眼，暗自庆幸自己早来了，这一眨眼的工夫，后面又排了 20 对，看来这天确实吉利，否则怎么会有这么多扎堆结婚的？

八点半，民政局准时开门，工作人员在一一地核对着身份证、户口本等证件信息，严肃认真地为新人们办理婚姻注册手续。欧小歌踮着双脚不断地向前看，时不时地看着表，手机举起又放下，显得非常焦虑。林佳铭则稳如泰山地站在欧小歌身后，等待让他有了思考的时间，顺便打量了一下其他同个战壕的战友们。大家穿戴普通，表情自然，完全看不出来是即将走入婚姻的族群。难道之前是自己把结婚想得太神圣了？可是，茫茫人海，从相识到恋爱，从恋爱再到结婚，绝对不会是一个云淡风轻的决定，人生最大的事，该是多么激动，多么欣喜，至少也该像他的欧小歌这样坐立不安，东张西望。而周围的大家，稀松平常的表情就像是在排队打酱油。

听说人在临死前会有一个一生回放，像过电影一样把一幕幕的成长展示给自己看，在注册登记之前，也来个恋情回放吧。就这样，表面八风不动的林佳铭，趁着排队的空当，彻底地回忆了一下与欧小歌的所有恋爱记忆，想得自己居然眼湿了。

林佳铭跟欧小歌是大学的同学，念大学那会儿欧小歌是学校里有名的美女，不但身材好，脸蛋漂亮，更是能文能武——歌唱得好，舞跳得也不错，还是学校排球队的领队。不仅如此，她口才还不错，经常参加演讲，还代表学校参加过辩论赛什么的。林佳铭在学校里是学生会的主席，成绩好，长得帅，人高马大，气宇轩昂，也算是校园里的风云人物。两人基本属于一见钟情，当他发现这个女孩不错的时候，她已经变成他的女朋友了，一切都是那么顺其自然，如同天作之合。

最开始，林佳铭对于这种关系还不太接受，但是欧小歌的个性大大咧咧，率真又单纯，似乎没有把恋情偷偷埋在土里的意思，反而放在阳光底下招摇，朋友圈里动不动就秀恩爱，还偷拍林佳铭的各种照片恶搞。不久，全学校都知道俩人的恋情了。

林佳铭也就慢慢接受了一场谈在阳光下的恋爱，周围的人别提多羡慕这一对金童玉女了，可林佳铭心里总是隐隐约约有一丝忧患。自己虽然是学生会主席，学习成绩、品行道德等也没什么问题，但是毕竟自己出生于贵州的乡下，一个在精细的地图上都找不到的小村庄，欧小歌则是正宗地道、鲜活明媚的北京姑娘，虽然她从来没有在意过自己的出身，林佳铭却像是生活在漏斗上的小丑，总是站不直，一站直了就会漏下去。这样的自卑他从来没有对欧小歌提起过，在她面前，他总是隐藏住所有负面的情绪，以更加优秀的表现和宽容的姿态来化解掉落在自己头顶上的灰尘。

九点早已经过去，十点都快要到来，八八良辰早就不可能，现在天长地久也已经错过，十全十美看起来也不一定能沾到边儿，林佳铭怀疑自己不可能再编造出关于十一、十二点的吉利话了。而欧小歌显然丢掉了执念，蔫不拉几嘟着嘴巴在一边站着。前面还有三五对，也都被消耗得没精打采了。

看起来办理结婚手续并不像他们预期中那样简单。

就在他们望眼欲穿之际，突然从里面跑出来一个女孩，紧跟着身后跑出来一个男人，女孩脸上带着泪，拖着哭腔说："我现在就给我妈打电话，无论如何今天想出办法来！"

男人说："算了，我们改天再来吧，何必非要急在今天呢？"

"你不懂，你不懂这一天对我的意义……"女孩满脸是泪地奔跑出去，男人叹了口气，摇摇头，只得快步跟了上去。

欧小歌好奇地看着这一对出现状况的新人，旁边有人在议论纷纷，大概意思是说，两个人本来马上可以领到结婚证了，却发现女孩身份证上的名字中的一个字跟户口本上不统一。女孩解释说她上学后找算命先生给她改了一个字，但是户口本上没来得及更正过来，工作人员因此拒绝给他们发结婚证，女孩当场就哭了，然后跑着要给老家的父母打电话，让他们帮她想办法。

这件事对欧小歌倒是一个很好的提醒，她赶快拿出户口本和身份证，仔细地对了对各项信息，确定万无一失之后，让林佳铭也赶紧核对一下。林佳铭拿出户口本，却怎么也找不到身份证了，奇怪，明明昨天晚上他郑重地把身份证和户口本放在一起的，怎么关键时刻身份证会突然不见了呢？

这个突然事件让欧小歌非常生气，她一边抱怨着林佳铭粗心，一边帮他找，从牛仔裤口袋到上衣口袋，能翻的地方全翻了个遍，甚至把户口本的内页抽了出来，还是没有。

"你到底放哪儿了？昨天刚刚给你的，怎么这么一会儿就不见了呢？"欧小歌气急败坏地说，"你是不是故意的？你压根就不想结婚，故意把身份证弄丢了吧？"

林佳铭此刻也着急了，努力地搜索着记忆，搜索着遗失的种种可能，最后他忽然想起自己临走的时候因为走得太急，拿起户口本就走，会不会身份证不小心滑落在地上了？

这个想法让林佳铭头冒冷汗，因为眼看就要排到他们了，就算猜测正确，一路顺利来回不堵车，也要将近一小时，剩下的事情，不敢想象。

欧小歌跺着脚说："怎么办？"

林佳铭当机立断，马上决定打车回家去找身份证，让欧小歌别着急，他一定以最快的速度回来。

临走的时候，欧小歌抛下一句话："今天你要是找不到身份证，这婚咱们不结了。"

林佳铭来不及保证什么，只是飞一样从民政局冲出来，没有出租车，他骑了一辆共享单车，风驰电掣地飞回了家。

到家之后，连气都来不及喘的林佳铭看到刚刚补办好的身份证乖乖地躺在地上，失而复得的心情真是赞爆了，林佳铭从来没有像此刻一样爱过这张小卡片。他拿起它来重重地亲了一口，然后紧紧地捏在手中，连口水都没顾上喝，呼吸都没来得及换一口，就立刻骑车如踏上风火轮一样飞去了民政局。

得，因为自己的这点突发状况，排了差不多一上午的队算是白排了，因为错过，前面差不多又堵上了十多号，欧小歌在旁边红着眼睛委屈得不得了。林佳铭郑重地道了歉，然后把户口本和身份证等证件一起交给了欧小歌，这颗高悬的心才终于放下来。

就快要排到他们的时候，工作人员突然宣布：上午办理工作到此为止，没办完的下午两点钟继续。

此刻的欧小歌像泄了气的皮球一样一点脾气都没有了。

走出民政局的时候，一直压抑着怒火的欧小歌终于憋不住了，她回头看了一眼林佳铭，问道："这回你满意了吧？"

"满意？"林佳铭一头雾水。

"是啊，终于达到自己的心愿了。"欧小歌叹了口气，加快了脚步。林佳铭追上来，一把抓住欧小歌的胳膊说："你说的都是什么呀？"

欧小歌停住脚步，眼睛在林佳铭脸上上上下下打量了一下，说："现在后悔还来得及。"

“是你后悔了吧？”林佳铭回她。

“林佳铭，我早就看出来了，其实你根本不想跟我结婚，从刚开始谈恋爱的时候就感觉你不对劲，不用情侣头像，不愿意发合影照片，一直在装单身，是希望给自己更多选择的机会吧？”

“你说什么傻话呢？我昨天晚上激动得几乎一夜没有睡着，怎么可能这会儿退出？”

“如果真像你说的那么重视，为什么不提前上网查一下手续流程，几点开门，几点关门，中途要不要休息？这些事情很难吗？动动手指就可以办到，你却不愿意浪费一分一秒的时间。”

林佳铭想解释是自己忽视了，转念一想，他也恼火了。

“你说的没错，动动手指就可以查到的，你不是也没查吗？这难道不是证明你对结婚的事也不在乎？”

“你还强词夺理？如果你没有丢身份证，我们能这么倒霉白排一上午队吗？”

“如果身份证不丢，也许没这么早结婚倒是真的。”林佳铭嘴边嘟囔了一句，没敢让欧小歌听清楚，为了避免两人越说越气，他选择了沉默。

欧小歌不依不饶：“还有，如果你真的想结婚的话，你就该提前早早地来排队，都是选择今天结婚，为什么有那么多人会排在我们前面？”

“还有那么多人排在我们后面呢，你怎么不说？”林佳铭说。

“我不管别人，你明知道我多在意这个日子，却偏偏搞出这么多状况，目的肯定只有一个，那就是捣乱！”

“欧小歌，你讲点道理好不好？”林佳铭被欧小歌劈头盖脸地一阵数落，扣上了莫须有的罪名，心里也冒起了火。

林佳铭平静了一下，用比较柔和的语气对欧小歌说：“结婚这么大的事，我不会比你轻视它的，只不过突然出现状况，就跟我本来好心想租车带你去旅行，但是身份证丢了是一样的，我觉得这些小挫折不足一提。”

欧小歌看着林佳铭，也逐渐平静下来。

“身份证丢了，这不是找回来了吗？只要我们俩没丢，我们还在，其他一切都不是问题，上午排不上号还有下午，下午排不上号我们明天一大早再来。小歌，对我们来说，重要的不是什么时间，而是我们最终能够结婚。”

欧小歌的气焰就这样被林佳铭苦口婆心谆谆教诲式的语言攻势浇灭。

林佳铭说出了上面一些话后，心里觉得舒服了很多，他趁热打铁，继续疏通："只要我们的心是坚定的，就没有过不去的火焰山！"

欧小歌扁了扁嘴，眼眶里积满了泪水，说："佳铭，对不起，我不该对你乱发脾气，可是我心里真的很害怕，害怕会在关键时刻出问题。我总有一种不好的预感，觉得如果领证不顺利的话，我们将来的婚姻都不会顺利的……"

林佳铭听到欧小歌的话，心都软了，他拍了拍欧小歌的肩膀说："小歌，怎么可能？我一定会永远对你好的，不管将来我们变成什么样子，我保证！"

欧小歌又连续问了一些傻傻的问题，一一得到了满意的回答，这一场风波才总算是过去，欧小歌的性格就是这样的，翻脸比翻书快，三分钟前暴雨倾盆，三分钟后又万里无云，脸上还挂着未干的泪痕呢，就高高兴兴地挽起了林佳铭的胳膊，一副情比金坚的恩爱样子。

两人为了不耽误时间，直接就在民政局旁边的一间面馆随便吃了点饭，早早地回去排队了，这次他们终于排到了第一位，两点钟一到，他们第一对办理了手续，当公证员举起公章要盖下去的时候，欧小歌忽然大喊："停！"

大家都吓了一跳，欧小歌举着手机，数着："58、59、60，好了！"

下午 2 点 14 分 13 秒，在欧小歌粗暴的控制下，非常意外惊喜地，在如此应景的时间上，他们顺顺利利拿到了两个红色的本本，由校园恋人一步飞跃到合法夫妻的身份。

领完证，走出民政局好久，欧小歌还像处于恍惚醉酒状态中，林佳铭也好不到哪里去，一脸傻乎乎的笑，完全像个丧失了智力的儿童。

两个人对视一笑。

"老婆？"林佳铭试着，用一种崭新的称呼喊了欧小歌。

欧小歌别别扭扭，一脸害羞地回应了一句："老公？"

俩人忽然对视爆笑，笑声冲向云霄。林佳铭曾在校园里被这响彻云霄的笑声震撼到，没想到，一笑定乾坤，娶了如此美好又如此有爆发力笑声的老婆。

这天下午，领完结婚证的欧小歌和林佳铭跑去游乐场狂欢，像两个被释放出来的小恶魔一样，把游乐场里所有的项目玩了个遍，从过山车到旋转木马，从升降飞机到摩天轮，在没心没肺的刺激的叫喊声中，他们挥手送别了自由身，尽管他们还是青葱少年和蜜蜜少女。婚姻真是一件奇妙的事情，仅仅是两个小本本上盖上了大红章，从此人生就被捆绑在一起。以后想分手，都没那么容易了。

两个人玩累了之后，才想起应该给彼此的父母打电话报喜，这时候林佳铭才忽然想起来，从决定结婚到领到结婚证只有十几个小时，欧小歌跟父母商量了吗?

欧小歌一脸迷糊地说："我爸妈？没呢。晚上回去说。"

林佳铭那一刻感觉空气都冻住了。

欧小歌的父母都在北京，所以他们决定晚上一起回家吃饭，顺便把好消息告诉他们。林佳铭拨通了家里的电话，母亲和父亲听到自己结婚的消息激动得老泪纵横，争相跟林佳铭说话，嘱咐他这那，念叨着孩子长大了，终于成家了，要对家庭负责，要对媳妇好等等。林佳铭抱着电话，讲着欧小歌根本听不懂的方言，不断地点头称是，想起自己如此重要的时刻却没有办法在父母身边与他们分享，讲着讲着，忍不住眼眶红了又红，最终流下眼泪来。欧小歌在旁边急得不得了，一把抢过了电话，大大方方地喊了一声："爸妈，你们好，我是欧小歌。"

这一声"爸妈"虽然欧小歌叫得非常自然，却把两位朴素的老人吓了一跳，紧随其后的是一阵激动和惊喜，老人们有些不知所措了。

欧小歌说："你们放心吧，佳铭就交给我了，我一定会好好照顾他的！等拍完毕业照我们俩就回贵州去看你们……嗯嗯，好的，没问题！"

挂了电话，欧小歌扑哧一下笑出声来，林佳铭很不好意思地问："你笑什么？"

"笑你呢，看不出来你感情还挺丰富的。"

林佳铭赶快擦干了眼角残留的眼泪，孩子气地笑了。

"对了，咱妈说让咱们早点考虑要孩子，哈哈哈……"欧小歌一边说一边笑。

林佳铭说："你自己还是个孩子，考虑要孩子……"

欧小歌不服气地说："怎么？看不起人？"

林佳铭说："不是，我的意思是，我们刚刚毕业，工作都还没稳定，等过几年再考虑孩子的事情吧。"

欧小歌做思考状，林佳铭一把抱住她，说："老婆，我希望你能开开心心地享受几年生活，我并不想让你那么早就变成妈妈，你是我永远的公主。"

"同意！"欧小歌狠狠地拉过林佳铭来，重重地在他脸上亲了一口，两个人兴高采烈地奔欧小歌家去了。

Chapter 2 //

不受欢迎的人

欧家住的是一套欧正单位分的大三居室，南北通透，阳光普照，窗明几净，安谧舒适。

用李心如的话说，两人用青春和血汗换来了一套还不错的房子。

年轻时候李心如的理想就是家里有花有草，正午的阳光下，有可以一边喝茶一边看书的摇椅和吸纳进所有光线的落地窗。如今，她心想事成，因此她的脸上有一般人不易有的春风得意。

年轻那会儿，他们的居住环境一直很不理想，先是住单位的筒子楼，一到做饭的时候，大家就像是在楼道里开炉灶大会，每家中午吃什么都门儿清，上厕所和洗澡不敢想象能在家里实现。

一晃十几年过去，欧正的单位有了所谓的干部福利住房，但是因为年轻资质浅，欧正只分了一套一居室，使用面积也只有二十几平方米，但比起筒子楼，这至少有个家的样子了。可是随着女儿欧小歌的诞生，一家人显然已经不够住。

心高气傲的李心如一直抱怨自己命苦，没有住大屋的命，看看别人的丈夫有的炒股票发财，有的靠拆迁发财，她觉得是因为嫁给了欧正导致自己没享受到更好的人生，因此对于婚姻，李心如是不满意的。

每次听说她的姐们儿谁家又搬家，李心如总会莫名地生出一种悲愤的情绪，这种情绪逐渐升华为喋喋不休的抱怨，直接导致家庭气氛紧张，负能量爆棚，严重影响到安定团结。

幸好欧正的脾气好，为人比较豁达，尽管知道妻子三不五时地找碴胡闹，但总会宽容地看待这件事，想方设法地哄李心如开心。就这样，两人吵吵嚷嚷一辈子也就这么过来了。

经过各种改革和变迁后，欧正终于弄到了一套像模像样的房子，光装修就折腾了大半年的时间，总指挥李心如亲自监工，大刀阔斧修建，一砖一瓦地雕琢，大肆宣扬了一番，这才算是心满意足扬眉吐气了。当她满心欢喜地住进梦寐以求的大房子时，却发现自己已经老了。

老了就老了吧，总比老了还住不上满意的房子强，李心如经常这样安慰自己。

现在两个人都退了休，欧正喜欢下棋听戏写书法，李心如则跟小区里的姐们儿参加了舞蹈团，没事就一起跳跳舞健健身，心情总算也不错。现在家里唯一剩下一个即将大学毕业的女儿，其他一切都好。

欧小歌曾经带林佳铭来过家里一次，平心而论，林佳铭的外表还是相当不错的，高大，挺拔，有一种年轻人特有的朝气和自信。欧正从林佳铭的言谈举止中感觉这个小伙子虽然来自遥远的贵州乡下，可是他聪明、勤奋、好学，也很正直，关键是自己的女儿性格比较外向，也比较任性，而林佳铭的沉稳和宽厚正好可以跟她互补，从细节方面也看得出来林佳铭比较细心、体贴，欧正还是很欣赏他的。

李心如则与他态度截然相反，得知林佳铭来自遥远的贵州农村的时候，她的笑意就没有再出现过，只三言两语就说自己还有其他的事情忙，让林佳铭得到了一个冷淡的对待。

在李心如眼中，女儿欧小歌简直就是完美无缺的化身，不过也难怪，从小就出类拔萃的欧小歌一直是好强的李心如的骄傲，不但学习成绩一直名列前茅，性格爽朗、多才多艺、爱好广泛，能力极强也是她突出的优点。从中学起，追求欧小歌的人就能排队排一胡同，只是欧小歌心气高，谁都看不上。李心如万万没想到女儿排除了那么多人，却选了一个农村男孩当男朋友，而且还堂而皇之地领到了家里。

李心如心目中的好女婿人选是她世交的儿子蒋天承，蒋天承从小跟欧小歌一起长大，家庭好，长得很精神，关键是他家里有联排别墅，这在李心如看来，跟住在天堂里没什么区别。蒋天承高中毕业后去美国读大学，当时李心如拼命地怂恿欧小歌也一起去美国继续念书，钱都准备好了，可是欧小歌说什么也不去。没想到欧小歌刚刚考上大学就交了男朋友，完全不把蒋天承放在心上。

这成为李心如心头的一块重病，虽然女儿长大了有自己的想法，她不喜欢蒋天承，自己太过干涉也没什么用，只是她无论如何也不愿意把女儿嫁给一个外地人，尤其是一听说林佳铭的老家远在贵州的农村，那个地名她连听都没听说过，肯定是个穷乡僻壤，毕业后如何在北京立足？如何买房子？如何照顾欧小歌？她怎么能把宝贝女儿交给一个这样没有光明前途的人呢？

这天，欧小歌神神秘秘地一大早起了床就跑出去了，只交代一句晚上会跟林佳铭一起来家里吃饭，李心如也没怎么在意，给他们准备了一些家常的小菜，就等他们回来吃了。

准备晚饭之前她刚接到蒋天承的电话，说他从美国回来了，准备在国内大展拳脚。李心如还暗暗盘算着什么时候安排他跟欧小歌见一面，叙叙旧，没准女儿的注意力能够从林佳铭的身上分散一下。

对此，欧正的态度是：女儿的事情让她自己做主。

李心如听着就来气。

"什么叫自己做主？她知道自己适合什么样的人吗？她从小没吃过亏，不知道什么叫人生，她那个什么农村同学，毕业后肯定要租房子住，难道你忍心看着她跟一个男的去外面租房子住？"

"年轻人吃点苦没什么不好的。"

"你还嫌我跟你吃的苦不够吗？还想让女儿跟个穷小子去吃苦？"李心如越说越气，欧正一听风头不对，立刻扭开收音机去听戏了。

楼道里传来了欧小歌哈哈大笑的声音，女儿的笑声如此具有感染力，远远地，刚出电梯就听到了，欧正庆幸女儿来得是时候，正好帮自己解围了。

李心如听到女儿回来了，立刻转身去厨房盛饭，欧正起身开了门。

欧小歌像一阵风一样出现在门口，身后是礼貌的林佳铭。

欧小歌看到欧正，热烈地拥抱了他一下说："爸！您怎么知道我们到了？"

欧正笑着说："这么有辨识度的笑声，整个小区就只有我女儿有了吧。"

"哈哈哈……看来以后我回家得戴上消音口罩，穿双大棉底儿的鞋，憋着气儿悄悄地回家来，给您来个措手不及！"欧小歌一边笑着一边拉着父亲的手进了屋，林佳铭恭恭敬敬地对欧正鞠了一个躬，说："叔叔好！"

"叔叔？还不改口？"欧小歌冲林佳铭挤了挤眼睛，欧正只以为女儿开玩笑开习惯了，并没放在心上。

走进客厅，李心如正好把饭菜都端上来，欧小歌又冲过去抱着李心如大大地亲了一口说："妈！我们回来了！"

李心如对林佳铭不自然地笑了笑，说："小林来了？"

林佳铭刚要喊"阿姨"，欧小歌指着他提醒道："别叫错了啊！"

欧小歌这样一提醒，林佳铭反而闹了个大红脸，张口结舌不知道该说什么好了。

虽然他很明白，结婚之后，欧小歌的父母就是他的父母了，可是真要改口叫声"爸妈"，可不是件容易的事。

"小歌，别老胡闹了，快去拿碗筷吧。"李心如半责备半提醒道。

欧小歌露出了神秘一笑，然后跑去厨房端菜拿碗筷了。

家常便饭，香气扑鼻，四个人围坐一桌，正准备开饭，欧小歌突然神秘地对大家说："今天我有一件重要的事情宣布。"

李心如说："你的论文答辩过了？"

欧小歌说："比这件事更重要的。"

李心如无心地盛着饭，说："难道你找到工作了？"

欧小歌说："比工作还重要的！"

李心如和欧正习惯了女儿的精灵古怪，一肚子鬼点子，每天都有新花样，一点都没拿她所谓的"宣布重要的消息"当回事。

欧小歌拉了拉林佳铭，林佳铭不好意思地站了起来。

欧正和李心如不知道这俩人是什么意思，有点好奇地看着他们。

欧小歌说："今天是个不平凡的日子，对我和佳铭来说。"

话音一落，两个老人觉得莫名其妙，李心如说："小歌，别卖关子，有什么话快说，一会儿饭菜都凉了！"

"对了，咱们家还有酒吗？我去拿！"欧小歌冲向了储物柜，拿出了一瓶欧正一直没舍得喝的茅台酒，二话不说就打开了。

欧正说："这孩子，有什么重要的事要庆祝吗？庆祝毕业？还是……小林的生日？"

欧小歌憋住笑给每个人都倒了一杯酒，然后率先举起酒杯说："来！我们一起干杯，为庆祝我和林佳铭终于成为合法夫妻了！"

一句话把两个老人都给吓到了，尤其是李心如，她生气地把酒杯一放，说："小歌，你可是越来越放肆了，什么话都敢说！"

“妈，您不相信我说的是真的吗？”欧小歌捅了捅林佳铭，林佳铭有些腼腆地把口袋里的两张崭新的结婚证拿了出来，摆在两位老人面前。

欧正和李心如半信半疑地对视了一下，然后分别拿起了结婚证。

“小歌！你太不像话了！”李心如拍桌而起，脸都气红了，“结婚这么大的事你怎么都不跟我和你爸商量商量？”

“小歌，到底怎么回事，你们不是还没毕业吗？怎么……”欧正也感觉到了一种前所未有的震惊。

欧小歌说：“爸妈，你们别生气，我们这不是第一时间来跟你们汇报了吗？”

“第一时间？汇报？你这叫先斩后奏！简直太不像话了！”李心如只觉得一阵眩晕，天地都转了起来，就在这一刻之前她仍旧抱着欧小歌可能会跟蒋天承结合的幻想，而此刻，如同晴天里起了一阵大霹雳，把她所有的美梦都劈碎了，她顿时一股怒火冲上了脑门，感觉自己快要爆炸了！

林佳铭也在瞬间感觉自己像是一个强行入室的小丑，事实上婚姻确实不是欧小歌以为的小事，她的父母也不是她以为的发个通知就行了。看到欧小歌父母的态度，再想想自己信口开河的冲动，导致这样一个结果，他充满内疚感，惶惶然不敢直视已成岳父岳母的欧家夫妇。

还没等林佳铭想好道歉词，欧小歌也爆发了。

“爸妈，你们这是什么态度？我马上就大学毕业了，难道我都不能为自己的婚姻做主吗？”

“你平时任性一点也就算了，这是结婚啊，你当是什么？你当我们是什么了？”李心如气得说话声音都变了，恐怕如果没有外人在场，她该咆哮了。

“我以前就跟你们说过了啊，我喜欢佳铭，以后肯定会嫁给他的，你们不是告诉我，我的命运掌握在我的手里吗？怎么真到我掌握命运的时候，你们就变脸了？”欧小歌牙尖嘴利，毫不让步。

“小歌，这件事你做得不对，虽然结婚是你自己的终身大事，但毕竟是跟我们都相关的事，家里忽然多一个人，怎么也要打个招呼，是不是？”欧正毕竟是理智的人，看到结婚证已在眼前，生米煮成熟饭，再说什么都晚了，而且女儿的个性他也很了解，对于这桩婚事，他不是没有心理准备，只是没想到来得这么快。

最重要的是，他更了解李心如，她一直心高气傲，女儿的婚事在她看来是一定要高调铺张的，女婿也一定要是人中龙凤、人人艳羡的角色。林佳铭的身份背景没办法让李心如满意，今天的事对她绝对是一个严重的打击，所以他必须有一种捍卫她尊严的立场，才能够把这件事产生的恶劣后果减到最小。

“好好好……你长大了，你有自由，不用要父母了。”李心如气得浑身发抖，她看了看林佳铭，又看了看欧小歌，说，“你们这么自由，结婚生子自己决定就好了，还用回来跟我们说什么？”

“好了好了，饭菜都凉了，先吃饭，先吃饭，吃完饭咱们再说这件事……”欧正赶快试图缓和这个尴尬的场面，可是欧小歌比李心如还倔，说：“这件事并不是有预谋的，只能说是一个意外，反正我是打定主意要嫁给林佳铭了，谁都不能改变我的想法。可是，这不代表我不把您和爸放在眼里，我现在是长大了，有自己的人生了，可是你们还是我最亲爱的爸妈呀，我结婚这件事跟我爱你们根本就不冲突的！”

李心如脸色如灰，把碗筷一推，饭也不吃了，回到卧室把门一关，谁叫都不听了。

本来高高兴兴的一顿晚饭，变成了硝烟弥漫的战争，空气中凝结着尴尬和愤怒，连早盛出来的饭菜都变得萎靡不振，毫无生机了。

欧正眼看这场面已经没办法维持了，说：“小歌，你别怪你妈反应强烈，这事确实太突然，得给我们一点缓冲的时间。”

欧小歌一脸不高兴。

欧正说：“这样吧，今天先让小林自己回去，晚点我们一起去跟你妈妈聊聊，你也说几句好话，哪有这么跟父母说话的？”

在一边一直如坐针毡的林佳铭也终于忍不住了，诚恳地表达了歉意：“叔叔，真对不起！没想到事情会变成这样……我先回学校，您好好安慰一下阿姨……”

他正要转身告辞，欧小歌忽然站到林佳铭身边说：“要走我跟你一起走。”

林佳铭感觉浑身像中了一万支箭，简直无颜面对欧小歌的父亲了。

欧小歌说：“爸，我们俩现在结婚了，我不能看着他一个人离开。您好好劝劝我妈吧，我都这么大了，做任何事我都会承担后果，不会后悔自己的选择！”

这样的场景按说林佳铭应该是感动的，感动于欧小歌的坚决和对他的维护，可是此刻强烈的自尊心在猛烈作祟，被嫌弃的悲怆感弥漫了他的全身。作为男人，他不能堂堂正正地站在岳父岳母面前，光明正大地把老婆娶回家，却用类似偷鸡摸狗的方式，以先斩后奏的强硬换来这种尴尬的局面，这绝对不是林佳铭想要的。

但是此刻，没有人关注林佳铭在想什么，似乎结婚这件事跟他毫无关系，他只是一个“标配”，欧小姐想结婚了，他则是那个面目模糊的新郎，就这么简单。从小就优秀，一直被人赞为人中龙凤，承载着父母乃至全村人的荣耀来到大都市的林佳铭，此刻被深深地刺痛，一股莫名的凌辱感侵袭了他的全身，他实在是忽略了这件事可能会带来的严重后果。他此刻无比后悔自己的多嘴，让他在毫无底气的情况下受到来自岳父岳母的无情轻视，他觉得自己陡然变矮，变小，像一只找不到立足之地的青蛙。而羞愤的灵魂却越胀越大，变小的身体和变大的灵魂在无限撕扯，互相伤害，林佳铭觉得自己快要爆发了。

温和的欧正还在跟倔强的女儿耐心地沟通。

“小歌，既然你说了自己的事情自己做主，自己负责，这件事还是你亲自跟你妈解释解释比较好。你们俩都已经领了结婚证，也不在乎一天两天不见面，咱们来日方长，还是慢慢把问题解决好了再考虑下一步的问题吧！”

欧小歌还想反驳，林佳铭却觉得此刻岳父的建议是对的，他再也不想面对一个根本没有解决问题能力的女朋友，不，妻子，他如今只想找个地方安静一会儿。

林佳铭顺着欧父的话，对欧小歌说：“听叔叔的话，好好跟阿姨说一下，我也觉得我们俩结婚这么大的事没有提前跟父母商量是非常不对的行为，过几天我会登门谢罪，顺便郑重地求婚。”

欧小歌说：“这算先上船再补票吗？哈哈！”

林佳铭一点都笑不出来，他诚恳地再一次跟欧父道歉，转身离开了欧家。

“佳铭？你别着急啊……我去送你。”欧小歌一看林佳铭走了，忙不迭跑出去送他。

电视上还在播着没完没了的广告，桌上的饭菜早已经凉透，看着被李心如紧闭的房门，欧正深深地叹了口气，坐在沙发上，拿起一份报纸看了起来。

报纸上的新闻欧正一个字都读不进去，想想今晚像是做梦一样，自己养育了二十几年的宝贝女儿摇身一变已经成为别人的妻子，可是在他的眼里心里，她还是个没长大的孩子，她连自己都照顾不好，现在要承担起一个家庭的重担，她能行吗？真是太任性了。

想到这里，他没来由地感到眼眶有点湿润，鼻尖有点酸酸的，电视上的画面是阖家团圆的各种笑脸，仿佛在为这对新人喝彩和助威。欧正摇了摇头，稳定了一下自己的情绪，向卧室走去。

林佳铭走出电梯，欧小歌已经追了上来，因为着急下来，鞋子都没换，气喘吁吁地说："佳铭，你走得太快了。"

林佳铭没有说话，两人一起向小区门外走去。

快要走出小区的时候，林佳铭终于站住了，他压抑着内心的情绪，尽量平静地说："小歌，别送我了，赶快回去看看你妈妈，她现在正在生气呢，晚饭也还没吃，你好好劝劝她。"

欧小歌说："没事，他们早晚也得接受这个事实。"

林佳铭不明白地说："为什么这件事要瞒着父母呢？"

"不为什么。"欧小歌走了几步，不以为然地说，"哪里瞒着了？不是刚领完证就立刻回来汇报了吗？"

"换了是我，我也会发火的。"林佳铭继续说，"结婚不是儿戏，也并不只是我和你之间的事，它涵盖的东西太多，也是两个家庭甚至更多亲人之间共同的事……"

还没等林佳铭说完，欧小歌就打断了他，说："好了，佳铭，我妈的脾气就是这样，她一会儿就没事了，你别管了，今天可是我俩的好日子，别让这些事扫兴。"

林佳铭叹了口气说："也只能这样了，过几天我登门谢罪，希望她能够原谅和接受我。"

欧小歌点点头，脸上挂着元气满满的笑，眼神里却有一些不易察觉的忧郁。

当然不是这么轻松，欧小歌之所以先斩后奏，根本不是没有考虑过先跟父母报备，而是她非常清楚，林佳铭并不是母亲心目中的理想女婿。她要的是家世显赫、背景华丽、带出去有面子的蒋天承，即使林佳铭再优秀、再殷勤、再有礼貌，在母亲那里也是一个"穷乡僻壤的乡下人"。这些话欧小歌是没办法跟林佳铭直接说的，她只有用假装轻松的方式，让一切看上去"只是有点随意"。

两人正说着话，远远地看到一个年轻的男人正陪着一个中年女人散步，年轻男人搀扶着并不太老的中年女人，一脸笑容，十分耐心，看上去非常孝顺听话的样子，林佳铭的目光直直地跟着两个人的身影走了很远很远。

"怎么了？"欧小歌也跟着林佳铭的目光追了过去，看到了两母子。

"没什么，看到刚才那个阿姨，突然想起了我的妈妈。"林佳铭说话的时候声音有点哽咽。

欧小歌说："那是高阿姨跟她儿子高强。高阿姨很年轻时就离婚了，一个人带大高强，挺不容易的，不过高强特别孝顺，我妈天天拿高强当好孩子典型教育我呢。"

"应该的，父母把我们养大，都不容易。"林佳铭此刻的记忆穿越到了二十多年前的田野中，父母朴素的衣着和烈日暴晒下的笑容在麦浪中时隐时现。

那时候他还是个没心没肺、光着脚丫子满地跑的泥猴子，父亲则是村里唯一一所小学的教师，语文、数学、音乐、体育什么都教，记忆中父亲非常慈祥和善，是孩子们心目中很神圣、无所不能的人物。

母亲则总是任劳任怨地打理着家里的一切，手里永远有忙不完的活，缝缝补补这么多年，岁月只留给了他们白发和皱纹。每次离开家，他最不忍心看到的就是父母逐年苍老的脸，当村里的电动三轮带着他离开这个村子，看着越来越小的父母的身影，他总能动情地掉下眼泪。他一遍遍在心里发誓要靠自己的努力为父母争光，让自己风光，他要离开这个闭塞的小村子，去到海阔天空的广袤天地施展拳脚。

想到这里，林佳铭就为自己没有能力让他们过上好生活而感到内疚。

本来今天是他和欧小歌大喜的日子，却没想到会是风波迭起，黯然收场。

但愿他们的婚姻不会受这些小风波的影响，他希望自己的婚姻平平稳稳，安安静静，与世无争，万古长存。

Chapter 3 //

AA制不利于家庭团结

不管欧小歌如何利用以前的哄骗战术，李心如这次似乎铁了心不原谅女儿，已经连续好几天不跟欧小歌说话了。母女俩虽然同在一个房间内，却像是两个透明人，欧小歌以为母亲像以前一样，只要买点好吃的，说点好话，就会过去，没想到这次所有的战术都宣告失败。

看着被冷落的花，被扔在一边的榴梿和点心，这可都是平时李心如最喜欢的，如今万般心思都没用，欧小歌也开始有点着急了。

反思自己的做法过于粗暴之余，她也庆幸自己当机立断下了决心，如果坐下来跟父母商量，百分之百会受到阻挠，甚至可能连证件都被扣押住，最恐怖的是，也许她还会被五花大绑软禁家中……欧小歌浮想联翩，越想越害怕，越害怕就越庆幸，就这样惴惴不安地度过了好几天“妈妈麻木了”的生活。

连欧正都有点看不过去，每每会试图劝李心如想开些，李心如便咆哮道：“想开？你知道现在你女儿在干什么吗？”

“事情已经这样了，你再生气有什么用？该批评批评，该教育教育，这几天她也知错了。”

“这是犯错那么简单吗？这算是一切的毁灭！”

欧正说：“你怎么喜欢将问题复杂化，什么毁灭？”

“对一个母亲来说，女儿的婚事是她最关心的事，现在我所有的希望都给毁了。”

欧正说：“那怎么办？刚刚领了结婚证，难道要他们马上换成离婚证？心如，你现实点，事情已经这样了，你为什么不能换个角度看待这个问题呢？”

“换什么角度？”

“你那天不是还说李霞的女儿都三十好几了，一直没找到男朋友，咱们女儿还没毕业就嫁人了，也算不让我们担心了。”

“呸，你说什么？我女儿跟李霞的女儿能比吗？我女儿要模样有模样，要身材有身材，聪明又有气质，哪儿是嫁不出去的样子？”

“是是是，我这不是想办法让你想开点吗？”

“我说，你要是她亲爸爸，看她这么胡闹，你怎么一点都不生气？”

“我也生气，但现在最重要的是把问题解决了不是吗？”

“怎么解决？”李心如气势汹汹地说，“你只知道让我接受现实，问题是，现实的问题小歌考虑过吗？就这么结婚了，还没毕业先当起家庭主妇了，婚礼还办不办？酒宴还办不办？在哪儿办？在北京办还是跟那个穷小子回他老家办？回他贵州的农村的话，那咱俩去不去？要是在北京，婚礼他的父母来不来参加？来了住哪儿？这些都是问题，还有，如今两人结婚了，林佳铭一个刚毕业的穷学生，没有房子，他们把家安在哪儿？溜房檐儿？贷款买房子？小歌是不是要跟林佳铭一起还贷款？那个贷款一贷就是几十年，小歌的青春还不全被这可怕的房贷给毁了？将来有了孩子呢？小歌太让我生气了，结婚是那么简单的事情吗？把证一领就天下大吉了？就什么都不用想了？”

李心如的一席话也让欧正陷入了沉思中，虽然李心如有些夸大其词，但是现实的问题确实明明白白地摆在面前，小歌对于婚姻的理解实在太简单了。在生活面前，人人都要平等地面对这些问题和麻烦，不会因为小歌头脑一热，或者说两个孩子太年轻就会得到生活的优待，想到这里，他的心情也沉重不少。

父母虽然被从天而降的婚事搞得愁云密布，天性乐观的欧小歌却沉迷于“结婚”的新鲜劲儿中了。她在朋友圈里一条“结婚了”，简直是平地起春雷，瞬间收获几百条赞。这是以前从没有过的盛况，同学、老师、亲戚、朋友，甚至连学校便利店的老板都发来了祝福，当然也有一些人怀疑这是毕业前的玩笑，毕竟还没正式毕业，说结婚就结婚，有点像是恶搞。

欧小歌乐不可支地挨个回复信息，并且开始在网上搜索“结婚后应该做什么”，不看不知道，原来新婚宴尔，要做的事情还真的挺多的。

比如说——两个人的财政问题。

这天，欧小歌与林佳铭在一间相当漂亮的餐厅里吃饭，欧小歌开门见山地说：“佳铭，咱们家的钱以后谁管？”

林佳铭说：“各管各的吧？AA 制。”

“为什么？”欧小歌有点不高兴地问。

“不是一直这样吗？”林佳铭有点茫然。

“那不一样！”欧小歌说，“以前咱们俩是恋爱关系，当然是各管各的，现在我们俩结婚了，以后的家庭开支可能还有很多呢，AA 制不利于家庭安定团结。”

“哦……”林佳铭有点犹豫，“那你觉得怎么合理管理比较好呢？”

欧小歌说：“我听说，结婚后都是男的把工资卡交给老婆管理，每月申请定额的花销。”

林佳铭说：“那不是太惨了？”

欧小歌有点不高兴，说：“你还没开始赚钱呢，就这么小气？”

“我就是没开始赚钱，所以才觉得是不是应该有更好的方式去处理这个问题。”

“什么是更好的方式？”

林佳铭很认真地想了想说：“比如说，咱们俩开一个联名的户头，每个月建立家庭基金，用作公共开销，怎么样？”

“也行！”欧小歌想都没想，高兴地一口答应了，林佳铭吓出了一头汗。

两人正在愉快地用餐，电话响了，欧小歌看了看号码，不认识，接了起来，宋洁的声音从电话那边传来。

“欧小歌，是我，宋洁。”

欧小歌惊喜地说：“学姐？是你啊，好久没有你的消息了，你还好吗？”

宋洁的声音有点软弱无力，她说：“这几天身体不舒服，在家里躺着呢。”

“感冒了？天气忽冷忽热，注意身体啊！”

“我刚才看你朋友圈里说你结婚了？不是真的吧？”

欧小歌笑嘻嘻地说：“是真的，我结婚了。”

“这太突然了，一直看你跟你的白马王子秀恩爱，怎么忽然决定结婚的？”

“就是脑门子一热，就结了，挺简单的，9 块钱，两个小红本本，把自己给嫁出去了。”

“挺好的，现在一毕业就结婚的都快变成珍稀动物了。”

“是啊，我就是担心变成‘黄金斗士’，才赶紧把婚给结了。”

“那，我想问一下，你婚礼的酒店定了吗？”

“酒店？”

宋洁说：“是啊，你不打算办婚宴吗？”

“对对对，办婚宴，”欧小歌兴致高昂地说，“你不说我都忘了，结婚是要办婚宴的呢，你有好的推荐吗？”

宋洁说：“我现在就在一个五星酒店工作呢，你到我这儿办，我给你申请打折，再多送你们点礼品，到时候现场布置什么的，我也包了，你看怎么样？”

“哇，好感动，没问题啊，学姐，那到时候要多麻烦你了。”

“别客气，好歹同学一场，有这个便利，我肯定会照顾你的。”

“嗯，不过……”

宋洁紧张地问：“不过？”

“我刚领完结婚证，没告诉我妈，我妈现在还跟我生气呢。”欧小歌没心没肺地说，因为声音有点大，周围几个用餐的人抬起眼看她，林佳铭提醒欧小歌注意点，欧小歌抱着电话走了出去。

在餐馆门外，欧小歌放松下来，问宋洁：“哪天咱们聚聚？见面好好聊聊吧，我有好多话想跟你说呢。你一毕业就消失了，我每次参加学校的辩论赛都能想起你。”

“我毕业两年后结婚的，工作也换了几份，一直焦头烂额，生活不易……”宋洁的语气充满忧郁，完全看不出来当年是学校里叱咤风云的辩论队领队。

“我也开始感觉到了，最近一直在投简历呢，但是都不怎么理想。”

“你男朋友的工作搞定了吗？”

“佳铭要去研究所，他半年前就把工作搞定了，实习了半年，混得还不错，下个礼拜正式上班了。”

“那真是不错，一毕业能找到这么好的工作，真是幸运。”

“你老公呢，是做哪行的？”

“他……做点小生意……”宋洁似乎很不愿意提及这个话题，很快速地把话题切换回关怀模式，“小歌，你也是幸运，有那么优秀的男朋友，哦，不对，是老公了。你父母接受你嫁给一个外地人吗？”宋洁试探地问。

欧小歌说：“我爸还好，我妈不太能接受，不过接受不接受我都已经结婚了，我想她早晚都会接受的。”

“唉，你是不会了解我们这些外地留京的人的心情的。”宋洁说着，声音有点难过，欧小歌想问问她怎么了，宋洁却准备挂电话了。“欧小歌，今天跟你联系上了真高兴，等过段时间我身体好些之后找你们玩去。”

“好的，那你多保重。”欧小歌愉快地挂了电话。

宋洁挂完电话后，躺在床上，肚子隐隐约约地疼，这时候张大飞从厨房里端出了一碗热腾腾的鸡汤，说：“来，趁热喝了吧。”

宋洁没什么胃口，转身面向里头，张大飞把鸡汤小心翼翼地放在了桌子上，对宋洁说：“老婆，肚子还疼吗？”

宋洁没说话，眼泪却掉了下来。

张大飞说：“我之前问过医生，他们说一点都不疼。”

宋洁说：“他们那是说无痛流产！”

张大飞低下头去，没说话。

“无痛流产当然不疼，麻药一下去，整个人都没知觉了，等恢复过来，手术也就做完了。”宋洁越说越难过，“你知道我做的那个手术多痛苦吗？当时在手术台上我感觉自己都快要死了！”

张大飞说：“老婆，对不起，让你受苦了。”

宋洁两眼通红，委屈万分：“我说了现在不是时候，你非着急要二胎，第一个孩子都没钱养，这时候再养一个，你到底怎么想的？”

张大飞过去将宋洁搂在怀里说：“对不起，老婆，我想得太简单了，就是想趁咱们都年轻，多要几个孩子，将来热闹。”

“热闹？养孩子不花钱吗？热闹什么？现在倒好，挤公交车摔跤流产，请几天假，我这个月的业绩都没了。”

“都怪我无能，我想清楚了，等过几年，咱们攒点钱，贷款买上房子，我再找一个收入高点的工作，咱们再要二胎。”

宋洁听了这话更加难过了：“说得轻松，现在工作那么难找，能找到一份工作都算不错，还指望什么收入高的？再说贷款买房子你知道压力有多大吗？我们现在工作都不稳定，拿什么还房贷？”

“办法总是会有的，咱们年轻，有的是时间，老婆，要相信我们的未来一定会过得很好的。”

“你别给我猛灌鸡汤了，我现在对未来没有一点幻想，只想身体赶紧恢复好去上班。”

宋洁深深叹了口气，说：“我当初想得多好，我从小家境不好，就希望自己的孩子能过上幸福的生活，给她最好的教育，给她买最贵的玩具……没想到孩子都两岁了，都没能陪她几天……”

“会的，一切都会好起来的。”张大飞心情也极度糟糕，其实他没敢告诉宋洁，他那份保险推销员的工作，因为业绩不佳，已经遭到辞退了。看看自己租来的这间破旧的房子，看看家里没一样像样的家具，看看因为做不起无痛流产手术而痛苦万分的妻子，他心里就涌起了一阵深深的伤痛。曾经他也是追风少年，以为自己将来肯定会做出惊人的成绩，可是，几年过去了，他连一份稳定的工作都没有找到。虽然他们勇敢地结婚了，可是他们要面对的困难一再增多，没完没了的房租，没完没了的水电费，没完没了的电话费、煤气费、网费，生活像一只巨大的手，把他们紧紧地压在掌心之中，他们连喘息都觉得困难，梦想中那种轻松惬意的生活彻底变成了一个遥不可及的梦。

最可怕的还不是生活的压力，而是刚刚结婚就发现怀孕，欢天喜地地生了一个女儿，没想到被母亲各种嫌弃，从此跟宋洁的婆媳关系产生了无法调和的矛盾。他着急想要二胎其实是希望通过孩子来缓解母亲和媳妇之间的关系，但是人算不如天算，宋洁刚刚怀上第二胎，就意外流产，让他原本点燃的小希望又瞬间破灭了。

不过，想想也是暂时松了口气，目前这种状况，确实不适合再来一个孩子张嘴要饭吃，以目前的情况来说，再养一个孩子简直是不可能的。

虽然有万般无奈，但是他们都不愿意这时候再增加更多的生活负担，毕竟他们自己在生活面前，已经是焦头烂额、不堪重负了。

Chapter 4 //

短命的“新房”

欧小歌刚刚走出校门口，就看到门外停了一辆崭新的黑色跑车，正在她注意车牌的时候，车门忽然开了，一个英俊的男人从车里走出来，戴着墨镜，面带微笑地说：“欧小歌？”

“谁啊？这是……”欧小歌吓了一跳，本能地后退了几步。

男人把墨镜摘下来，冲她挥了挥手：“怎么，不认识我了？”

“蒋天承？”欧小歌惊喜得差点一个熊抱跳到蒋天承的身上。

“我以为你连我都认不出来了呢！”

欧小歌一步跨过去，上下打量蒋天承：“哇，如果我们俩在路上遇见，我真认不出来了呢，在国外晃了几年，变得更帅了。”

“彼此彼此，不过我视力比你好，人群中一眼就把你认出来了。”

“你什么时候回来的，怎么也没提前打个招呼？”

“我在你的朋友圈留言了，还点赞了呢，是你没看到吧。”

欧小歌有点不好意思，说：“点赞的人太多了，你被无情淹没了……”

“我昨天晚上回来的，还特意去你家玩了呢，跟你妈妈聊了一会儿。”

“她跟你聊天了？”

“是啊，还聊了不少呢。”

“我以为我妈被气得语言功能丧失了呢，她都好几天不搭理我了。”

蒋天承说：“听说你大小姐的壮举了，你也是宇宙第一女金刚了。”

“行了行了，别损我了，说说你吧，怎么样？这次是回来过暑假吗？”

“我已经顺利拿到学位，学业已经结束，滚回来待业呢，不用再漂洋过海了。”

欧小歌惊喜地说：“恭喜恭喜，那咱俩现在算一个战壕里的战友了？”

“是啊，不知道这位美女愿不愿意赏脸跟我这个归国‘海待’一起吃个晚餐？”

“蒋天承啊蒋天承，几年没见，怎么觉得你变得油嘴滑舌了？是不是跟洋妞练成老司机了？”

“哪里哪里，新手上路，请多指教。”

两个人有说有笑地上了车，车很快开走。

没过多久，从研究所回学校来接欧小歌吃饭的林佳铭赶到，捧了一束花在寝室楼下等，本想搞个小浪漫。因为他这几天通过中介找了一个出租房，他想等一切安顿好了给欧小歌一个惊喜，所以没提前告诉欧小歌。没想到等了半天，寝室里的同学陆陆续续走得差不多了，还是没看到欧小歌的身影。

难道在寝室睡着了?

林佳铭掏出手机来给欧小歌打电话，却不在服务区。

林佳铭有点奇怪，平时这个点欧小歌都会主动给自己打电话的，怎么今天非但没有打，反而连电话都打不通了呢?

林佳铭拨通了欧小歌寝室的电话，响了好久才有一个人过来接。

林佳铭说找欧小歌,寝室的同学听出是林佳铭,说下午看到欧小歌出去了,没回来。

林佳铭开始有点着急了，心想会不会欧小歌下班直接回家了？又不敢往欧小歌的家里打电话，徘徊了一会儿，还是决定暂时先回自己的出租屋。

刚刚走到门口，就看到一个中年女人站在那里，林佳铭有些奇怪地看了看她，她也看了看林佳铭，确定他要打开房门的时候，中年女人上前来说：“请问，你是这里的房客吗？”

林佳铭收住了开门锁的手，迟疑地问：“您是？”

“哦，我是这间房子的房东，我姓陈。”

林佳铭仍旧半信半疑，因为房子他是跟中介签约的，所以他从来没有见过房东。

陈女士一看林佳铭表情怀疑，立刻从随身携带的包里拿出了房本：“你看，这是我的房产证，这是我的名字，陈云。陈云就是我。”

林佳铭说：“您找我有什么事吗？”

陈女士说：“我们能进去说吗？”

林佳铭点了点头，开了门，陈女士走了进去。

陈女士坐好后，开门见山地说：“我也不耽误时间了，就直接点说吧，非常抱歉，这房子我可能暂时不能出租了。”

正在倒水的林佳铭差点烫到自己的手，他说：“为什么？”

陈女士说：“唉，我也没想到，本来这房子是交给中介出租托管的，我跟我爱人现在都下岗了，没收入，还指望这套房子给我们赚点生活费呢。”

“陈阿姨，您家里发生什么事了吗？我跟中介签的是半年合同，前天刚签约。”

陈女士说：“我知道，我今天一直跟中介谈这件事呢，中介说按照合同，如果要收房子必须提前一个月通知你，让我自己来找你说清楚。”

“到底为什么呢？”

“一言难尽……你看看能不能这几天尽快找到其他房子，我一周后过来收房，这几天就不收你房租了，你看这样行不行？”房东的脸上露出为难的表情，但是话语间似乎已成定局，没办法商量了。

听到这样的话，林佳铭的心瞬间乱了起来。自从那天领了结婚证，受到了岳父岳母的冷遇后，他发誓要赶快以一个像样的状态去面对生活，暂时买不起房子，但是至少也租一间过渡。当岳母盘问起来的时候，总不能回答说把学校宿舍当作流动新房……这几天他也是奔波劳碌，看了几处房子，从交通、价格、位置、到地铁站的距离等诸多因素做了综合的考虑，这间房子最合适。他签完合同高高兴兴把所有的家当都搬了来，只等给欧小歌一个惊喜了，谁知道还没等获得岳母的宽恕，马上就要面临动荡的搬家，这个突发状况让林佳铭心里糟糕透了。

看到林佳铭流露出不安的表情，陈女士叹了口气，坐了下来，说：“小伙子，你别怪我啊，我也是迫不得已的。”

林佳铭说：“没关系的，我这几天尽快找房子好了，中介那边我跟他们交涉吧，您不用担心了。”

陈女士听到这个消息非但没有高兴，反而更加唉声叹气起来。

林佳铭不知道该怎么面对这个尴尬的场面，陈女士沉默了一会儿，开始向林佳铭诉说自己的难处。

原来陈女士一家三口住在一间大杂院中，后来因为拆迁，他们家分配了这一套两居室的房子，为了省钱，他们在远郊又买了一套小房子，一家人住在那边，市区的这套房子就作为出租用途。没想到今年儿子突然要结婚，因为没有婚房只能跟父母挤在一起生活，本来一家三口的生活就够拥挤了，再加一口人进来，那套房子更显得狭窄而困难。儿媳妇几次三番地要求把房子收回来给他们用，可是一家人的生活来源多数就靠这套房子了，所以老两口说什么也不同意。结果儿媳妇天天跟他们闹别扭，现在怀孕了，住在一起更加不方便，前几天因为几句话说得不愉快，儿媳妇竟然大着肚子跑回娘家了，娘家那边人则气势汹汹地要求老人给儿子儿媳妇准备房子……总之，闹成一团。

现在孩子马上就要出生了，陈女士没有办法继续拖下去，只好来找中介收回到期的房子，没想到中介马上又租给林佳铭了，所以才发生了这么荒诞的一幕。

“但凡有点办法，我都不想收回这房子。”简单说完这些事情，陈女士竟然哽咽着掉下了眼泪。

林佳铭劝了她半天，她才慢慢缓和过来。

陈女士黯然地说：“我们全家就靠这点出租钱生活了，我老伴身体还不好，经常闹病，儿子又经常失业，儿媳妇也没工作，现在又多了一口人，房子再一收回，我们都不知道这日子该怎么过了！”

“陈阿姨，您别着急，会好起来的。”说完这句话，连林佳铭自己都觉得苍白。会好起来？怎么好起来？其实不会好起来了，但说实话又显得太无情，可是在生活面前，为什么那么多人被修理得焦头烂额呢？

送走了陈阿姨，林佳铭坐在沙发上沉思，仿佛刚刚还在梦中，现在一下子就被现实打回了原形。接下来该怎么办？继续找房子？还是干脆借点钱，贷款买房子？谈何容易。现在刚刚毕业，没有北京户口，没有五年社保，就算贷款都没有资格。即使侥幸够首付，六环内已经没有他买得起的房子。如果买得太远的话，工作会受到很大的影响，生活质量也会受到相应的影响，这些都是很现实的问题，而自己的娇妻欧小歌，她可能永远不会体会到他这种仓皇、漂流的心情吧？她是个生活在玻璃糖瓶子里的人，虽然两人的年龄差不多，可是生活给予她的总是平静、一帆风顺的甜美，所以她天真烂漫，他却少年老成。

跟欧小歌在一起自己确实很幸福，受到她的感染，他似乎也学会了大事化小的人生哲学，可是一旦离开她的玻璃城堡，当他必须要面临风雨的时候，他便感觉到自己的无力、软弱、胆怯，这些都是他从来没有展示给人的、属于他内心隐藏的秘密情绪。他不愿意因为自己的软弱，把欧小歌拉到可怕的现实生活中来，让她见识到残忍的生活到底是什么。

如果可以，他愿意做一名忠诚的哨兵，永远保卫着欧小歌在她的小堡垒中不受侵害，不受影响，保持这难得的童真，永远是那个笑起来响彻云霄、没心没肺的糖果公主。

不知道过了多久，电话响了，林佳铭起身的时候发现自己由于长久固定的坐姿，腰酸背痛起来。

“喂？”

“佳铭，是我！猜猜我是谁？”欧小歌调皮的声音从电话那边飘来，一下子就把林佳铭拉到一个虚拟的快乐世界中。

“嗯……猜不出来。”林佳铭也跟着开玩笑。

“给你三秒钟时间，猜不中的话电话会自动爆炸，一、二……”欧小歌把声音拉低，做出一副很恐怖的氛围，自己又忍不住唧唧笑起来。

“小歌……”

“唉，不好玩，你应该等电话爆炸，然后呼喊呼啸着，拖着一只残耳来见我……你在干吗呢？”

“没事。”林佳铭尽量调整好自己的语气，不希望欧小歌听出什么不对。

欧小歌果然没有听出有什么不对，她愉快地说：“我发小从美国回来了，今天到学校来找我吃饭呢。”

“哦。”

“我路上想起来给你打电话，但手机没电了，到了餐厅手机拿去前台充电，就忘了这茬了。你吃饭了没？”

“吃了。”经过欧小歌一提醒，林佳铭才发现自己还没有吃晚饭。

“我发小跟我说，我妈还在生气呢。”欧小歌的声音放得很低很低，“我都怀疑她这辈子都不打算理我了。”

“哦，你跟她谈了吗？”

“没呢，她根本不跟我说话，见了我就跟见了阶级敌人似的，我以为她最多生我三天气，没想到这次她真的气大了。唉，这可怎么办呢？”

林佳铭说：“我能做什么，告诉我，我一定配合。”

“要不，我们假装离婚哄哄她？”

“小歌……你……”林佳铭有点哭笑不得。

“或者，咱俩干脆私奔算了。”

“小歌，别再说这些不着边际的话了。想点实际有用的。”

“我是真的没办法了。给她买了好吃的，不吃；说了好听的，不听。见我就翻白眼，我在哪儿她就不在哪儿，完全当我是有害气体。”

“想想办法跟她诚恳地道歉吧。”林佳铭有点有气无力。

“你怎么了？好像有点不高兴？是不是生气我没给你打电话？”

“不是，没有。”林佳铭把心底的难处咽了回去，他不想让她为自己担心。

“不对，我觉得你有问题，快点告诉我，到底怎么了？”

“真的没什么。”林佳铭极力掩饰着。

欧小歌啪一下把电话给挂了，林佳铭以为欧小歌生气了，赶快给她回拨过去，电话一直是嘟嘟的忙音，不知道是在跟别人打电话还是电话没扣好，林佳铭又打她的手机，仍然说不在服务区，林佳铭正在焦虑中，自己的电话响了，原来是中介公司的人。他们知道林佳铭马上要退房，于是疯狂地打电话来要求林佳铭到他们公司去看新的房子，林佳铭已经烦躁得不行了，于是几句话把中介公司的人打发掉。没想到一会儿又来了一个电话，又是一个中介公司的员工打来的，林佳铭快要疯了，他一边应付着电话，一边赶紧打了辆车狂奔回学校。

刚刚到校门口，看到欧小歌正站着等出租车，林佳铭庆幸自己当机立断，否则欧小歌会大半夜跑到他的研究所去的。

这姑娘……

原来欧小歌听出林佳铭不太对劲，放下电话打了辆出租车就打算跑去看他。

看到欧小歌，林佳铭只觉得心里一阵酸痛，忍不住一下子把欧小歌拥抱在怀里。

欧小歌说：“佳铭，到底怎么了？我知道你有事，你瞒不过我的，现在我们俩已经结婚了，你不该再拿我当外人，有问题我会帮你一切解决的。”

欧小歌的话暖暖的，林佳铭本该感动，可是偏偏在这时候，尊严跑出来作祟。林佳铭推开欧小歌，很平静地说：“没什么，你别多想了。”

“真没什么？”欧小歌不甘心地问。

“真没什么。”林佳铭说。

这时候，电话又不合时宜地响起来，欧小歌抢先一步接了电话，林佳铭本想阻止，已经晚了，没意外的话应该还是中介公司打来的。

“换房子？你打错了吧？”欧小歌被对方说得一头雾水，挂了电话。

眼看这件事已经隐瞒不住，林佳铭颓废地坐了下去，然后一五一十地把这件事跟欧小歌说了一遍。说完之后，他注意看欧小歌的反应，只见欧小歌沉思了一会儿，还不到一分钟，她就恢复了往日的生龙活虎："我以为什么大事呢！"

"这还不是大事？"

"你打算怎么办？"

"我不知道。"

"干脆……买房子吧！"

林佳铭瞪大了眼睛，看着欧小歌，仿佛她是从天外飞来的神秘来客。

"买房子吧，反正我们已经结婚了，也该有个自己的家了。"欧小歌把这件事说得轻松得仿佛是去超级市场购买一瓶强力去污剂。

"怎么买？我们现在工作都还不稳定……"

"很简单，我有北京户口，首付款我回家问我爸要，贷款每月我们一人还一半，怎么样？"

看到林佳铭惊讶的表情，欧小歌拍了拍他的肩膀说："怎么了？大家不都是这样买房子的吗？"

"可是……"

"哎呀，没什么可是不可是，说买就买，我认识一个做房产经济的朋友，明天我给她打电话，让她帮我们参考一个楼盘。"

林佳铭被这突如其来的建议给吓得脑袋生锈，完全不会运转了。

说完这些话，欧小歌高兴地握住林佳铭的手说："恭喜你，林佳铭，你终于不再是流浪身份，可以在大北京有一个属于自己的家了，还有一个这么可爱娇媚风情万种的老婆，好羡慕你啊！来来，采访一下，这位家住朝阳区的林先生，对于即将到来的新婚生活，您有什么想说的？"

说得好像已经把房子买到手了。

林佳铭哭笑不得，不知道该说什么。

欧小歌的天真让他着迷，有时候也让他无语。

"好饿。"憋了半天，林佳铭说了俩字。

"走，吃好的去。"欧小歌拖着林佳铭的胳膊，向学校附近的夜市小吃街走去，边走边说，"对了佳铭，我今天跟那个朋友吃饭一聊天，才发现，咱俩虽然领证了，法律上算是注册登记了，可是真正的结婚，咱们还有好多事没办呢，比如说酒席，比如说婚纱照，比如说蜜月旅行什么的，看来咱们下一步还得好好规划规划呢！"

林佳铭则满脑子全是"房子房子房子房子"，欧小歌再说什么他全听不到了。

Chapter 5 //

二十四孝女婿大比拼……

欧小歌不愧是欧小歌，第二天中午她就给林佳铭打了电话，说自己已经跟那个房产经济的朋友联系好了，马上可以去看一套即将开盘的房子。

林佳铭下了班就跟欧小歌一起到了地方，见到了欧小歌的好朋友唐静心，一个谈吐优雅口才极好的东北姑娘。

“去年暑假打工，帮房产公司发小广告的时候认识唐静心的。”欧小歌偷偷地跟林佳铭说。

林佳铭不记得欧小歌有暑假打工的经历，但是对于她时刻能跟各行各业的人迅速熟稔热络交上朋友的天赋无比佩服。

唐静心跟欧小歌就像是认识很多年的老朋友一样亲密无间，唐静心不遗余力地给欧小歌推荐着她认为比较不错的楼盘，分析性价比，从各个方面综合来帮欧小歌做出数据参考。唐静心看起来又专业又贴心，而且完全在帮助这对小夫妻规避各种顾虑，恐怕很难有人能拒绝这样的服务。

后来经过一番慎重考虑，欧小歌看中了其中的一套，半年后开盘，现在正火热地预售，地段、户型、环境和设施都非常棒，而且唐静心可以给欧小歌拿到一个内部的折扣，如此算起来，真是再划算不过了。林佳铭心里有诸多的想法，也不好意思在这时候拿出来说，这一整天，他都觉得心神不安。

回学校的途中，欧小歌仍然掩饰不住自己的兴奋，不断地重复着她看中的那套房子的种种好处，林佳铭却什么都没听进去，他想得更多的是那个楼盘半年后才开盘，开盘后还要装修，那么在拿到房子钥匙正式入住之前，不是还要租房子住？

少则一年半载，多就不知道什么时候了，他仍旧要面临不断的压力，好像一夜之间，他突然发现自己掉进了一个深不见底的大坑里，虽然岸上一片鲜花绿草，他却无论怎么蹦跳，都够不着边缘，只能眼睁睁地抬眼望着那些自己无法触及的精彩……

两人正说着话，欧小歌的电话突然响了，电话是欧正打来的，他的声音非常急躁，几乎接近于咆哮，他说："小歌，你的电话怎么一直打不通？我快要急死了！"

"爸……什么事？"听到父亲的声音如此急迫，欧小歌也吓坏了。

"你妈妈她刚才出去跳舞从楼梯上摔了下去……现在在医院里，你赶快来吧！"

挂了电话，欧小歌吓得脸色苍白，她抓着林佳铭的手说："我妈出事了！"

林佳铭也被这句话吓了一跳："怎么回事？"

欧小歌来不及跟他详细解释，一边往外走一边说："好像说是摔了，我得赶快去医院看看。"

林佳铭喊："等等，我也去！"

两人飞似的来到了医院，找到李心如的病房，欧小歌飞奔过去，穿过走廊，找到房间号，一眼看到了病床上躺着的李心如。

欧小歌一步跨进入，抓着李心如的手说："妈！妈！您别吓我啊，到底怎么了？"

李心如面色苍白，身体不太敢动，显得很痛苦。

欧正在旁边说："医生说没大事，刚刚做了检查，可能有点韧带拉伤，得卧床休息。"

李心如的脸拉得黑黑的，欧小歌在使劲地哄着母亲，转头一看，林佳铭像是做了错事的小孩子一样门口罚站呢。她冲林佳铭使了个眼色，林佳铭走了过来，问候了李心如一下，李心如没好气地说："我很好，放心吧，原来你们眼里还有我啊？"

欧正赶快来打圆场说："小林，你赶快去拿一下报告单。"

林佳铭答应了一声，转身向外走去，正好跟进来的一个男医生撞了个满怀。

那个男医生很年轻，很帅气，很干练，手里拿着一张透视图，向李心如这边走了过来，亲切地跟他们说着话。

林佳铭有些奇怪，还没搞清楚这是什么状况。

刚才还一脸恐慌的欧小歌看到医生后，本来很焦虑的面孔突然换了一副惊喜的表情，她拉着医生的手说："蒋天承？怎么是你？"

"怎么不能是我？"蒋天承笑笑。

"你这么快找到工作了？"

“是啊，今天下午刚穿上白大褂，接待的第一位病号，就是李阿姨。你说巧不巧？”

“可是，昨天吃饭你还说回国来找工作呢。”

“说得不准确，其实是，我在美国的时候就得到了这家医院的邀请，回国来……报到上任的。”

“哈哈哈哈，这就是传说中的缘分。”欧小歌仰天大笑，那特殊的笑声响彻云霄，震耳欲聋。

气氛因为蒋天承的出现一下子扭转到温馨和睦的频道。他们看上去那么和谐，那么融洽，父母开心，郎才女貌，如果不是林佳铭在场，任谁都会觉得这是吉祥如意的一家人。

李心如的脸色也缓和了很多，她对蒋天承露出了赞许的目光，温和地感谢着他，不断重复地说：“这次多亏了天承啊！”

蒋天承俯着身子跟李心如说了很多注意事项，欧正和欧小歌，加上李心如和蒋天承，四个人分别透露着浓浓的温馨友爱的气氛拢在一起，形成了亲密小宇宙，倒是林佳铭这个正牌女婿，此刻反而如同被排除在银河系外面的陌生人，这样的感觉糟糕透了。

为了借此机会好好表现，赢得岳父岳母的信任，林佳铭这几天不但天天跑医院，所有的费用全部抢着掏，所有跑腿抢着跑，而且想方设法地买水果、买鲜花，外加买营养品，表现出色，无可挑剔，绝对 24 孝标准女婿，连他自己都觉得自己跟三孙子似的。好在付出就有收获，慢慢地，李心如的脸不再拉得像冬瓜了，虽然跟他说话总是没好气，但是看情况她已经开始慢慢软化，慢慢开始接受现实了。

事态正向着好的一步发展，林佳铭暗暗庆幸，不过最让他不愉快的倒不是这个难搞的丈母娘，而是隔三岔五就会冒出来，一冒出来就会赢得所有人赞誉的蒋天承。不知道为什么，虽然他知道蒋天承跟欧小歌是小时候的玩伴，关系仅此而已，而且欧小歌也已经嫁给了自己，可是每次看到欧小歌跟蒋天承亲亲热热说话的样子，他心里都翻滚起一缸陈醋，那种酸到五脏六肺都扭曲断裂的感觉实在是太难受了。

这天李心如要出院，林佳铭早早地向研究所里请了假，飞似的赶向了医院，没想到到医院的时候，发现病床上空空如也。林佳铭赶紧抓了个护士问问究竟，护士说：“哦，5 号床李心如？她上午就被接走了。”

“谁来接的她？”

“那就不知道了。”护士爱搭不理地说。

林佳铭当场就拨了欧小歌的电话，赶在路上的欧小歌说：“不会吧？不可能呀，说好了咱们接她出院的。”

欧小歌跟林佳铭赶到家里的时候，才发现李心如真的到家了，正以养尊处优的姿态坐在沙发上。

厨房里，是欧正在忙忙碌碌，看起来准备了丰盛的午饭。

而坐在旁边陪着李心如说话的，竟然是蒋天承。

“蒋天承，你接我妈回家也不跟我说一声，我以为我妈被人贩子拐卖了呢。”欧小歌高兴地迎了上去，以嗔怪的语气说道，一巴掌打在蒋天承的后背上。

看到这个场景，林佳铭的心则沉到了湖底。

“你巴不得我被拐卖。”李心如没好气地说了一句，“你就可以无法无天，彻底自由自在了。”

“得了，妈，咱们家要非卖一口，宁愿卖女儿也不会卖您的。”欧小歌讨好地给李心如剥橘子，李心如虽然气不顺，却也还是接过橘子，吃了起来。

母女关系应该算是完全破冰了。

蒋天承看到站在一边面色苍白的林佳铭，礼貌地笑了笑，打了个招呼。

欧小歌满嘴橘子，跑到两人中间，给彼此做介绍。

“哎哎，这几天忙着照顾病号，都忘了给你们做个介绍了。”

蒋天承说：“我们已经互相见过很多次面了。”

“那不行，要正式、认真、严肃地介绍一下。”

欧小歌指着林佳铭说：“这是我老公，林佳铭，我校校草。”

欧小歌这个介绍方式让林佳铭倍感尴尬，他伸出手打算跟蒋天承握手，但是蒋天承似乎没看到他伸出的手，只顾跟欧小歌调侃。

“你挺厉害的，能把校草给搞到手。”

“那有什么，一大堆校草在我屁股后面跟着呢。”

“几年不见，小丫头变成女神了，敬仰敬仰。”蒋天承和欧小歌说说笑笑，没和林佳铭握手，欧小歌也忘记了把蒋天承介绍给林佳铭，总之，画风又变成青梅竹马亲密无间无人有空隙插入状态。

午饭的时候李心如拼命要留蒋天承吃饭，蒋天承以工作为由拒绝了，起身告辞。李心如着急地不断挽留，林佳铭感觉如果李心如腿脚方便的话，肯定会蹦着跳着也要把蒋天承留下的。

蒋天承一走，家里本来和睦的气氛一下子又变成了冰窟窿。

林佳铭小心翼翼地去厨房帮忙，盛饭、端菜、拿碗筷，自己都不知道自己怎么会那么勤快。

一会儿听到李心如叫自己的名字，吓得林佳铭一哆嗦，抬头看到欧正看了他一眼。

不知道为什么，他觉得这一眼里面埋藏着很复杂的含义，有同情，有怜悯，有安慰，也有其他的林佳铭看不懂的一切。

他也顾不了那么多了，像勇士走向战场一样向李心如走去。

欧小歌坐在旁边给李心如削苹果，手法不算熟练，厚厚的一层皮带走了厚厚的一层果肉，削完之后苹果瘦身了三分之一。

林佳铭心想，如果这个场景让自己的父母看到，肯定会心疼得要命。

林佳铭从小受到的教育是勤俭节约，苹果从没削皮吃过，西瓜一定要啃到见白，白色的部分还会被父母切下来做菜。他们一辈子节俭成了习惯，这个习惯也一直潜移默化地影响着他，每次看到他人或者自己有一点浪费行为的时候，良心上都会非常难过。

看到林佳铭被母亲传唤，欧小歌也替他捏了把汗，不知道母后宝葫芦里卖的什么药，但是在她受伤住院期间，林佳铭已经表现得足够好，所以欧小歌略有底气。她紧张地注视着母亲的一举一动，内心深处准备好随时弹跳起来保卫她的丈夫。

李心如看到林佳铭，先是瞪了他一眼，然后沉默了片刻，看向别处，似乎是在思考和组织语言。

最后她说："我这几天想了很多。"

林佳铭的脑门上渗出一层细细的汗珠，他找到了高考看榜时候的心情，比校园面试等结果还紧张，他甚至感觉自己是被架在刑场上等待量刑的犯人。

李心如以一种平静的语气说："我也差不多想通了。"

这句话简直是强力定心丸，听到"想通"这俩字发出来的时候，欧小歌和林佳铭同时感觉一块大石头落地，差点蹦起来拍手"give me five"了。

"你俩是同学，相处了四年，应该是互相比较了解，既然我女儿那么喜欢你，执意要嫁给你，连老爸老妈都可以不管，这说明她对你确实有非常深厚的感情，但是……"

一个"但是"让大家放在地上的心又被拎到高空中。

林佳铭心想，“但是”是个超级不吉利的词语，一般来说，“但是”前面都是好听的话，一旦有了“但是”，后面就全是难听的话了。

“但是……”李心如停顿了一下，看着林佳铭说，“你呢？你对我们小歌怎么样？”

这是要林佳铭表态呢！林佳铭迅速破译了李心如话里暗藏的密码，然后闭上眼睛开始表忠心，诉诚意。

“我对小歌的感情，绝对是日月可鉴，我这辈子唯一的愿望就是让她过上幸福的生活，我会为此努力的。”

说完上述情话，还没等别人反应，林佳铭的脸已经像发烧 40 度的婴儿一样红了。如果此刻来一张饼，贴脸上都能烤熟。

人在关键时刻的潜能真是无限的，恋爱谈了四年，欧小歌最常抱怨的就是他很少说情话，为此，欧小歌专门打印过图书馆里借来的名人情书系列，摘出好句子让林佳铭背过说给自己听，但是看到那些赤裸裸的对白，那些让人脸红心跳的句子，林佳铭觉得自己不可能说出这些话。没想到站在挑剔刻薄的岳母面前，他即刻变身情话王子，如果她还让他继续说，他可能还能说下去。

他没好意思看欧小歌，想必她一定是在笑他肉麻呢。

不过林佳铭想错了，他这样简单的一句话，把正在削苹果的欧小歌给感动坏了，如果不是当着自己母亲的面，如果这个场景不是母亲在拷问女婿，她一定能蹦到他面前给他一个巨大的拥抱，搞不好还跟他抱头痛哭。

林佳铭平时少言寡语，鲜少可以听到他表达感情，没想到在这样情势严峻的状况中听到了这样感人的话。这一刻，欧小歌觉得她这一辈子跟着这个男人，不管受苦还是颠簸，她都心甘情愿了。

不过，美好的言语可以感动爱情中的人，却感动不了冷静理智的局外人，林佳铭的话刚落，李心如就接上了：“你先别着急唱颂歌，对她好让她幸福不是往嘴上一挂就完事的，我得看你的实际行动。”

林佳铭冒了一头冷汗，连连称是。

李心如说：“我们小歌从小没有受过半点委屈，现在她跟你结婚了，当了你的媳妇，我希望你也能像我们一样好好对待她。”

“一定的。”

“你现在工作稳定了，小歌还在找工作，我希望你俩都有自己的世界，有自己的交际圈子，有自己的朋友，各有各的精彩，别把她当作家庭妇女困在家里，希望你别以婚姻为借口把她束缚起来。”

林佳铭说：“这点您尽管放心，我没有什么古板的传统家庭概念，不认为女人就应该在家里做饭看孩子，小歌是个很优秀的人，我希望她以后的发展会越来越好。”

李心如点了点头，然后说：“你们两个是大学同学，也交往了这么多年，彼此应该有一定的了解，但是婚姻跟恋爱是两码事。结婚前，你是你，她是她，结婚后，你跟她就变成了同一个家庭、同一个战线上的人，应该互相爱护，互相帮扶。”

欧小歌忍不住在旁边扑哧一声笑了，李心如立刻严肃地瞪了她一眼，欧小歌收住笑，也一本正经地坐正，继续听李心如后面的话。

林佳铭则如同坐在毡板上受拷问的阶级同志，点头如捣蒜，瞬间感觉自己肩上背负了一座巨大的高山。他感觉当年高考、竞选学生会主席、准备毕业答辩、面试工作都没有这么紧张过。当然，问题的性质不同，这个苛刻地为难自己的女人，将会摇身一变成为他另外一个“妈”，所以他必须要以非常积极和热情的姿态去面对她，才不至于将来会在漫长的日子里不断地接受她的发难。

李心如顿了一下，问道：“对了，你会做家务吗？”

林佳铭说：“一个人生活的几年，基本家务都会做。”

李心如说：“会做饭吗？”

“会一点简单的。”

“得学，”李心如说，“我们小歌喜欢吃的菜，你应该都会做才行。”

林佳铭点点头，李心如说：“小歌从小没做过什么家务，皮肤比较敏感，不能沾带刺激性的东西，比如说洗衣粉什么的……”

“衣服我来洗。”林佳铭没等李心如说完，立即表态。

“小歌生活也不太有规律，喜欢晚睡晚起……”

林佳铭抢着说：“继续保持。”

李心如说：“那怎么行？你得帮助她纠正不良的习惯，马上就要毕业找工作了，熬夜影响身体健康，第二天上班精神也会不好，你们年轻人就是不注意细节，等你们老了就知道身体才是最重要的了。”

“说的是，说的是，我会注意的。”

李心如如此一番盘问后，观察到林佳铭的一切姿态比较端正，也没什么可再责难的，算是稍稍缓和了一些。她吃了块水果，继续说：“这些都是小问题，重要的是，你们俩就这么一冲动结婚了，现实的问题你们全没有考虑。”

欧小歌在一边说：“妈，我们考虑了。”

“你们考虑什么了？说来听听。”李心如以不信任的目光看着欧小歌。

欧小歌说：“我们打算风光大嫁，明媒正娶，大摆酒席，宴请亲朋好友，然后我们俩去蜜月旅行！”

“说的容易，大摆酒席？在哪里摆？”

欧小歌说：“当然是酒店了，我都联系好了。”

“在北京的酒店还是在小林老家的酒店？”

“这不都一样吗？大不了在北京摆一次，再回他的贵州老家摆一次，就当是顺便观光旅游了。”

李心如被欧小歌的随便搞得火冒三丈，转头问林佳铭的意思。

林佳铭说：“婚宴的事，我打算跟父母商量一下，不想自己擅作主张。”

李心如一听这话，气就不打一处来，她指着欧小歌说：“你看看，你看看，人家林佳铭知道尊重父母的意见，摆酒席的事情都要过问父母才决定，谁像你一样？这么任性，什么都不管不顾，人家的父母是父母，你的父母就能如此忽视！”

林佳铭眼看自己不小心踩到了地雷，简直是后悔万分，本来已经快要抵达胜利的岗哨，却没料到临时爆炸，前面那一番努力算是白费了！

林佳铭赶紧解释说：“我的意思是，我想征求双方父母的意见，我们已经犯过一次错误了，不想继续犯下去……”

“这还差不多。”李心如终于找到了一点点台阶，语气也再次变得缓和，看得出来，她也是以极大的努力来接受这件事了，“婚礼的事情我跟小歌的爸爸会商量出一套方案，到时候你父母那边最好也能出一套方案，我们大家的意见综合在一起，看看能不能整合出最佳的方案来，毕竟结婚是人生的头等大事，一辈子就一回，一定要弄得隆重一点，漂亮一点！”

林佳铭点点头。

“对了，还有一个最重要的问题。”李心如这句话一落地，林佳铭的心又被悬挂起来。

“还有一个多月毕业，你们俩结婚后住在哪里？”李心如抛了半天砖，终于把那块玉引了出来。问这问题的时候，她心里也非常紧张，因为她知道林佳铭虽然半年前已经找到了工作，住的是单位宿舍，以他的收入短期内也不可能买上房子，所以，这才是她所担心的问题的关键。

这问题确实也是压在林佳铭心头的一块重石，林佳铭不知道该怎么开口回答。

欧小歌抢着说：“妈，别担心了，这件事我们已经计划好了，我们打算买房子。”

“买房子？”李心如吓了一跳。

“是的，我们看中了一套，离市区也不远，价格也还可以，周边环境、交通也都挺理想的，我们打算贷款买房。”

“小歌！你太天真了！”李心如厉声说，“你知道贷款买房是个什么概念吗？”

“知道啊，按期还款就行了。”

“贷款买房你们俩就要变成房奴了！”李心如痛彻心扉地说，“我们小区里的刘阿姨，她家儿子就是贷款买的房，房子还在远郊呢，每天上班光在路上的时间就是仨小时，平时累死累活，加班加点就怕工作有什么闪失，还不上房贷。听说银行的利息贵得吓人，你们都这么年轻，要是背上这么一身贷款，你们这辈子算是全完了！”

“妈，没您说的那么可怕，佳铭的工作很稳定，我也会尽快找到工作，我俩的收入足够支付贷款了，毕竟我们都年轻嘛，只要我们好好赚钱，没准哪天发一笔财，提前把房款付完，就 OK 了！”

“你想得简直太简单了！小歌，你不是小孩子了，你想想，一旦结婚以后，你马上就会生孩子，女人一生孩子，至少一两年内什么都做不了，孩子太牵扯精力了，你根本就不懂。”

“我们没打算这么早要孩子。”欧小歌说。

“那你打算什么时候要孩子？”

“三十岁以后再考虑吧，结婚就是结婚，不一定非要跟孩子绑定在一起啊，现在很多人不是三十还没结婚呢？”

李心如说：“你还想等到三十岁？你知道三十岁是高龄产妇吗？生产的风险比别人大很多，还有，年龄越大身体情况就越差，生孩子是个体力活，越年轻的人恢复得越快、越好……”

“好了妈……”欧小歌举起双手投降，顺便打断了李心如的话，直接向厨房奔去，“咱们先不谈这些了，我都饿了。爸，您的特级晚餐还没准备好呢……”

欧正已经做好了满满一桌子好菜，一时间，饭菜的香味覆盖了尴尬尖锐的盘问，这一轮的考核总算是暂时过了。

林佳铭暗暗地喊了句“阿弥陀佛”，终于可以松一口气了。

Chapter 6 //

见不到面的男友妈妈

欧小歌打电话想约唐静心一起吃个饭，顺便谈谈房子的事情，没想到唐静心说很不巧，要去男朋友家里见家长，这次见面非常重要，所以房子的事只能再约时间。欧小歌有点失落，但是想想唐静心毕竟是要见未来的公婆，所以也不好意思再打搅，只说了句等唐静心有时间给她打电话就挂了电话。

挂了电话的唐静心则满心欢喜地等待着男朋友高强来接她。

衣橱里的衣服几乎都被她拖了出来，试试这个不合适，试试那个也觉得不够完美，时间一点点过去，焦虑感越来越重。

看了看表，已经到了下班时间，高强还是没有打电话来，她忍不住给高强拨了个电话，电话那边高强似乎有什么心事般，说话吞吞吐吐，后来说一会儿再给她打，就匆忙挂了电话。

唐静心心里有点奇怪，又不方便在电话里多问，于是一边收拾自己的东西一边等高强的电话。

没多久，高强把电话打过来了，他说："静心，对不起，今晚可能不行了。"

"为什么？"唐静心的心一下子冷却下来。

"我妈的身体不太舒服……"高强的语气明显有些勉强。

"怎么回事？身体不好的话我们带她去医院看看吧？"唐静心担心地问。

"不用，不用，没事，她休息一下就好了，她以前太辛苦，落了一身的病，现在身体非常虚弱，经常会有一些小问题发生，没事，你不用担心了。对不起，静心，这次又失约了。"

“没关系……”虽然心里有一万个不情愿，可是面对这样的突发事件，唐静心也只能叹息作罢。

铺了一床的衣服仿佛是嘲笑和讽刺。

她默默地坐了一会儿，越想越觉得不对劲。

这已经是第五次发生状况了，前四次各有理由，这一次直接就是身体不舒服了。当然，也可能是自己过于敏感，可是跟高强谈恋爱谈了这么久，每次决定去他家里做客都会发生意外情况，这也不得不让唐静心胡思乱想。

她心情糟糕得很，打电话给欧小歌，说自己取消了约会。欧小歌当然非常高兴，俩人当下就约好了一起吃晚饭。

“我就是觉得吧，这件事非常奇怪。”唐静心说。

跟欧小歌聊完了房子的话题后，她忍不住回到了自己的问题上，虽然跟欧小歌一直在说房价、贷款和装修的种种话题，可是她心里一直像扭着一个扣子，无法真正松弛下来，此刻，她需要倾诉。

虽然跟欧小歌甚至算不上是朋友，甚至她觉得欧小歌这种年纪也不太可能理解她的苦恼，可她也不知道该跟谁说，能跟谁说。

人，很多时候都需要一个出口，才不至于把情绪锁进死胡同。

“也可能真的是临时有事，老年人确实有可能会有一些突发状况，我妈前几天突然从楼梯上摔下来，住院好几天，把我都吓死了，现在还躺在床上休养呢。”欧小歌试图安慰一脸愁容的唐静心。

“我知道，我只是心里总有一种不祥的预感，觉得事情没那么简单。”

“你跟男朋友认识多久了？”

“还不到半年。”唐静心说，“他是个非常孝顺的人，我当时也很欣赏他这点，但是，接触久了，我总觉得有很多别扭的地方。”

“比如说呢？”

唐静心说：“比如说，我们俩每次约会，只要超过一小时，他妈准会打电话来，只要稍微晚一点，他妈肯定会催他回家……这是很扫兴的，大家都是成年人了，又是在恋爱中……唉，可是那毕竟是他妈，我不好意思说什么。”

欧小歌笑着说：“妈妈担心儿子是很正常的，也许因为没见过你，怕儿子被坏女人拐走，哈哈……”

“本来早就该见面的，可是每次都会出问题，有一次说临时参加社区的演出，还有一次说一个远房的亲戚来串门……这次说自己突然不舒服。”

“那你男朋友怎么说呢？”

“他，他一切以他妈为重，我这边倒是可以随意失约的，这点让我心里很不舒服。”

欧小歌说：“你想开些，将来他是要跟你一起生活的，只要他爱你就够了。而且他对妈妈这么好，对媳妇肯定会更好。”

“话是这么说，可是心里还是不舒服。”

欧小歌同情地点了点头，唐静心问道：“都说儿媳妇跟婆婆是天敌，现在电视里、小说里说的不都是这个吗？我真怕遇到那样的情况，那简直太可怕了。”

欧小歌说：“小说毕竟是小说，电视剧也都是夸张的，现实中哪有那么多解不开的矛盾？你别多想了，改天找个合适的时机，跟男朋友一起去看望她，对她态度好点，她自然就会接受你了。”

“希望如此吧。对了，小歌，你公婆怎么样？”唐静心心不在焉地问了一句。

“我公婆呀，我就见过一次，还是很多年前了，当时刚上大学不久，恋情还保密呢，几个同学暑假一起去他老家玩，他父母都是很善良朴素的人，我比较喜欢他的爸爸，觉得他很风趣，而且多才多艺。他的妈妈好像话不多，我印象不算深刻，不过那时候我去他们家只是同学身份，谁也没想到最后竟然真的就嫁给他了。”欧小歌笑嘻嘻地说。

“真羡慕你们，还没毕业就已经定下婚事。说真的，到了这个年龄，我特别想结婚，想成立自己的家庭，有一个可爱的孩子。”唐静心无限憧憬地望着某处说，“能在周末跟丈夫孩子一起去逛公园，去游乐场，去大吃特吃，那是件多么幸福的事情啊！”

“真看不出来你这么传统，”欧小歌笑着说，“我还不想那么早要孩子呢。”

“为什么？”唐静心吃惊地说，“你们都已经结婚了，趁着年轻把孩子生了，父母还能帮着带，为什么不要孩子？你不喜欢孩子吗？”

“你的语气真像我妈，我不是不喜欢孩子，只是觉得自己还是孩子，怎么有能力养孩子呢？而且现在面临毕业找工作，刚上班就有了孩子的话，恐怕会影响工作呢。”

“其实女人有一个好的家庭，生活过得条理分明，就是最大的成功了。婚姻才是女人需要花费一生经营的事业，其他的，都是虚的。”唐静心深深地叹了一口气，虽然欧小歌并不赞同唐静心的说法，可是看她的精神如此萎靡，也不好再反驳她什么，于是也就点了点头，脑子里仍旧是她庞大的买房计划。

唐静心跟欧小歌告别之后，一个人走在回家的路上，傍晚的风有些凉，吹在她单薄的手臂上，她顿时感觉到了一种难以言说的孤独。这座城市有时侯让她觉得很熟悉，有时侯却也觉得很陌生，打拼了这么多年，自己算是在事业上有了一些小小的成就，至少能够在这城市站稳脚跟。可是随着年龄增长，漂泊无归的感觉越来越强烈，看到周围的人个个都组成了自己的家庭，虽然各有烦恼，可是那也都是幸福的烦恼，自己虽然一身轻松，没什么牵挂，却冷冷清清，形单影只，谈过几个男朋友，都因为各种各样的问题分手，她有点害怕自己会一直孤独下去。幸好半年前认识了高强，高强虽然外表比较普通，但是属于一看就知道靠得住的人，就他孝敬老人这一点，唐静心也觉得这个男人一定善良。她不再是做梦的年纪，也不再盼望什么白马王子什么香车豪宅，更不再幻想自己的生活会出现什么奇迹，现在只要能够找到一个合适的人结婚，就是她最大的心愿了。

想到这里，唐静心忍不住给高强拨了一个电话。

此刻的高强正在看球赛的转播，手机没有随身带在身边，所以电话响了好几声，他都没听到。

高强的母亲高平正好在客厅里收拾，看到儿子的手机响，拿起来准备给孩子送过去，但是她看了一眼屏幕，上面出现一个名字：甜心。看到这样的称呼，她眉头皱了一下，把手机放回到原处，假装没有听到。

中场休息插播广告的时间，高强去厕所，顺便看了看手机，结果看到有一个未接电话，他赶快回拨给了唐静心，跟她解释了半天，一直带着笑，旁边的母亲全部看在眼里。

电话说完之后，高强把手机放到身边，高平走了过去，手里拿了一件正在编织的毛衣，看了看高强说："强强，最近在谈朋友吗？"

高强正看着比赛，敷衍地"嗯"了一声，高平坐在旁边，问他："感觉怎么样？"

"嗯，还可以。"高强全神贯注，几乎没有注意到自己母亲的脸色。

"这姑娘是北京人吗？"高平一边织着毛衣一边问。

"不是，是唐山的。"高强回答道。

高平"哦"了一声，没说话。

"你三叔的儿子小涛，以前找了一个东北人，是开美容院的，当时俩人都快要结婚了，女的突然说美容院要装修，问小涛要了五万块钱。小涛这孩子也傻，心想反正俩人都快要结婚了，想也没多想就把钱拿给了她，连个借条都没写，结果，第二天女的就失踪了。美容院里一问，原来这女的只是一个打工的，人失踪了，连找都找不到。”

“妈，她人挺好的，很豪爽，本来说今天来咱们家吃饭，您不是身体不舒服吗？下回找个机会我带她回来见见您。”

“我说了，如果关系不确定，人品没考证的，别着急什么人都往家里领。”

“妈，我知道您的意思，所以今晚您说不舒服，我就让她先别来了，但是……”

“但是什么？”高平的眉眼一瞪，高强有点害怕，声音也小了很多。

“我是告诉你，现在外地人这么多，有多少骗子你知道吗？”

“我也不傻，骗子我能看出来的。”

“骗子脸上会写着‘骗’字吗？你觉得小涛傻吗？他比你可精多了。”

“妈，静心不是那样的人。”高强看球赛的热情被母亲的话给浇灭了，“小涛只是遇到了不好的人，这跟她是不是东北人、是不是外地人没什么关系，您对外地人的偏见太深了。”

“强强，你到底是怎么了？为一个外地女孩，跟妈妈这么说话？”

高强说：“对不起，妈，我不是这个意思，我是说……”

“你别说了，我只是给你提个醒，现在的女孩复杂得很，稍不留神就可能会上她们的当。”

“知道了妈，下回让她来家里吃饭，您亲自把一下关，好吗？”高强看到母亲有些不高兴赶快改变了自己的语气，帮母亲揉揉肩膀，端茶倒水什么的，但是眼睛还是没离开电视屏幕。

高平说：“好吧，就这周末吧，周末请她来家里吃饭，我看看什么样的人让我儿子这么着迷。”

高强心不在焉，这时候，正好一个球射进了球门，赛场上的人欢腾起来，高强也跟着欢腾起来。

高平无奈地叹口气，喝起了茶。

Chapter 7

房子终于搞定了

林佳铭下班的路上接到了父母打来的电话，他听到是父亲的声音，连忙让他们挂了电话，自己回拨过去。

母亲的声音出现在电话中："娃呀，我跟你爹商量过了，你跟小歌都太忙，就不用单独回来办婚礼了，就依小歌父母的意思，在北京办吧。"

"娘，这样不太好吧，亲戚朋友们还是要请一请的，毕竟是结婚这么大的事。"林佳铭心里觉得有些难过，为自己父母善解人意的决定，"你们不用担心，我跟小歌都没问题，定好日子到时候带她回去，咱们就按照咱们的风俗办一下吧。"

"娃，真不用，你爹说了，现在年轻人婚事新办，不用过分注重老一套的风俗礼仪。小歌是大城市的姑娘，咱们当地的风俗她未必能适应，还是在北京办吧，我跟你爹到时候想去一趟北京，参加一下你们的婚礼，喝杯你们的喜酒，就行了。"

"娘……"林佳铭不知道怎么回事，眼圈竟然红了，这一刻他突然感觉自己非常无能，善良的父母真是处处为他着想，虽然他们并不知道他目前的境况是如此糟糕。

林佳铭的父亲接过了电话，说："娃，我跟你娘是真高兴啊，眼看着你长大了，有出息了，考上了大学，又成了家，现在就等着抱孙子了。你啥都别说了，你跟小歌的父母定好婚礼的时间，我跟你娘就去北京。知道你结婚，你叔、你姑、你姨他们都凑了点钱，到时候我们给你们一起带过去……"

"爹……"林佳铭再也忍耐不住，眼泪唰唰地掉了下来。

挂了电话好久，林佳铭都没有缓过来，站在原地待了好久，他脑子里仍旧觉得一片空白。从小他的父母就是这样，勤勤恳恳，善良淳朴，从来没有麻烦过谁，也不愿意给别人添麻烦，可是他非常清楚地记得，父母曾经是多么希望他将来的婚事办得热热闹闹，多少次听到父母挂在嘴边的就是“将来我娃儿办婚礼，一定……”然而现在，自己莫名其妙，还没安置好自己的人生之路就忽然结了婚，完全没有给父母一个光荣而骄傲的交代。而父母因为体谅自己，不但没有责怪，反而妥协一切为他着想……此刻，他觉得所有的豪情壮志，所有的伟大理想，都因为自己的荒唐决定而毁灭了。

想到这里，林佳铭决定不顾父母的意见，一定要带欧小歌回老家办一场婚礼，宴请村里的亲戚朋友们好好地吃喝一顿，也算是完成父母的一个心愿。可是，转念他又发了愁，一方面是自己马上就要买房子，婚礼恐怕拿不出太多的钱来操办，另外，北京这边的婚事也不可能办得太简单，这些都需要钱，可是现在林佳铭连首付款都还不知道应该去哪里找。

正在胡思乱想中，欧小歌的电话打来了，她说：“佳铭，我妈说有事要跟你谈，你现在下班了吧？直接来我家吧。”

一听说丈母娘又有话要跟他谈，林佳铭头都大了，他问道：“知道是什么内容吗？”

欧小歌说：“应该是谈婚礼的事吧？这几天我爸跟我妈都在讨论这件事呢，今天我回家的时候，他们还列了一大串请客的名单，我一看，头都晕了，连我们小区物业和居委会的大妈都榜上有名了……”

林佳铭说：“好，我一会儿就到，等我。”

“好。”欧小歌挂了电话，林佳铭强打起精神，坐地铁到了欧小歌家。

一进门，就看到李心如和欧正正拿着日历在研究着什么，欧正还戴上了老花镜，李心如由于腿还没有好，整个身子半躺在沙发上，不过身体的不适一点都没有影响她的兴致，她拿着日历兴高采烈地说：“这日子不错，10月2号周六！全是双数，吉利得很！”

林佳铭礼貌地问候了一下，欧正说：“来来，小林，我们正在给你们选日子呢，你也来参与一下，你父母那边有没有什么好的建议？”

林佳铭说：“我父母说，婚礼的事，暂时不考虑在老家办了。”

李心如一听这话，脸上顿时露出了笑容：“真的？你父母真的那么说的？”

“嗯。”林佳铭难过地点了点头，“今天他们给我打电话了，说还是以小歌父母这边为主，在北京办婚礼就可以了，到时候他们会赶来参加。”

欧小歌在一边不高兴了，说："就办一次啊？我这几天还做了好多攻略，以为可以顺便去贵州的大山里玩玩呢！"

李心如打了一下欧小歌的后背，责怪道："婚礼是婚礼，玩是玩，你现在嫁给林佳铭了，以后有的是机会去大山里玩！"

虽然这话并没有什么不对，可是在林佳铭听来，却有些刺耳。

欧正也很高兴地说："既然是这样的话，时间方面就好安排了，本来我们以为你们还要回去办一趟，所以时间有些紧，这样也好，到时候让你的父母来北京参加你们的婚礼，这边的事情就交给我们来办吧。"

林佳铭点了点头，李心如心情也大好，主动说："等你父母来了，可以让他们住在我们旁边的旅馆，这边有很便宜的床位，我问了一下，才 150 块钱一晚上。"

欧小歌说："妈，咱们家有空房间，等佳铭的爸妈来了，就让他们住咱们家吧。"

"不用了！"林佳铭说，"不用了，小歌，我父母住旅馆就可以了。"

"住旅馆不是很方便，还是住在家里吧。"欧正说着，李心如只是轻微地撇了撇嘴，没发表意见。

林佳铭说："到时候再说吧。"

李心如说："10 月 2 号你们觉得怎么样？全部是双数，周末，又是国定假期，大家都有时间，你们举行完婚礼顺便可以出去旅游，什么都不会耽误。"

"我没什么意见。"欧小歌看着林佳铭说，"你说呢？"

林佳铭说："我也没什么意见，就 10 月 2 号吧。"

"这样就好了，我们把时间定下来，其他的事情就要赶快展开了。"李心如说，"我们今天列了一下请客的名单，你们俩这几天也赶快确定好名单，还要定酒店，联系摄影，联系车队。总之，乱七八糟的事情非常多，对了，你们打算什么时候去拍婚纱照？"

"这几天就去吧。"林佳铭说。

欧小歌兴奋得不得了："原来结婚这么麻烦啊，我以前以为领了证请大家吃个饭就 OK 了。"

"你什么时候才能长大！"李心如嗔怪地看了女儿一眼，忍不住又笑了，然后问，"对了，最重要的事情，房子的事情你们考虑得怎么样了？现在马上毕业，要举办婚礼了，你们总不能住到出租房里去。"

欧小歌说："妈，我已经看好那套房子了，前几天我跟那个房产公司的朋友也谈了一下，她给我提供了好几套按揭方案，我觉得都不错。”

“你们还是打算贷款买房子？”李心如急了，“不行，我不同意，这样你们的生活压力实在太大。再说，你说的那套房子位置离我们太远，将来你们有了孩子，来回太不方便。”

“我们暂时不会要孩子的啊。”

“总是会要的，你考虑问题永远就是眼前，从来不考虑以后怎么样。”

李心如的话让好不容易才和谐点的关系再一次陷入僵局。

面对这个问题，林佳铭永远没有发言权，欧小歌则一心想要做房奴，完全不懂世态炎凉，没心没肺。也就是她这样的个性，才会如此冲动地让自己勇敢地投入到婚姻中去，甚至不知道结婚到底是干吗。

“我看不如这样，我跟你爸也商量过了，我们就你这么一个女儿，我们不想看你过得太辛苦，你们就在附近选一套二手房，面积不用太大，够你们俩住就可以了，离我们近一点，将来好照顾你们。”李心如说，“等你们工作稳定了，也有了积蓄，卖掉再换新的。”

“妈，我都长大了，也该独立了，不用你们照顾我。”欧小歌不高兴地说。

“你懂什么？组织一个家庭有多少事需要操心你知道吗？你以为像学校宿舍一样，床铺不叠，食堂打点饭吃，两眼一闭什么都不管吗？”

欧小歌说：“我结婚就是想长大，想独立，想不再依赖父母的照顾，结果我结婚之后还是靠你们照顾，这算什么呢？”

“没人拦着你长大，只是做父母的，要帮扶一下孩子，谁知道你这么着急，从学校直接奔向家庭？”

“又来了，这件事您是打算念叨一辈子吗？”欧小歌的脾气也很大，母女俩眼看又要蹦起来。

欧正说：“小歌，你妈妈的建议也不是没道理，住得近点儿，凡事都方便，二手房压力也小，我们大家帮忙凑凑，免得你们俩背负这么大的经济压力，不妥。”

“现在你们当然觉得用不着我们，将来你们有了孩子，谁帮你们照顾？”李心如说。

“请月嫂不行吗？”

“请月嫂？你俩还贷款之后还有钱请月嫂？你知道月嫂一个月多少钱吗？”

欧小歌哑口无言。

“你们这么早打算结婚，我们四个老人都还挺年轻的，花钱请什么月嫂？再说了，月嫂毕竟是外人，她能像我们一样对待孩子吗？”

“妈，这都是没边的事，还早着呢，咱们先说眼前。”

“我刚才说了，你就是这点不好，总看眼前，不管将来，”李心如对女儿也是完全没办法，她说，“我跟你们说真的，就在附近买一套二手房，首付你们俩各出一半，剩下的我跟你爸还有点积蓄，算是借给你们的，按银行利息还啊！”

欧小歌一听这话，高兴得不得了，搂着李心如又是亲又是抱：“妈，还是您最疼我了！”

“你这个小没良心的，你什么时候知道疼疼你老妈就行了！”李心如戳了一下女儿的头，跟着笑了起来。

林佳铭心里也很感动，感觉此时买一套二手房确实是比较明智的选择，比起要贷款几十年买一套远郊的大房子现实得多。而且听到李心如说要出钱帮助他们买房子更是完全没有料到，看起来嘴巴不饶人的李心如也并没有她表现出来的那么霸道和强势，希望这不是自己的错觉。

就这样，轰轰烈烈的婚礼筹备就开始了。

欧小歌找唐静心跟她简单地说了说自己的想法，唐静心马上调出了公司的二手房信息库，帮她选了几套离欧小歌父母近的二手房，欧小歌跟林佳铭找了个周末去看了看房子，有两套感觉比较满意，都是十年内的房子，也都是 60 平方米左右的两居室，基本不用装修就可以直接入住。经过再三筛选，欧正代表李心如亲自实地考察了一番，最后选中了一套。

首付一人一半，林佳铭找各路同学、亲戚借了钱，还不太够，又不好意思向父母张口，偷偷地做了各种借贷，总算是把首付款的一半筹备齐全了。当他把所有的积蓄交到欧小歌手里的时候，总算觉得松了口气，人生最大的困难此刻也暂时解决掉了，说不上什么感觉，想哭又想笑。自从认识欧小歌，人生全部被改写，已经完全不能依靠自己的设计来过平稳人生了。

欧小歌这边顺利地毕业了，跟同学们一顿鬼哭狼嚎地告别之后，也算是对自己的青春做了一个彻底的告别。很多同学觉得欧小歌太疯狂，有的同学又羡慕欧小歌这么年轻就嫁了出去。前途茫茫，大家都像是被放飞的小鸟，未来在何处完全不得而知。

带着毕婚族的骄傲的欧小歌则一脚踏进了生活中，她人生的第一件大事是结婚，第二件就是装修了，林佳铭也从公司的宿舍搬了出来，彻底为自己的新家做准备。

装修期间他暂时搬到了欧小歌家里住，这样一方面大家住在一起好集中商量关于婚礼的事情，另外也可以节省一笔额外开支。一切看起来似乎完全向好的方面行进了，压在林佳铭心口的那块大石头也终于落了地，他开始认真地为婚礼的事情奔波。

另外，因为买房的事情，他对岳母和岳父多了一份感激之情，暗暗发誓自己一定要好好地对待他们，像对待自己的父母一样。就这样，很快，他们婚礼的时间就要到了。

Chapter 8 //

善良人也可能沟通不利

就在离婚礼还有十天的时候，林佳铭的父母千里迢迢地坐火车来到北京了。这天林佳铭和欧小歌去接站，因为林佳铭的父母都没有手机，所以他们约好了在出站口的大广告牌下等。

火车站是一个永远人来人往的地方，每次来火车站，林佳铭都有一种想回家的感觉，现在站在火车站等候自己的父母到来，他无法克制自己内心的喜悦。从小到大父母都没有走出过他们生长的土地，此次来北京，他想让父母多住一段时间，他要陪父母好好地看看他们一直非常向往的伟大首都的风貌。

还有一刻钟，林佳铭已经激动得不得了，不断地看时间，额头上还渗出了细细的汗珠，欧小歌在一边笑他像是要见公婆的新媳妇。欧小歌倒比较坦然，也许是因为见过一次，也许是因为北京是她的主场，又或许她天生就是无所畏惧的乐天派，总之，他们俩的位置好像调换了。

正在东张西望之际，欧小歌突然在人群中看到了前段时间刚刚联系过的学姐宋洁，跟她一起的还有一个男人和一个老人，后面还跟了一个扎着歪马尾辫的年轻女孩。

欧小歌向宋洁使劲挥了挥手，兴高采烈地向宋洁跑过去。

宋洁看到欧小歌，也高兴地挥了挥手，向他们跑了过来。几年没见面，宋洁好像老了很多，脸上挂着一种惆怅的表情，眉间也多了很多世故的愁容，完全不像当年那个在大学辩论队里朝气蓬勃斗志昂扬的女生。

“欧小歌，怎么会在这里遇到你？你们这是要去旅行吗？”

欧小歌说：“不不，我们在接站呢，今天佳铭的父母来北京，来参加我们的婚礼！”

宋洁说："恭喜你们，真巧，今天我婆婆跟小姑子也来北京，我婆婆的身体不太好，来北京看病。"

欧小歌点了点头，遥远地冲宋洁的丈夫和家人打了个招呼，然后对宋洁说："那你们赶快回去吧，刚刚下了火车，他们一定很累了。"

宋洁有点冷淡地说："他们才不累呢，一年能来个五六趟，回回都有事，也不知道他们家的事怎么那么多。"

欧小歌说："别这样，他们可能也很想见你们，来看你们吧！"

宋洁叹口气说："不说了，我走了，哎，小歌，好几年没见，你一点都没变，还是那么年轻漂亮，我真羡慕你们，金童玉女，郎才女貌！"

欧小歌有点不好意思地接受了宋洁的赞美。

宋洁说："上次说的，你的婚宴，选好地方了吗？"

"哦，忘了告诉你，婚宴的酒店是我爸妈选的，就在我家附近，亲戚朋友很多，过去方便。"

宋洁脸上露出了不自然的笑容。

"有空的话也来喝喜酒吧？"欧小歌完全没有意识到宋洁脸上的愁容。

宋洁说："你们哪天婚礼？如果有时间的话我一定去参加。"

"10月2号，周六。"

"行，到时候电话联系吧！"

宋洁冷冷淡淡地说了这句话，转身离去。

宋洁走后，欧小歌有点奇怪地问林佳铭："我是不是说错什么话了，怎么感觉她好像不太高兴呢？"

"可能自己家里的事吧，你别想太多了。"

"感觉她变化好大。"

林佳铭说："人都在慢慢变化，毕竟她已经离开校园好几年了。"

"嗯，可是……说不上来，感觉她很疲惫。我们列名单怎么把她给忘了，回头通知她一下吧。"

"行。"林佳铭行字刚说出口，就看到车站大钟表上的时间已经到了父母乘坐的那趟列车到站时间，他没心情去谈论其他的事情，踮起了脚注意着蜂拥流出的人群。

奇怪的是，一直等了好久，都没见到父母的身影。

林佳铭有些焦急，怀疑自己是不是跟父母约定错了地方，一会儿又说让欧小歌在这里守着，他要进站去找，但是欧小歌表示已经不记得他父母的样子，担心就算出来也认不出来……正在焦虑万分的时刻，突然看到有两个老人慢慢地从出站口出来，一人手里拖了一个大行李袋。可能因为行李袋过于沉重，老人的步伐显得缓慢而吃力，林佳铭几乎如同离弦的箭一样冲向了他们。

欧小歌还没反应过来，她顺着林佳铭冲过去的方向看了过去，原来真的是林佳铭的父母，她也迅速跟了过去，只见林佳铭已经握着俩老人的手，泪流满面了。

林父林母看到远远跑来的儿子和儿媳妇，心里又是高兴又有点酸楚，高兴的是终于能够跟儿子团圆，来到了向往已久的北京，酸楚的是自己没能为儿子的婚事出什么力，现在面对欧小歌，心里多少感到有点愧疚。林母更是还没等欧小歌走到跟前，就开始解行李袋，说是给欧小歌带来了家乡的特产什么的，欧小歌挽住林母的胳膊说："妈，您先别着急，咱们回家再说吧。"

一句话让林母满心暖意，一家四口高高兴兴、涕泪纵横地上了出租车，飞速地赶回了林佳铭和欧小歌刚刚装修好、还带着各种化学气味的新房子。

推开门，粉刷得雪白的墙壁和崭新的家具出现在两个老人面前，新装修完的房子明亮敞阔，年轻有朝气，林父高兴地四处看，一边看一边啧啧称赞："不错，不错，真不错。"

林母则赶快开始解行李包，可能是装的东西太多，路途又有磨损，结果一不留神，行李包的拉链绷开了，花花绿绿的一大堆东西撒了满满当当一客厅，本来客厅的面积就很小，这下一来，连站的地方都没了。

欧小歌忙跑过去帮忙捡，当时她只看到两个老人带着两只大行李包，没想到包里零零碎碎竟然可以塞这么多东西：粉丝、小枣、大黄梨、小红朝天辣椒、米、酱菜、酸菜、蜡染的桌布、手帕，还有一些雕刻着好看图案的小酒杯、茶壶等等，看得欧小歌都傻眼了，一边看一边笑。林佳铭不好意思地说："娘，您快把咱家都搬来了。"

"第一次来北京，第一次来见小歌的父母，我和你爹都不知道带点什么好，人都说城市的人喜欢去乡下旅游，就喜欢乡下的特产，所以我跟你爹带点咱们贵州特产来，都是些便宜货，不好意思拿出手。对了，你爹那儿还有我们带来的茶叶和酒，咱们一起给亲家带过去。"

"谢谢，谢谢！"欧小歌笑得见眉不见眼，"我爸妈肯定高兴死了。"

"小歌啊，听佳铭说亲家母的腿摔了？"林父关心地问。

“是啊，没事，都快好了，几个月前的事了，她下楼梯不小心摔了，没大碍，就是有点纫带拉伤。”

林母说：“娃他爹以前学过中医，懂得推拿和针灸，村里有摔伤跌伤的都找他给看，等我们去看望你母亲，顺便让娃他爹给看看。”

林佳铭说：“娘，不用，现在科技发达，什么病医院里都能治。”

林母不以为然地说：“你爹给人看病，都是配三副药准好，哪里用得着去医院的？”

林父不太好意思地说：“娃他娘，人家城里人还是文明，咱们那都是土方子，上不了大雅之堂……”

欧小歌说：“谁说的，中医可是我们的国宝，我就喜欢中医的调养概念，不像医院，动不动就用抗生素，对人的身体没什么好处。”

看到儿媳妇没有嫌弃他们的乡土概念，林母高兴得不得了，连忙让林父把另外一个行李包也打开。林父蹲在地上，拉那个包的拉链的时候，欧小歌注意到林父脚上穿的布鞋，是缝了一层又一层的粗线，可能由于长途跋涉，很多线头都绽开了，生生地竖立着，恐怕再走几步，整个线都会断掉。

欧小歌看在眼里，却假装什么事都没有地说：“爸妈，你们先歇一会儿，我出去一趟。”

林父林母说：“好好，你先忙吧小歌。”

林佳铭跟出来问：“小歌，你去哪儿？”

“你别管。”欧小歌笑笑，头也不回地走了。

欧小歌一走，林父和林母才感觉到放松了一些，他们拉着儿子的手坐在了沙发上，东一句西一句地问候起来。林佳铭总是习惯报喜不报忧的，所有的事情一概说好、没事、放心，林父还是有些顾虑地说：“娃，这次结婚，在北京买了这么一套房子，得花不少钱吧？”

林佳铭尽量轻描淡写地说：“嗯，我跟小歌一起买的，他父母帮我们出了很多钱，我们这几年勤工俭学，假期里都有打工，平时也有一些兼职，加上奖学金什么的，有一些积蓄，又问亲戚朋友们借了点。再说这是二手房，算是比较便宜。”

林母悄悄地伸出两只手，交叉出一个“十”字问：“得这个数吧？”

林父碰了碰林母说：“这个数可买不到，怎么也得五十万吧？”

林佳铭掩饰地笑笑说：“差不多吧。”

“苍天哪，五十万，我们种一辈子地也赚不到五十万呀。”林母惊呼，脸色吓得都苍白了。

林佳铭没敢跟他们说，五十万连这房子的三分之一都买不到，正好饮水机的保温灯亮了，他赶快起身给两位老人倒水。

林母看了看饮水机说：“你们俩喝热水不用壶烧吗？”

“不用，烧水太麻烦了，饮水机比较方便。”

林母半信半疑地喝了一口杯子里的水，又走过去摸了摸饮水机的机身，怀疑地说：“这水是从哪里烧热的？它的身子可是冰凉的。”

林佳铭说：“这饮水机机箱里面有一个开水罐，开水罐外面被电加热板环绕，开水罐上还安装有两个温度开关，当开水罐壁的温度低于 85 摄氏度时，温度开关就会自动接通电源开始加热，当开水罐壁的温度达到 92 - 95 摄氏度时，温度开关就会自动断电停止加热，这样反复循环进行。”

林母没听明白什么意思，林父却听得非常清楚，他说：“这样的话，热水不是会反复烧？”

“差不多吧。”

“娃，千滚水对身体可是相当有危害的，以后你们还是买壶烧水喝吧，什么都比不了烧开的白开水安全。”

林佳铭刚要说什么，门突然开了，欧小歌兴高采烈地回来了，手里拿了一个大袋子。

“小歌，你干什么去了？”林佳铭看着欧小歌手里拎的袋子有点奇怪。

欧小歌把袋子往地上一放，里面有一双崭新的运动鞋，还有两双拖鞋，她说：“爸、妈，你们去冲个澡然后换上拖鞋吧，在屋里舒服。”

“哎哎，这……”林父和林母双双摆手，但是看到自己的鞋子把地面上踩得全是脏脚印，心里也明白可能小歌会有点介意，所以也就接受了她的好意。

“爸、妈，水都烧好了，你们去洗个澡，待会儿咱们出去吃饭。”欧小歌说。

林父林母对视，他们没有进门洗澡的习惯，但是欧小歌一再这样强调，他们也就很顺从地去洗澡了。

进浴室之前，林佳铭特意教给父母怎么使用热水器，父亲倒是一看就会，母亲对于这些高级的操作有点迟钝，林佳铭演示了好几遍，她还是有点没把握。

出来的时候，她一直怀疑地问：“我怎么觉得这个牙膏味道很奇怪？”

欧小歌冲进去一看，发现林母把洗面奶当成牙膏了。扑哧一笑，林佳铭进来也看到了这个情景，有点尴尬，也跟着笑了起来。

两个老人分别洗完了澡，换上了拖鞋，林父却无论如何也不肯到床上去休息，他说："我跟你娘带了床单被褥来的，就睡睡地铺可以了，你们床上这么干净，我们怕给你们弄脏了。"

说完，他打开另外一个行李包，原来里面带着他们的被褥，还有两床崭新的龙凤图案的绸缎被子，林父说："这是你妈连夜给你们做的被子，绸缎面是她托人从县里买回来的。"

"不知道小歌喜欢不喜欢这个图案。"林母看着欧小歌的表情，欧小歌对被子没什么特别的表示，只是客气礼貌地说了句"谢谢"，然后要带他们出去吃饭。一心盼着欧小歌有回应的林母有点失落，手里一直摩挲着被面儿，像是手里握着无价之宝。

林父说："我们在火车上吃了煮鸡蛋现在不饿，你们忙吧，不用管我们。"

欧小歌也属于没心没肺型，本来一句谦让的话，没想到她也没再多劝几句，直接说了句好困，顺水推舟地回卧室去休息了。

林母看了看林父，小声地抱怨说："吃煮鸡蛋都十个钟头以前的事了。"

林父的表情也很无奈，客气惯了的他忽然遇到欧小歌这种实在的个性，一下子不知所措了。

林佳铭说："小歌这人比较实在，你们说什么她就信什么，以后跟她说话千万不要客气。"

林父林母已经深切感受到这个北京媳妇的心大了。

"这样吧，爹、娘，你们等一会儿，我煮点面给你们吃，吃完面你们俩休息一会儿，晚上咱们弄点好吃的。"

"要不……别麻烦了，"林母虽然肚子已经饿得咕咕叫，却不太好意思让儿子再忙，"你们家有剩的干粮什么的，我们就着辣酱随便吃点就可以了。"

"娘，不麻烦。你们等一会儿吧。"

林佳铭进了厨房，找了半天都没找到能够临时拿来应付一顿饭的材料，于是他腾腾地跑下楼，去楼下的超市买了点面，买了鸡蛋、西红柿等，回来给父母煮了面，回来的时候发现母亲已经弓着身子在拖地了。

林佳铭煮好面，欧小歌也一小觉醒过来了，一看到两碗热腾腾的西红柿鸡蛋面，她吃惊地说："爸、妈，你们怎么吃这个啊？我以为你们不饿呢……"

一句话，说得林父和林母都很尴尬，他们拿起筷子又放下，不知道该说什么，不知道该吃还是不该吃。

林佳铭说："小歌，你别管了，先让他们吃点面条垫垫。晚上我们再好好地做顿好吃的。"

"还是出去吃吧，我刚才出去买鞋的时候发现附近有一间火锅店，人山人海地排队，生意特别好，味道肯定不错。"欧小歌说完，三个人都没表态。

林父林母是勤俭持家的人，一辈子都没有在吃喝上乱花过钱，现在看到欧小歌动不动就把出去吃挂在嘴边，心里多少有点别扭。可是欧小歌毕竟是城市高干家庭出身，他们也可以想象她的生活态度会跟林佳铭完全不同，虽然他们不好说些什么，面上总也有些挂不住。

林父说："小歌，别麻烦了，我们就吃点面，一会儿还是去拜访一下你的父母。已经来北京了，应该第一时间去亲家那里会面，要不然恐怕亲家会怪我们不懂礼节，再说你们的婚礼的事我们还得好好地跟亲家商量商量……"

"也行，那去我们家吃晚饭吧，我现在就打电话，让我爸好好准备准备。"

"别别……"

欧小歌这时候也有些不高兴了，好像自己提什么建议，得到的回答都是别别、不要、不行，林佳铭看到这场面如此尴尬，于是跟欧小歌说："要你爸准备那么多人的饭，实在太不像话了，咱们就在家里随便吃点，然后过去吧，怎么样？"

欧小歌说："那好吧，你们说怎么样就怎么样吧。"

说完之后，进了屋，林母问林佳铭："小歌怎么好像不太高兴？"

"没事。她没事，娘，您别多心了。"虽然嘴上这么说，不过林佳铭也感觉到了欧小歌的不愉快。不过他想这可能是因为父母跟欧小歌还很陌生，很多方面的沟通还不是很顺畅，他深信自己的父母和老婆都是善良的人，善良的人在一起，一定会相处得愉快的，只是时间问题吧！

Chapter 9 //

他妈就是他的全世界

刚刚进小区门口，迎面跑出来一个女人，好像是刚刚跟恋人吵了架，一边跑一边哭，因为穿着高跟鞋，她跑起来的步伐有点别扭。后面跟出来一个男人，满脸愁容，他很快就抓住了哭泣的女人，在解释着什么。欧小歌似乎没注意这对情侣有什么不同，可是林佳铭注意到，哭泣的女人就是给他们选房子的唐静心。

上楼等电梯的时候，林佳铭忍不住跟欧小歌说："小歌，刚才那个女的，不就是你的那个朋友唐静心吗？"

"啊？不会吧？"欧小歌吓了一跳，"我没注意呢，真的是她？"

"对，我刚才就想跟你说，不过也不是百分之百确定，她怎么会在这里？"

"不行，我得去看看，前段时间她给我打电话，说跟男朋友的妈妈吵架了，我忙着结婚的事也没多问，看起来不太对劲。佳铭，你先带爸妈上楼去，我一会儿就来。"欧小歌说完，不管不顾地，风一阵跑掉了。

剩下林父林母有点尴尬，非常愕然。

林佳铭暗暗后悔自己不该多嘴。毕竟这是带着父母要去欧小歌家，又是第一次双方父母见面，欧小歌不在场，他们三个人实在是有点难堪。

这时候，电梯门开了。

这边说欧小歌飞也似的冲下楼去，一眼就看到小区门口果然是唐静心在跟一个男人拉扯，她走近了一看，吓了一跳，原来是小区的邻居、著名的孝子高强。

只见高强使劲扳住唐静心的胳膊，而唐静心面带着眼泪，做挣扎状，一看就是刚刚吵完架在赌气的架式。

“唐静心！”欧小歌快步走了上去，高强和唐静心也被欧小歌的到来吓了一跳。

唐静心的脸上还挂着泪，与她平时优雅自信的气质完全不符，她觉得自己有点难堪，表情非常不自然。

“真的是你，我刚才从这儿经过看到了，还不敢相信呢。”欧小歌说。

唐静心擦了擦眼泪，勉强装出笑意说：“哦，这么巧？你怎么也在这里？”

“我们家就住 14 号楼。”欧小歌指了指高强，“这位……”

“哦。我是高强，”高强说，“住 5 号楼的，咱们住一个小区，我常见你。”

“是啊，没想到，静心，你的男朋友原来就是高强啊！”

唐静心把头一别，显然还在生气：“什么男朋友不男朋友，没准今天就吹了。”

“看你说的。”欧小歌看了看也一样在生气却明显在忍受的高强，“怎么了，你们？闹别扭了？高强你怎么惹女朋友不高兴了，还不赶快赔礼道歉？”

“我也纳闷呢，都不知道她怎么了，好好地突然就跑了。”

“是，你不知道怎么了，你去问你妈怎么了！”唐静心一提到这个话题，嗓门马上尖锐起来。

“我妈怎么了？”高强也有点不高兴，提高了嗓门。

欧小歌看了看周围的人，说：“咱们别在这儿吵了，要不你们俩到我家去玩会儿，有什么事解释解释，千万别吵架，多伤感情。”

“算了，我跟他之间没什么好说的。”唐静心的语气很坚决。

高强看起来也很好强：“我也没什么好说的，大概是犯病了。”

“高强，我们俩结束了。”唐静心双眼通红，气得浑身发抖。

高强说：“既然这样，你喜欢怎么样就怎么样吧，我也没办法了。”

“你这是什么态度？好像一切都是我的错了？”唐静心厉声大叫。

“你老说我妈怎么了我妈怎么了，我就想知道她到底怎么你了？跟受了多大的委屈似的。”

“坦白说吧，你妈根本就不喜欢我，看我不顺眼，处处为难我，你不是看不到，为什么你从来没有帮我说一句好话？”

“你这完全是误会，我妈根本没有看你不顺眼，这都是你自己瞎琢磨出来的。你来我家吃饭，我妈给你做这做那，还不够吗？你要我妈怎么对你？把你捧在手心里？还是把你供到佛桌上？”高强越说越生气，眼看唐静心无理取闹，一时间火也上来了。

“我要的不是她做这做那，我想要她的尊重。”

“无理取闹！”高强扔下这句话，然后转身而去。

唐静心一看高强这样的态度，更是气得浑身发抖，她在高强的身后大喊：“高强！我们之间完了！你跟你妈过吧！我看你根本就是个没长大、离不开妈的弱智！”

话就这样从背后投掷过去，然而高强就像是失聪了一样，一步没回头地消失在5号楼中。

唐静心伤心地大声哭泣起来，一时间，很多经过小区门口的人都向她行起注目礼。欧小歌感到很不自在，于是安慰道：“唐静心，你冷静点，别难过，既然俩人有误会，为什么不说清楚呢？”

“小歌，我们之间的误会没法说清楚，你根本不了解。”

“别哭了，哭也解决不了问题。”

“我万万没想到，我遇到了一个妈宝男。”

欧小歌说：“不会吧？高强看起来挺有主见的。”

“他妈对我有敌意，处处讽刺我、难为我，我都忍了，觉得应该尊重老人，尤其是男朋友的妈妈，可是她不但不收敛，反而跟高强告状说我对她不礼貌，高强居然连问都不问直接让我道歉。”

“怎么会搞成这样？”

“事实就是这样，只是我没想到高强跟他妈是这样的相处模式。”

“上次你说他妈一直不见你，后来你们也见面了？”欧小歌把唐静心拉到一个无人注意的角落，问道。

“见是见了，那种傲慢的姿态，足以让我自卑了。”唐静心稍微冷静了一下，点了一根烟。

“高强的妈妈很不容易，她很早就离婚了，一个人带大高强，也没有再嫁，受了不少苦，性格上肯定有一些孤僻的地方，可是咱们毕竟是晚辈，有什么问题多担待一些。”

“我不是那种不讲理的人，也不是不尊重老人，每次我去他们家，不是买水果就是买补养品，可是她每次连看都不看就扔在一边，一脸嫌弃。喷了香水她非说屋里有什么怪味怎么闻着那么恶心，跟她说话她眼皮都不抬，好像我跟高强在一起是怀有什么见不得人的目的，当着我的面就说谁谁上了外地人的当……小歌，我真的快要疯掉了……”唐静心本来已经稍微平静下来的心情因为叙述高强母亲的种种是非而再次激动起来，手也跟着发抖，完全不是欧小歌印象中那个谈吐得体、春风得意的唐静心，欧小歌真担心她会出什么事。

“算了算了，我想，高强的妈实在是很厉害，我根本不是她的对手。她有母爱这个无敌筹码，我甘拜下风，不管怎么说，别人都会觉得是我有问题，是我的错。”

“那你现在打算怎么办呢？”

“既然我很招人讨厌，这段感情不要也罢了。”

“别这样想，他妈毕竟是他妈，你又不是要跟他妈生活一辈子，你们不要因为这样的事情分手啊。”

“你不明白，他妈就是他的全世界。”唐静心摇了摇头，不好意思地说，“让你今天看到这一幕，真是不好意思，我现在头有点疼，要先回家了。对了，你那房子已经入住了吧？感觉还好吧？”

“挺好的，真得感谢你，那么快就帮我解决了人生大事，你脸色好差，还是回去休息休息吧。有什么事随时给我打电话。”

唐静心点了点头，转身消失在欧小歌的视野中，欧小歌看着唐静心惝然而孤独的背影，心里也有些难过。

欧小歌进门的时候，看到父母、公婆欢天喜地地聚合在一起，讨论着结婚的事情，完全没有一点陌生和疏离的感觉，本来还有点悬着的心一下子放松下来。

她去厨房看了看，林佳铭正在满头大汗地备菜，原来欧正知道林佳铭的父母要来，提前买好了鱼虾肉菜，只等人到了便开始准备丰盛的晚餐。林佳铭一看岳父想得如此周到，心里也很是感动，连忙抢着去厨房忙活，并承诺今晚的晚餐由他亲自掌勺，于是两方父母也就轻松地坐在一起谈天说地。

因为有两个孩子的婚事作为话题，四个人谈得非常愉快，林父林母基本以欧正和李心如的意见为主，自己这边没什么太大的异议。对于一向强势的李心如来说，大家都没什么异议是最好的商谈方式，她完全可以做主，心情更加愉快，于是气氛一团和气，其乐融融。

见欧小歌进了门，李心如赶快招呼道：“小歌，来来，你看，我们已经基本达成一致，关于婚礼的各种问题，你也来看看，还有什么补充的没有？”

欧小歌说："妈，你们就全权做主吧，我没什么意见。"

"这次怎么这么听话？"一听到女儿也没意见，李心如是更加喜笑颜开，仿佛这天连老天都在助她愉快般。她忘记了腿疼，忘记了蒋天承，忘记了林佳铭没有钱买房子，忘记了女儿擅作主张领了结婚证，仿佛一切都没有发生过，一切看上去都是那么称心如意。

李心如高兴之余也没忘记暗暗观察林佳铭的父母，通过初步接触，她定义两个人虽然出身贫穷的农村，不过基本的教养还算过得去，人也朴素随和，看上去绝对不是那种不可理喻的刁民，这样她也就放心了。李心如听到太多恶婆婆恶公公的传说，她一直担心女儿结婚后会受那种委屈，现在看起来，这对公婆算是通情达理安分守己之人，于是她也就不再过多地介意他们的身份，所以一切都看上去那么美好、和谐、愉快。

欧小歌突然觉得这件事很简单——在这两个家庭中，只要李心如开心，大家应该都没什么其他的别扭。母亲李心如在这座婚姻的建筑中，起着决定性的根基作用，如果哪天她不开心了，晃一晃，这座楼就有倒塌的危险，而只要她身心愉快，整座楼便风调雨顺，万事如意，如此至关重要的位置，真是不可小觑。

林佳铭张罗了一大桌子好菜，满头大汗地端上来，欧小歌过去帮忙，两人说说笑笑。林母不知道什么时候到厨房来了，看到儿子扎着围裙满头是汗的样子，忍不住心里一阵酸楚，嘴角动了动，什么都没说出来。

欧小歌没注意到婆婆的面色有些怪异，她吃了块炸肉，然后高高兴兴地端着饭菜上桌，林佳铭这边还在收拾残局，一边收拾一边说："娘，您怎么进来了……"

转头一看，母亲已经对着门边拿衣角抹起眼泪来了，林佳铭一着急，连忙过去想扶母亲一把，结果一不小心把切菜板碰到了地上，于是跟着一大堆叮当作响的东西一起掉到了地上，一时间，厨房变成了交响乐殿堂。欧小歌和欧正都闻声跑了过来，林佳铭和母亲正低着头在地上捡东西，欧正问候林母有没有受伤，欧小歌还大大咧咧地笑着说："没事没事，碎碎平安！"

欧小歌和父亲走后，林佳铭看了看母亲，她手里拿了一把筷子，眼睛红红的，林佳铭有点难过，低低地喊了一声："娘……"

林母再一次忍不住哭了起来，林佳铭这下子可慌了手脚，他敏感地把母亲拉到了一边，用手给她擦了擦泪，说："娘，您这是怎么了？"

林母哽咽了半天才说："娃，你是什么时候学会做饭的呀？"

一句话，把林佳铭的眼泪也给逼了出来，他想笑着安慰母亲，可是话还没说出口，自己的眼泪已经哗哗地流出来。林母断断续续地说："娃……从小，娘就不舍得让你干一点活……就是希望你能够把精力好好地放在学习上，将来能够考上大学……有点出息……娘日想夜想，都盼望娃你能够出人头地，有所成就……"

"娘……"林佳铭阻止住母亲继续说下来，他强硬地说，"娘，您别再说了，今天咱们都高高兴兴的，不要再说不高兴的事情了。"

林母还想说什么，欧小歌突然闯进来说："佳铭，我忘记拿醋……哎？佳铭？你们……这是怎么了？是不是刚才受伤了？"

林佳铭迅速擦了擦脸上的眼泪，装作若无其事地说："开饭了，开饭了。"

说着，转身回头倒了点醋，迅速拉着欧小歌向饭厅走去。

整整一顿饭的时间，林母的脸上再没露出半点笑容。

晚上睡觉前，林佳铭正在给手机充电，欧小歌拿了本时尚杂志一边翻一边看着他，似乎有话要说，又不知道该怎么开口。

林佳铭给手机充上电之后，转身看到盯着自己的欧小歌，问道："怎么了？一直看着我，我脸上长毛了？"

欧小歌笑着说："不长毛你都能冒充齐天大圣。哈哈……"

"我有这么帅吗？"虽然是开着玩笑，林佳铭的笑容却僵硬得很。

欧小歌把林佳铭拉到身边，小声地说："怎么了？怎么一脸不高兴？"

"怎么会？"林佳铭掩饰道，"哪里看出来我不高兴了？"

"别瞒我了，我都看到你哭了，说说，是不是因为好久没见父母？"

"别乱猜，什么事都没有。"林佳铭遮遮掩掩，转移话题，"对了，今天下午唐静心怎么回事？"

"你眼力真不错，我都没看出来是她，结果果然是她，你知道她男朋友是谁吗？简直太巧了，她的男朋友就是我家小区5号楼的高强！你还记得吗？我跟你说过他的，单亲妈妈，超级孝顺的。"

"哦。"林佳铭点点头，"这么巧。"

欧小歌说："真的，我也吓一跳，太巧了。她跟我说男朋友的妈妈难相处，我都不知道原来她说的竟然就是高阿姨。怎么说呢？高阿姨这个人平时跟人接触很少，不算很热情，不过也不至于像她说的那么可怕吧？"

“别人的事我们没法真正了解。”

“说的也是，不过，唐静心说高强的妈不喜欢她，可能是真的，今天她哭得很伤心，还打算跟高强分手。”

“高强怎么说？”

“高强说她瞎琢磨，根本就没有那回事，不知道他们谁说的是真的。不过这种事女人还是比较敏感的，也许高强只是没有感觉出来。”

林佳铭笑了笑，没说话。

欧小歌说：“佳铭，你妈是不是不喜欢我？”

“怎么会？”林佳铭听到欧小歌的这句话，吓了一跳。

欧小歌把声音放低，生怕外面的公婆听到：“我觉得你爸妈都不怎么喜欢我。”

“根本没有的事，他们都很喜欢你，你怎么会这么想？”

欧小歌说：“我看出来的。今天晚上吃饭，我感觉你妈很不高兴，是不是我哪里做得不好了？你可得提醒我啊。”

林佳铭说：“你别乱想了，我娘很久不见我了，看到我难免会觉得高兴，一高兴，就哭了，下午正好被你给看到，可能有点不好意思。别乱想了。”

欧小歌点了点头说：“嗯，我这人比较粗心，有什么事你多提醒我一下。跟你爸妈说，让他们多住一段时间吧，等咱们忙完了婚礼，带他们好好出去转转。”

林佳铭听到欧小歌这样的话，由衷地点了点头，笑了。

Chapter 10 //

家丑必须外扬

宋洁把婆婆和小姑子接回家之后，疲惫地走到卧室，一言不发地倒在了床上。张大飞迅速给宋洁倒了杯水，婆婆有点看不惯地小声嘀咕道:“现在这是什么时代啊?怎么男女都反过来了? 男人都要伺候女人了? ”

小姑子张婷婷随声附和道:“是呀，我哥简直窝囊透了，我看他见了嫂子连说话都不敢大声。”

张婷婷的话把母亲的怒火一下子就勾起来了，她扯开嗓门喊:“大飞! 大飞? ”

张大飞听到母亲喊自己，忙不跌地跑了过来，说:“什么事妈? ”

张母没好气地说:“我累了。”

张大飞赶快扶着母亲走进了另外一个房间，说:“妈，昨天我跟宋洁都把房间给你们打扫好了，你们赶快休息休息吧。”

张婷婷看了一眼那张窄小的床，有点不高兴地说:“哥，这么小一张床，我跟咱妈能睡得下吗? ”

张大飞有点为难地说:“婷婷，这屋里确实挤了点，不过也没办法，北京租房子太贵了，我也租不起太大的，你先凑合凑合吧。要不然……我睡沙发，你跟你嫂子睡大床，咱妈自己睡这儿。”

“那怎么行? 睡沙发会腰疼的。”张母毕竟心疼儿子，马上反对。

“没事，我习惯了。”张大飞安慰母亲，没想到话刚说出口，母亲的脸色一变，说:“她是不是老赶你到沙发上睡? ”

“不是。”张大飞解释说，“有时侯我晚上加班，回来晚了，怕吵到小洁睡觉，就在沙发上凑合凑合。”

张母听了这话，更加生气了：“你晚上加班回家，本来就挺累了，她做媳妇的不知道起来给你煮点面吃？还自顾自地睡觉？你也没出息，还害怕把她吵醒？”

“行了妈，我哥疼媳妇，您别操心了。”张婷婷挥了挥手，一屁股坐在床上，“我可不跟她睡，我不习惯跟陌生人一张床睡觉。”

“她是你嫂子啊！”张大飞瞪一眼妹妹，张婷婷满不在乎地说：“那又怎么样？”

张大飞叹了口气说：“你们别再怪她了，小洁身体不好。”

张母说：“年纪轻轻的怎么身体不好了？我也纳闷了，怎么你们俩结婚都这么多年了，至今连个孩子她都怀不上？不会是身体有问题吧？看她面黄肌瘦的，就没个喜庆样。”

张大飞的难言之隐没办法跟母亲和妹妹说。

“哥，这回你可得好好跟咱妈去医院看看她的腰，三天两头地疼，有时侯疼得晚上都睡不着觉。前些日子她一直贴着膏药，但是根本不管用，我想还是带她到大点的医院做个详细的检查，CT 什么的，看看腰里别是长什么骨刺。”

张大飞点了点头说:“妈,你们今天早点休息,我明天带您找个好点的医院检查一下。”

“不用去好医院，就附近找一家便宜点的就行了，我可知道在北京看病，花钱实在是太多了！”张母叹了口气，张大飞硬撑着说：“妈，钱的事您别担心，有我呢。”

他说完就要走，张婷婷喊道：“哎，哥，等一会儿！”

张大飞停住脚步，张婷婷笑嘻嘻地说：“哥，我明天晚上要去见一个网友……你支援我点打车费吧！”

“见什么网友？”

“未来的男朋友啊。”

“你能别胡闹吗？”

“我哪有胡闹，我特意买了几件新衣服，特别认真呢！”

“你就不能正经交个男朋友？”

张婷婷不高兴地说：“网友怎么就不正经了？人家父母都是高干，家里光车就三四辆，潇洒着呢。”

“你小心让人骗了！”

“怎么会？只有我骗别人的份。”张婷婷得意地说，“他能骗我什么？”

张大飞没办法,掏了掏口袋,拿出三百块钱,递给张婷婷:“我看你还是小心点好。”

接到了钱，张婷婷高兴地搂着张大飞说："放心吧，哥，我有数，等我把他搞定了，咱们的好日子就来了！"

张母听到这话，好像听到了希望，开心地笑了起来。

张大飞看着妹妹一脸天真的笑，简直不知道该说什么好。

张大飞回到房间里，坐在床边发呆，宋洁其实并没有睡着，但是她闭着眼睛，假装睡着，她知道一会儿张大飞肯定有话要跟自己说。

果然，沉默了一会儿的张大飞拍了拍宋洁的背说："睡了吗？"

宋洁动了动身子，没理睬他。

"小洁，我知道你没事，我有点事想跟你商量一下。"

宋洁仍旧闭着眼睛，说："什么事？"

"我妈的腰出了问题，挺严重的，我想明天带她去大点的医院看看。"

宋洁没说话，张大飞继续说："婷婷说妈前几天腰疼得睡不着觉，膏药也贴了，还是不管用，想找个医院给她彻底做个检查。"

宋洁腾地从床上坐起来，看着张大飞说："说吧，拿多少？"

张大飞看到宋洁的脸色非常难看，有点不好意思地伸手去搂她的腰。宋洁迅速打掉了张大飞的手说："我想问你，咱们马上就要交下个季度的房租了，你知道不知道？"

"我知道，可是……"

"可是，什么可是？咱们家有多少存款你不是不知道，天天这么折腾谁受得了？"

"小洁，我也不想让我妈生病啊！但是生病了就得治病，谁让我是她儿子呢！"

"我不是说不让你给她看病，可是她三天两头地折腾，今天牙疼，明天腿疼，后天又头疼，只要一有点毛病就跑咱家里搜刮，我看八国联军也没她能折腾。我现在浑身难受都硬扛着，我怎么不找个好点的医院看看呢？我们的日子过得已经够紧了，今天这儿破个口子，明天那儿又戳个窟窿，什么时候是个头呢？"宋洁越说越生气，忍不住眼泪掉下来。

张大飞生怕屋子太小，隔音效果不好，这些话被他母亲和妹妹听到，自己的面子过不去，于是忍气吞声地哄着宋洁说："小洁，别这么大声行吗？我知道你心里不好受，不过我也是没有办法呀，我妈身体一直不怎么好，我要是有钱的话真的送她去一流的医院治病，可是咱们条件这样，就只能量力而行，她毕竟是我妈，也是你妈，咱不能不管她，对不对？"

宋洁说："我没那么金贵的妈，一点毛病就要跑到北京的大医院去看病。我妈多少年老寒腿、高血压，什么时候提出要求来北京看过？还不都是怕给我们添麻烦。我就不明白，同样是妈，怎么有这么大的不同？"

"我知道你妈对咱们好，就凭她帮我们带孩子这点，我张大飞特别感激她。"

不说这条还好，一说起这件事，宋洁眼睛红了。

"你妈重男轻女，我生完孩子也不帮我带，害得我们只能把孩子送到我妈那儿，你知道带孩子多辛苦吗？"

"知道知道，我完全知道！"

"我妈身体本来就不太好，看孩子的重担又落在她身上，你的妈是妈，我的妈就不是妈吗？"

"小洁，等我们的日子过得好点，把你妈也接来，我带她去检查一下身体，行吗？"

宋洁什么话都没说，只是听到呼吸声在黑暗中此起彼伏，读不出这呼吸声里到底藏匿着什么信号。

张大飞心里有点害怕，他倒不怕宋洁哭闹吼骂，就怕她沉默不语，因为这样他完全拿不准她在想什么。说来也奇怪，虽然结婚好几年了，他似乎从来没有真正走进过宋洁的心里，虽然他一直努力这样做。他也知道，自己当年承诺她要让她过上好日子的话现在看起来简直是天方夜谭，他慢慢地也不再有那些年少轻狂的梦。在艰难的现实面前，他觉得，只要能够过上平静无忧的生活，他都已经感激涕零了。想到这里，他心里一阵辛酸，忍不住躺到了宋洁身边，抚摸着她生气的身体，宋洁狠狠地甩开了他的手，他一把抱住了她，两个人已经好久没有亲热了。

当初奉子成婚，生下女儿妞妞，所有的一切都像是以此为转折，原本两个朝气蓬勃的年轻人瞬间为人父母。他们当初都把生养孩子想得太简单了，婴儿成夜的哭泣声，洗不完的尿布，没完没了地纠缠着他们，俩人身心疲惫，工作也没办法做了。本来张大飞的妈妈说好了要来帮忙照顾孙子，结果听说是孙女，立刻翻脸不认账，还讽刺宋洁不会生。宋洁心高气傲，哪里受得了婆婆这种讽刺，一气之下就带着孩子回了老家，让母亲帮忙照顾孩子。后来因为张大飞亲自跑去接老婆，大家最终商量，先让孩子在宋洁母亲这里照顾，他俩还要拼命赚奶粉钱，这样才回来的。

生完妞妞之后，也许是因为心里带着怨恨，也许是因为身体没有复原，两个人的床上关系越来越简单，甚至有时候宋洁还会催促张大飞"快点儿"，让张大飞兴致索然。可他内心有愧疚，也不好说什么抱怨的话，这还不是最可怕的。最可怕的是他明显感觉宋洁对他产生了抗拒感，甚至很早睡觉，避免发生身体接触。

就在前几天宋洁意外怀孕，接着意外流产，这一系列打击下，宋洁一直以身体不好为理由直接拒绝跟他同床，其实心里也是有对他的种种怨恨。妞妞的出生让宋洁完全看清楚，自己嫁给了一个没出息的男人，如今孩子都两岁了，却没办法守在自己身边，过着应该有的亲子生活，跟着年迈的妈妈，在遥远的地方默默地成长，成了可悲的留守儿童。想起这点，宋洁就恨意难当。

在生活的打击和宋洁的抗拒下，张大飞也遭受了猛烈的刺激，他苦不堪言，一方面生活的压力巨大，是他完全没有想到的。另一方面，想想自己的未来觉得很灰暗，有点后悔自己结婚太早，应该遵循老祖宗的教导：先立业再成家，就不必肩负这么沉重的担子。

这一刻，张大飞积蓄已久的欲望如洪水猛兽般袭来，这种欲望带着一种自我逃避的意味，好像他一旦侵占了宋洁的身体，他们之间一直没解开的矛盾就会悄悄消融掉，他强硬地抱住了她。宋洁本来想大声挣扎，但是想到门外不远处目光锐利的婆婆和从不省油的小姑子，她也就放弃了挣扎，任凭张大飞在自己身上随意作为，自己则眼睛望着天花板，眼泪无声地流了出来。

一番云雨后，张大飞满意地翻身躺在枕头上，露出了笑容。黑暗中他看不到宋洁脸上的泪水和她绝望的表情，他搂过面无表情的宋洁，靠近她的耳朵说："亲爱的，我发现我越来越爱你了，我知道你对我有很多不满，可是我对你的感情是什么都无法替代的，相信我好吗？咱们肯定会渡过这些难关的。"

宋洁说："你还要说多少次重复的话？"

"我都是真心的。"

"算了，不管是不是真心的，你先想想明天怎么带你妈去医院看病吧。"

一句话，把张大飞刚刚才有的一点点柔情全浇灭了。他叹了口气，点了根烟，沉默了一会儿，说："实在不行就先找人借点钱。"

"你已经两个月没拿回钱来了，到底怎么回事？马上要交房租了，怎么办？"

张大飞说："公司里拖欠工资，也不是光我一个人的，不过你放心吧，钱是肯定会发的，只是早晚的问题。"

宋洁眼睛里闪烁着一丝绝望。

"对了，我记得你以前跟我说过你有一个大学学妹的妈妈是医生？能不能找她帮帮忙，找个熟人帮我妈看看病，这样也许可以少花点钱……"

“这种事我怎么好意思去麻烦别人？”宋洁听到这句话立刻生气了，想起欧小歌，当初欧小歌作为刚入校的新生，还是被她引领到学校的辩论队的，所以宋洁一直在欧小歌那里是有一定的自信的。然而毕业这几年，她从云端跌落到泥土里，已经跟欧小歌有天壤之别。如今沦落到要去求她帮忙给自己的婆婆看病的地步，宋洁感觉自己的尊严像瓦块一样一片一片地跌落，难以忍受。

“这有什么不好意思的？反正你们是同学，你跟她说说，她不会不答应的。”张大飞高兴地说，“没准能找找熟人，给我妈免费检查一下。”

“你别做梦了，又不是私人诊所，欧小歌她妈可是三级甲等医院的主任，找她帮忙最多能找个医术比较好的医生。”

张大飞说：“那也行啊，现在医院这么黑，花钱没准都找不到个好大夫呢。”

宋洁把身子转向里面，不想继续说话，张大飞在旁边又是腻又是求的，宋洁也没什么办法，只好答应他了。

第二天一早，宋洁给欧小歌打电话，说了说大概的情况，本来觉得面子上实在过不去，吞吞吐吐了好久，没想到欧小歌一听说“看病”，非常爽快地答应了，并且给了她一个电话，让他们联系。宋洁在电话里连连感谢，然后把电话记了下来。

“叫蒋天承是吗？”

“是的，蒋天承，刚刚回国，是我的好朋友，你直接找他就可以了。”

“小歌，真是太感谢你了……”宋洁的心情很矛盾，既有尊严在作怪，又确实非常感激欧小歌。

“哪里的话，不用客气，看病要紧，你们赶快去吧，有什么事给我打电话。”

放下电话，宋洁把电话号码给了张大飞，这时候婆婆跟小姑子也都起床了，小姑子对着镜子在描眉画眼，婆婆则捶着背不断地念叨着：“这床实在太窄了，腰越睡越疼……”

张大飞高兴地走向母亲说：“妈，小洁联系了一个医院的熟人，这回咱们把身体好好检查一下。”

“是吗？”张母似乎很不以为然，连看都没看宋洁就说，“找好医生看病，价钱会更贵吧？”

“妈，您担心那么多干吗？不是有哥呢吗？”张婷婷一个不小心，口红涂到了嘴唇外边一点，她气急败坏地拿了张面巾纸小心翼翼地擦着嘴角，顺便说道。

宋洁听了这句话，明显不高兴，转身回屋了。张母生气地对张大飞说：“看她这是什么态度？”

“心疼你花我哥哥的钱呗。”张婷婷一边涂口红一边在旁边轻描淡写地说。

张大飞说：“婷婷你别胡说了，妈，赶快准备准备，咱们马上走。”

张母显然没有那么容易平静下来，故意扯着嗓子说：“怎么？我花我儿子的钱天经地义，谁敢说什么？我养了三十年儿子，花了我一辈子时间，现在儿子反过来孝顺我，有人不满意了？”

宋洁本来不想跟婆婆一般见识，因为以前每次婆婆来，多多少少都会闹点不愉快，所以她尽量躲着她，不跟她正面接触，没想到婆婆看她不言声，反而得寸进尺，越来越嚣张，她有点忍不住了，走出来说：“妈，您这大清早的，生哪门子气啊？”

张大飞一看宋洁从屋里走出来，知道情况不好，赶快跳到中间说：“小洁，今天你在家里好好休息休息，我陪妈一会儿去看病，完了给你带好吃的，行不行？”

“我可没那么好命天天在家里躺着享福，我要去上班赚钱了。”宋洁一边说着，一边开始收拾。

“大飞！你让她说！”张母气势汹汹地走过来说，“这些指桑骂槐的话到底说给谁听的？”

张大飞急得满头大汗，他恨妹妹挑事多嘴，也怪母亲过于尖锐，但是这俩生命中的女人、亲人，他也实在是没有办法控制她们。

宋洁显然已经火力全开，隐忍模式关闭，如今战斗模式开启，人一旦解开了绳索，一切无所畏惧。

宋洁说：“指桑骂槐？用得着那么累吗？说的是谁，谁清楚得很。”

“小洁……”张大飞的心扑通一下跌到地上，他预感到一场暴风雨就要席卷而来。

“你一天到晚阴气沉沉到底是做给谁看的，我来我儿子家，光明正大，不是看你脸色的！”

“妈……”张大飞急坏了，左右为难，谁都按不住。

宋洁冷笑一声，语气轻蔑地说：“不好意思，见你我还真笑不出来。”

“你说什么？”张母气得浑身发抖，脸色铁青。

正在化妆的张婷婷马上站出来做出保护母亲的姿态说：“嫂子，你说话可别太那个了，怎么说你也是晚辈，你怎么能这么跟我妈说话？”

“你知道那是你妈就好。”宋洁毫不客气地回敬道，“她不是我妈，她现在来的不光是她儿子的家，也是我的家，在我的家里，我喜欢怎么样就怎么样，我高兴我不高兴，谁都管不着！”

“是啊，肯定管不着，一天到晚哭丧着个脸，难怪生不出儿子。”

“生儿子有什么用，还不是一样买不起房子，养不起老婆孩子？也不知道你这些生殖优越感是从哪里来的。”宋洁好歹也是大学辩论赛的辩手，说起刻薄话来牙尖嘴利，完全不服输。

“嫂子，你说话太难听了，我哥哥那是娶了你才这么背的，如果他想开点，找个白富美，至于这么惨吗？”张婷婷勇敢地站在母亲一边，把宋洁羞辱了个底朝天。

宋洁说：“照你这么说，你母亲生了俩孩子，都得靠抱着别人大腿过生活，这也不值得骄傲吧？”

“大飞！你听听你媳妇说的话，这都是人话吗？这全是你惯出来的！她眼里还有我这个婆婆吗？”张母大声地喊着，由于早晨起来窗户大开，估计全楼上的邻居都可以听到张大飞家一大早传出来的战斗声音。

张大飞头都快要爆炸了，他按下葱起来蒜，简直手忙脚乱。

说真的，他也觉得自己的母亲是有点没事找事，可是母亲的脾气一向很强势，他没办法控制，宋洁也不是软柿子，任人随便捏扭，虽然大部分时间她并不跟自己的母亲一般见识，能避则避，但一旦较起真来，那也是山洪暴发。自己夹在中间，谁的立场他都不敢得罪，他也不敢站在任何人一边，于是他练就了一套和稀泥的办法，这边尽量让母亲别太出格，那边只好等夜深人静的二人世界中再拿柔情蜜意安慰妻子。这几年的家庭危机应对让他简直当上一流的公关经理了，有时侯他自嘲说天下男人际遇都一样，可别人面对这千年难解的婆媳恩仇，真的如他那般窝囊吗？不知道。

眼看三个女人吵嚷了半天没完没了，张大飞终于在沉默中爆发，他突然喝了一声：“到底还去不去医院了？”

一声喝叫，几个人都停止了叫喊。

张婷婷若无其事地继续化妆，宋洁轻蔑地留下所有人再次进了屋。只留下一屋子的硝烟弥漫在不大的客厅里。

张母说：“我是多一天都待不下去了，大飞，咱们赶快去医院，看完病之后我走，别留在这里碍眼碍事的！”

“妈，您别说气话了，看病要紧。走吧，婷婷，你去不去？”张大飞赶快拉着母亲往外走，张婷婷本来不想陪母亲去医院，但是看到母亲一脸的怒火，只好又收拾收拾发型，快步地跟了出去。

屋里的宋洁满脸泪水，虽然已经习惯了婆婆的刁难，但是每一次她都有一种伤心欲裂的感觉，为什么一旦结了婚她就要莫名其妙地忍受一个原本不认识的女人的气呢？难道只是为了维持这个她根本不留恋的家庭？有时侯她真想一走了之，可是想想自己跟张大飞患难夫妻这几年，说一点感情没有是假的，可因为这个而让她承受一切委屈，她绝对不愿意接受。

可是如今该何去何从？结婚三四年，自己为这个家庭付出很多，还有了一个留守儿童小妞妞，自己也眼看三十岁了，这些年的奔波生活让鲜亮的青春早就不再，离开张大飞可能就是一个念头的事，就这么一走了之心中不甘，最重要的是，就算她现在赌气一走了之，但是以后呢？

她该往哪里去？世界那么复杂，谋生那么困难，想潇洒如风并不是件容易的事。她可以忍受贫穷带来的清苦，却没办法接受这些莫名其妙的攻击。想起婆婆那张恶狠狠的嘴脸和毫不善良的皱纹，那种无法形容的厌恶感将她深深淹没。

她还得打起精神去上班。

宋洁昏昏沉沉来到工作的酒店，换好工作服，只觉得头晕目眩，几乎站立不稳，有一个女同事看到宋洁的样子，关切地问道："宋姐，你怎么了？"

宋洁很坚强地露出笑容，强撑着说："没事，有点低血糖。"

"没吃早饭吧？我刚才买了一份早餐但是现在要出去，你能帮我吃掉吗？"同事手里拎了一个纸袋子，宋洁连连拒绝。

同事说："客户给我打电话，让我马上过去，真的来不及吃了，扔掉又浪费……哎，宋姐我不是这意思，你别误会。"

宋洁点点头说："我知道，谢谢。"

说着，她接过了同事手里的早餐，接着拿手机打算转账。

同事说："宋姐你别这么客气了，没多少钱，你还算帮我了呢，我得赶快去见客户了，他们公司有一个年底聚会正在找场地，这月我的业绩太差，我得抓住这个好机会。宋姐，我不跟你说了，我得赶快去了。"

女同事说着，着急地跑出去了，早餐还热着，豆浆馅饼，食欲抵不上谋生的艰难重要，所以，被遗弃的早餐落在宋洁手里。

业绩，业绩，她的业绩在哪里？

想到这里，她对于欧小歌没有选她的酒店办婚宴产生了怨恨。

公共汽车上，张大飞好容易抢到一个座位，赶快招手让母亲来坐，晃晃悠悠的张婷婷在一边很不满意地说："哥，妈身体本来就不好，干吗要挤公车呢？"

"现在是上班高峰，每个路段都堵，不好打车。"张大飞信口编了个谎话，搪塞过去自己的穷酸。

张婷婷说："哥，你在北京待了这么多年，也该混上辆车了，我那个网友，人家光私家车就好几辆呢，而且都是名牌，想想，开出去多风光！"

"吹谁不会啊，我还吹我有十套别墅呢。"

"人家车都开出来了，你有本事把十套别墅的钥匙拿出来啊！"

"现在满大街都是租车服务，你以为租辆车很难吗？"

"租辆车是不难，但是人家浑身名牌，手表是欧米茄的，腰带是爱马仕，这些都是租的？"

"你想要吗？两百块一天，哥哥全给你租来。"

"哥，我觉得你现在完全活在现实里，你不但是没见过有钱人，甚至都不相信这世界上有很多人钱多得花不完。"张婷婷撇撇嘴，对哥哥不以为然。

"我不是不相信，好吧，就算有这种人，他会看上你？"

张婷婷生气地说："我很差吗？我年轻貌美，童颜巨奶大长腿，哪点不好？"

"你少嘚瑟点比什么都强，现在骗子就专门骗你们这种无知少女。"

张婷婷话锋一转，说："哥，你帮我打听一下哪里有微整形做得好的？"

"你要干吗？"

"我觉得我的眼睛不够大，想找个地方开眼角。"

"开眼角、开嘴角都没问题，别问我要钱就行。"

"你现在给我钱都不是白给的，这算是投资，哪天我发达了，这都是你的功劳。"

"我谢谢你了，姑奶奶，你发达不用想着我，你现在别给我添乱我就谢天谢地了。"

张母瞪着张大飞说："你挣了钱，多给你妹妹花点不冤枉，别都交给你那个丧门脸媳妇，咱们才是一家人！"

两人的对话被公交车上的其他人听到，投以鄙夷的侧目。

"我哥可不这么想，他心里只有我嫂子，现在咱们都是他的外人了。"张婷婷添油加醋，原本就一肚子气的张母被浇起新一轮的不满。

张母说："你看她那副德行，还大学生呢！说话没素质！好好一个人，没病没灾不去上班挣钱，整天在家里装什么阔太太？我儿子累死累活赚钱养她，她还不满足，还整天阴着一张臭脸，一看就是扫把星转世，我看我儿子的好运都被她给扫没了！”

“妈……她不是没上班，她最近……病了。”

“是个大小姐吗？身体那么弱，成天病快快的！我看她就是借口装病！儿子生不出来一个，倒是一天到晚想当娘娘！”

由于张母的声音过大，又是浓重的外地口音，引得公交车上的人频频向她行注目礼，看着这家人的热闹，为自己平淡生活增加一点狗血边角料。

张大飞压了压帽子的边沿，生怕有熟人在车上听到这些难听的话，家丑不可外扬，这可是从小母亲给自己的训导，如今母亲却违背了自己的信条，恨不得拿个大喇叭来广播给全世界听家里这些龃龉。

张母不但无视那些飞过来的目光，反而像是找到了发泄的平台般，越说越起劲，恨不能把宋洁形容成一个万人唾弃千人追打的过街老鼠。张大飞也有些听不过去了，说：“妈，您小点声，人家都看着咱呢。”

“看着咱？咱没做亏心事，还怕人看？大飞，我没想到你那么怕你媳妇，她有什么好？给你吃了什么药？让你这么服服帖帖的？连你妈都没见你这么孝顺过！”

张婷婷添油加醋地说：“我哥就是傻，人家多会耍手段呀，往床上一躺什么都不干，我哥还得整天赔着笑脸伺候人家，自己的老妈妹妹被人欺负，连大气都不敢喘一下。真该给他发个大义灭亲模范丈夫的奖状！”

张大飞只好全程看着车窗外流动的风景，没有半点办法能够让身边这两个女人稍微克制一点。一盆一盆的脏水就像是直接倒在他的头上，让他浑身发冷，却无力反抗。

到了医院门口，张大飞赶快打电话找蒋天承。没想到蒋天承的电话一直打不通，不是说不在服务区就是说正在通话中，张大飞急得满头大汗，赶快打电话找宋洁。宋洁当时正在开会也没接电话，张大飞连续拨打二十多遍都没人接，张大飞又是留言又是发信息，就差没报警了。

张母在旁边说：“这就是你媳妇找的熟人？连电话都打不通？是不是她故意这么干的？现在可好，连她都找不着，说是身体不舒服，请假在家里休息，谁知道咱们一走，她干什么去了？”

张大飞正在焦急中，也没听进去母亲在说什么，宋洁是临时决定去上班，并没跟张大飞报备，所以张大飞心里也是七上八下的。

按说这时候宋洁确实不应该出门，因为她一向是睡到十点钟以后才会出门采购的，难道是睡得太香没听到电话？也不可能啊，因为电话就在他们卧室的床头上，无论睡得多么熟也不可能连电话铃声都听不到的，除非不在家。

张大飞如热锅上的蚂蚁，焦虑得快要抓狂。

想来想去，既然已经来医院了，不太可能空手而返，于是他跟张婷婷说让她先照顾母亲，他则去一边排长队先去挂号了。

大医院永远是人来人往，熙熙攘攘，好像永远有人在生病，永远有人在排队挂号，永远有人在取药，张大飞感慨着，有什么别有病，虽然自己现在穷了点，至少有个不错的身体，也值得欣慰了。

眼看马上就要排到自己的时候，他的电话突然响了，是一个陌生的号码，他接了电话，一个男人的声音从电话里面传了出来："喂？你好，我是蒋天承。"

张大飞一听，高兴地说："蒋大夫，你好！我刚才一直给你打电话呢打不通。"

"你是宋洁的家属吗？"

"对对，我是她丈夫。"

"哦，真抱歉，刚才我的手机没电了，你们的事欧小歌昨天晚上跟我说了，挂完号你直接带你母亲来我这里吧。"

张大飞高兴地带了母亲和妹妹走向蒋天承的办公室，门一推开，张婷婷眼睛几乎就发了光，她看到了一个年轻、英俊、挺拔的男医生，这男人的笑容在嘴角若隐若现，细长眼睛，白皮肤，一口洁白的牙齿，举止高贵，做派洋气，完全就是她梦中的完美情人！

张婷婷呆住了，简直忘记了自己是来医院陪母亲看病，还以为自己是掉进了某个偶像剧的场景中，完全沉醉了……

张大飞和张母则完全没有注意到张婷婷的异常，他们非常礼貌地跟蒋天承握了手，寒暄了一番，然后张母由蒋天承带着进到了治疗室，这会儿张大飞才注意到自己妹妹竟然花痴一样，目光呆滞地站在原地发呆。

"喂，你怎么了？"张大飞推了妹妹一把，张婷婷才缓过神来，她夸张地说："哥，刚才那个医生，他结婚了吗？"

"我哪知道人家结婚了没？干吗？"

"如果他没有结婚的话，我要追他！"张婷婷兴奋地抓住张大飞的胳膊，"太帅了！太帅了！”

“你有点出息好不好？你那个全身名牌的网友呢？你晚上不是还要跟人家见面吗？这么一会儿你就转移目标了？”

“哎呀，这叫择优录取，什么网友不网友的，你不也说了吗？万一受了骗我找谁哭去，不如眼前这个帅医生来得靠谱一些。不行，你赶快把他的电话号码告诉我，快！”张婷婷激动地抢过张大飞手里一直拿着的小字条，把蒋天承的电话记在手机上，得意地吻了一下自己挂满了装饰的叮叮当当的手机。

过了一会儿，蒋天承和张母一起出来了，张大飞迎上去问询母亲的情况，张婷婷则故意搔首弄姿想引起蒋天承的注意，不过蒋天承自始至终没有把注意力放在张婷婷身上。

“你母亲的身体没什么大事，可能是年龄的缘故，腰部肌肉有点劳损的现象，不碍事，多休息，少干重活，慢慢地调养比较重要，我给她开了药，你们一会儿去拿药就可以了。”

张大飞听了之后顿觉放松，各种感谢。

“不要太紧张，有时侯心理压力大，对身体没任何好处。”蒋天承说完，随手给张大飞开了一张处方，然后客气地站了起来。张大飞连连感谢，张婷婷也故意跑过去跟蒋天承握手，然后依依不舍地走出了医院。

“这下可放心了，妈，太好了，太好了，真得感谢小洁的那个同学，给咱们找了个不错的医生，我估计你这种情况要是换了一般的医院，怎么也得让你轮番检查一番，那都不知道得花多少冤枉钱！”张大飞高兴得简直连话都不会说了，他本来以为这次看病至少也得花个几千块，没想到拿了几贴膏药花了还不到一顿正经的饭钱，他恨不得马上飞回家去跟宋洁汇报这个大喜讯，可惜自己脚下不能生风。

没想到张母听到自己没有什么大问题的消息不但没有高兴，反而还是皱着眉说：“大飞，你说这医生看得准吗？就这么摸了几下就知道我没事？”

“妈，看您说的，宋洁说了，这人很厉害，是从美国留学回来的，非常专业的，您放心吧。”

张母半信半疑地用手托着自己的腰，想了半天，说：“难道是那天我抬柜子闪了腰？”

“不管怎么说，妈得在北京好好调理一段时间，哥你让嫂子别老惹妈不高兴，生气对身体可是相当不利。”

张大飞只顾高兴，连连答应着，张母说：“大飞，你那个床我睡不惯，以前没有婷婷跟着，我自己还好说一些，这次我们两个人挤在一张床上，我身体又不好，吃不消，我看你得给我想想办法。”

张大飞说：“我昨天不是说了吗？让婷婷跟小洁睡大床，我睡沙发，您一个人睡那张床，这不是两全其美的事吗？”

“我可不愿意跟她挤。”张婷婷立刻反对，“看着她吊着那张脸我就觉得浑身不舒服。”

张母也不同意，张大飞说：“那怎么办？”

张婷婷说：“你跟宋洁睡小床，我跟咱妈睡大床。”

张大飞说：“这不合适吧？我倒是没问题，小洁她身体也不好……”

“小洁小洁，你眼里全是你媳妇，到底还有没有我这个妈了？我也只是暂住几天，这么一点委屈都受不了？非让你老妈受罪？”

“对啊，哥，你太不应该了！我可完全是为了照顾咱妈啊！”

眼看着妹妹和母亲同心同气完全在一个战壕，根本没有商量的余地，张大飞陷入一阵为难中，他说：“我回去跟小洁商量商量吧。”

“就知道你会这么说，你做男人是怎么做的？这个家到底是谁当家？这么一点主都做不了？”张母又生气了，怒骂儿子。

张大飞悻悻地说：“妈，这件事比较重要，我真得跟她商量商量。”

“妈，你别再骂我哥了，他被我嫂子管傻了，你现在骂他也没用了，只能听我嫂子的了。”

“行，你商量吧，实在不行的话我睡地板上好了！”张母气哼哼地说着。

张大飞叹了口气。

Chapter 11 //

还没想结婚，就已经当了爸爸

吃午饭的时候，欧小歌接到了蒋天承的电话，他跟她大概说了说宋洁婆婆的病情，让欧小歌放心，欧小歌愉快地说："真是太谢谢你了。"

"现在学会客气了？"蒋天承笑着说。

"是啊，最近各种面试，我把一辈子的客气话都说完了。"

蒋天承笑着说："结果怎么样？"

"跟找对象差不多，看上我的我觉得一般，我看上的还没给我消息，挺焦虑的。"

"别着急，总会遇到最合适的。"

"我也不着急，现在一心忙着筹备婚礼，暂时先在一个时尚网站上班，等结婚后再看情况吧。"

"说真的，我挺意外的。"

"看我变得这么美又有礼貌，不适应了？"

"我一直以为像你这样的个性，一定会洒洒脱脱玩几年，没想到你这么早就嫁出去了。"

"结婚就不能洒洒脱脱吗？"

"结婚是人生另一个阶段吧。"

"我觉得大家把婚姻都说得太可怕了，什么坟墓，什么终结……感觉结婚就是走进了死胡同，我倒是要看看，这婚姻到底有多么可怕，我想要不一样的婚姻，不一样的生活！"

"我很期待你欧小歌能够让我看看什么样的婚姻是不一样的，不过我相信你一定会做到。”

“为什么？”

“因为你是我心目中的神奇少女啊。”

“哈哈哈哈……我可当作这是你对我的赞美，全部收下了！”

“闭上眼睛想象了一下，你穿婚纱应该挺好看。”

欧小歌说：“说真的，我不喜欢婚纱，咱们又没信仰，仪式也不在教堂，穿婚纱不觉得不伦不类吗？”

“很多女人毕生的梦想不就是身穿婚纱的那一刻吗？”

“我喜欢传统的婚礼，大红大紫，多喜庆，现在满大街婚纱，看着特傻。有一次我在外面看到一对拍婚纱照的，那女的婚纱外面还露着半截秋裤呢，粉色的，真惊悚！”

蒋天承在电话那边被逗得哈哈大笑起来。

欧小歌还在起劲地说：“真的，我没骗你，秋裤底下还有一段白色的袜边儿……”

听到欧小歌认真辩解，蒋天承更加觉得好笑，他说：“小歌，这么多年你真是一点都没有变，跟我小时候认识的你一模一样，没心没肺，贫嘴丫头。”

“我是没变，你这些年可是变化太大了。”

“怎么？变成无趣大叔了？”

“不是，就是觉得你特稳重了，不过也是，你现在是牛 × 闪闪的外科医生，青年俊杰，不一样了。”

“请多指教。”

“我可不敢，你什么时候也结个婚玩玩，咱们有很多话题可聊。”

“结个婚玩玩？我现在哪有时间，没完没了的课题研究，没完没了的学术交流。过几年再说吧，一旦结婚之后，就会有一大堆麻烦跟着来，还不如单身自由。”

“哪有那么多麻烦？结婚多好，有人陪你哭有人陪你笑，陪你上刀山下火海，趁年轻美貌，你也拖个倒霉蛋下水吧。”

“小姐，等我有空了再说，行吗？现在我可是要去开会了。”

“行行行，蒋大医生，不打扰了，再次感谢啊，这几天请你吃饭。”

挂了电话，欧小歌正准备吃饭，突然接到了唐静心的电话。

电话中，唐静心的声音听起来非常难过，似乎刚刚哭过。她说想见见欧小歌，有话跟她说，就在她小区的楼下呢，欧小歌听了，火速飞奔了下去。

老远看到唐静心站在一棵大树下，形容憔悴的模样，欧小歌跑过去问道："怎么了？静心？发生什么事了？"

唐静心话还没说出口，眼泪夺眶而出。

欧小歌吓坏了，赶快拉着唐静心说："到底怎么了？你别哭，我们找个咖啡馆坐下来说？"

唐静心点点头，欧小歌带她去了小区附近的一个咖啡馆。

坐定之后，两人点了咖啡和一点甜点，

"小歌……真不好意思，突然把你叫出来……我实在是走投无路了，又找不到人商量……"

欧小歌听到唐静心的话有点严重，小心地问："出什么事了？"

唐静心露出为难的神色，似乎有难言之隐，无法说出口。

咖啡和甜点都上来了，美好地摆在两人面前，欧小歌饿得头晕脑涨，忍不住先吃了起来。

唐静心看起来没有半点胃口，她神色黯然地盯着桌上的某处发了半天呆，然后对欧小歌说："小歌，我——怀孕了。"

"啊？"欧小歌吓了一跳，"怀孕了？"

"是的，我刚刚从医院出来，这几天总觉得精神状态特别不好，老想睡觉，就去医院检查了一下，结果医生告诉我说，我怀孕了。"

欧小歌觉得这个消息非常意外，再看唐静心的表情，感觉她跟高强并没有和好。

"我现在非常矛盾……一方面，我非常想要这个孩子，可是一想到我跟高强还有他母亲的关系，我就绝望了。"

"高强知道这件事吗？"

"我还没跟他说，那天吵架之后，我们一直没怎么联系，他中间给我发过几次信息，但是我都没有回，我觉得我们俩之间的矛盾根本就没办法消除。"

"这么大的事，你还是应该跟他商量商量。"

"我现在处于一个相当尴尬的局面，本来我是想好了要跟他分手，谁知道在这个时候忽然怀孕了，我俩在一起的时间其实也并不多，怎么这么巧，真是要命了，这下我真的太被动了。"

"小宝宝是上天送来的礼物，你不要太难受了。"

“如果我们俩感情好好的，我当然是非常开心激动，我年龄也不小了，这时候成家立业也是我的理想，问题是我跟高强的妈妈完全没办法相处。”

“为了宝宝，要不你妥协一下？也许他妈妈知道有了宝宝，会改变对你的偏见。”

“我觉得不会，他妈对我的敌意实在是太大了，总觉得外地人都是诈骗犯，这对我来说实在是一个难以接受的侮辱。”

“怎么会？我也找了一个外地人，我不觉得这有什么问题。”

“他妈要是像你这么想就好了，她的想法非常阴暗，总觉得别人有目的。我现在觉得，这时候如果我告诉高强怀孕了，没准他妈怀疑我拿这个来要挟他。”

“那你现在怎么想的？”

“实在不行就打掉。”

“孩子是无辜的，不管大人发生了什么事情，都不该拿一条生命去牺牲啊，我觉得你还是跟高强说清楚，看他什么意思吧。”

“小歌……”唐静心欲言又止，似乎有话要说。

欧小歌说：“需要我做什么？”

“我想，你们跟高强是邻居，你妈估计也认识高强他妈，能不能麻烦你帮我一个忙……”

欧小歌说：“让我去告诉他，对吗？”

唐静心叹了口气，点了点头：“我实在不知道该怎么面对他。”

欧小歌想了想，答应了唐静心的要求，她说：“我可以把这个消息告诉高强，不过这毕竟是你们俩的大事，还是希望你们俩能好好谈谈。”

“我也不想这样，我已经三十多岁了，很想要这个孩子，如果跟高强处理不好关系，孩子有可能一出生就变成单亲，没名没分，受人歧视，这对于孩子来说，是一个彻底的悲剧！”

“是啊，高强本来就在一个单亲家庭长大，他不应该再让自己的孩子有像他一样的遭遇，我今晚就把这件事告诉他，希望你们俩能够暂时放下心里的小别扭，好好地对孩子负责。”

唐静心满怀希望地点了点头。

一下班，欧小歌就给林佳铭打了个电话，说自己晚上有点事在父母家吃饭，让他给公婆准备饭菜。

林佳铭满口答应下来，让欧小歌放心，欧小歌挂了电话直接奔高强的家里去了。

按了半天门铃，门才打开，高强的母亲从门缝里探出头，带着非常警惕的眼神，看到是欧小歌，才放下心来。高平和欧小歌的母亲是相互认识的，经常一起跳舞，加上欧小歌很有礼貌，见人就笑，高平显然对欧小歌这样的无公害姑娘非常欣赏。

高平打开门，露出了笑容，热情地招呼她进屋。

“小歌啊，我昨天还去你家看你妈妈了，她看起来好多了。”

“谢谢高阿姨。”欧小歌礼貌地笑了笑，问道，“高强在家吗？”

“你找强强啊？他刚出去买啤酒了，估计一会儿就回来，你找他有什么事吗？”

欧小歌说：“没什么大事。那我等他一会儿吧。”

高平说：“行，那你随便坐坐，吃点水果吧。”

“高阿姨，您忙吧，不用管我。”欧小歌笑着说，顺便拿起一个苹果就吃了。

高平点了点头，走进了厨房里。

欧小歌暗想，虽然高平看起来是有些冷淡、孤僻，不过真的看不出来她像唐静心形容的那么可恶，让唐静心如此抵触，也许俩人的沟通有什么误会？

正想着，高平从厨房里露出头来说：“小歌啊，我听你妈说，你下周就要举行婚礼了！”

“是啊，我妈给您发请柬了吗？”

“发了，我那天一定去。”

“谢谢高阿姨。”

高平一边忙活一边问道：“听说你的丈夫跟你是大学同学，还在研究所工作，真不错啊。”

“是啊，我们俩是大学同学。”

“他家是北京的吗？”

“不是，是贵州的。”

“哦。”高平说，“听你妈说的时候还吃惊呢，你比我们强强小好几岁吧，才刚大学毕业就把婚事给办完了，真是让人羡慕啊。”

“我妈为这件事骂了我好久呢，觉得我太草率了。”

“能遇到个满意的对象，不分早晚。”高平反而安慰欧小歌，“不知道我们强强什么时候有福气找到像你这么漂亮可爱的女朋友。”

“谢谢高阿姨……高强他……还没有女朋友吗？”欧小歌试探地问道。

“没有呢！他眼高，谁都看不上。唉，我也劝过他，差不多就行了，不要那么挑剔，现在通情达理、善解人意、聪明懂事的姑娘可不好找呀。”

欧小歌想到唐静心，明明跟高强是恋爱关系，却在高平这里完全不被承认，难怪她会如此难受。

想到这里，欧小歌忍不住问道：“高阿姨，上回我看到有一个很漂亮的女孩子从你们家出来呢，那个不是高强的女朋友吗？”

“哦？那个不是。那是个外地的，不是什么正经人，不知道对我们强强有什么目的，强强早就不跟她来往了。”高平的语气因为提到了唐静心，一下子变得尖锐很多，特别是提到“外地人”的时候，几乎是带着完全的鄙视的。

欧小歌说：“我丈夫也是外地人，他是贵州乡下的。”

“哦……”高平笑笑说，“有一些外地人，通过自己的努力，考上大学，有一份正经的工作，那也是不错的，不过那个姑娘可不是这样的，好像就念了一个成人大专，我怀疑她那个文凭没准都是假的。三十多岁的人，也没结婚，一个人在北京不知道做什么买卖，还买了房子买了车，让人怀疑她的钱是从哪里来的。”

“高阿姨，您是不是对她有点偏见啊，三十岁买房买车的人很多，说明她很有能力呀。”

高平撇了撇嘴，一脸不屑一顾的样子，啪啪地在菜板上切洋葱，切得自己两眼泪汪汪的，她擦了擦眼泪，继续切。

眼看话不投机半句多，欧小歌悻悻地坐回了客厅，继续等待高强，顺便把高强家大概看了一遍。高强的家只有一室一厅，面积有五十多平方米，屋里挂满了高平的种种物件，看起来井然有序又霸道，仿佛每件物品都竖立在自己的位置上标明这是一个完完全全属于高平的家，任何人都别想挤进来半寸。

客厅本来还不算小，可是拉了个帘子，隔出了一小间，应该是高强的卧室，因为帘子半开着，隐隐约约可以看到里面的摆设，床上七零八落地摆着一些杂志、烟盒、打火机，以及一些其他用品，跟客厅的摆设截然不同的风格，也好像在昭示着高强有点反叛的个性。

欧小歌笑了笑，觉得自己的想法未必正确，收回目光的时候，门开了，高强拎着一大堆罐装啤酒，还有两条红塔山回来了，一看到欧小歌，高强吓了一跳，因为上次在小区外面的遇见，让高强显得有点抗拒。

看到高强进来，欧小歌赶快站了起来，跟高强打了个招呼，说找他有点事，希望他能在门口说会儿话。高强迟疑了一下默许了，跟在厨房的母亲说了几句话，就跟欧小歌出去了。

在小区的花坛边，高强点了根烟，看着欧小歌，欧小歌注意到高强的脸色非常难看，似乎是熬夜失眠引起的，看起来跟唐静心的矛盾对他的影响还是非常大的。

欧小歌正在思考着怎么开口的时候，高强突然说："是她要你来找我的吧？"

欧小歌似乎被人一眼看穿，有点不好意思地说："你怎么知道？"

"猜的，你还能有其他的事来找我？"

欧小歌点点头说："你说的没错，是唐静心要我来找你的，你们俩还在冷战呢？"

"分手了。"高强简单地说。

"说气话吧？"

"我们俩之间，根本不是气话不气话的问题。"

"那是什么问题？"

"说不清楚。总之，我们俩已经分手了，这事已经翻篇了。她要你跟我说什么？有什么事为什么她自己不来找我？还要麻烦你特地跑一趟。"

"你真的决定跟她分手了吗？不觉得可惜吗？"

高强沉默了一下，吸了口烟，望着远方，什么话都没有说。

欧小歌试探地问："还是对她放不下的，对吗？"

"没有用。那天你也看到了，她那种态度，我实在没办法接受。她个性太强，跟我妈相处不来，我不能因为找了女朋友，就不顾我妈了，这我办不到。"

"也就是说，其实你们俩的矛盾只是因为你妈，对吗？你们俩之间还是有感情的。"

"两个人既然能够谈恋爱，肯定是有感情的，但是现实不是那么简单的，不是光俩人有感情就行了。我现在年龄也不小了，应该成家了，我找媳妇最重要的一点就是要孝顺父母，我妈养我这么大不容易，我希望以后能好好地回报她，不可能找个外人来气她。她太不懂事了，也太不了解我了。"

"我觉得，唐静心其实挺好的，不会是故意跟你妈妈作对那种人，应该是沟通有问题，你可以在中间积极化解一下啊，逃避不是办法。"

"我也不是没努力过，但是我能力有限，我妈脾气大我认了，她养我这么多年，对我怎么着我都认了，但是女朋友这么强势，我受不了。”高强低沉地说，语气里布满绝望。

欧小歌说：“一定会有办法的，别这么早就泄气啊，唐静心对你还是很有感情的，你别这么快就放弃。”

“这世界上有情无缘的事多了，也不差我们这一对，谢谢你的好心，不过，我觉得没必要再说了。”高强看起来已经不对复合有信心了。

欧小歌看到高强的状态，也不打算继续浪费时间了，她直截了当地说：“我今天来找你，是想告诉你一件事情，唐静心怀孕了。”

高强被这消息吓得目瞪口呆，手里的烟都掉在了地上，他不可思议地看着欧小歌说：“没骗我吧？”

“怎么会？这么大的事。”欧小歌说。

高强左顾右盼了一会儿，然后呆呆地看着欧小歌说：“真的？”

“嗯。”

“什么时候的事？”

“她今天告诉我的。”

高强沉默了一会儿，完全是发蒙的状态，他皱着眉头连连低语：“太意外了，太意外了。”

“你打算怎么办？”

“我……她打算怎么办？”高强问。

“她想要这孩子。”

“哦……”

“但是不想让孩子有一个单亲家庭。”

高强无语了，沉思半天，嘴里蹦出一句：“这算个什么事儿？”

“当然是大喜事儿了，你要当爸爸了，恭喜。”

高强还沉浸在“怎么可能”的惊讶里，甚至没有想到自己应该在此刻做出一个适当的表决，面对欧小歌的恭喜，他简直觉得哭笑不得，到底是应该“恭喜”还是“保重”？对他来说这绝对不是一件喜事。高强的整个大脑都处于缺氧状态，完全没办法正常思考了。直到高平在窗户上露出头来喊“强强，该吃饭了”的时候，他才恍然大悟，回到了现实里来。

他迅速应了一声，对欧小歌说："这件事太意外、太突然了，我得有点时间反应反应。"

欧小歌说："反应什么呀？赶快回家跟妈妈报喜，她要当奶奶了。"

高强哭笑不得地说："抱歉，我不觉得这句话是好话。"

"高阿姨就算真的不喜欢唐静心，她难道也不喜欢自己的孙子吗？"

"问题就是，这是唐静心的孩子，唉，我跟你也说不清楚了……先这样吧，无论如何，谢谢你跑来跟我说这些……唉。"

"你回去好好考虑考虑吧，唐静心现在非常烦恼，我觉得你们俩应该好好地谈谈这件事。孩子是无辜的，既然他已经到来了，就应该给他一个圆满美好的家庭环境，毕竟他是你们爱情的结晶，你说呢？"

高强几乎是要逃跑的姿态说："成，我回去好好考虑一下，我会找她谈谈的，我先回家了，我妈喊我呢……谢谢你啊！谢谢！"

欧小歌看着高强远去的身影，突然觉得一阵凄凉，看到高平提起唐静心的那种鄙夷，看到高强对唐静心怀孕事件的反应，她开始怀疑自己的判断是否准确。这样的唐静心，如此被动的情况下嫁到并不欢迎她的高家，真的可以得到幸福吗？

高强仓皇地回到家里，神色慌张地冲到卫生间洗了把脸，抬起头来的时候，看到镜子里一张茫然的脸。他的脑子里始终盘旋着一个声音："恭喜你，你要当爸爸了。"高强无论如何也没办法接受这个事实，在别人看来的喜事，对他来说，简直是灾难。

在高强的认知里，"爸爸"一个词代表的是冷漠和仇恨。在母亲的控诉里，从小他就知道爸爸是个浑蛋，爸爸辜负了妈妈，爸爸让一个原本幸福的家庭支离破碎，爸爸不给赡养费，爸爸从来没有爱过自己，以至于很多年里，一提到爸爸这个词，高强的心里都是充满了复仇的欲望。他曾经无数次地设想遇到爸爸、报复他的情景，比如说躲在角落里，冷不防地给他一刀；比如说，从高空中搬起一块巨大的石头，将爸爸砸进大地春泥里；再比如说，拿一盆粪便直接扣到爸爸的头上……高强的心灵从小就在母亲的诅咒声中扭曲、变形，恨意盎然，很多年里他都没办法纠正这种不正常的心态，好像自己一不恨爸爸了，就是对妈妈的极大背叛，而他最害怕的事情，就是让妈妈伤心。妈妈已经为一个可恨的男人伤透了心，自己不该再让她伤心了，自己的职责是保护她，避免她受到任何伤害。

妈妈对于高强来说，就是生命，就是庇护所，就是一切，就是所有，甚至在高强的意识里，没有任何事情是比妈妈更重要的，这也就是他一直没有办法顺利恋爱结婚的主要原因。只要母亲不喜欢的，他就会觉得不好，很难做到违抗母命去为自己争取什么，为自己的感情争取点什么。

前几年他曾经有一个非常相爱的女孩，也因为母亲看她不顺眼，觉得安妮“长得不够端庄做事不够大气”而不得不分手了。这个分手原因高强实在说不出口，所以只能以态度冷淡慢慢疏离而达到了分手的目的。

分手后，安妮曾经几次挽回无果，闹过自杀，躺在医院里求高强来见她一面，为了避免藕断丝连，高强硬是狠心无情地没有去看望她，他的绝情倒是让女孩彻底死了心。她明白这世间有一种情敌是永远没办法战胜的，有一种女人是永远无法打败的，那就是男朋友的妈妈。

身心绝望的安妮离开北京去了日本，从此再无消息。

在跟安妮分手的很多年里，高强都处于爱无能的状态，这一场感情里他受的伤害也很大，甚至有点害怕爱情了。想起安妮他就觉得自己很难再燃起爱火，很难勇敢地跟谁投入爱河，很难任凭自己投入。直到半年前遇到唐静心，他被她的热情和能干所打动，知道她一个人在北京闯荡的艰辛，也很佩服她年纪轻轻已经是突出的业务骨干，最重要的一点，唐静心眉宇间有点点像他曾经深爱过的安妮，尤其是笑的时候的神态。很多次约会的时候，他都恍惚地感觉到唐静心就是当初离开他的那个女孩。带着对安妮的遗憾和歉意，他对唐静心的好感迅速提升。

本来他以为凭唐静心的得体大方，丰富的为人处世经验，一定会跟自己的母亲相处好的，也能够了却他心里的一块病。满心欢喜地约了几次，母亲都是一副不感兴趣的状态，几次爽约后，终于在某个周末，高强精心安排了一场“意外相逢”，让母亲跟唐静心见了面，顺便连续几天让唐静心到家里来，熟悉一下家庭生活，没料到悲剧再一次上演。母亲对于唐静心的意见已经不仅仅是相貌和气质上的厌烦，而是直接攻击到了身份和品行上，“外地人”“没安好心”“肯定有阴谋”“一看就是诈骗犯”等等一系列强烈带有人身侮辱的话一波一波涌入高强的耳朵，他不忍听，又不敢反抗母亲，他完全不懂母亲对于唐静心的敌意为什么如此之大。难道只是因为表哥遇到了一个骗钱的东北女孩，让母亲对外地人有如此大的排斥感？他又不敢跟母亲对峙这件事，稍微提了句“静心不是这样的”，已经被母亲骂了个狗血淋头，几天没搭理他，他自问没有胆量再为她争取任何“正义”了，在他和母亲的世界里，母亲的意见就是正义。

在这样强大得不可更改的条约下，明知道一切也许不够公平，可是高强依然选择了沉默、逃避，选择了听任天意。

可是，这一次的天意竟然抛给他一个如此巨型的炸弹，这已经不是放弃感情和选择立场的问题。

孩子来了。

孩子……

准备好了晚饭的高平看到高强回到家后精神恍惚的模样，觉得很奇怪，她很少见儿子有如此仓皇的神情，尤其是在她面前。

吃饭的时候，高强几次夹菜掉到了桌上，后来干脆筷子也掉在地上，完全是一副心不在焉的神情，魂魄不知道飘向何处了。

高平忍不住问道："强强，你怎么了？"

高强听到母亲问自己，才意识到自己的失态，连忙说："没怎么，没怎么。"

"没怎么？我看你不太对劲。"高平把掉在桌上的菜捡到垃圾盒里，盯着高强，看到他嘴上有一块油渍，拿纸巾帮他擦嘴。

高强此刻完全变成一个听话的小男孩，一点看不出来是一个三十岁的成年人。

"刚才李阿姨的女儿找你干什么了？神神秘秘的。"

"没什么事，她问了我点事，没什么大事。"高强慌乱地往嘴里塞饭，试图掩盖慌张。

"没什么大事，我怎么看你回来之后整个人都不对劲了，慌慌张张的，到底是什么事，怎么还瞒着妈妈？"

"真的没事，妈，您别问了。"高强拿起一瓶啤酒，咕咚咕咚地喝了下去。

"你什么时候跟她女儿有来往的？"

"我们一直认识啊，都是一个小区的，抬头不见低头见……"

"你跟这女孩走得远点，我听你李阿姨说，这闺女太野，还没毕业就跟男人跑去领证结婚了，还是个外地人。你说说现在这些女孩子怎么这么不检点，这么不自爱，真让人看不惯！"

"妈，人家的事咱就别管了……"

"你今儿到底是怎么了？没头没脑的，话也说不利索，还管起我来了？"高平把碗筷一放，目光锐利地看着儿子，"我看你肯定有什么事瞒着我！"

高强猛地站起来，就要往外走，高平在背后喊："你去哪儿？"

"出去买包烟。"高强头也没回地走了出去。

"十点前回来啊，别走远了！"

看着一桌子精心准备的饭菜，还没吃就被冷落到桌上，还有一些掉在桌上的、掉在地上的，无不显示出高强对这顿饭、对他母亲辛苦的无视。高平生气地叹了口气，顿时也没了任何胃口，把筷子一扔，坐在沙发上拿起遥控器看电视剧了。

Chapter 12 //

不是危险期的危险

欧小歌回到家里的时候，已经快要九点了，跟高强谈完唐静心的事情，到爸妈家里吃了点晚饭，她就赶快回家了。

到了门口，拿出钥匙开门，门一推，突然撞到了一个人，把欧小歌吓了一跳，定睛一看，原来是林佳铭的母亲。她当时正在弯着腰拖地，拖到了门口，没想到正好被开门而入的欧小歌给撞到。

毫无防备的林母因为被猛然一撞，向前趔趄了几步，一下子摔倒在地。欧小歌惊叫一声，赶快跑过去扶，这时候林佳铭闻声也从屋里跑了过来，见母亲正弯着腰跌坐在地板上，一步过去扶了她一把，并带着抱怨的语气说："娘，跟您说别再拖地了，您非要再拖一遍，看看，差点摔倒不是。"

欧小歌连连检讨，连连道歉，非常抱歉地说："妈，对不起，对不起，我太大意了，我应该轻轻开门，我没想到……"

"没事的。"林母站起来抬了抬腰，看起来无大碍。

转头一看，林父正在厨房里打扫卫生，满头大汗，欧小歌说："爸，这么晚了还干活？您休息一下吧！"

"我不累，我不累，这点活，一会儿就干完了。"林父继续收拾。

"我爹娘说咱们家太乱了，他们要帮咱们收拾收拾，说了一晚上都不听。"林佳铭接过了欧小歌的包，问道，"你今晚干吗去了？"

"哦，我喝口水。"欧小歌奔向饮水机，却发现桶里一点水都没有，她奇怪地问，"饮水机里没水了？打电话让送水的给送几桶吧。"

林佳铭有点尴尬。

这时候厨房里忽然响起哨子一样的声音，伴随着响声，是沸水滚出来浇灭煤气的声音。

林父从厨房里端出一个崭新的暖瓶，递给欧小歌说："小歌，这是刚烧开的热水。"

"啊？"欧小歌有点惊讶，"烧开的水？"

"我看你们没有暖瓶，特意去买了一个，以后别老喝饮水机里的水了，那个对身体不好。"

这么多年她喝惯了随手一按就来的热水，突然间要改变这个习惯，对她来说有点别扭。不过，看到老人如此关心自己，她又觉得很不好意思，只好点了点头，倒了一杯水，却看到一些零星的水碱跟着水一起冲进杯子里。等了半天，粉末都没沉淀下去，欧小歌低声自言自语说："这可怎么喝啊？会不会有毒？"

虽然感谢老人的好意，可是欧小歌还是觉得应该为自己的安全着想，她走到客厅，打开冰箱，拿了一瓶冰冷的矿泉水，咕咚咕咚喝起来，这个动作让林父林母很失落。

欧小歌边喝边解释道："实在是太渴了，等不及热水变凉。"

林父尴尬笑笑，看了看林佳铭，林佳铭也觉得比较尴尬，也对着父亲笑了笑。

林母拿出四五个杯子，分别倒上了热水，一边倒一边说："以后我们每天给你们冷好白开水，不要直接从冰箱里拿那么冰的水喝，容易伤到肠胃。"

欧小歌笑着应了一声，拿着矿泉水进房间去了。

一进卧室却发现好像整个屋里都被整理过了，完全变了模样，枕套和枕巾也都换成了新的，大红大绿的风格，完全不是当初欧小歌兴致冲冲选出来的北欧"性冷淡"风格了。

正在吃惊，跟着走进来的林佳铭说："小歌，我妈把咱们的床单被罩都洗了……我也是下班回家才看到的。"

欧小歌说："爸妈大老远来，别老让他们干活了。"

"我爹娘闲不住。我说了很多次，但是他们总想帮我们收拾收拾。"

"咱们不是有洗衣机吗？每周末集中扔进去洗洗就行了。"

"我也是这么跟他们说的，不过没办法，我娘说洗衣机洗得不干净。"林佳铭很无奈。

林父这时候从客厅走进来，说："小歌、佳铭啊，你们放心上班去就好了，我跟你娘负责给你们打扫卫生，给你们准备饭菜，你们回家就可以吃上热腾腾的饭菜了。

你们上班都很辛苦，我们做老人的，能帮你们分担一些就尽量帮你们分担……”

“爸，真别麻烦了。”欧小歌有点哭笑不得。

她对于这种“相濡以沫”的生活方式非常不习惯。从她懂事起，李心如就不再帮她收拾屋子了，为了培养小歌的独立，李心如教会女儿一些简单的整理法则之后就再也不管了。欧小歌习惯了自己的房间自己布置，固定物件的摆放位置会让她有安全感。

在她买了新房子之后，家具和物品的摆放也沿袭了以前在父母家居住时的样子和习惯，这让一切看起来“像她的家”，可是现在这一切全乱了。她找不到护肤品在哪里，找不到袜子在哪里，找不到床头书在哪里……像是寄居在别人家里的感觉，虽然整洁，可是很糟糕。她一眼瞥见自己心爱的小摆设被塞进床头柜的抽屉里，就像被打入冷宫一样可怜。

她想打开衣厨找一件睡衣换上，一打开衣橱门，却发现她的衣服已经被一件一件整齐地叠好重新摆放，她已经没有办法随手就拿到自己想拿的东西了。

当然，她知道这是老人的好意，也知道老人很辛苦帮自己收拾家，可是……她并不需要这样的整洁和秩序啊！一种难以言说的抗拒感就这么在她的心底和脸上浮了起来。

欧小歌心情变得非常糟糕，她坐在床上一言不发，不知道如何是好。

林佳铭显然没有发现欧小歌沉默里所蕴含的异常，他还以为欧小歌为自己母亲的劳动而感动呢，他凑过来搂住欧小歌说：“小歌，你看，我们家整个变得井井有条了。”

欧小歌推开林佳铭的胳膊，皱着眉头，看了看门外，小声说：“佳铭，我的东西，能不能以后别让你爸妈动？”

林佳铭很吃惊地看着欧小歌，半晌，说：“这不太好说吧？”

“有什么不好说的？就说让他们好好休息就可以了。”

“他们也是好心。”

“我知道是好心，可是我……”

林佳铭没有说话，脸上的神情并不高兴。

欧小歌第一次发现自己竟然陷入到“词不达意”的窘迫中，她从来都是坦荡荡、光明磊落、有话就说的人，在她的思维模式里，没有任何束缚。然而此时此刻，她知道了什么叫欲言又止，话到嘴边说不出，原来真的有这样的场景，这样的尴尬。

林佳铭还在呆呆地看着她，等着她接下来的话。

欧小歌想狠狠心脱口而出“我不需要啊”，但是怎么都没能说出口，面对别人的善意，她觉得这种拒绝竟然是一种冒犯。

斟酌了半天，欧小歌果断放弃：“算了，我也不知道该怎么说，总之，我的东西还是我自己收拾吧，可以吗？”

林佳铭说：“哦，好的，那我明天跟他们说说。”

欧小歌叹了口气，又觉得自己的态度有点不好，于是换了种温和的口吻对林佳铭说：“佳铭，我知道爸妈很辛苦帮我们收拾屋子，可是我已经习惯了我的东西乱糟糟的，我觉得家本来就是一个温暖的、乱糟糟的地方，现在这样虽然很干净，很有条理，却让我感觉陌生……我这么说你能理解吗？”

林佳铭点了点头，摸了摸欧小歌的头说：“我明白，我明天一定告诉他们。”

虽然林佳铭说他了解，但是欧小歌可以肯定他并不了解，欧小歌也不想继续这个不愉快的话题，不管理解不理解，只要以后不这样做了，她也就放心了。

于是，她故意把话题转开说：“我今天，其实是去找高强了。”

“找高强？”林佳铭奇怪地问，“为什么？”

欧小歌就把中午的事情原原本本地说了一遍，也把自己去找高强的经过说了一遍。林佳铭听完之后，沉思了好久，也没发表任何意见。

欧小歌说：“你说，高强会要这个孩子吗？”

“难说。就算要的话，也只是责任吧？”林佳铭说。

“不会的，看得出来，他们彼此之间还是有感情的，他们唯一的问题就是高强的母亲。”

“小歌，这件事你不要多管了，由他们自己处理去吧。没有一个男人会愿意娶一个跟自己的母亲合不来的人的。”林佳铭无心的一句话，却勾起了欧小歌的敏感。

她说：“是吗？你这么肯定？如果是我呢？如果我跟你妈合不来，你是不是也不会娶我？”

林佳铭说：“别说傻话了，这是没有意义的假设。”

“我是说如果。”欧小歌逼近地问。

“没有如果。你不会跟我娘相处不好的，我娘人非常随和，非常善良，当然，你也是个通情达理的女孩，我父母都很喜欢你呢。”

“也就是说，幸好你父母还都喜欢我，如果他们不喜欢我的话，你是不是也就跟着他们一起，对我产生质疑？”

林佳铭哭笑不得地说：“小歌，你这是怎么了？”

“我是按照你的逻辑去推的，难道不对吗？”

“你今晚怎么突然变得这么敏感？不会是被唐静心给传染了吧？都不像你了。”林佳铭后悔自己多嘴给自己设下陷阱。

“不像我了？我应该什么样？”欧小歌问道。

“我的意思是说……”

“你的意思是什么？”

林佳铭没有直接回答她的问题，而是把她揽入怀抱，用热情的吻替代了回答。

夜是多情的夜，人是相爱的人。

在这个温柔的深夜里，林佳铭与欧小歌紧紧地拥抱在一起，在彼此的怀抱里幻想马上就要到来的婚礼，好像所有的琐事烦恼此刻都变得不重要了，他们开始憧憬那激动人心的时刻，期待注定会在他们一辈子中都占有重要地位的日子。虽然结婚证已经领了，法律上他们已经是夫妻，可是不走那个传统的形式总觉得并不是真正的结婚。想想那高朋满座全面祝福的喜庆气氛，林佳铭抚摸着欧小歌的头发，手指不断地穿过她柔顺的发际，凝视着月光下她俏皮稚嫩的脸，心想：原来这就是我从小就一直在等的人啊……这念头不由得让他有点甜蜜的辛酸。他的手停留在欧小歌的睡衣纽扣处，慢慢地解开了，黑暗中两个人身体里散发的爱意逐渐从四面八方蔓延过来，变成一种冲动的欲望，此刻即将将两个人吞没。

关键时刻，林佳铭伸手向抽屉的底层摸过去，寻找他前几天刚刚买来藏在底层的安全套，可是摸来摸去都没有摸到，林佳铭有点着急，整个身体从欧小歌身体上挪下来，找了半天还是没找到，索性开了小台灯，借着幽暗的灯光把抽屉翻了个遍都没有找到。正在纳闷，一眼看到床上的欧小歌早已经兴致索然，他关上灯，遗憾地凑在欧小歌耳边说：“对不起，亲爱的，我找不到安全套了。”

欧小歌小声地说：“不会是也被你爸妈给收起来了吧？”

林佳铭愣了几秒，说：“这还真有可能……”

两个人对望了一下，忽然觉得很有喜感，于是咯咯咯地偷笑起来，愉快的气氛再一次催生了情欲的诞生。欧小歌环抱住林佳铭，主动把身体迎了上来，林佳铭有点紧张，毕竟没有安全套的激情太冒险了，欧小歌鼓励他说：“没关系，今天应该不是危险期……”

得到了欧小歌的鼓励，林佳铭终于肆无忌惮地开始了他的欢畅之旅……

高强找了几个哥们在地摊上喝扎啤吃烤串，差不多天亮，还是不想回家。几个人吃喝得差不多了，聊得也不少了，开始做结束总结。

其中一个哥们醉醺醺地劝道："强子，你就认了吧，这事看你怎么想，天下没有和睦的婆媳，只有假装的客气。只要面子上过得去也就成了，你何必为这样的事烦恼呢？"

另外一个说："是呀……要不说男人难做呢，外面外面赚钱看人脸色受气装三孙子，家里家里还要哄着俩女人高兴，没事和稀泥玩儿，累啊，早知道就不该结婚，一个人来去自由多幸福……"

再一个说："强子，不是我吓你，有了孩子会更恐怖，你要不劝那妞儿找个医院做了去吧，现在那流产手术跟拉个双眼皮一样简单。我在医院有熟人，要不我明天给你介绍介绍……"

最旁边一个喝得东倒西歪的更离谱，他说："高强，哥们跟你说点正事，这孩子是不是你的，还不一定，谁知道是不是带着野种的？咱别上了当，我建议你去做个DNA 测试什么的，花点钱，搞明白再说！"

一肚子酒精充斥在高强的身体里，他什么都听不进去，只觉得昏昏沉沉，乱七八糟，他晃晃悠悠地站了起来，跟几个都喝得差不多的哥们告了别，然后打了一辆出租车回家。司机问他去哪儿，他回答说不知道，司机一看他醉了，不想拉他，借口说自己要交车回家，把高强给赶下车了。

浑浑噩噩的高强头重脚轻地走了一会儿，蹲在了马路边，想拿手机给唐静心打个电话，却发现自己出门的时候太过匆忙，手机竟然忘了带。他拍了拍自己的脑袋，笑了起来，他还在想怎么今晚没接到母亲的电话呢，按说一超过九点半，母亲的电话就会像雷电般袭来，看来没有电话倒是一件清净的事。

高强第一次感受到了摆脱控制的快感。

也许是趁着酒意，也许是压抑太重，也许是月亮太圆，总之，各种复杂的情感交织在一起的高强似乎是受到了天外之力，当了三十多年听话宝宝的高强今夜忽然想冒一次险。

看到前面有一个小卖部还亮着灯，高强晃过去，买了包烟，看到店铺里有一部座机，他拿起电话，连想都没想就拨了过去，铃声一直响，没人接。高强便反复地拨，反复地响，本来已经进入甜美梦乡的唐静心终于被急躁的铃声给吵醒，她还以为是自己上的闹钟响了，伸手去拿闹钟，按下才发现原来是电话铃声。她还在半梦半醒的状态，怀疑自己是不是在做梦，终于她断定确实是电话在响的时候，披上了件睡衣，接起了电话："喂？"

高强的声音从电话那边传来："是我。"

听出是高强的声音，唐静心吓了一跳，顿时睡意全无。

"是我……"高强的声音含含混混，唐静心并不知道他喝了酒，漆黑的屋子夸张了情绪，她是完全没有想到在这样的时刻会接到高强的电话。

"你听我说，你不要说话。"高强说，"欧小歌已经都告诉我了。"

"啊……"唐静心有点意外，虽然她把这件事拜托给了欧小歌，其实也没抱什么希望，更没想到欧小歌这么快就帮她传达了消息。

"我都知道了。"高强的声音虽然带着醉意，却有一种让唐静心觉得陌生的坚定感。

唐静心有点难堪，毕竟像是携子要挟，情何以堪。她尴尬地说："高强，我不是非要你对这个孩子负责的意思……"

"不，我要负责。"

"……"

"静心，我很想告诉你，我想了一个晚上，很认真地想的。"高强似乎是下了很大的决心，停顿了一下，说，"我想通了，不能让我的孩子重复我的悲剧……"

"什么？你说什么？"唐静心激动得差点从床上蹦起来，她感觉到自己的心在狂烈地跳动。她下意识地摸着自己的肚子，虽然只是刚刚怀上孩子，也许还只是一个小胚胎，没有任何生命体的反应，可是她仍旧可以感觉到肚子里的小生命跟她一样激动地等待着他们的命运。

可是就在这时候，高强的声音突然小了很多，唐静心"喂"了半天，那边也没什么答复，后来电话断线了。

唐静心赶快拨高强的手机，这么关键的时刻，怎么能够断线呢？唐静心激动得不得了，电话响了几声，终于接通，唐静心没等对方说话就大声说："高强，电话怎么断了？你刚才说什么？我没听清楚，你能再说一遍吗？"

正在焦虑地等儿子回家的高平听到电话那边唐静心那急切的声音，火一下子就来了，她严肃地说：“我是高强的妈妈，你是谁？”

唐静心被高平的声音吓了一跳，以为自己拨错电话了，仔细看了看，发现确实是高强的手机号，怎么会是他母亲接电话？她刚才还高涨的热情一下子就瘪了下去，像一只被扎破的皮球一样沮丧，她甚至怀疑自己刚才是否真的接到了高强的电话，而不是一个梦境。难道真的不是在做梦？这一次轮番的意外实在是太多了，多到她不敢相信是梦还是现实。

高强刚才确实给自己打过电话？确定说过他要为孩子负责？

可是为什么电话突然断了？为什么再拨回去竟然是他母亲接的？

难道他母亲听说他要为孩子负责后，软禁了他并没收了电话？

虽然高强在母亲面前像个没长大的小孩，可是对于自己的人生大事，也不至于会这么儿戏吧？

天，真是乱套了。

“喂？你说话！”高平的声音尖锐地从电话那端传来。

唐静心一想到高平那张充满嫌弃的脸，顿生厌恶，连话都没说，就把电话给挂断了。

挂完电话，唐静心想到了一种可能性，那就是高强在外面，手机没有带。

此刻她是一点睡意都没有了，精神完全恢复正常。她打开了灯，屋里一片明亮，倒了杯咖啡，她坐在窗边沉思，越想越觉得不对劲。到底发生了什么事？一看表，已经快四点钟，这个时候，一向规规矩矩在家里的高强竟然不在家，而且，他连手机也没带，会去哪里？

她想求证自己的猜测到底准不准确，翻看了一眼来电显示，是一个陌生的号码，唐静心回拨过去，只有一串忙音，再拨就没人接了，难道是公用电话？

这晚到底发生了什么？对她来讲，高强的电话简直是她命运的号角，她等来了一个近乎奇迹的惊喜，可是这个惊喜转瞬即逝，让她坐立不安。高强，此刻她命运的主宰者，到底在哪里？

唐静心焦躁地走来走去，难以平静。

突然，电话拼命地响了起来，唐静心冲过去拿起手机，看到来电显示：高强。

是高强？还是……

唐静心来不及多想，迅速接起了电话。

“喂？你是唐静心吗？我是高强的妈妈。”高平的声音如常地高傲和冷淡，此时似乎还多了一丝愤怒和质问。

“阿姨……”唐静心怯怯地喊了一声。

“刚才是不是你打来的电话？”

“是我。”

高平那边一听就怒了，噼里啪啦地说起来：“你把强强弄到哪里去了，这么晚都不回家？我们强强认识你之前，从来没有这么晚不回家过，到底有什么事不能白天再说，大晚上非要他出去，出了事谁负责？”

唐静心一股怒火又被高平勾引起来，她不客气地说：“你在说什么？我听不明白。”

“你装什么傻？强强没跟你在一起吗？”

“我是在睡梦中被他的电话给吵醒的！”

高平蛮不讲理地说：“我不管，你让我儿子马上回家。”

“儿子不见了要去派出所吧，怎么会到我这儿来找呢？”

“你这个女人真是可怕，明明已经分手了，却还缠着我儿子，你到底想怎么样？”

“对不起，我要睡觉了，你要找你儿子，可以去电台登寻人启示，或者打110，别来问我，我什么都不知道，实在不行你可以拨120。”唐静心努力压抑住自己的怒火，挂掉了电话，感觉到自己因为生气而浑身冰凉。

太可怕了，太可怕了……就算跟高强复合，高平也是她心口永远无法抚平的伤口，她们俩似乎天生八字不合，高平对她更像是对敌人一样毫不客气，蛮不讲理。她没办法想象如果嫁给高强之后，她该怎么面对这个标准的恶婆婆，他们的日子是不是会受她的全面控制……太可怕了，唐静心简直不想多想。

不一会儿，门铃响了，唐静心福至心灵了一下，想，会不会是高强？

但是，如此罗曼蒂克的情节，应该不会出现在生活中，至少不会出现在高强身上，他是那么守规矩听话，不出格不出错的人……

门打开，一脸苍白、一身酒精味的高强站在门外。

唐静心的心那一刻立即融化了。

她甚至觉得，之前高强做过的所有伤害她的事，她都能原谅。

没等唐静心说话，高强一把把她搂进怀里，紧紧抱住。

如此之紧，仿佛害怕手一松，她就会逃跑掉。

那种发自内心的深情，全部在这掌臂之间，紧紧地把她圈住。

唐静心的眼泪唰唰地掉了下来。

好强的唐静心，从来到北京那一天起，吃过多少苦，受过多少委屈，从来没有掉过眼泪，如今，在爱人的怀抱里，忽然变成无欲无求的小女孩，找到了父亲的胸膛般，那种委屈，那种依赖，深深地蔓延开来。

两个人已经很久没见。

自从那次被欧小歌看到在小区闹翻后，差不多已经定局的“分手”让两个人逐渐退回自己的世界中。中间虽然有几次高强打过电话给唐静心，但想起他们之间不可调和的矛盾，她一直没有接电话，他也就没再联系她了，习惯性的逃避思维让他不愿意为任何事去做太多努力，如果不是这个重磅炸弹的来临，也许唐静心就是另一个安妮。

是意外而来的孩子给了他们勇气，还是他们需要这样一个契机来突破自我？打碎重建，才有可能获得新生，不是吗？

一切尽在拥抱里，尽在不言中。

两个人都感慨万分，谁都不舍得先开口破坏如此治愈的氛围。

唐静心满腹的委屈，都化作眼泪，痛哭起来。

高强虽然喝多了酒，可是仍旧非常明白在自己怀抱里哭泣的，是自己一直割舍不下的唐静心。

“静心……对不起。”高强艰难地说出了这句话，唐静心更加难过了，紧紧地抱住高强，感到所有的难过此刻都化成了依赖，她真想就此躲在高强的怀抱中再也不出来了，不用面对纷繁复杂的世界，不用面对刁蛮无理、处处挑剔的高平，不用面对一切烦恼，只有相爱的两个人……

高强拉住唐静心的手说：“静心，我想好了，我不能让我们的孩子重复我的悲剧……我们结婚吧。”

“结婚？”唐静心一时间几乎僵在那里。

“对，结婚。”

“我……没听错吧？”唐静心带着眼泪又想笑，眼前的面目模糊起来。

“没听错，我要给孩子一个完整的家，完整的父爱，完整的母爱。”

一句话把唐静心所有的焦虑都熨平，但是转念她又忧愁地看着高强说：“可是……”

“没有可是，我已经决定了，这几天我们就去领证。”高强坚定地说，跟他恋爱了半年多，唐静心从来没有看过他如此坚定的表情。

唐静心说："你妈不会同意的。"

"我会说服她的。"高强说，"我想办法。"

"我觉得希望很渺茫。"

"现在已经有了孩子，这就是现实，孩子需要一个健康的成长环境，我想我妈不会在这种事情上太固执的，这毕竟是她的孙子。"

唐静心点了点头："我相信你，我会等你。"

"我从来没有像现在这么肯定，我要跟你结婚。"

"我应该感谢肚子里的孩子。"

"不不不，孩子只是一个结果，我要的是你，我喜欢的是你。"

"刚才你妈还打电话来问我把你藏在哪里了。"唐静心感动之余不忘抱怨。

高强仿佛没听到这句话般，看到桌上有一杯咖啡，端起来一饮而尽，他说："我赶过来，就是为了告诉你我的决定，现在你完全不必担心其他事情。我会想办法处理的，好吗？"

唐静心点了点头，给高强倒了一杯白开水："万一你妈坚决不同意呢？"

"我已经不是小孩子了，我有自己选择人生的权利。"高强看来非常口渴，又端起水来一饮而尽，然后倒在床上就睡着了，无论怎么叫都叫不醒。

唐静心这时候却因为听到了高强的决定而被感动得柔情似水起来，她细心地给高强盖好了被子，又帮他脱掉了鞋子，看着自己深爱的男人像个孩子一样进入梦乡，她幸福地笑了。可是这笑并不是百分之百的安全，她总感觉这件事还有极大的隐患，没可能那么顺利……她总是习惯在幸福的时刻保持不安的状态，这状态很难让她真正快乐起来。

Chapter 13 //

新郎新娘喝挂了

欧小歌与林佳铭的婚礼终于如期举行。

婚礼定在了一家四星酒店的多功能厅举行，亲朋好友连同事带邻居加起来差不多凑了十多桌，热闹非凡。欧小歌也是高高兴兴地在众目睽睽之下跟林佳铭交换了戒指，在一片祝福喝彩声中喝下了交杯酒，一切礼仪过后，这对有情人终于幸福甜蜜地真正迈进了婚姻之中。

所有的亲人朋友同学同事都在感慨欧小歌和林佳铭的勇敢，刚刚大学毕业，像还没成熟的果子一样鲜嫩的他们竟然一头就扎进婚姻里了。说来也好笑，父母那代人基本是年纪轻轻就端正结合了，谁要是等到三十岁还没对象一定会被看作是异类，到了欧小歌这一代，价值观彻底颠倒，如今谁一毕业就结婚，倒成了奇葩。

李心如因为张罗女儿的婚事累得浑身都垮了，本来她的腿就有点问题，可是她高涨的热情让她抵抗了一切困难，在婚礼现场她风光无限，一个劲儿收获亲朋好友的羡慕和称赞，她绝口不提女婿是外地人这回事，只是说他年轻有为，帅气潇洒，工作也好，人品更没的说，还买了房子——至于怎么买的，这个倒不提了。

在嘉宾发言环节，李心如拿出了自己多年劳模的风采，风趣幽默，得体大方地把自己女儿和女婿夸了个底儿掉，赢得满堂喝彩，也算是赚足了面子。

不管怎么样，终于把婚事完完美美地办完了。

欧小歌和林佳铭还被一群同学朋友拉着起哄灌酒，玩自拍，各种不亦乐乎，老人基本上都早早散场了。

卸下了满身荣耀的李心如几乎累得需要欧正搀扶她回家，还好有事要去医院的蒋天承及时地看到两个老人搀扶着回家的场面，主动开车送俩老人回家。

回家的路上，蒋天承的手机一直在响，可他连看都没有看，李心如忍不住说：“天承啊，是不是有人找你啊？”

蒋天承说：“哦，没事，不知道是谁，这些日子一直给我发匿名的短信，没准是哪个同事跟我开玩笑。”

李心如说：“真可惜你爸妈都在欧洲度假，没法来参加婚礼，要不然我得跟他们好好聊聊。说起来我们差不多有两年没见过面了。”

蒋天承说：“是啊，我妈老念叨着来找您玩呢。”

“唉，一转眼，你们都这么大了，小时候我跟你妈还总开玩笑说长大了要结亲家呢……”李心如惆怅而黯然地叹了口气，欧正碰了碰她，示意她不要说一些不合时宜的话，尤其是今天这么特殊的日子。

李心如则仿佛没注意丈夫的提醒，整个人陷入回忆中去，讲了好多孩子们小时候的事情，说着说着，就看她眼眶有点湿润。蒋天承递了面巾纸给她，安慰了半天，说只要欧小歌生活得幸福就可以了，说欧小歌的婚礼办得非常不错，金童玉女羡煞旁人。

李心如说：“谁知道她将来的日子会不会幸福，女儿一旦嫁出去了，就是别人家的人了，她将来幸福不幸福，完全取决于对方的家庭。”

蒋天承说：“我刚才看到林佳铭的父母了，好像都是很朴实善良的人，看起来也对小歌非常满意，应该会对欧小歌非常好的，阿姨您放心吧。”

“不放心又有什么用？小歌在我心里还是一个孩子，我真不舍得看她早早地踏进柴米油盐的生活中，她一直生活在蜜罐里，哪里知道生活是怎么回事啊，唉。”

欧正说：“你别杞人忧天了，女大当嫁，我们小歌适应能力非常强，她会很快进入她自己的角色的，你做母亲的应该鼓励她，大喜的日子，哭哭啼啼的多不好。”

“你知道什么？你就知道快点把女儿嫁出去！”李心如把怨气撒到了欧正身上。

“难道你希望女儿嫁不出去？前段时间你还在感慨说现在剩女太多，咱女儿遇到了合适的人早点结婚也未必是坏事。”

“遇到了也不一定要这么着急结婚啊，大好的青春，多玩几年，等工作什么的都成熟了、稳定了，再结婚有什么不好？”李心如说，“谈了一个男朋友就定终身了，万一还有更合适的呢？”

欧正说：“当年你的母亲要是有你这种想法，就没有咱们日后这么幸福的家庭了。

社会就是这样的，以家为单位，更新换代，难不成你想让孩子永远留在你身边？”

“叔叔说的对。”蒋天承笑着赞同，李心如只是叹了口气，心里的那种不舍和依恋难以平复。

这边李心如难过得掉眼泪，另外一边林佳铭的母亲也在一个无人注意的角落偷偷地抹着眼泪，林父给她一块手帕，林母擦了擦泪，可是旧的刚擦干，新的又涌出来。林父说：“娃他娘，今天是娃的大喜日子，你应该高兴点啊。”

林母说：“我是高兴啊，看到娃终于成家立业了，我是高兴得哭啊。”

林父抽了根烟斗，两人相对无语，林母幽幽地说：“娃以后生活也是个问题，他们俩工作都忙，谁来帮他们收拾家？我们能帮他们的多帮助一点，等我们回去了，还不知道他们怎么办呢。”

“别操心了，年轻人，还没有家的概念，慢慢就会好了。”

林母说：“我刚才听小歌的母亲说，他们的房子，小歌的父母还出了一部分钱呢。”

林父说：“真的？”

“是啊。她无意间说的，好像说是借给他们的，按照银行的利息归还。”

林父沉默了好久，一直在抽烟斗，却一句话说不出来。

“我在寻思，娃买房子我们一点都帮不上他，我心里愧疚啊。”

“娃有困难从来不告诉咱们。”林父说，林母点了点头，眼泪又掉下来了。这时候，一个服务员走过来，说酒店大厅内不准吸烟，林父赶快把烟袋弄灭了，两人打算先回家去。

林佳铭听说父母要先回家，赶快从灌酒的人群里走了出去。

欧小歌则被一堆人围着，大家在边喝酒边拍照，各种哄笑闹腾，热闹得不得了。欧小歌豪爽应对，喝得脸都红了，闹完一阵后，欧小歌有点不胜酒力，去卫生间的时候，遇到了来参加婚礼的宋洁，宋洁看上去还是很憔悴，正趴在水池边，脸色蜡黄。

“宋洁！你怎么了？”欧小歌关切地走过去。

宋洁摇摇头说：“不知道怎么回事，可能刚赶来的时候太急了，吃了几口就觉得胃里翻腾，挺难受的。”

“啊，那你赶快去喝点热水吧。”欧小歌说。

“行，你别管我了，你赶快去跟大家喝酒吧。”

欧小歌说：“不行，再喝我都要醉了，我还打算偷偷跑路呢，哈……”

宋洁由衷地看着美丽的新娘，感叹说："小歌，我真羡慕你。"

"羡慕我？为什么？"

"羡慕你年轻、漂亮、聪明，有人疼爱，嫁给这么好的老公。"

欧小歌捧着脸，卖萌说："学姐说的是谁？我好羡慕她。"

宋洁被欧小歌逗笑："有的人真是什么都有。老天对你太偏心了，有父母疼，有老公疼，生活无忧，事事体面……"

说着说着，联想到自己的情况，宋洁笑不出来了。

"对了，我们网站下个月要办一场时尚发布会，正在找合适的场地呢，我记得上次你说你那边有，对吗？"

听到这个，宋洁的眼睛一下子亮了，她立刻连声应承，欧小歌把负责人的电话给了宋洁，宋洁之前因为欧小歌没有选择她的场地举办婚礼的不满一扫而空，承诺一定给欧小歌拿到最低的折扣，全力以赴来配合做好这场活动。欧小歌更像是随口一说，但是对宋洁来说简直是天降一单，她抱着欧小歌亲了半天，难以形容的高兴。

也许因为过于高兴，宋洁的脸色一下子好了很多，还感谢了上次帮婆婆去医院看病的事，顺便打听了一下小姑子此后一直挂在嘴边的大帅哥医生蒋天承，俩人愉快地聊了好久。

一起慢慢走回酒宴中时，宋洁忽然问道："对了小歌，你打算什么时候要孩子？"

"孩子？嘻嘻，没想过。"

"结婚之后肯定要面临生育问题的。"

"你的话提醒了我，原来我已经变成已婚妇女了，哈，再要适应当妈的角色，还有点太突然。"

"是啊，我都已婚妇女好几年了。"

"那你考虑过要孩子吗？"

宋洁脸上又泛起了愁云，她叹口气说："谋生这么艰难，谁敢轻易养孩子啊。"

"养孩子有什么难的？"欧小歌一副完全不懂世事的姿态，好奇地看着宋洁。

宋洁说："对你来说，当然没什么困难，你家境好，经济问题你从来没考虑过，但是你知道养一个孩子，对于普通的家庭来说压力多大吗？"

欧小歌完全没有同感，所以无法理解宋洁说的话。

宋洁说："最重要的，你遇到了一个好老公，把你捧在掌心里，父母看上去又很随和，很好相处，这是最重要的。总之，欧小歌，你有福气。"

欧小歌点点头说："佳铭的爸妈确实很善良，对我也很好。我挺满足的。"

宋洁说："跟公婆处理好关系，算是世界上最难做到的事情了。"

"为什么？"

"三言两语说不清楚，比如我的公婆，就是感觉跟他们完全不是一个世界的人。我婆婆平日在老家也整天打麻将，什么事都不管，三天两头来北京，不是看病就是散心，唉！上次还多亏你帮忙联系的那个医生，真不错，刚才好像看到他了，还没来得及打招呼呢，改天要单独谢谢他。我婆婆其实没什么病，她好像总喜欢拿有病来威胁我们……唉，真不好意思，小歌，你婚礼这么高兴的日子，跟你说这些破事，我得赶快把你还回去，要不然人家以为新娘失踪了。"

欧小歌点了点头，跟宋洁一起回到了酒桌上，这时候林佳铭也回来了，悄声跟她说父母已经先回去了，要她放心。大家一看新娘新郎又凑齐，绝不能放过他们，再一轮狂热的赛酒会如火如荼地进行起来……

欧小歌跟林佳铭喝得东倒西歪，几乎是被人搀扶着回家的。本来同学之间就很实在，这也是他们这届毕业生的第一场婚礼，所以大家都铆足了劲 happy，这样热烈的时刻，谁会在乎"适可而止"这个不合时宜的规矩呢？于是三杯劝两杯灌，伴娘伴郎也都招架不住，纷纷倒在了酒桌上，然后大家集中火力专灌新娘和新郎，结果，两人就双双昏迷在战场上了。

本来几个同学还说通宵玩牌来庆祝，送这俩醉汉回家的时候，开门的林母看到这一惨状，尖叫了一声，把几个脸上搞了很多花样的同学给吓到了。她用他们听不懂的方言嚷了起来，大概的意思是怪他们怎么把两个新人灌成这样，实在太不像话，今天可是大喜日子，这可成什么体统？

虽然朋友们听不大懂，可是看脸色也大概明白什么意思，一个个悻悻地告辞了，本来一场可以延续的狂欢不得不暂时停止下来。

林父和林母费了很大的劲才把两个人抬到了床上。

刚才林母提前回来是为了给新房大大布置了一番。除了外观上的张灯结彩，还有一些软件上的设计，什么红枣、花生、桂圆、莲子铺了满满一床。按照老家的风俗，被子底下也都藏好了，床单的四个边角还缝了一些进去，本来想图个吉利——"早生贵子"，两个新人乘上这吉祥的快车进入甜蜜的洞房之夜，然后赶快怀上林家父母一直心心念念的大宝贝孙子。

抱孙子一直是林父林母的终极目标，虽然林佳铭刚刚大学毕业，可是在父母的概念里，二十四五岁已经是该成家抱娃的年纪，之前林佳铭曾经跟父母表达过自己不想太早结婚的意愿，把父母给愁坏了。虽然知道儿子去了大城市读书，要打拼，结婚不可能像同村里的人一样早，结婚后他也说过不打算太早要孩子，但是林父林母简直是像望穿秋水一样盼着未来可爱的大胖孙子的来临。

林母经常看电视，也知道现在很多年轻人都不怎么热衷于结婚生子，同居变成一种时髦，不要孩子的夫妻也大有人在，甚至有的夫妻貌合神离，彼此还都有黑市情人……在他们的年代，在他们的传统思想中，这种败坏风俗的事情简直不敢想象。可是社会逐步在变，很多他们接受不了的事实仍然茁壮地存在着，她只希望自己的儿子儿媳妇不要这样时髦，该结婚就结婚，该生子就生子，早早步入人生的正轨，也让他们能够在有生之年早点享受到天伦之乐。

这回接到林佳铭的电话说结婚了，他俩先是一愣，接着狂喜，觉得终于有盼头了，迫不及待的林母在家里已经开始为未来大孙子准备各种行头了，衣服、袜子、帽子、被褥，甚至连一到三岁的鞋子都给做好了，她太开心了，太激动了，找到了人生最幸福的目标。

来到北京之后，观察了一下这个大城市的儿媳妇，她心里隐约有些忧患。这女孩虽然漂亮开朗，大方得体，可是她太像小孩子，完全不是一个成熟的“媳妇”的形象，她不给丈夫做早点，也不帮丈夫熨衣服，甚至连烧水都不会。这样的女孩子，将来怎么带孩子呢?

醉酒的林佳铭倒在床上呼呼大睡，林母帮他把鞋子脱掉，一股浓烈的味道充斥了整个屋子。林母皱着眉头帮儿子脱下了袜子，想拿去洗洗，可是顺便看了看也醉得歪倒在旁边的欧小歌，不知道该不该连她的一起洗洗。

可是……帮儿子洗衣服洗袜子她心里倒是没有任何芥蒂，要说自己做婆婆的，给儿媳妇洗袜子，心里不免有些微妙的抗拒。其实她在心里是有一些埋怨的，欧小歌几乎从来不做家务，任凭家里油倒了、醋翻了，一概不管，每天就是收拾得光鲜亮丽地去上班，晚上一回家鞋子一甩喝口水洗个澡就睡觉，仿佛这个家对她来说不过是一个可以随时随地更换的旅馆。而对于儿媳妇的这些行为，儿子表现出了无比的宽容。

现在有公公婆婆在这里，可以帮他们干一些，改天他们走了呢？这些活不是全落到林佳铭身上了？想到这里，林母心里就泛起一阵酸楚。自己从小心疼孩子，什么苦都是自己扛，从来没有委屈过孩子一点，如今孩子成家了，成人了，自己总不能永远跟在他屁股后面做这做那的。本以为娶了媳妇之后，能够替代她照顾一下儿子，可是眼前这个看起来什么都好的欧小歌，却真的不是能让她放心的人，所以这些日子，由于跟儿子儿媳妇生活在一起，很多小细节都被她看在眼里，她在心里积蓄了很多忧虑和不满，但是她的性格又比较老实软弱，有什么不开心也只是放在心里，不好说出口。

想了半天，还是决定只把儿子的袜子拿去洗了，当她拿着袜子走到卫生间的时候，看到林父正在给两个人泡解酒茶，她嘟囔了一句，林父说："现在的年轻人，就是喜欢疯，不要在意了。"

"疯也要有个度的，喝那么多酒，对身体伤害太大了……"林母开了水管洗袜子，旁边接了一个小桶，洗袜子的水倒在了小桶里，以备冲厕所的时候用。

"是啊，等娃酒醒了劝劝他，不能这么喝酒，伤身体啊。"

"这些人也真是的，灌新郎也就罢了，怎么连新娘都灌醉了？"林母说。

"小歌心眼实，不应该真喝的。"林父已经把解酒茶泡好，端进了两个人的卧室，还没等把杯子放在桌上，只见欧小歌哼了几下，转了转身，突然"哇"的一声，当场吐了。

林父和林母赶快放下手里的活奔过来抢救现场，不用说，精心铺好的床铺就这么给毁了，秽物到处都是，而欧小歌浑然不知发生了什么事，吐完之后接着睡了。

林佳铭还在旁边死睡，完全不知道春秋大梦之外发生了什么惊天动地的事情，被破坏的现场还在更加可怕地蔓延和流淌，可是把两个老人给愁坏了。

手足无措的两个老人对视半天，林父喊道："娃他娘，你扶小歌起来，我来打扫……"

两个人笨手笨脚去扶两个醉鬼，可是这俩人睡得实在太死，完全搬不动，他们只能把两个喝醉的人先挪开转移，暂时扶到沙发上，然后收拾那酒味很大、秽物满铺的床，一边收拾，林母一边觉得自己也快要跟着吐了，只好一只手拿纸巾捂住鼻子，一只手去擦拭残局。

不一会儿，欧小歌似乎醒了，睁开迷迷糊糊的眼睛，看到床上趴着两个老人，还以为自己是做梦，翻身想继续睡，可是不小心翻到了地上，重重地摔了。她"啊哟"一声，惊醒了旁边的林佳铭，林佳铭也正处于糊涂的状态，起身看了一下，也浑然不知道自己在哪里、在干吗，两眼一闭，又睡着了。

乱成一团。

林父林母连连叹气，连连摇头。

这大好时光呀，这人生最重要的大婚之夜啊。

好容易把床铺收拾好，再次把两个人扶上新换了床单的床，又给俩人分别喝了解酒茶，这才差不多算是利索了。林父林母相对无言地坐在沙发上，林父抽着他的烟袋，林母则疲倦地发着呆，床上是此起彼伏打着酣的四仰八叉的两个新人，这就是欧小歌和林佳铭美妙的洞房之夜。

第二天，阳光普照，俩人一觉醒过来，已近中午了。

林父林母已经把饭菜都准备好，只等俩人起床吃饭。

两个醉鬼折腾了一夜，起床的时候双脚发软，几乎站不住，尤其是欧小歌，瘫软地又倒在了床上。

酒醒后的林佳铭恢复了理智，意识到自己昨天晚上实在太失态，也顾不上管欧小歌，极其不好意思地走到父母面前，愧疚地说："对不起，爹、娘，昨天我们俩都喝多了……"

"不光喝多了，还吐了一床呢！"林父笑着说。

林佳铭说："啊？真的？我怎么一点印象都没了？吐了一床？"

"是啊，你娘一夜没休息，洗了一盆子床单、被罩，可是把她给累坏了。"林父说。

林佳铭无限内疚地走到正在端菜饭的母亲身边，说："娘，不是跟您说了吗？家里有洗衣机，不要用手洗了，床单那么大的东西，洗衣机是非常方便的，而且是全自动的，您只要按一下按钮就可以了。"

林母说："娃呀，你们的床单上吐的全是脏东西，那个怎么能用洗衣机洗呢？再说，那个床单是红色的，恐怕会掉色，洗在一起，把其他的都染坏了。"

"哦。"林佳铭点了点头，不好意思地笑了笑，觉得自己肚子饿得咕咕直叫。

回头一看欧小歌还在床上四仰八叉地睡觉，觉得很不雅观，于是到了屋里，把房门关上，想把欧小歌叫起床。

欧小歌刚刚再次进入甜蜜梦乡，突然被林佳铭吵醒，不高兴地喊："别吵我，让我睡觉，我头疼着呢……"

"小歌，已经快十二点了，我爹娘都把饭菜做好了，你不起床，不像话吧？"

林佳铭有点为难地说。

欧小歌仿佛什么都没听到。

林佳铭说："小歌，小歌，听话，起来先吃点，打个招呼，要是实在太困的话，吃完饭继续睡，行吗？"

欧小歌哼了几声，把被子蒙到了头上，继续酣睡，任凭林佳铭再怎么摇晃，怎么劝说，一概不听了。

林佳铭一看没办法，只好把门带上，自己走了出去。

父母这时候正坐在餐桌边看着他，林佳铭笑着说："爹、娘，小歌不太舒服，咱们不等她了，先吃吧。"

林父林母的脸上明显露出了一丝不快，但是这丝不快很快被林父掩饰住，他说："没关系，昨天可能喝得太多了，让她多睡会儿吧。"

林母的脸色就没有林父那么好看了，她给林佳铭盛上饭，说："在老家里，结婚头一天，俩人是要给父母请安敬茶的。"

"娘，这是意外，等一会儿小歌起来了，我带她一起来给你们二老磕头敬茶。"

"那倒也不必了，大城市里没有这些规矩吧。"林母说完，默默地吃着饭，脸色很难看。

林佳铭心里有些过意不去，他说："娘，对不起……"

林父说："吃饭，吃饭。"

吃了几口，林父说："娃，这酒以后可不能这么喝了，尤其是小歌，女娃这样喝会受不了的，而且你们现在更要注意，马上就要有孩子了，烟和酒尽量都戒了吧。"

"爹，我们还没想那么早要孩子。"林佳铭说。

"早？你大学也上完了，婚也结了，还早？"

"我们俩刚结婚，感觉还都没有进入婚姻角色呢，等过几年，不忙的时候再考虑吧。"

林母生气地说："要进入什么角色？你们都不小了，趁我们年轻，早点要孩子，我们还能多看孙子几眼，要是要晚了，恐怕我们都看不到孙子长大了！"

林佳铭说："娘，您怎么能这么说呢？您跟我爹都会长命百岁的。"

"是不是她的意思？"林母小声地偷偷向屋里看了一眼，林佳铭摇摇头说："不是，我们俩都是这么想的，不着急要孩子，我们现在经济基础也不牢固，尤其是买了房子之后，还欠着外债呢，这种情况下要孩子，我觉得不太合适。"

“是小歌父母的钱吧？”林母问。

“您怎么知道？”

“我听她妈说的，”林母说，“好像故意说给我们听的，说你们俩凑了一部分，其余的都是他们拿的，让你们按照银行利息还他们，是有这回事吧？”

林佳铭像是被当场揭去了遮羞布一样难堪，在自己父母面前接受这样的盘问，对他来说是非常可怕的，为了不让父母担心，他曾经隐瞒了向岳父岳母借账这一事实，可是谁知道天下没有不漏风的墙，这么快，自己的父母就知道了一切。

看到林佳铭难堪的表情，林母的眼圈又红了，她说：“娃，都怪你爹娘没钱，帮不了你什么，可是，既然是一家人，为什么还要什么银行利息一说呢？”

“娘……这没什么的，我们就算是借银行的钱，也一样要还利息，现在小歌的母亲看我们困难，主动借给我们一笔钱，我们很感激她的，按利息还也都是应该的。”林佳铭看到母亲难过的样子，只好赶快安慰她。

林父在一边叹了口气，端在手里的饭碗也放下了，忧愁地抽着烟袋，对于帮孩子买房子却还要还利息一说，他想不通也无法接受，恨只恨自己无能为力帮助孩子，否则的话，别说是利息，就算本金都不需要儿子还的。父母的钱本来不就是应该花给孩子吗？怎么如此不通人情，不讲道理，像对待外人一样对待自己的家人呢？这就是大城市的人情冷漠吗？他不由地感慨世道炎凉人情冷淡。

正沉默中，电话突然响了，林佳铭去接电话，那边李心如的声音传来：“佳铭，是我。”

“妈，是您啊，吃饭了吗？”

“吃了，你们呢？我还想问问你们怎么样了，我听高强他妈说你们俩后来被灌醉了？”李心如问道。

“是啊，喝醉了，怎么回来的都不记得了。”林佳铭不大好意思地说。

“哎，我说这帮坏小子，哪能这么玩命地灌你们，不知道你们还要洞房花烛夜吗？”

“都是同学们玩得太高兴了，没控制好。”林佳铭悻悻的，也感觉到了浑身都不舒服。

李心如话锋一转说：“不过话又说回来了，你父母都在，就算是不喝醉，你们俩也没法过甜蜜的二人世界。”

林佳铭生怕话筒里传出李心如的话，虽然这句话是无心的，可是他不愿意让自己的父母听到，而引起任何敏感和不快。

李心如没发觉林佳铭的尴尬，继续说："你们吃饭了吧？"

"正在吃呢。"

"小歌呢？叫她来听电话吧。"

林佳铭说："小歌刚才说有点不舒服，继续睡觉了，现在还没起床呢。"

李心如叫起来："那怎么行？醉了一晚上，胃里空空的，会受不了的，赶快把她叫起来喝点粥什么的，你妈给你们熬粥了吗？"

林佳铭说："好像没有……"

"怎么会这样？明知道你们俩喝醉了，醉酒后第二天应该以汤粥为主，这样才能补胃的！"

"我一会儿就煮。"

"幸好我煮了一大锅粥，本来想叫你们晚上来喝的，算了，我现在给你们送过去吧。"

林佳铭想谢绝，可是李心如没等听他的意见就已经挂了电话。

以她的性格，估计一阵旋风就会刮过来了。

果然，还没用一刻钟，李心如就端着一个小锅过来了，林佳铭现在已经明白为什么当初李心如坚持要他们买离她近的房子了。

看着李心如一锅浓浓的粥，林佳铭心里很不是滋味，想必自己的父母看了也不会高兴吧？

李心如一进门就说道："我说你们这些年轻人啊，玩起来真够疯的，一点分寸都没有，人家找伴娘伴郎就是为挡酒的，而且人家新娘新郎都是用白水替代酒，哪有像你们俩这么死心眼的，还真的喝起酒来了。你们想想，那么一大帮人轮番跟你们喝，你们不是自找难堪吗？不被灌倒才怪，你们俩真是的，在酒席桌上不就是个周旋吗？哪里有真放开了肚子那么喝的？身体最重要了，而且昨天日子多特殊，怎么能醉倒在自己婚礼的酒桌上呢……"

说上面这些话的途中，李心如已经熟门熟路地到厨房拿了个小碗，给欧小歌盛出了一碗粥，顺便用小勺子舀了一口尝了尝，觉得有点淡，又放了一小勺糖，这才端到卧室里。

她的一系列动作让饭桌上的三个人都非常尴尬，尤其是林母。

李心如把粥放在了卧室的桌上之后，突然闻到了屋里巨大的酒味，她把窗帘一下子拉开，顺便把窗户打开，然后对屋外的人说："这早晨起来第一件事可得把窗户打开，透透气，保持通风有益健康，你们屋里这味实在太大了。"

开完窗户后，看到女儿正呼呼地酣睡，李心如笑着叹了口气说了声"傻丫头"，然后走了出来，对林佳铭说："佳铭啊，你去把小歌喊醒，喂她喝了这碗粥，哪怕一会儿继续睡都没关系，胃里不能这么空着。"

吃了一半饭的林佳铭"哦"了一声，把碗筷放下，向屋里走去。

林母非常不高兴地看了看林父，林父没说什么，林母越想越觉得不对劲，于是说："佳铭，你的饭还没吃完呢。"

林佳铭说："我不饿，我一会儿再吃。"

说完就端起了粥，然后开始叫欧小歌起床。

李心如听到林母的话之后，走出去说："这样不太好吧？小歌都还没有起床呢，你们就先吃上饭了，以前你们一家三口人，三个人吃饱了全家不饿，现在不一样了，现在你们多了一口人，我们小歌做了你林家的儿媳妇，我希望你们能够像对自己儿子一样对她。"

林母的脸上已然挂不住了，面对李心如夹枪夹棍的一顿抢白，她打心眼里觉得接受不了，她的声音没有李心如大，但是不代表她心里想的比她少，借着李心如的挑衅，她干脆豁出去了，说："亲家，看你这话说的，我们一直拿小歌当自己的亲闺女看待，在我心里，并不比佳铭差半分的。这不昨天晚上两个娃喝醉了，小歌还吐了一床，我们收拾了大半夜，娃他爹还给娃们泡了解酒茶，伺候了一夜。刚才叫小歌起床，小歌说想再睡会儿，我就想叫她多睡一会儿，起来之后再给她做好吃的，总不能为这全家人不吃饭不是？"

李心如冷笑一声说："是啊，我这做妈的就是放不下这颗心，我养我女儿二十几年了，就这么放手交给你们，我还真有点担心呢。"

"你放心好了，都是这么好的孩子，我们喜欢还喜欢不过来呢。"林母还没说完，里面就传来了欧小歌的声音，李心如马上转身进了屋，林父看了看林母，示意她不要再说了，林母有点不高兴地瞪了他一眼，两人继续吃饭，仿佛什么都没发生。

李心如跑到屋里，看到欧小歌已经醒过来了，不过看起来她脸色蜡黄，气色非常不好，看到李心如，欧小歌喊了声"妈"，李心如没好气地说："你终于醒了，还认识我这个妈啊？"

欧小歌说："当然了，我能不认识您吗？"

"昨天喝得挺威风的啊？"

"昨天发生什么了，我不知道了，我失忆了我失忆了……"欧小歌一边喃喃自语，一边使劲地伸了个懒腰，停顿了一会儿，爬起来就冲向了卫生间。

不一会儿从卫生间出来后，脸也洗了牙也刷了，一个神采奕奕的欧小歌出现在大家面前。

恢复了点体力的欧小歌对着在外面吃饭的林父林母喊了声"爸妈早啊"，然后进屋来，林佳铭手里还端着一碗粥，打算喂给欧小歌吃，欧小歌一把夺过来说："我自己来，把我当病人了？"

林佳铭看了看李心如，不知所措。

李心如说："傻丫头，佳铭这不是关心你吗？你们昨天喝得那么醉，还吐了一床，都是佳铭的爸妈给收拾的，以后再别喝这么多酒了，喝多了有什么好？伤身体不说，还失态，不知道的还以为你是什么疯疯颠颠的人呢。"

"是吗？还吐了一床？我怎么一点印象都没了？"欧小歌不好意思地喝着粥，"我算是领教了酒的厉害了，以后我再不敢喝了，太难受了，胃里简直是翻江倒海。最可怕的是，喝醉后居然一点记忆都没了，完全断片儿了，真不知道为什么那么多人爱喝酒。"

"行了，看你没事我也就放心了，下午你高阿姨约我去跳舞，我得走了，你多喝点水啊。"李心如嘱咐完女儿，跟林父母简单地打了个招呼，然后走了。

一家四口终于坐在一起吃饭了，由于刚喝了点粥，欧小歌也没什么胃口，吃了几口就笑眯眯地看着其他人吃，林父林母因为刚才的一点点别扭始终没有舒展开，林佳铭则一边因为胃里不舒服，一边也是听到了李心如跟自己父母说的那些话，心里不太舒服，所以饭桌上的气氛是压抑的。

欧小歌突然自顾自地傻笑起来，把林父林母吓了一跳。她兀自笑了一会儿，说："真不敢相信，就这么结婚了，跟做梦似的。"

林佳铭说："可不嘛，昨天还是追风少年，做了一场黄粱梦，就已经变成已婚男人了。"

"去你的，什么黄粱梦，那么不吉利。"欧小歌敲了林佳铭的头一下，林佳铭傻气呵呵地笑着，俩人无限柔情蜜语。

林父林母有点不自在，吃了几口饭，就赶紧收拾桌子离开了。

一向粗枝大叶的欧小歌也看出林父林母的表情不大对，她悄悄地问林佳铭怎么回事，林佳铭开始说没什么，架不住欧小歌追问，只好含混地说可能是因为他们俩喝多了，父母不太高兴。

欧小歌很奇怪地问："喝多了酒，为什么他们会那么不高兴？"

林佳铭说："毕竟昨天是大喜的日子，我们俩有点过分了。"

欧小歌吐了吐舌头。

"老人都是担心我们的，你看你妈还特意那么老远送来一锅粥。"

"我妈就是瞎操心，我都快当妈了，还把我当小孩子看，也不知道什么时候她才知道她的女儿早已经长大成人了。"

林佳铭考虑了一下，对欧小歌说："小歌。有件事我想跟你商量一下。"

"什么事？"

"一会儿我们俩去给我爹娘请茶吧。"

"什么叫请茶？"

"就是……我们老家的一种礼节，两个新婚的人要给公婆下跪，给他们敬一杯茶，表示我们已经是一家人，会对他们尽孝心。"

"不会吧？还要下跪？"欧小歌瞪大眼睛，说，"那么奇怪？过年我跟长辈要压岁钱都没磕过头呢。"

欧小歌不大情愿的样子，林佳铭很难给她讲这种看似老土过时奇怪的行为在他父母心目中的位置有多重要，那是一种祖祖辈辈传承下来的表达诚意的方式，虽然现在已经没有旧时所谓的门第、家族概念，可是一些礼节仍然流传着，是一种无法丢弃的文化。

其实他们当地的礼节还有很多，如果在乡下举行婚礼的话，恐怕欧小歌根本吃不消，现在自己的父母已经退步让他们不必在乡下办婚礼，可是这些神圣的形式还是有一种神奇的魔力，给人一种妥协后的精神抚慰。

这也是作为儿子，对父母让步的一种补偿。林佳铭以一种不可商量的坚定眼神看着欧小歌，欧小歌脸上露出很为难的表情，跟他小声商量道："鞠躬行不行？"

"我们当地都是要磕头的。"

欧小歌做出很难理解和接受的样子。

这时候，林父突然走了进来，吓了俩人一跳，下意识地挪开了一点距离，欧小歌心还在扑通扑通地跳。

林父林母以前住在乡下都是大院子平房，平日里都是四面敞开的，没有敲门的概念，进进出出很随便。

这种毫无预警的突然闯入已经有好几次把欧小歌给吓到了，林父走进来说：“佳铭、小歌，你们俩来一下，我有话跟你们说。”

两人相视看了看，心里都有点打鼓，不过还是跟着林父走到了另外一间屋里，刚刚收拾完碗筷的林母正用毛巾擦着手，看到两个人进来，笑了笑，转身从包里拿出一个小包袱。林父向她挥了挥手，示意她先别轻举妄动，看起来这场面严肃得让人紧张。

林父手里拿着他的烟袋，眼皮一直低垂着，好像是在思考什么问题，又好像是在组织自己的语言，欧小歌看了看林佳铭，看到他的脸上一脸庄严肃穆，仿佛是要接受一次郑重的洗礼一样。

林父沉默了一会儿，开口了，大概的意思就是说俩人现在结婚了，是夫妻了，不再是以前的同学关系、恋爱关系，希望俩人能够互相尊重，互相友爱，互相帮扶等等一些俗套老话。欧小歌心里还一直在琢磨着跪不跪的问题，也没太认真听林父的话。

这种封建礼节确实令她难以接受，想想自己的父母尚未跪过，就要因为嫁给林佳铭而跪在他父母面前，这实在是太荒唐了。正在胡思乱想之际，就看到林父对林母使了一个眼色，林母意会地点了点头，拿出了刚才在她手里的那个包袱，交给了林父。

林父叹了口气，欧小歌测算不出这口叹气里的意味是什么，她只是充满无限好奇地看着那只不大不小的包袱。

林父把包袱解开，慢慢地说：“佳铭、小歌，这是我们临来北京之前，乡亲朋友们凑的一些钱和礼物，本来想早点给你们，一直找不到合适的机会，现在给你们也不算很晚吧。”

欧小歌很意外，林佳铭则更加惊讶，他的目光始终没有离开父亲半步，看得出来，父母，尤其是父亲在林佳铭心目中的地位是多么高大而坚固，庄严和权威。

包袱里面有一些零零碎碎的小玩意，有亲手缝制的鞋垫，还有其他一些编织品、小手工等等，然后就是一沓钱，破破旧旧的人民币，差不多都是十元、五十元的，甚至还有更少面值的。虽然钱币很旧，但是被叠得整整齐齐，就这样呈现在林父有点颤抖的手中。

然而，这些乡亲们的情义在此刻显得干瘪而寒酸，林佳铭一个没忍住，眼泪掉了下来，他声音哽咽地说："爹，这些钱……我们不要。"

林父说："娃，别嫌钱少，这都是老家乡亲们的一点心意，为你在北京成家感到激动和骄傲啊！"

林佳铭的眼泪簌簌地往下掉，简直无法控制。

林父说："娃，我们都觉得很对不住你，没有能力过多地帮助你，这么多年你考大学，现在找工作、娶媳妇，全靠自己的能力打拼，不容易啊！要知道现在提起你来咱们村没有一个不竖大拇指的，都觉得你为我们争了口气，混出了名堂，是咱们的骄傲，都想亲自看看你娶的北京媳妇……"

林父说到这里，自己的声音也有点断断续续，而旁边的林母早就掉下眼泪来了。屋里一共四个人，有三个在哭，欧小歌感到自己应该也跟着哭上一哭，可是无论怎么强迫自己，眼泪就是掉不下来。虽然她能够想象这些话里所包含的爱和感动，可是她没有办法感同身受，只能在旁边无措地看着这悲情的场景。

林父还说了很多话，在欧小歌的印象中，林父是个话不多的人，似乎很开朗，很乐观豁达，但是并不怎么善于表达，这一次没想到林父能够说这么多话。

林佳铭"扑通"一声跪倒在两位老人面前，一个劲地说自己不孝顺，不能在父母身边照顾他们什么的，能够看得出来，他心里是真的这么想。欧小歌叹了口气，其实她觉得林佳铭已经是个百分之百的孝子了。念书的时候，只要一有假期，他必定义无反顾地回家，哪怕只有一周的假期，他往返在路上就得花上好几天，他也不在乎。他对父母的爱是隐忍的、牢固的，胜过其他的一切情感，这种强烈的固执的爱让欧小歌很感动，也让她觉得林佳铭重感情，很有安全感。

未来会怎么样，谁都不清楚，不过此刻起，欧小歌决定认真地、严肃地走进婚姻中，好好地担任起妻子的角色，尽管到现在她还不理解夫妻的真正含义到底是什么。

Chapter 14 //

敢于向妈妈宣战的男宝宝

高平坐在沙发上，脸色阴沉，怒火难熄。

对面坐着的，是自己无论如何也喜欢不起来的唐静心，和最近变得神神秘秘的儿子高强。

自从那天晚上高强制造了一个离奇的失踪事件之后，他就完全变了。原来下班后第一件事就是赶快回家陪母亲，现在却总是说加班，忙，有事，好像是在躲避什么似的，行踪不定不说，连眼神和表情也不怎么自然，几次跟他说话，他都好像没听到似的，半天才反应过来，完全是心不在焉的状态。这些奇怪的表现让高平非常气愤，养了这么多年的儿子突然改变了习性，在她来说，根本就无法接受。

而现在，改变了习性的高强竟然离谱到把自己一直讨厌的唐静心带到家里来。

之前高平也怀疑过儿子这段时间的不正常行为可能跟唐静心有关，极可能暗地里又恢复了往来。虽然高强曾经明确地表示自己已经跟唐静心分手，可是通过高平犀利的评断，唐静心可不是以前那个老实巴交的安妮，她根本没可能就这么放过高强。一个来历不明的大龄外地单身女人，怎么可能会对自己优秀的儿子随意放手呢？想想她那跟自己说话时无比嚣张的态度吧！一个完全没有教养、没有礼貌、没有分寸的女人，不知道自己的儿子怎么会对这种女人感兴趣。

高平越想越生气。

高强和唐静心一直沉默着，脸上露出很奇怪的神色，让人猜不透。

高平看着对面两个脸色怪异的人，直截了当地说："强强，这是怎么回事？"

高强看了看唐静心，又看了看高平，犹豫不决地皱了皱眉头，没开得了口。

高平没好气地说："说呀！你把她领来干什么？你是看我日子过得太清闲了还是怎么的？"

"妈……我今天有点事想跟您商量……"高强终于在母亲的逼迫下说出了这样一句话。

高平听到这句话，没来由地心里一颤，她有一种强烈的不好的预感涌上心头，她努力地按捺住自己的情绪，想听听儿子后面的话，将要给她带来什么惊涛骇浪。

没想到高强说完这句话后，再次变成蔫茄子，本来在门口鼓起的勇气，此刻见到母亲全部化为零，连他自己也觉得奇怪。母亲对于自己真的有一种天然的威慑力，似乎从他出生就给他画了一个规矩的圈，在这个圈内，他可以随意行动，一旦他的脚步向圈外迈出一步，他就会受到可怕的惩罚，所以他从来没有想过要挣脱这个魔圈，而奔向也许是万分精彩的外部世界，这种规则已经如同一个烙印一样深深地长在高强心中了。

高平看到儿子的紧张表情，也算是放下心来。

她已经有了胜券在握的自信，料想这次儿子带唐静心来找自己谈判的最大可能是，他们又复合了，请求她再给唐静心一次表现的机会。

高平对于他们复合并不畏惧，因为她一直有一把鞭子，能够随意地让儿子跟着自己的方向扭转，她对于自己这种对儿子的影响能力深信不疑，这根本就不是问题。

一边的唐静心则并不意外会出现这样的场面，她跟高强交往已经快一年，林林总总地发生过很多次矛盾，差不多都跟他的母亲有关系，每次面对母亲的问题的时候，高强的态度总是很强硬，他在努力地维护着母亲的尊严，也一直关闭视听，不愿意客观地去看待发生在母亲和女朋友身上的矛盾，以至于这些矛盾从来没有得到过很好的缓解，反而积怨越来越深。可是想想自己确实是很爱高强的，自己又有了高强的孩子，俩人好不容易经历重重困难决定面对一切冲破阻力结婚，在这样的时刻她不能轻易放弃，轻易灰心，毕竟要改变一个生活在母亲控制下已经习惯的男人，是需要点奇迹的，为了将来能够拥有美好的生活，她愿意为此暂且忍耐，放弃自尊。

高平看了一眼唐静心，有点不屑一顾地说："唐小姐，我记得你跟我儿子分手了。怎么，你现在是以我儿子好朋友的身份来我家玩的吗？"

"阿姨，对不起，以前我不懂事，说话方面非常随意，我想请您原谅我。"

"怎么敢当啊？原谅你？你也没做什么对不起我们的事啊，你跟我儿子又没什么特别的关系，你喜欢怎么样就怎么样，跟我一点关系都没有。"高平话语夹枪带棒，丝毫没有一点妥协的余地。

高强生怕俩人又被激怒搞得无法收拾，赶快说：“妈，我今天得跟您商量件事。”

“什么事？需要当着外人的面说？是关于她的事吗？是的话你就别说了，我对她的事没什么兴趣。”高平突然想起那天晚上打电话的时候，唐静心让她找儿子打110那不可一世的语气，顿时火烧心怀，连基本的面子都不想维持下去。

“妈……”高强由于过分紧张而站了起来，高平看着儿子怪异的举动，也有点无法理解，她说：“强强，你这是怎么了？干什么吞吞吐吐欲言又止的？到底发生什么事了？难道跟妈妈之间还有这么难以启齿的事情吗？”

高强看到母亲一再追问，只好咬紧牙关，下定决心般说：“妈，我打算跟静心结婚。”

高平先是愣了一下，接着她的脸色在听完高强说出最后一个字的时候变得发紫发青，不过，她没有如唐静心想象中跳起来怒吼，而是出人意料地平静，平静了片刻，接着仿佛听了一个天大的笑话般哈哈大笑起来。

高强不明所以地看着母亲奇怪的表现，心里着实没底。

高平笑完，嘴边留了一抹嘲讽，看了一眼唐静心，目光回到儿子身上。

“强强，我说，你是不是脑子进水了，还是受了刺激冲昏头了？还是逗我呢？我没听错吧？你要结婚？跟她？”

“妈，我说的是真的，我想过了，我觉得我跟静心年龄都不小了，也该考虑婚事了。”高强低着头，仿佛一个做错事的小孩子，在等待母亲的宽恕。

高平的思绪荡回到二十几年前的时候，高强还是个满地乱跑经常闯祸的小孩子，每次惹完祸回家，高强总是这样的表情，低头不语，眼神却偷偷地瞟向母亲，希望在她的表情中读懂自己将会受到什么样的惩罚。如今，高强虽然已经长成一个高大的男人，可是他仍旧保持着童年时候那种眼神和表情，高平对他的一言一行一举一动实在摸得太清楚了。

高平以一种轻描淡写的语气，带着一丝威胁的意味，平静地说：“强强，我告诉你，不要说一些没头脑的话，要决定一件事之前得先经过一下大脑，确定自己没发烧没毛病再说。”

“妈，我没有开玩笑，我说的是真的，我已经决定了。”高强说。

“你已经决定了？你已经决定了你还来告诉我干什么？”高平果然耐心有限，几句话就已经恢复了正常状态，她走近高强，厉声喝道，“你干脆学李心如的女儿一样，直接领来结婚证再通知我算了！”

高强说：“妈，我不是这个意思，结婚这么大的事，我不可能擅自做主，我跟静心肯定是要征得您的同意才会去领证的。”

“除非我死了，否则我不可能同意。”

“以前静心有什么不对的地方，请您别跟她一般见识，她会好好地改掉自己的一些坏毛病的，您给她一次机会吧。人都有犯错误的时候，只要她意识到自己的问题，愿意改正，我觉得您应该原谅她。”

“强强，难道你真的确定自己没开玩笑？你要跟她结婚？为什么？”

“因为——我爱她。”高强说出这句话的时候，感觉自己明显底气不足，声音低到自己都听不到。

然而就是这句简单而渺小的话彻底打动了一边强颜欢笑的唐静心，她感动于高强可以为了她跟神一样的母亲抗争，虽然力度并不大，可是对于他来说，也已经是破天荒第一次。

为了这句话，为了他为她的牺牲，为了他可以做的抗争，此刻她觉得自己受多大的委屈都值得了。

“你爱她？你爱她什么？”高平冷笑一声问道。

“我说不上来，但是我想跟她生活在一起。”高强已经把自己立到了规矩圆圈的边缘，索性打算迈出去试探了。

唐静心看到高强如此艰难和为难的表情，感到深深的歉意。她完全可以理解高强的为难之处，也知道他为了两个人的结合要付出多么巨大的努力和勇气，她觉得自己不能坐视不顾，只把所有的困难留给高强一个人处理，毕竟唐静心也算是一个事业和个性上都比较强势的人，她不习惯处于被动的状态，看起来想彻底改变以前造成的尴尬状态，必须要有所行动了。

于是她心一横，突然给高平跪下了，并且说：“阿姨，请您原谅我以前的一切错误，从今天开始，我愿意重新做人，重新以您能接受的形象出现在您的面前。”

高平暴怒地指着唐静心说：“你给我出去！这算什么？软硬兼施？你一边挑拨我儿子跟我这儿闹决裂，一边又假装可怜巴巴给我下跪？我告诉你，唐静心，你别想进我们家门，除非我死了！”

高强看到场面变成这样，非常焦急，他想去扶唐静心，却觉得自己很窝囊，他镇定了一下自己的情绪，对高平说：“妈，请您不要这样对她，结婚的事情跟她没关系，是我自己的决定，如果您实在不同意，我也只能违抗您一次了……婚姻是我人生中最重要的事情，我不能拿它当儿戏……妈，对不起……”

高强的话几乎把高平给打倒在地，她万万没有想到自己的儿子会有一天对自己说这样的话，一时间，她只觉得脑子里的弦一下子断裂了。她先是愣了一会儿，然后突然大声地叫起来：“强强，你敢跟我说这样的话？你的意思是，无论我同意不同意，你都要跟她结婚是吗？”

高强用沉默代替了回答。

高平像疯了一样打他，边打边说：“你这个浑小子，你妈含辛茹苦养你这么大，就是为了等到今天这一刻你来背叛你妈？你是要学你那个无耻的爸爸，一起来伤害你可怜的妈妈对吗？我看你是被狐狸精勾了魂，简直不知道自己是谁了！我告诉你，只要我在一天，你就别想娶她！”

场面乱成一团，高平追着打高强，唐静心则跪在地上哭着求饶，高强一边躲着母亲的拳头，一边还想保护着有身孕的唐静心，高平仍旧在喋喋不休地骂着，后来她觉得打骂儿子不过瘾，觉得儿子虽然糊涂，罪魁祸首其实是唐静心，干脆发展到拳头向唐静心打去。

唐静心下意识地抬手挡着，高强也冲过去保护她，不小心碰了高平一下，高平一个趔趄，差点摔倒。

高平发疯似的喊：“你这个不孝顺的孩子，你现在了不起了，找到靠山了！要把妈妈推倒了！这是打算连你妈都要打了是吗？我今天豁出去了！我也不想活了！干脆咱们来个同归于尽好了……”

眼看高平就要用更加激烈的手段来对付自己，高强万般无奈地重重跪在了地上，任凭高平的拳头雨点一样打下来，他流着眼泪说：“妈……对不起，我不是要背叛您，我发誓不是！可是，现在也不得不告诉您这件事了，您就快要做奶奶了……”

这一句话犹如定形咒语一样，高平高高举起的拳头呆呆地滞留在了半空，空气如同凝固般僵硬，似乎连呼吸的声音都在此刻停止了……

高平大概凝固了一分钟，忽然颓废地坐在了沙发上，喃喃地说：“你刚才说什么，强强？”

高强泪流满面地说：“妈，我是说，静心她——已经怀孕了。”

“……”

Chapter 15 //

恭喜你要当妈妈了

欧小歌跟林佳铭的婚事终于轰轰烈烈地过去了，本来俩人打算好好地出去旅游一番，但是欧小歌的新工作非常忙，各种活动人手不够，主管催着她赶快回归上岗，欧小歌也算是公司新人，不好意思过多时间拿来度假，所以休息了几天就去上班了。

正好林佳铭有了放松的机会，可以带着父母好好地在北京游览一番，爬了长城，看了天安门，故宫门票太贵没进去，只在门口看了看，王府井步行街人太多三个人差点走散，颐和园美景也只是走马观花一番。一路上林佳铭就像一个热情的导游给父母介绍着大北京的风貌，也说着一些自己在北京读书这几年的经历，林父倒是对这次的行程非常满意，一路上赞不绝口，林母则一脸忧愁，显得心事重重。林佳铭问她怎么了，林母说想找一个庙拜拜，说的时候很郑重，一脸虔诚。

林佳铭便带他们去了一趟广济寺，林母虔诚地烧完香拜完佛后，才心满意足地走出来，脸上总算有了舒展的笑容。

林佳铭好奇地问母亲到底求什么，林母微笑着说："当然是求子。"

林佳铭差点没晕倒，林母说："我现在白天盼，晚上盼，就等着抱孙子了，求观音菩萨送给我一个白白胖胖的大孙子，要是能达成这心愿我常年吃素都愿意！"

林父也在旁边附议："娃，我跟你娘现在岁数大了，也看到你成家立业了，没啥别的盼头，就盼能早点抱上孙子，你可别让我们失望。"

"那万一是孙女呢？"

林母说："不管是孙子还是孙女，都是咱们林家的亲骨肉，总之，你得快点让我们抱上。平日里看到周围的人抱着孙子外孙，我们别提有多羡慕了，总想着什么时候能够抱上我们自己的骨肉·。”

“爹、娘,这种事真的别催,顺其自然吧,到时候有了就自然有了,没有也没办法。”林佳铭搪塞道。

“顺其自然是顺其自然，就怕你们不顺其自然！”林母脸色一沉，语气带着责备，林佳铭感觉母亲话里有话。

果然，林母终于克制不住自己心里的不满，直截了当地说：“那些没用的东西，最好少用，之前抽屉里那些我都给你扔掉了，你不好再继续用那个了。”

“娘……”林佳铭的脸色腾地红了，原来安全套失踪之谜的谜底是这个，怪不得他最近老买老丢，甚至怀疑有鬼了。想想这种私事在父母面前变成透明，实在是太羞耻，自己恨不能在地上钻道缝钻进去。

其实林佳铭很理解父母的心情，在他的老家，像他这样的年纪基本都有孩子了，有的甚至要了二胎,大城市里三十岁还没恋爱的人大把大把,这在乡下简直不可思议。可是林佳铭现在已经注入了城市人的思维，他并不觉得早点结婚早点要孩子有什么必要，如果不是荒唐的冲动，他会等毕业三五年后再考虑结婚，再过三五年考虑要孩子，那时候经济基础、个性成熟度都差不多了，才是比较合适的时机。

父母肯定不会这样想，他们觉得欧小歌现在的年纪，真是适合生孩子的年纪，再过三两年，变成高龄产妇，不但生孩子危险，自身也会有一定的风险。这些都不是重要的，重要的是，老人盼孩子的急切心态。

想想顽童一样的小娇妻，林佳铭额头上渗出了细细的汗珠，顿感压力倍增。

这晚一直到十点半，欧小歌还没有回家。

本来林佳铭的父母习惯早睡，但是想到欧小歌还没回家，也不好太早睡觉，陪着林佳铭一起边看电视边等。恰好电视上某个频道正在播一对伤心欲绝的父母在节目中控诉人贩子拐卖自己孩子的罪行，这个话题引起了林父林母的强烈共鸣，他们跟着电视上的当事人一起强烈地谴责着不法分子的恶劣行径。林佳铭心不在焉，一会儿看看手机，一会儿看看电视，甚至打着哈欠。

发表完意见之后，林父林母的矛头再一次指向了林佳铭，林母说：“娃，你现在没有孩子，对孩子一点感情都没有，如果你有了自己的孩子，你就会知道骨肉亲情是怎么回事了！”

林父说：“是啊，娃，如今我跟你娘唯一的牵挂就是你，如果没有你，我们都不知道生活有什么乐趣。”

林佳铭一看父母又要来新一轮的轰炸，赶快求饶，并走到卧室，拿起电话，给欧小歌打电话。

好久都没人接听。

估计是忙着应酬听不到电话，但是欧小歌这种手机不离手的人，怎么会有听不到电话这种事情发生呢？

林佳铭心里有些不舒服，又觉得自己有点过虑。

可能因为结了婚，他对欧小歌变得不一样了，以前欧小歌也经常出去玩，经常晚归，有时候跟宿舍的舍友们去吃烤串吃到宿舍关门，爬大栏杆才能进校。那时候他也担心她，可不是如今这种担心，已经不再是简单的牵挂，而变成了一种责任。这难道就是传说中的亲情感？真是神奇，一个红本，一个仪式，两个陌生人就变成了亲人。

他坐立不安，魂不守舍，真希望能够马上见到欧小歌。

时间在分秒地过，很快已经十一点半。

林父看电视的眼神已经不太对劲，哈欠连连，林母也没有半点精神，几次差点在沙发上睡着。林佳铭劝父母去睡觉，林父林母也觉得干等强撑不是个办法，于是答应他，进屋睡觉了。

林佳铭一个人等欧小歌。

因为怕吵到父母睡觉，他把电视关掉了，只开了一盏暗暗的小台灯，看了会儿书，觉得心浮气躁看不下去，于是打开了电脑，随便看了几眼新闻。因为白天在单位已经看得都差不多了，也没多大意思，正要关电脑，微信上突然弹出一句话：“这么晚了还没睡觉？”

林佳铭看了一下微信头像，原来是研究所新来的一个实习的女大学生陶叶子。

林佳铭对陶叶子的印象并不很深刻，因为林佳铭也是刚到研究所不久，对所里很多人都不认识，而这个陶叶子，来报到的时候正好是他带她进去的，所以有点印象。

而且她的名字比较有趣，林佳铭还问过她是不是日本人，她笑着说不是。这女孩很喜欢笑，逢人便展露出灿烂微笑，这微笑很阳光很开朗，经常让林佳铭想起第一次见到欧小歌时的情景。

跟陶叶子随便说了几句，就听到了敲门的声音，应该是欧小歌回家了。

他匆忙跟陶叶子说了“晚安”，然后就去开门，他还在思索，难道是欧小歌忘记带钥匙？怎么会敲门呢？

门一开，林佳铭的脸色立刻沉了下来。

欧小歌似乎又醉了，这一次比上次恐怕有过之而无不及，送欧小歌回来的，竟然是那个青梅竹马门当户对英俊潇洒又跟欧小歌有很深渊源的帅医生蒋天承!

林佳铭接过欧小歌，甚至没有打算让蒋天承进来坐坐，蒋天承也好像没有要打搅他们的意思，只是带着歉意对林佳铭说：“对不起，今晚我们几个朋友临时聚会，拉了小歌一起，没想到让她喝多了……”

林佳铭点了点头，没说什么话。

蒋天承安全把欧小歌送回家之后就告辞了，林佳铭的父母则因为听到敲门声而都起床了，出来看到欧小歌喝醉的样子，他们的眉头都皱了起来。

“怎么回事啊？”

不知道。”林佳铭生气地把欧小歌放到床上。

欧小歌哼了几声，似乎是要吐，林母见状，赶紧拿了一个脸盆过来，欧小歌做状呕吐了几下，但是没有吐出来，又躺在床上睡了。

“赶快让她喝点水。”林父提醒道。

林佳铭生气地说：“这么晚不回家，原来是去外面喝酒了！”

“算了，娃，你现在说她也听不到，等她酒醒之后劝劝她吧，一个女孩子家，晚上如果没有特别重要的事，还是别外出了。”林母叹了口气，回屋了。

林父也觉得欧小歌的作为有点看不过去，他想说什么，又没说出来，也化作一声叹息，跟着回屋了。

半夜里，欧小歌突然醒了，她非常痛苦地对林佳铭说：“佳铭，佳铭，有水吗？”

林佳铭从梦中爬起来，随手拿起早准备好的一杯白开水，递交给了欧小歌，欧小歌接过水，一饮而尽。

“我还想喝……”欧小歌说道

林佳铭摸黑又给她倒了一杯，她再一次一饮而尽，感觉好了很多。

欧小歌说：“佳铭，我刚才做了一个梦，梦到我的脚下游着好多好多的鱼，有红色的，有黑色的，我想抓一条，可是怎么也抓不住，可是低下头一看，这些鱼还在我脚下游来游去。你说这个梦是什么意思呀？”

林佳铭说：“快睡觉吧，明天不还得加班呢吗？”

欧小歌说：“我不困了，不过我好难受啊，怎么感觉浑身都酸痛？天晕地转的？”

“下回你多喝点酒就好了，适应了就没事。”林佳铭话语里带着赌气。

欧小歌说：“喂，你怎么了？怎么听上去不大高兴？”

林佳铭没说话，黑暗中把身子背对着欧小歌。

欧小歌拍了他的后背一下，说：“怎么了？生气了？”

“你不是说公司里加班？怎么原来是跟帅哥约会去了？”

“帅哥？”欧小歌有点莫名其妙地说，“什么帅哥啊？”

“你今晚去哪儿了？”

“几个好朋友说要聚会，打电话给我的时候我正在加班呢，他们一致说要替我庆祝新婚，就拉我去吃饭了。”

“吃饭就一定要喝醉吗？上回你怎么说的？不是说以后不再喝酒了吗？”

“是啊，我是不想喝了，问题是大家不干啊，非要我喝，还幸亏天承帮我挡了几杯呢，否则我更完蛋了。”

“为什么不打电话告诉我？我可以去接你。”

“当时着急过去，忘了告诉你，到了地方手机又没电了。”

“哦。”

“哎，佳铭，我怎么感觉身上那么难受啊？觉得浑身都肿了，腿疼、胳膊疼，连手指头都疼！”

“醉酒反应，明天就好了。赶快睡觉吧，都几点了？”

欧小歌说：“管几点干吗？以前咱们还经常凌晨打电话呢，怎么现在一结婚，你时间观念就变得这么强烈了？到点睡觉，到点吃饭。”

“我不想跟你吵架。”林佳铭简单地说。

欧小歌也感到有点委屈，说：“我喝醉了，你一点都不关心我，还跟我生气。”

“我想问你，如果我大半夜喝得醉醺醺回来，还被一个美女搀扶进来，你会是什么感受？”

欧小歌哈哈大笑说：“原来吃醋了？”

林佳铭生气地什么都没说，闭着眼睛装睡，欧小歌哄了他好半天，他才感觉缓和了一些。

这一夜两个人相拥入眠，说了好多好多话，不知不觉天已经大亮。

林父林母早早地起床为两人准备好了早点，鉴于上回的教训，林母特意为欧小歌熬了粥，不过俩人一直到八点钟都没有起床的意思。

林父抽着烟袋,出神地看着客厅桌上摆设的一个小玩具,林母则焦急地说:“娃他爹,你说要不要叫他们一声啊?小歌这几天不是还要加班呢?要是迟到了可怎么办啊?”

“昨天小歌十二点多才回来,又喝醉了酒,今天肯定想多休息一会儿。”林父说。

林母说:“我是害怕了,万一小歌她妈再来一次突然检查,发现我们没有叫小歌起床,耽误了她的工作,该怎么办啊?”

林父虽然没有表态,心里也对这个问题感到棘手,正在两位老人犹豫不决的当口,林佳铭突然出来了,他神色慌张地说:“爹、娘,坏了,小歌好像生病了!”

“怎么了?”两位老人吓了一跳,冲进了屋里。

只见欧小歌浑身发紫,脸浮肿,眼睛也红红的,样子好像很痛苦。

“小歌,你这是怎么了?”

欧小歌说:“不知道啊,昨天晚上我就觉得有点难受,不过我以为是醉酒的缘故,可能睡一觉就好了,可是今天一早起来,我发现我浑身都浮肿了,你们看,我连戒指都陷进肉里了。”

欧小歌说完举起了手,三个人看到原本很宽松的婚戒已经深深地陷进了欧小歌的手指中,欧小歌整个人就像一只发起来的大白面馒头一样,非常夸张。

“娃他爹,赶快给小歌配点药吧!”林母着急地看着林父。

欧小歌则说:“佳铭,我们还是去医院检查一下吧!”

林佳铭看了看父亲,林父说:“小歌,我看你这个情况可能是因为酒精过量导致气血不通,你要是信任我的话,我给你配点中药调理一下。”

“中药?”欧小歌露出了为难的表情,“管用吗?”

“当然了!娃他爹给我们全村人都看过病。”林母说,“村里人谁有个什么头疼脑热,都来找我们娃他爹开药。”

欧小歌半信半疑,林父帮她把了把脉搏,然后说:“我给你开点活血化淤的药吧。”

说完他走进了屋里,拿出自己的包袱,原来他随身带着一些草药,欧小歌则觉得林父属于江湖医生,医术未必值得信任,于是表面上先答应下来,暗地里还是决定去医院看看,跟林佳铭使了一个眼色。林佳铭完全意会了欧小歌的意思,随便扯了个谎,说跟欧小歌出去走走,于是俩人直接去了医院。

路上,欧小歌有点不好意思地问:“佳铭,你爸爸真的会治病吗?”

林佳铭未置可否,欧小歌又问:“他真的学过中医吗?”

“我爹从小喜欢读书，尤其喜欢看医学方面的书，要说学，他没拜过师，也没有读过这个专业。”

“算是……自学成才？”

“还是去医院看看吧。”

“嗯，我不是不信任他，只是觉得自己这种情况很奇怪，怕别是有什么其他的病，怎么会一夜之间，突然跟吹起来了似的呢？”

林佳铭点点头，表示并没有怪她的意思。

到了医院，正巧看到蒋天承在门口打电话，看到欧小歌和林佳铭，他挂了电话，高兴地迎了过来。

“天承，我昨天回家后，浑身就肿了，不知道怎么回事，想来医院看看。”欧小歌伸出手臂，给蒋天承示意，蒋天承非常自然地接过了她的手，按了几下，说：“确实是浮肿了，还挺严重的。”

“佳铭，你去挂号吧，一会儿我找个专家看看。”

林佳铭点了点头，去挂号，走了几步，回头看了一眼，蒋天承正跟欧小歌非常亲密地说着什么，俩人还哈哈大笑，欧小歌仿佛从来没有身体不适的样子，这让林佳铭在暗地里觉得非常不舒服。

挂完号，欧小歌跟林佳铭到了一个诊室，大夫大概问了问情况后，让林佳铭重新挂一个妇科，林佳铭还觉得很奇怪，身体浮肿为什么要挂妇产科？不过医生既然这么说，也没有办法，他只好去重排队，重挂了一个妇产科。

到了妇产科诊室，门口有一个大牌子写着“男士止步”，林佳铭把病历本交给欧小歌说：“小歌，我在门口等你，你自己进去检查吧。有什么事随时给我打电话。”

欧小歌点了点头，走了进去。

林佳铭则坐到了医院长廊上的排椅上等待，有点无聊，拿出手机翻了会儿朋友圈，看到陶叶子发了一组自拍，他点开大图看了一下，发现陶叶子确实是个很漂亮的姑娘。

欧小歌等了一会儿，护士喊了她的名字。

一个慈眉善目的老医生笑着看着欧小歌，看得欧小歌有点发毛，老医生说：“你是小歌吧？李心如的女儿？我跟你妈妈以前是同事，年轻时候还一起打过排球呢。”

欧小歌笑了，说：“您怎么能一眼把我认出来的？”

“你长得跟你妈一模一样！简直就是她年轻时候的翻版。”老医生左右打量着欧小歌，“我可是有日子没见你妈了，她最近好吗？”

“挺好的，前段时间把脚扭了，现在已经差不多完全恢复了。”

“嗯，上了年纪就得注意点儿。你哪儿不舒服呀？”

欧小歌大概把自己喝完酒后全身肿胀的事情跟老医生说了说，老医生看了看欧小歌的情况，问道：“这月的月经来了吗？”

欧小歌说：“还没呢。”

“上次月经什么时候？”

“大概……我不记得了……好像很久没来了，可能因为我这段时间太忙了，我刚结完婚，累得身体有点紊乱……”

没等欧小歌说完，老医生就开了一个检查单，说：“去验一下尿吧。”

欧小歌拿着验完尿的单子交给老医生，老医生还没等正眼看，就满面笑容地对欧小歌说：“恭喜你，你要当妈妈了！”

“什么？”欧小歌吓了一跳，“阿姨，您没开玩笑吧？”

“怎么是开玩笑，你怀孕了。恭喜恭喜，刚结婚就怀孕了，真是喜上加喜。”

欧小歌简直快要昏过去了：“怎么可能？我怎么可能会怀孕？”

“这有什么不可能的？每个女人都会怀孕的，都会当妈妈，这是一件喜事。”

欧小歌还愣在当场没反应过来，老医生说：“是不是觉得挺突然的？怀孕前吃叶酸了吗？”

“叶酸？不知道……”欧小歌脑子里一片空白，老医生的话不断在她耳边回响。怀孕了怀孕了怀孕了……天哪，自己，竟然怀孕了？

老医生给欧小歌开了一瓶斯利安叶酸片，嘱咐她每天要吃一片，这样对胎儿生长发育比较有利，然后说这几天让欧小歌来医院做个B超，排除一下宫外孕的情况。欧小歌像个木头一样听着医生的吩咐，然后“嗯嗯”地点头答应着，而自己的灵魂仿佛早已经飞出了自己的身体。

太奇怪了，竟然怀孕了！怎么可能？欧小歌一直觉得自己的保护措施做得挺不错的，对了！一定是这段时间经常找不到安全套导致的，欧小歌此刻已经说不出来是一种什么感觉包围着自己，有新奇，有怪异，有吃惊，有怀疑，唯独没有应该有的欢喜——太突然的事件，会让人不知所措的！

林佳铭坐在医院长廊上专注地看手机，根本没注意欧小歌已经站在他身边好久，看某个公号文章的时候，看得过于投入，他还扭了扭脖子，突然看到了木立在一侧眼神怪异的欧小歌，当时把林佳铭给吓了一跳。

“小歌？你怎么无声无息地就出来了？”

欧小歌仿佛没听到林佳铭的话似的，呆呆地看着他，看得林佳铭发毛，他推了推她说：“怎么了？别吓我啊？没什么大事吧？”

欧小歌说：“佳铭，你说，发生什么事会让你觉得世界末日了？”

林佳铭想了半天，说：“克隆人被研发出来的时候吧……别卖关子了，到底怎么了？难道你得了什么怪病？”

欧小歌说：“比怪病还怪。”

林佳铭感觉欧小歌是在开玩笑，可是看她的表情又不像。欧小歌不是那种绷得住的人，以前每次捉弄他，她都忍不住先暴露出来，所以她根本就不是演戏的材料。

“小歌，你别吓我，到底发生什么事了？”林佳铭不由得紧张起来，他看着欧小歌，脑海里生出无数在电影或者小说里看到的情景，在万物复苏的完美世界里，女主角突患重病，于是一切情节全部转悲……

林佳铭紧张得要命，欧小歌反而慢吞吞地故弄玄虚般，把手里的化验单递给林佳铭，林佳铭看了半天，也没看懂医生那龙飞凤舞的笔迹到底写了什么惊天动地的秘密。

欧小歌问道：“看明白了吗？”

“没有，小歌，你要是这样我直接冲进去问问医生怎么回事了。”

“别！”欧小歌一把拽住林佳铭的胳膊，脸变得红红的，像是害羞的样子。林佳铭简直太迷惑了，这还是平时大大咧咧什么都不管不顾的欧小歌吗？

欧小歌凑近林佳铭，夸张地压低了声音说：“我有了。”

林佳铭没反应过来，说：“有了？什么有了？”

瞬间，他突然反应过来，然后呆呆地看着欧小歌，两人对视了一会儿，林佳铭突然哈哈大笑：“小歌，今天不是愚人节，你这玩笑开得太大了！”

“我也只当是愚人节的玩笑！”欧小歌说。

“什么？难道真的有了？怎么可能！”林佳铭的声音因为激动都显得格外嘹亮，正好身边过去一个大肚子的女人，被林佳铭的声音吓了一跳，她慌忙一边拍着肚子，一边对林佳铭做了一个禁声的动作，然后慢腾腾地走开了。

林佳铭有点吓傻了，转头看了看欧小歌：“真的？”

“真的，千真万确！”

“可是……咱们最近也没怎么那个啊，上回我记得你说是安全期……”林佳铭还是带着怀疑的语气问道，欧小歌说："是啊，我也记得应该是安全期啊，怎么这么快就怀上了？"

俩人又呆呆地互相看了一眼，然后把目光转移到欧小歌的肚子上，抬起头来，看着对方，同时说道："怎么办？"

欧小歌没好气地说："什么怎么办？你问我怎么办？你要是不喜欢这孩子，咱们做掉好了！"

"哎，我什么时候说过不喜欢这孩子……只是，来得太突然，我一时还没反应过来。"

欧小歌说："这有什么好反应的？有了就是有了，突然就来了，还需要跟你打个招呼，预约一下心情吗？"

林佳铭说："是，太神奇了，这惊喜来得太突然，让我有点不知所措。不过，这回我父母可真是如愿以偿了，前几天还一直拉着我去庙里求子，看来真灵验了，不可思议……"

"林佳铭。"欧小歌突然连名带姓地、很严肃地看着林佳铭说，"你说真心话，你想要这个孩子吗？"

林佳铭说："无所谓啊，有了就生下来吧，还能怎么样？难道真的做掉？"

"你这话什么意思？无所谓？孩子对你来说根本是无所谓？可有可无？我看你根本就没有真正要做父亲的诚意，你只是很无奈地接受了这样一个事实，对吗？"

"小歌，你这是怎么了？"面对欧小歌的一番指责，林佳铭感觉丈二和尚摸不着头脑，都不知道该说什么好了。

"你自己好好想想吧，你现在有资格做一个父亲吗？"欧小歌说完这句话，好像是真的生了很大的气，转身就走了。

林佳铭追了上去，抓住欧小歌的胳膊说："你到底怎么了？怎么说翻脸就翻脸？"

欧小歌说："我对你很失望。"

"因为我没有欢呼？没有跳起来？没有夸张而又肉麻地把你举向半空？"林佳铭对欧小歌的态度也感到很生气，反唇相讥。

"你！简直无聊！"欧小歌看到林佳铭的态度，更加生气了，甩开他的胳膊就走了。

林佳铭一个人留在原地生闷气，心里也有无限的怨屈。说真的，这个从天而降的好消息着实把他给惊到了，他还来不及调整自己的情绪去做出应该的、正确的反应，而且欧小歌的敏感也让他觉得委屈，就算这件事出乎大家的意料，可是毕竟是件喜事啊，说给自己的父母他们不定会高兴成什么样，不过，在问题还没有完全落实前，林佳铭打算先不告诉自己的父母。

Chapter 16 //

撞孕了……

“真的？”李心如听到欧小歌说完怀孕的消息后，先是蒙了一下，接着情绪来了一个过山车，差点从沙发上蹦到房顶，她激动地说，“天哪，我要做姥姥了？”

欧正显得很意外，对于女儿突然结婚又突然怀孕的事情又吃惊又兴奋，但毕竟是稳重的男性思维，他的第一个问题就是：“林佳铭父母那边也知道了吧？”

“没有呢，别提他，提他我就生气！”欧小歌的脸色变了。

“怎么了？”

“我感觉佳铭好像并不想要这个孩子。”欧小歌说。

李心如一听这话，马上生气了，她说：“他是什么意思？不想要小孩？”

“不是不想要，是并不是非常想要。”

欧正说：“为什么这么说？”

欧小歌把医院里林佳铭说的原话给父母说了一遍，李心如说：“这个浑小子真够可气的，人家谁知道老婆怀孕不是高兴得晕过去？就算不晕过去，至少也会跳起来吧？怎么他表现得那么镇定？”

“我也觉得是，本来一说怀孕的事，我就觉得很不敢相信，心里很乱，想在他那儿得到点安慰，谁知道他竟然不咸不淡、不冷不热地说了那么几句话。”欧小歌越想越生气。

“小歌，你不要乱猜，孩子是你们爱情的结晶，佳铭怎么可能会不喜欢，我想他可能是没反应过来吧？”欧正试图客观公正地劝女儿不要乱想。

“什么没反应过来？婚都结了，孩子不应该来吗？”李心如说，“我看林佳铭根本就不喜欢孩子，恐怕是那种没什么感情的冷血动物！”

欧正叹了口气，明知道自己没办法纠正李心如的偏见，只好作罢。

“小歌，你别管他，他不喜欢就不喜欢，你可千万别受他影响。他们家不喜欢咱们家喜欢，有了孩子妈帮你带！”李心如转念又因为想到即将到来的孩子，高兴起来。

“妈，我现在还在担心呢，怀孕这么突然，最近我喝了两回酒，都喝得挺多的，这对胎儿没什么影响吧？”

“当然有影响！”李心如立即变脸，“我跟你说了多少遍了，让你尽量不要喝酒，你什么时候听过我的话？怀孕的时候是千万不能沾烟酒的，会对孩子发育造成很大的伤害。我不是吓你，我以前在医院工作的时候，常听妇产科的同事说有孕妇因为烟酒的关系，造成胎儿畸形的！”

欧小歌吓得抱住头说：“别吓我，妈，我可不要小怪物……”

“小歌，我看你过一段时间去做个B超检查一下，这事非同小可，可不能大意！”

李心如的话把欧小歌给吓坏了，想到自己连续喝醉，这次更是醉到全身浮肿，简直是太可怕了，万一真的因为酒精而对肚子里面的孩子有什么影响的话，她会后悔死的。

一整天，欧小歌的精神都恍恍惚惚的，满脑子都是“怀孕，怀孕，孩子，孩子”，然后跟这两个词相关的一系列问题也正在轮番折磨困扰着她，让她没办法思考其他的事情。

低头看了看手机，林佳铭竟然一个电话都没打过来，欧小歌索性也就一直不回家，看看林佳铭什么时候才来请她。

闲得无聊，她给唐静心打了通电话，约她见面喝茶，没想到唐静心推辞了，说自己现在正在医院检查，这段时间可能非常忙，等忙完了再联系她，接着匆忙地挂了电话，甚至没问问欧小歌找她有什么事。

欧小歌没来得及分享自己怀孕的消息，感到有点扫兴，接着又想起了宋洁，刷了一下朋友圈，发现宋洁好久都没有更新了，于是打她的电话，响了好久才接通。

宋洁的声音从电话那边传来，却是带着哭腔，欧小歌问她怎么了，她也支支吾吾地说不出三四，于是俩人约了在附近的一个咖啡馆见面。大概半个多小时，欧小歌就到了，找了个角落里的清静位置，等了一会儿，宋洁满脸沮丧，红肿着眼睛走了进来。

欧小歌吃了一惊，离上回在婚礼上遇到她才不过两三个月的时间，宋洁好像整个人从头到尾又变了，不但面目浮肿，身体也很虚弱，因为没化妆，所以能看出来脸上有一些暗斑，头发也随意地在脑后扎了一下。眼前这个曾经在校园里风云四起舌战群雄的辩论队女神，完全像是一个前途渺茫失魂落魄的下岗女工。

看到宋洁这副样子，欧小歌觉得非常意外，她小心翼翼地看了看宋洁，问道："你的脸色好像不怎么好，怎么了？"

一句话问得宋洁眼圈又红了，她叹了口气，说："我就快要崩溃了。"

"发生什么事了？"

"一言难尽。"宋洁再叹了口气，用手撑住额头，看起来非常困惑。

"跟老公吵架了？"

"也不算，主要是他妈，我实在快受不了了。"宋洁说。

"就是上次在火车站接的那个老太太吧？"

宋洁点了点头，说："可能就是看我不顺眼，处处找我的毛病，我忍了她很久了，现在我一直在考虑我的婚姻是不是个错误。"

"你太悲观了，就算他妈再怎么样，你也不应该否定你们的婚姻啊。"

宋洁说："小歌，你一直没变，跟刚上大学时候一样，还像一个生活在美好城堡里的公主。当年我也是住在美好城堡里的公主，可惜我选择了一个不合适的婚姻，把自己的城堡粉碎了，跳到一个火坑里去……我真怀念我们大学的时光呀，对未来一无所知，永远有憧憬、有希望、有动力，可我现在差不多已经看清楚了我的命运底牌，很没劲。"

欧小歌看到如此虚弱的宋洁，很想抱抱她，给她一点安慰。

"毕业时大家着急着证明自己长大了，要离开校园，谁知道离开的才是天堂，永远回不去了。"

"宋洁，你太消极了，我倒跟你看法相反，我觉得年轻时候并不值得留恋，什么都不懂，对未来一无所知，像一群不知天高地厚的傻子。我喜欢生活，喜欢前进，喜欢社会，喜欢现在。"

"是的，你一直是一帆风顺的，你永远体会不到我现在的心情。"宋洁的语气很复杂，有伤感，有羡慕，有幻灭，"唉，也许我不该这么说，你刚刚结婚，还是应该跟你说点高兴的，真不好意思，我太扫兴了。"

“没关系，你有什么不高兴的，说出来，心里就好受了，千万别憋在心里。”

宋洁说：“我现在生活里就没有高兴的事。起床一睁开眼睛，就看到那个老太婆，皱着眉头，到处找碴。本来这是我的家，可是她一点都没有这种意识，总拿自己当主人。从不帮我们收拾，但是总说我们家乱，没事就把脏衣服臭袜子乱放乱扔。说是来看病，人家医院说她没病，她硬说要疗养，住在我们家，吃的、穿的、喝的，全要我老公伺候。你相信吗？她连我的床都占去了！”

“不会吧？”欧小歌吓一跳。

“她说她睡不惯小床，硬是把我们的大床占去了，我老公怕我太挤，每天晚上打地铺睡在地上，你见过这样可怕的老人吗？”

欧小歌对宋洁的描述听得目瞪口呆，她说：“太恐怖了，怎么会有这样的人？你老公也不说说他妈吗？”

“他有什么办法？他对他妈简直是百依百顺，无论他妈多么刁蛮，多么无理，他都能给她找到理由，一天到晚说他妈多么辛苦，多么不容易，我怎么看她怎么觉得像个耍滑偷懒的主，可能全世界的儿子都不会觉得自己的母亲有问题吧！”

“就事论事，我觉得你应该好好跟他谈谈。”

“我早就对他失望了，我凭什么忍他妈？她现在看我不顺眼，讽刺我名牌大学毕业却找不到好工作，说我花她儿子的钱，说我身材单薄一看就是没福气的人，说我生不出儿子，整天在我面前说她儿子多么多么好，有多少人夸他好，摆明了说我配不上他吧。呵呵，她可能一辈子都不会相信，她优秀的儿子至今连个像样的钻戒都没给我买过……”

说到这里，宋洁又一阵悲伤难忍，掉下了眼泪。

欧小歌拿出纸巾递给宋洁，同情地说：“宋洁，别难过了。”

宋洁擦了擦眼泪，说：“我婆婆在我家里作威作福也就算了，现在她把我小姑子也弄来北京陪她，结果我小姑子天天出去泡吧，天天问我老公要钱，今天要打玻尿酸，明天要办健身卡，后天又要请网友吃饭，她俨然把我们家当成是免费旅馆，把我老公当成免费提款机。我好几次想跟她说说我们家的经济情况，可是我老公爱面子，什么都不让说。上月交房租，我们的钱差不多都花完了，结婚好几年，连点存款都没有的家庭，你听说过吗？这样的生活我简直是过够了，吃了今天怕明天，一点安全感都没有！”

“宋洁，我真没想到你现在过着这样的生活。”欧小歌都感觉到了生活的无力，觉得太可怕。

“不但生活压力大，工作压力也很大。”

“如果跳槽到薪水高点的工作呢？”欧小歌天真地问。

宋洁说:“小姐，你以为工作那么好找？我刚毕业的时候找了几家公司，都不稳定，而且还总要加班，钱拿得很少，我一气之下辞职，打算找找好点的工作，可是没想到越到后来工作越难找，后来也找了好几份工作，都不行，皮包公司，说解散就解散，最后我干脆就在家里照顾孩子。我老公原来的工作还不错，后来也倒闭了，现在也是有一搭无一搭的，什么来钱做什么，失业是家常便饭，我才又重新出门找工作的。但是毕业好几年，年龄大了，不太好找工作，现在在这家酒店，任务也很重，每月要考核绩效，三个月没有完成任务就要辞退……”

宋洁像是找到了发泄口，把这些怨恨一股脑地倾倒出来，欧小歌听得惊心动魄，无法相信。这些事离她太远，简直不可想象，而又确实是发生在身边的真实故事，让她不停地在惊讶和感慨中穿梭，以至于被宋洁感染到开始质疑生活的真意了。

“不过说真的，如果只是我们俩的话，倒还可以勉强混下去，关键是他有一个填不满的黑洞。他妈隔三岔五就要来北京，每次来都跟八国联军似的，吃喝玩乐不算，临走还会卷一笔钱。我知道她是怎么想的，她觉得她儿子赚钱不少，要是她不替他花花，便宜了我就麻烦了。”

欧小歌想想自己的公婆，虽然也是身在外地，条件也并不优厚，可是总归是比较善解人意，比较善良，不喜欢给人添麻烦，想到这里，欧小歌倒觉得心里很满足了。

宋洁继续说：“我好几次想离婚，可是想想现在自己很狼狈，年龄不小了，又一事无成，如果这时候离婚，我连个住处都没有……而且我老公对我还算不错，如果不是他妈的缘故，我们俩应该能凑合过下去，毕竟当年也相爱过的。不过，这些还都不是关键……”

“怎么？还有更可怕的事情？”

宋洁点点头说：“是的，我上周才知道，我又怀孕了。”

欧小歌刚好要喝茶，听到这句话，她一口没憋住，把茶喷了出来。

宋洁吃惊地说：“小歌，怎么了？听到我怀孕的消息这么吃惊？”

欧小歌连忙摇头，然后哈哈大笑起来，宋洁追问她笑什么，欧小歌好半天才止住，说：“不会这么巧吧？”

“巧？”

“是啊。”欧小歌指指自己的肚子，宋洁也瞪大了眼睛：“不会吧？你也……怀孕了？”

欧小歌点点头，咯咯地笑起来：“撞孕了。”

宋洁愣了一下，然后也忍不住笑了起来：“小歌，你们俩这么着急结婚不会是奉子成婚吧？”

“当然不是，我怀孕纯属意外，根本就没有想到会这么快怀孕。你几个月了？”

宋洁说：“我发现得比较晚，已经快三个月了。”

“我想起来了，我婚礼那天，我还记得你在洗手间呕吐呢，是不是那会儿怀上的？”欧小歌问。

宋洁说：“对，那时候我并不知道自己已经怀孕了，还以为是酒桌上吃什么把胃给吃坏了。”

“这太巧了，我另外一个朋友也怀孕了，这简直是“好孕”一条龙了，太巧了。”欧小歌不断地说着。

“最近结婚的很多，二胎开放后抢着要第二个宝宝的也扎堆了。”

“唉，我还不知道该不该要这孩子呢。”欧小歌刚说到高兴之处，突然又阴沉下脸来，想起两次醉酒的情形，想起林佳铭得知孩子降临后的冷淡态度，非常郁闷。

“为什么不要？你跟林佳铭已经结婚了，又那么相爱，你们经济基础也不错，现在孩子来了，是你们的福气啊。”

“是，可是……我先前并不知道怀孕，婚礼那天喝醉了，后来一帮朋友又拉我喝醉了一回，最近这回特别恐怖，我喝完酒之后浑身都肿了，去医院检查才知道自己怀孕的，我担心酒精对胎儿伤害很大。”

宋洁说：“那也未必，我听说，胎儿会选择性着床，就是说，如果身体环境并不好的话，可能根本不会怀上的。”

欧小歌听宋洁这么一说，心里稍微安稳了一点。

“对了，林佳铭一定很高兴吧？”宋洁问。

欧小歌不提林佳铭还不火，一说起这事，她又生气了：“不知道他怎么想的，好像对孩子没什么兴趣。”

“怎么可能？他那么爱你，一看就是爱妻爱娃的典型，你别多想了。”

“当时在医院里知道结果的时候，他反应很迟钝，我从他的眼神里读出来的是对这个消息的茫然，只有茫然，没有惊喜，也没有兴奋。”欧小歌说这件事的时候，忽然浑身泛起一阵委屈，甚至她感觉自己肚子里的孩子也跟着委屈起来，双重的情绪加注，她开始生气升级。

“他有可能还没反应过来。”宋洁劝欧小歌，“这很正常。”

欧小歌不以为然地说：“你怎么跟我爸一个口气，什么没反应过来？这孩子又不是黑市的，也不是地下交易，需要什么反应呢？你不是说，结婚之后，就是要面对柴米油盐和孩子尿布吗？”

宋洁说：“小歌，说真的，我觉得生孩子是女人的事，男人根本不可能真正体会到我们的心情。你想，怀胎十月的是女人，一朝分娩的是女人，痛苦生产完给孩子哺乳的还是女人，我都不知道男人有什么用。”

欧小歌被宋洁的说法给逗笑：“还真是这么回事。”

两个孕妇对着笑了半天，笑容逐渐从宋洁的脸上隐去。

“我现在正因为这孩子而痛苦呢。”

“为什么？”

宋洁露出为难的神色，似乎欲言又止，有难言之隐。

欧小歌好奇地看着她，今天来自宋洁的信息量实在很大很多，多到欧小歌囫囵吞枣，倒也不在乎再多点、再荒诞点了。

宋洁看起来也真的是需要找个人倾诉了，所以她斟酌半天还是忍不住说了，她说：“小歌，其实我应该跟你说一个秘密。”

“什么秘密？”

“这不是我的第一个孩子了。”

“啊？你的意思？”

“没错，我刚结婚的时候生了一个女儿，那时候因为经济条件太差，婆婆又嫌弃女孩，所以只好偷偷地把孩子送回老家让我妈帮忙带着，这回是二胎了。”

欧小歌倒吸一口冷气，第一反应是，一胎那个女宝宝好可怜。

“我们现在这种情况，根本就不应该要孩子，连养自己都养不起，哪里有钱养孩子？可是我现在也没办法，我前段时间堕过胎，当时就是因为觉得养不起孩子，所以狠心把孩子打掉了，这回离上回连三个月都不到，医生说，如果这样连续流产，我很可能以后再也要不了孩子了。”

“上一个孩子，你就那么轻易地打掉了……”欧小歌难以理解宋洁堕胎的理由。

“我现在也有点后悔，但是当时是意外流产，挤公交的时候摔跤了，早知道还不如在家里养胎呢……可是现在说这些还有什么用，孽已经造了，现在我都不知道未来会发生什么，我的婚姻还能维持多久，什么时候我才能过上安稳的生活……”

欧小歌看着宋洁难过的样子，感觉这样的事情很难理解，非常可怕。

宋洁的电话响了，是张大飞打来的，他们说了几句匆忙挂了电话，宋洁就跟欧小歌告别说家里有点急事，匆忙走了。欧小歌觉得百无聊赖，喝了几口茶，发了会儿呆，结了账便回家了。

欧小歌晃在回家的路上，正好迎面看到走来一个大肚子的孕妇，慢悠悠地走着，脸上布满了一种幸福的微笑。虽然她没有化妆，也没有身材，更没有时髦的装扮，可是她看起来是那么美。欧小歌突然觉得很感动，不由自主地摸了摸自己尚未鼓起的肚子，一瞬间好像对里面的未知生命产生了一种强烈的感情，这种感觉是她从来没有体会过的，她好像有了一点点为人母的激动，但是这种激动的背后还有更多的隐患在等待着她，她能够预料到和完全预料不到的。

一回到妈妈家，就看到林佳铭坐在沙发上，低着头，没精打采地玩弄着袖口上的一枚纽扣。

而李心如高昂着头，还在喋喋不休地说着什么，欧正则在一边戴着老花镜看报纸，看起来这场家庭批斗会已经进行了不短时间。

看到欧小歌进门，林佳铭像是抓到了救命草一样，迅速站了起来，喊了一声：“小歌！”

欧小歌没好气地说：“你怎么来了？”

“你还在生气呢？妈刚才说了我一顿，我现在知道错了，咱们回家吧。”林佳铭明显是委曲求全，希望赶快结束这场莫名其妙的批斗会。

欧小歌看得出来林佳铭的心事，她也懒得继续赌气下去，毕竟她现在已经结婚，越来越觉得那个不起眼、不像样却很温暖的小窝才是真正属于自己的家，父母这个自己生活了二十几年的家，一下子就变得陌生和冷淡起来。这种感觉也很奇怪，如果父母知道了肯定很伤心，于是她装作感激母亲帮自己出了一口气的样子，不情不愿地拿起了包说：“爸妈，那我先回家了，这几天忙着加班做策划，我还得早回去弄弄。”

李心如担心地说：“你现在怀孕了，别那么拼命了，要紧晚上不能熬夜，要早休息。”

“知道了妈，我们走了。”欧小歌抓着包向背后一甩，打开门向外面走去，林佳铭紧随其后，快步走了出去。

一出门，林佳铭就在欧小歌的身后问道："你刚才去哪儿了？打你的手机一直不在服务区，我都等了你好几个小时了。"

"没干什么，去见了个朋友。"欧小歌轻描淡写地说，心里还在想着宋洁的事，所以有些心不在焉。

"又是那个蒋天承吧？"林佳铭酸溜溜地问。

欧小歌说："没你那么无聊。"

"是，我确实无聊，没有人家那么高大英俊体贴温柔，我看你是后悔了吧？"

"林佳铭！你不要无理取闹！"欧小歌生气地站住脚步，"你到底想怎么样？"

"这话应该我问你，"林佳铭也不甘示弱，"我都觉得莫名其妙，我做错什么了，你说翻脸就翻脸走了，把我一人晾在医院里，去你家又被你妈一顿臭骂，说我不懂得关心人，不喜欢孩子，冷血动物，这都是什么话？你说我究竟做错什么了？"

"你做错什么你自己清楚，我妈说的没错，你就是不懂关心我，不喜欢孩子，冷血动物！"

"欧小歌，你越来越过分，我今天下午已经憋了一肚子火，我不想跟你吵架，但是你也不要太过分。"

"行，林佳铭，你现在跟我说话越来越不耐烦！"

"我只求你们能讲讲道理。"

"什么道理？孩子来了你难道不觉得开心吗？我知道，你根本就不想要孩子，总说为我好，说过几年再要孩子，等到我三十岁，成了高危产妇的时候，你知道生孩子要担多大风险？可是你好像一点都不在乎，我看你是给自己留出多点时间进行二次选择二次探索吧？"

"你！"林佳铭被欧小歌的话气得浑身发抖，"我现在给你机会你向我道歉。"

"我凭什么道歉，我哪里错了？"欧小歌倔强地说。

林佳铭等了五秒钟，发现欧小歌完全没有道歉的意思，于是一转身，把欧小歌一个人扔在路边，扭头就走了。

欧小歌生气地大喊："林佳铭，你这个浑球，你要是走了，以后咱们俩再别见面！"

林佳铭也真的是怒火中烧，无论欧小歌在后面用什么样的话诅咒威胁他，他一概不听，很快，林佳铭就消息在夜色中。

欧小歌气得原地跺脚，又气又恼，进退不是，想想回父母家，肯定又要接受父母的盘问，但是就这么一个人回自己家又显得太没出息，一咬牙，欧小歌拿起电话，拨给了唯一能想到的蒋天承。

林佳铭一扭身消失在深夜中的时候，内心被一股无名怒火烧着，简直无法自控。不知道为什么，他觉得自从结婚后，欧小歌不再是以前的欧小歌，虽然欧小歌以前也喜欢耍小脾气，可是从来没有这么不讲道理，也没有外人介入。现在只要他们一有点风吹草动，第一个站出来的就是欧小歌的母亲，他的岳母大人，而且是站在绝对权威的制高点上，对着他没头没脑地一顿批评讽刺谩骂，而他完全不敢反驳，不敢抗议，甚至不敢解释，这让他感觉很愤怒。他好像突然明白了婚姻的含义，它赋予两个人更多更复杂的人际关系网，他的父母、他的亲戚、他的朋友、欧小歌的父母、欧小歌的亲戚、欧小歌的朋友，本来不相干的一堆人，因为婚姻的关系，而突然扭抱成亲人，可是大家阵营又各不相同，你的是你的，我的是我的，泾渭分明，敌我精准，谁也别想走近谁一步。

想想自己以后将会无休止地生活在这种周旋中，林佳铭抬头看了看天上挂着的一轮大圆月亮，心里忽然生出无限的悲伤。

推开门回到家中，却看到父母正在收拾行李，林佳铭意外地说："爹、娘，你们这是？"

林父站起身来，手里还拿着烟袋，说："娃，我们来北京的时间不短了，也打搅你们俩不少，我跟你娘打算回家了。"

"爹！怎么这么突然，下午还好好的，怎么一会儿工夫就……"林佳铭非常焦虑地问道。

"娃，我们出来的时间确实挺久了，也有点想家了，看到你跟小歌顺顺利利地结了婚，我们就很高兴了，再待下去，我怕你们都不方便……"林母坐在一边，目光忧虑地说。

林佳铭猛然感到这件事没这么简单，就算父母要回去，没可能就在这一会儿的工夫就做了决定，难道是欧小歌的父母或者是她本人对自己父母暗示了些什么？

林佳铭非常了解自己的父母，他们是那种害怕给人添麻烦的人，倘若感受到自己的存在对别人产生影响，肯定第一决定就是离开。林佳铭直接问道："是不是欧小歌的父母说什么了？"

"看你说的，小歌的父母怎么会说什么？我们其实好几天前就打算走，一直没跟你们说，怕你难过，也不想让小歌担心，所以趁你刚才出去的那会儿工夫，你爹去门口的售票处买好了回去的票，明天一早走。”

林佳铭颓然地坐在了沙发上，两眼空洞，表情呆滞，觉得全世界都遗弃了他。

当然，父母要走也是理所当然的事，只是一大堆事挤在一起，让他感觉心力交瘁，一时间好像全世界都要跟他决别似的，他沮丧极了。

林父看林佳铭很伤感，安慰了他一些话，又叮嘱了他一些话，无非就是好好工作，好好对待家庭，好好做人之类的，母亲则感情比较丰富，没说什么话就在旁边抹眼泪，说这一别还不知道什么时候再见面，说希望林佳铭快点了却他们多年的心愿，让他们早日抱上孙子什么的。林佳铭什么也听不进去，呆呆地看着那破旧的行李，明天它将陪伴自己的父母回到自己出生的地方，那一片荒凉而贫瘠的土地，他一直留恋却没有办法不离开的故乡……

林佳铭一肚子委屈此刻终于找到了出口，他抑住不住地眼泪大颗大颗掉下来，为了掩饰，他只能慌忙装作去卫生间洗手，拧开水管，他把脸放在水流上，这样，眼泪就不会随意暴露在自己脸上了。

Chapter 17 //

丈母娘都不是省油的灯

第二天一早，林佳铭送走了自己的父母，坐地铁回家的时候，想到欧小歌一夜无归，应该是回她父母家了。为了避免再一次受到李心如的语言暴力谴责，他选择了沉默和逃避，他想，欧小歌毕竟只是一时赌气，等她气消了自然会回家。此刻的他只觉得头脑发晕，心情极差，父母走的时候，还担心为什么欧小歌会突然回娘家，断定是他们住在这里，让欧小歌感到不方便了，不断自责，弄得林佳铭很伤心。他暗暗地想，如果欧小歌真的会因为自己的父母住在他们家里而感到不愉快回娘家的话，林佳铭不会原谅欧小歌的。

不过事实不是这么回事，林佳铭也顾不得多想，一路无语回到了家，浑浑噩噩，浑身乏力，蒙起被子就大睡起来。

也不知道过了多久，林佳铭被一阵电话的声音吵醒，他迷迷糊糊地接了电话，一个陌生男人的声音响了起来：“你好，是林佳铭吗？”

“是我，你是？”

“你好，我是蒋天承，小歌的朋友。”

林佳铭一听到蒋天承的声音，顿时清醒了，他不知道为什么他会打电话给自己，更不知道他怎么会有自己的电话号码。

“你跟小歌是不是闹别扭了？她现在在我家呢，我看她情绪很不好，你今天要是有空的话，把她接回去吧。她现在怀孕了，身体和情绪都会有一些变化，希望你能够多多包容她，多多照顾她。”蒋天承客气而礼貌，林佳铭却几乎从床上蹦了起来，他一直以为欧小歌晚上赌气又回自己父母家了，原来她竟然跟蒋天承在一起，一天一夜？！

林佳铭怒气冲天地穿好衣服打算出门，刚一开门，却看到李心如站在门口，他的心咯噔一下塌陷了。

“怎么就你一个人在家？小歌呢？你的父母呢？我给小歌带了本孕期知识问答……”李心如说着，就进了屋，扫视了一圈，转回头问，“怎么？他们都出去了？”

林佳铭尴尬地说：“我父母今天一早回老家了。”

“什么？回老家了？为什么？”李心如吃惊地问。

“他们待的时间挺长的，说想家了，就回去了。”

“怎么没打声招呼就走了？我还想着这几天跟他们好好聊聊呢。”李心如对于林佳铭父母的不告而别显然有很多意见。

林佳铭低头不语。

李心如又问：“小歌呢？”

“……”林佳铭不知道该怎么回答，李心如更加觉得怪异，说：“林佳铭，到底发生什么事了？”

林佳铭眼看已经瞒不过李心如，只好老老实实地说：“昨天接小歌回来，路上拌了几句嘴，我当时赌气走了，我以为小歌回家了……”

“什么？你？！林佳铭，我可真是没想到，你竟然这么浑啊！”李心如还没等林佳铭说完，立刻火冒了上来，“我昨天下午看来什么话都白说了，你是怎么答应我的？现在小歌怀孕了你知道不知道？自己的媳妇怀孕了，你不但不照顾、不关心，现在还把她给弄丢了，我警告你，林佳铭，如果小歌有个三长两短，我绝对不会饶了你！”

林佳铭说：“她在蒋天承家，我现在就去接她。”

一听说蒋天承，李心如平静了很多，刚才那暴紫的脸色也逐渐消退了，她说：“没见过你这样做丈夫的，自己的媳妇跑了，还能心安理得睡着觉？你现在马上给我把小歌找回来，回头我们再算账。”

林佳铭什么话都没有说，转头就要出门，李心如想了想，觉得还是不放心，跟在林佳铭的屁股后面一起去了。

一路上当然也是喋喋不休地指责，林佳铭一概没敢回嘴，只听着。

到了蒋天承家，见到小歌生龙活虎，没丝毫损伤，李心如稍微放下了心，不过仍旧没有放弃对林佳铭的指责。回家的出租车上，李心如又是没轻没重劈头盖脸一阵数落，林佳铭只觉得自己脑子里所有的器官和组织全部在晃荡，他唯有装傻充聋，才能够躲过那一句一句迎面切过来的指责。后来李心如也说累了，指责得也差不多了，才开始关心起女儿来，当然也免不了一阵训斥，只不过对女儿的训斥是温柔的、疼爱的。出租车司机听李心如演说了一路，有点同情地从后视镜里看了林佳铭一眼，露出了不易察觉的苦笑。

到家结账的时候，欧小歌母女先下车走了，司机找完零钱后，叹了口气，对林佳铭说："哥们儿，丈母娘都不是省油的灯啊！"

回到家之后，林佳铭还没坐稳，李心如就说："你父母知道小歌怀孕的事吗？"

"还没来得及跟他们说。"林佳铭回答。

李心如说："没来得及说？你知道怀孕的消息后，难道不该第一时间通知他们吗？"

"我回家的时候他们已经定好了回去的车票，我也不知道。"

"你父母也有点太不像话了，怎么说我们也是亲家，怎么临走连个招呼都不打一个？就这么突然走了，是觉得我们照顾不周还是怎么的？"

欧小歌也没想到一晚上没回家，林佳铭的父母竟然走了，心里还稍微有点过意不去。

"不是，不是。走得太急，可能忘了吧。"林佳铭解释道。

"忘了？"李心如不以为然，"这也能忘？不过，算了，走了也好，我这几天还在跟小歌的父亲商量关于照顾小歌的事情，本来觉得你父母在，我们不便太过照顾女儿，这下好了，你父母既然回老家了，小歌就由我们来照顾了。"

林佳铭看了一眼欧小歌，欧小歌说："妈，我不用特别照顾。"

"你懂什么？你以为女人怀胎十月是那么简单的事吗？怀孕生孩子是女人一辈子最重要的大事，要是不照顾好，稍微有点闪失，那可不是闹着玩的。你们都年轻，没经验，俩人又都上班，没什么时间，我跟你爸又没什么事，现在主要任务就是照顾你，等我们的外孙出世。"

欧小歌笑着说："万一是女孩呢？"

李心如说："女孩更好，女孩才是宝，知道疼父母，不像男孩子，长大之后就变成白眼狼，跟媳妇跑了。"

林佳铭感觉这句话非常刺耳，李心如说："你那个高阿姨，现在整天为儿子的事担心，我们平常一起活动，整天听她抱怨儿子找的女朋友多么多么不好。”

“妈，您别听她的，她儿子的女朋友我认识，挺好一姑娘。”欧小歌不怎么爱听了，随手拿起一个苹果，边吃边说，明显对高强的事有意见。

林佳铭一听她们的话题转移到其他人身上去了，也松了一口气，转身进了屋子里。

李心如继续说：“那女孩肯定不是什么正派人，听说没结婚就怀孕了，拿这个逼她儿子结婚呢。”

欧小歌说：“这种事……不能只怪女孩吧？”

李心如说：“反正这个行为不怎么检点，你高阿姨说了，她要跟那个女的战斗到底，她还怀疑这女的可能是假怀孕，为了骗她儿子结婚，还特别拉她到医院里去检查呢。”

欧小歌想起那天给唐静心打电话，她在电话那边慌张的样子，觉得她非常可怜。

“不过，听说最近也有拆迁的动向，这时候如果高强结婚生子，没准能多分配点份额，所以说也不一定是坏事。”

说了一会儿高平的事，李心如一转头看不到林佳铭了。她走进屋里，看到林佳铭，对他下达命令：“佳铭，从今天开始你跟小歌到我们家去吃饭，我得亲自照顾小歌的饮食，不光是吃的，水果什么的也都不能缺，孩子发育需要的东西太多了，一点都不能大意。”

林佳铭应了一声，李心如说：“总之，从现在开始，小歌就变成一级保护对象，如果再有一次你因为什么芝麻蒜皮的破事让小歌生气的话，我得跟你父母谈谈了。”

林佳铭想起小时候的家长会，李心如现在的语气跟他小时候严厉的班主任如出一辙，尤其是那句“再这样要跟你父母谈谈”引发了他的童年阴影，他非常头疼。

“还有，关于小歌怀孕的事，你得赶快想办法通知你父母，这么大的事，怎么你态度一点都不积极、不主动？不高兴？你爸妈马上要抱大孙子了，他们不定多高兴呢……”

面对李心如的话，林佳铭几乎全部用“是是是，好好好”来应对，生怕哪句话说错了，又会引起新一轮的质问和批评，对于风风火火强势自我的李心如，他还是采取明哲保身，息事宁人的姿态比较好。

几周过后，欧小歌被李心如带去做检查，医院等排队做 B 超的人非常多，有满脸笑容的大肚子，也有愁容满面的小肚子。李心如悄悄跟欧小歌说：“这些愁眉苦脸的，都是做人流的。”

欧小歌不禁打了个冷战，想想肚子里已经存在一个微弱的小生命，却因为这样那样的问题而要被处死，真是太残忍了。投胎真是一个技术活，也是运气，一旦失误，连受苦的机会都没有，直接就给掐灭处理了。

轮到欧小歌的时候，李心如跟她一起进去，虽然医院有规定做B超不准家属陪同，不过因为李心如人脉关系广泛，跟门口护士说了几句，护士便给她们放行了。

躺下之后，医生照了半天，对欧小歌说："做B超需要憋尿的，你的尿太少，显示不出来，还是先出去喝点水吧。"

欧小歌失望地跟母亲走出了B超室，李心如说："我去给你买点矿泉水。"

欧小歌说："我也去，我正好口渴了。"

俩人走到医院门口，李心如正好遇到一个熟人，没完没了地叙起了旧，欧小歌一看短时间内母亲可能叙不完旧，于是自己走到旁边的小超市，顺手拿了两瓶冰镇的矿泉水，拧开盖咕咚咕咚地喝了下去，一时间她感觉肚子里冰凉冰凉的，非常舒服。10月的天气已经很凉了，欧小歌却感觉挺燥，喝了这冰镇的水，顿时觉得手脚的体热得到了缓解。

但是，喝完水不久，欧小歌感觉肚子里胀得难受，又有点轻微疼痛，可能是自己喝得太急了吧。李心如回来后，看到女儿已经喝完水，跟她一起又回到了B超室。

仪器在欧小歌的肚子上照了半天，医生始终盯着显示屏，一句话没说。

欧小歌有点担心，问了问医生，结果医生又拿仪器照了几下，神色凝重地说："胎儿的位置好像不太对。"

一句话把欧小歌和李心如都吓坏了："什么意思？位置不太对？"

"是的。"医生说，"很奇怪，胎儿的位置很低，接近宫口的位置，我觉得很危险……"

欧小歌只觉得自己的心脏此刻停止了跳动，大脑一片空白，不知道医生后面再说了什么。

李心如着急地说："那怎么办？要是胎位有什么问题，是不是需要吃点保胎药？"

医生犹豫了一会儿，说："这样吧，你到外面去坐一会儿，二十分钟后再来检查一次。记住，一定要小心，不要乱动，坐稳。"

母女俩一脸惶惑地坐在医院的长椅上，面色如灰。

欧小歌说："妈，怎么办啊？为什么会这样啊？是不是因为我喝酒的关系？"

"应该不会吧？都过去这么久了，不该现在才反应啊。不过小歌，你可得有点心理准备，怀孕这件事不是闹着玩的，很多人因为这样那样的不注意，孩子会出现一些状况，在发育过程中也会遇到不同的问题。唉，咱们都往好里想，先不要自己吓自己，没准一会儿就好了呢。”李心如显然紧张的程度不亚于欧小歌，她说了些好听的话，为了安慰女儿，也为了安慰自己。

二十分钟艰难而缓慢地过去，欧小歌再一次走进了B超室，医生再一次给她检查了一遍，表情仍旧很凝重，欧小歌甚至做好了最坏的打算，听医生宣布检查结果。

没想到医生说：“奇怪，竟然自己又恢复到正常的位置了，你刚才有没有做什么剧烈运动？”

一听医生说没事，欧小歌先把心放了下来，说：“就刚才出去买了瓶冰矿泉水，哪儿都没去。”

“冰矿泉水？你的胆子也太大了！怀孕你怎么敢喝冰的东西，况且现在天又那么凉，冰的东西对大人孩子都没好处，以后记住少沾点生冷！”

欧小歌吓傻了。

“暂时一切正常，以后一定要加强注意！”

虽然医生扔过来几句带着责备的冷冰冰的话，可是听到一切平安的消息，欧小歌和李心如却激动得不知如何是好。原来孩子是给了她一个小小的警告，欧小歌第一次真切地感觉到了孩子跟自己的关联，如此密切，如此默契，以后真的是一点都不敢大意了。

回家之后，突然铺天盖地的电话都打了来，都是好久不联系的三姑四姨、姥姥舅舅什么的，好像在一夜之间，欧小歌怀孕的消息就如同春风扫地一样铺展开来，不外是嘱咐欧小歌这样那样的注意问题，比如说要早睡觉，要多吃有营养的，要多定期做检查，再不就是询问胃口怎么样，反应厉害不厉害，晚上睡觉怎么样，心情怎么样，是不是很激动等等。欧小歌都一一耐心回答。她从来没有像这时候这般感觉到来自四面八方的热情，这种热情也有助于让她更快进入准妈妈的角色。

本来因为对孩子的事情“态度过于漠然”的林佳铭也在李心如的训斥下缓缓地成长了，经过这几周的锤炼，也逐渐进入了角色，开始更加关心欧小歌的生活。除了平日下班回家经常给她带好吃的之外，还给她买了好多好多育儿书、保健品等，一切看起来非常和睦而温馨。

其间俩人一直在李心如和欧正的悉心照顾下愉快地生活，大家的话题和重心全部是“孩子孩子孩子”，这个尚未谋面的小人俨然变成整个家庭的重心，排名第一重要的话题“大人物”。

之前的一些小小矛盾也就暂时躲避了起来，没人关心那些鸡零狗碎了。

林佳铭深刻感觉到岳父岳母对他们的生活照顾得确实非常周到，也就慢慢忘记了李心如动辄对自己颐指气使的霸道，也开始理解她作为母亲对女儿过度的关心和爱。林佳铭还抽空给自己的父母打了电话，汇报了欧小歌怀孕的事情，这一通电话，把林父林母给激动得差点连话都不会说了。对于这个日盼夜盼的孙子的突然到来而一时无法接受，林父连续问了好几遍真的假的，然后就在电话那边哈哈大笑，林母则不断念着感谢菩萨让自己终于得偿所愿，然后又埋怨林佳铭没有早一点告诉他们，要知道欧小歌怀孕的话，他们说什么都不会那么着急走的。

最后林父母表示，等孩子快要出生的时候，他们一定要再去一趟北京，亲自等待孩子的降临等等。林佳铭也被父母的热情感染，一下子觉得这个孩子的到来似乎是一剂黏合剂，让每个人都空前地愉快和团结起来，大家的目标都一样——等待孩子出生！

与欧小歌这边的热情截然不同的，是宋洁这边的冷清。

宋洁知道了自己怀孕的事情，虽然早孕反应很严重，但是她也不敢请假，忙着在拉客户，跟客户见面。欧小歌介绍给她的业务谈得比较顺利，另外还有一个旅游团队的入住也在跟进，虽然身体不怎么舒服，工作运气却明显比之前好了很多。

因为知道她突然怀孕的消息，本来就不打算走的婆婆更加有了留下的理由，张大飞希望母亲可以照顾妻子，觉得这个二胎有把握生个儿子扬眉吐气。母亲也佯装答应，可是她从来没有照顾过宋洁半分，反而需要别人照顾她，想吃什么、想喝什么，绝不含糊，一个口味不对了就会大发雷霆，家里的家务她一概不管，但是张大飞一干活她就会生气找碴儿对宋洁明讥暗讽。

宋洁因为怀孕反应太大，工作又累，回到家里经常呕吐而不得不卧床，所以家务活差不多都压到张大飞一个人身上。他白天忙着出去跑工作的事，一有空就会照顾害喜的妻子和难伺候的老妈，整个人迅速瘦了下去。

张婷婷有时候倒是有点良心发现，帮着干点切菜扫地等的小活，可是她的兴趣点显然不在于此，她更多的是在考虑怎么样让自己魅力四射，怎么样能搞到一个优质老公。

宋洁虽然对婆婆和小姑子非常反感，却对现实没有任何办法，日子总是要一天一天地过，尤其是现在肚子里的孩子越来越大，唯一的盼望就是孩子平安出世了。

唐静心在经历了一番艰难的折磨和斗争后，终于忍辱负重地跟高强领了结婚证，虽然高平是一万个不情愿，可是面对马上要到来的孩子，她也没有办法再坚持。其实高平愿意接受唐静心也是因为听说小区可能要拆迁，按照人口比例来分配回迁房的面积，这点上，唐静心忽然带着孩子入户，倒未必不是一件好事。

为了维持自己的尊严，高平跟他们约法三章，一是结婚后必须一起生活，二是唐静心必须要无条件听她的话，三是只领结婚证，不举行婚礼。

虽然这三条每条都令唐静心崩溃，可是为了自己的婚姻圆满、孩子有个完整家庭，她也只好低头接受。

高强倒是很高兴，能够跟唐静心结婚，他觉得对自己的生活是一个很不错的转折，至于婆媳之间难处的关系，他认为时间会搞定一切，孩子的到来也会起到良好的缓和作用。

一切就是这么充满着盼望地进行着，等待变成这三个家庭的共同主题。

因为不约而同怀孕的关系，欧小歌与唐静心和宋洁的联系空前地紧密起来，几个人没事就会通电话，约喝茶，讨论怀孕的反应以及检查的情况，分享看到的怀孕知识等，也因为大家都在同一家妇产医院做检查，所以还会经常见面。三个人虽然怀孕的时间差不多，反应却各不相同。

唐静心自从怀孕后，精力非常差，经常昏昏沉沉，总想睡觉。宋洁则是经常呕吐，甚至会吐到胆汁都出来，更可怕的是吃一口吐一口，完全没有办法正常饮食，大部分时间卧床休息，再加上本身跟婆婆的关系就不怎么好，心情也很差，所以觉得非常痛苦。欧小歌则很奇怪，一直到第六周，都没有什么特别的反应，该吃吃，该喝喝，该玩玩，该睡睡，第七周的某一天，她因为嘴馋不听母亲的劝告，偷偷地吃了一顿美味的辣鸭脖子。说来也奇怪，自从吃完了鸭脖子之后，晚上她突然觉得胃被什么东西给堵塞住了，难过得要命，接下来她开始什么肉、鱼、虾等都不敢再碰，甚至连闻都不敢闻，荤腥令她反胃，再后来发展到连炒菜都吃不下去。只要一靠近厨房或者餐馆，那种浓烈的油烟味道一冒出来，她马上觉得肚里翻江倒海，难过得不行。这就是所谓的妊娠反应吧？虽然没有吐，却无法忍受那种钻心的反胃感。

李心如变着花样给欧小歌弄吃的也没用，只好用最清淡的水煮和凉拌的办法解决饮食，可是李心如又担心这样清淡的饮食会让欧小歌的身体吃不消，宝宝营养跟不上，林佳铭从健康食谱中学了几样有营养的素菜做给欧小歌吃，效果也并不理想。

因为胃口的问题，欧小歌变得很烦躁，常常是还没等菜上齐她就扫兴地离开饭桌，坐在一边看电视吃水果。

看着林佳铭忧愁的样子，李心如安慰他说："没事，一般反应上几个月后胃口就会大开了，这几个月就暂时先凑合凑合吧。"

欧小歌则在沙发上长叹："这讨厌的感觉什么时候才能消失呀！"

Chapter 18 //

婆媳都是怨憎会苦

这天宋洁上班的时候，听说主管辞职了，很多人在窃窃私语，说主管被几倍年薪挖走了，现在主管的职位空缺。宋洁一开始对这件事没什么兴趣，可是下班的时候她被叫到办公室，总监暗示宋洁是他早就观察到的主管理想人选，而且听说她在大学里是辩论队的队花，觉得她应该更好地展示自己云云，把宋洁说得心猿意马。她不敢坦白自己目前怀孕的情况，担心一旦消息走漏出去，这个机会就没有了，甚至可能会面临失业。

这几年宋洁被生活折磨得苟延残喘，好容易遇到工作有这样一个可能性，如果真的升职主管，不但月薪会翻倍，而且还有可能有更大的升职空间，对于目前经济窘迫的宋洁来说，没有比“月薪增加”更令她心动的事情了。

她甚至有一瞬间想到了堕胎。

说真的，她对生孩子一点兴趣都没有，这一次的怀孕也纯属意外，如果到手的好职位被这突然降临的孩子耽误，她是不乐意的。不过她刚刚意外流产，这次接着怀孕，如果再次流产，极有可能会造成生育问题，想想自己因为第一个女孩受的罪、受的气，宋洁又没底气当下立决，所以，升职的事和怀孕的事夹在一起，变成了宋洁重重纠缠的心事。

张大飞因为一个项目要暂时出差几天，他担心宋洁在家里没人照顾而犹豫不决，没想到母亲一口承诺下来让他尽管去忙，家里的事情她来照顾。张大飞半信半疑地看着母亲，不觉得她的话可信。但是想想这次出差可以有一笔不错的收入，能给宋洁好好改善改善生活，于是也就硬着头皮跟宋洁商量。

宋洁虽然不愿意张大飞离开，可为了能够给家庭多点收入，也不得不同意，只是想到婆婆的事情感到非常头疼。

张大飞安慰她说，他妈已经保证会照顾好她了，让她不要担心。就这样，张大飞走了，宋洁则忧心忡忡地开始了跟婆婆和小姑子独自相处的生涯。

这天一早，张母破例给宋洁做了碗鸡蛋汤。

宋洁挺意外，端进来之后，张母坐在宋洁的身边，问道："你感觉肚子里是男孩还是女孩？"

宋洁说："感觉不出来。"

张母说："怎么会感觉不出来呢？当年我怀大飞的时候，强烈感觉是个男孩，后来怀婷婷，又明显感觉是个女孩。母子连心，难道你跟孩子连这点默契都没有？"

宋洁说："话不能这么说，连B超都会出错，你就那么相信感觉？"

张母说："当然了，下回做B超的时候，你偷偷问问医生，男孩四个月就能看出来。"

宋洁有点反感地说："男孩女孩都一样吧？没必要去问医生，再说现在医院里不允许做性别鉴定，违法的。"

"男孩女孩怎么可能会一样？你都生了一个女孩了，我们张家三代单传，可别在你这里断了香火啊。"

宋洁一口都吃不下去了，把碗放在桌上。

张母说："你怎么不吃了？是不是嫌我做得不好吃？"

"不是……"宋洁不知道该说点什么。

张母说："你赶快吃吧，别等大飞回来说我不伺候你，不照顾你，我可担不起这么大的罪名啊。"

宋洁脸黑了下来，正好一阵呕吐感涌上来，她把碗一推，准备起身去卫生间。

张母却跟在后面说："你怎么回事？我一大早起来给你做饭，你连句感谢的话都不说，反而给我脸色看？"

"妈，我要去厕所……"宋洁回过头来，对跟在自己身后唠叨的婆婆说。

"怎么你早不去晚不去，非要等我给你端饭来你才要去厕所。"

"去厕所还要跟您汇报？"宋洁有点绷不住了。

"我知道，大飞现在不在，你早就不想让我们在这里待着，你拿脸色给我们看，想让我们自动识趣离开，对吧？"

宋洁感觉头都晕了，知道辩解也无用，沉默地进了卫生间，把门插上，想得到片刻的安静，却听到门口的婆婆嚷道："你别做梦了，我告诉你，你别以为我们好欺负，我们在这儿是照顾你，你不识好歹还觉得我们碍事，我都认了，为了我的孙子，我也忍你了！就是希望你不要再生个丫头片子出来，断我们张家的香火就好！"

说完，张母开始在屋里摔摔打打，骂骂咧咧，宋洁简直快要气炸了，推门出来说："你到底想干什么？"

"哦哟，我想干什么？是你想干什么吧？你让邻居们都评评理，我这个做婆婆的，一大早起来给儿媳妇做饭，我有什么做得不对的吗？你做儿媳妇的什么时候伺候过我？给我端过一杯水？给我做过一顿饭？你堂堂一个大学生，动不动就辞职，想上班就上班，想休假就休假，靠我儿子辛苦一个人养你，你倒做起太太小姐来了？"张母的声音非常大，宋洁感觉整幢楼里的居民似乎都能听到，她觉得非常恼火，却又感觉没办法跟婆婆讲理，于是她冷笑一声说："我工作不工作好像是我的事，跟你有什么关系？"

"你吃我儿子的喝我儿子的，就应该对我好一点！"

"你儿子养我是他自愿，我从来没有逼过他，我还觉得自己委屈呢，如果不是他死缠着我，恐怕我早就过上真正的阔太生活了！"

"你这个女人实在是太无耻了，你花了我儿子的钱，还说这种话，你还有没有一点羞耻感？还有没有点良心？真不知道你的父母都是怎么教育你的！"

"跟你学的，你不也是没皮没脸地赖在你儿子这里吃喝玩乐吗？你自己没有家吗？你自己没有丈夫吗？你整天没事可做吗？跑到人家家里来指手画脚，没事找事，自找难堪！"

"你！你！"张母气得浑身发抖，"好你个宋洁，趁我儿子不在，你使劲欺负我，我一定会让你好看！"

说完张母开始拨张大飞的电话，宋洁则不屑一顾地说："你使劲跟你儿子告状吧，我不奉陪了。"

宋洁说完这句话，拿起自己的包，门一推，走了出去，眼里是满含着委屈的眼泪。

因为反应太厉害，胃口太差，宋洁感觉到饥肠漉漉，却又恶心难挨，买了瓶绿茶在附近的公园里坐了下来。公园里满是抱着小孩子的老人们和被护工推出来散心的病人，看着孩子们满脸天真烂漫的微笑，宋洁从心里感觉到愉悦，不由自主地摸着自己的肚子，对还不知道性别的孩子说："宝贝，不论你是男孩女孩，妈妈都会爱你，一直爱你，无条件地爱你，不允许任何人欺负你……”

一个大肚子的孕妇正缓慢地走来，宋洁看着她笨重的身体发呆，孕妇看到宋洁，冲她友好地笑了笑，然后坐在她的旁边，宋洁问道：“你肚里的宝宝几个月了？”

“快九个月了。”

“是不是快要生了？”

“是呀，最近几周非常累，肚子里的孩子长得很快，已经顶到我的胃了，胎动也很厉害，每天晚上拳打脚踢的，感觉孩子很调皮呢。”

宋洁笑了，说：“我刚刚 16 周，还感觉不到孩子动呢。”

“唉，16 周，还有漫长的道路要走呀。”孕妇说。

“我现在反应特别厉害，不知道什么时候才能恢复正常。”

孕妇说：“一般到四五个月就差不多恢复了，前三四个月和后三四个月都是非常痛苦的，现在你虽然胃口难受，毕竟身体还很灵活，不像我，现在走路都觉得好费力，晚上睡觉太难过了，不敢随便乱动，生怕压到宝宝。”

宋洁由衷地说：“做妈妈真是太不容易了。”

“是呀，不做妈妈是永远体会不到的。”

孕妇走后，宋洁的电话拼命响起来，不出所料，是在外地出差的张大飞。

她呆呆地看着电话响了半天，然后接了起来。

“喂？是我。”张大飞的口气非常不好，“发生什么事了，一大清早的？”

“你不是都知道了吗？还来问我？”

“我想知道到底怎么了。”张大飞说道。

“没怎么啊，我正在公园散步呢。”

“小洁，我知道你对我妈有很大的成见，我跟我妈也说过很多次，让她多关心你，多照顾你，但是我妈现在很希望能够跟你好好沟通，可是你不该一点机会都不给她啊！”

宋洁说：“要怎么给她机会？让她骑在我脖子上拉屎吗？”

“你怎么说话那么难听？我妈哪里做得不好你可以告诉我，但是你不该骂她呀，她毕竟是我妈，也是你妈……”

“她是你妈，跟我没什么关系，我用不着她关心我、照顾我，她照顾好自己就行了，我只求她不要整天找别扭，让我过几天安静日子就行了。我的要求高吗？”宋洁很激动，说话的声音有些颤抖。

“小洁，你现在是在赌气说话，难道你不能看在我的面子上，跟我妈至少表面上能和平点相处？将来我们有了这个孩子，还想让她帮我们带呢，我们现在这情况，根本不可能请得起月嫂，我也不放心把孩子交给月嫂，也不可能再给你妈妈带，我妈再怎么样，带孩子还是很有经验的……”

“张大飞，我问你一句话。”宋洁严肃起来。

“什么话？”

“你想要男孩还是女孩？”

“怎么突然这么问？”

“你回答我。”

“这些都不重要，重要的是顺顺利利把孩子生出来。”

“如果，这一次又是女孩呢？”

张大飞犹豫了一下，说：“小洁，你别胡思乱想了，不管男孩女孩我都喜欢，只要是我们的孩子就好，你现在不要考虑这么多问题，一定要安心养好胎，等我这次赚一笔钱回去，好好给你买点好吃的，好吗？”

张大飞的几句话把宋洁的眼泪再次催了下来，受了天大委屈的她每次听到张大飞真诚的话语，都会觉得冰雪消融，恩怨减半。是的，不管怎么说，张大飞一直疼爱着自己，他的母亲再怎么恶劣，毕竟不能抹杀张大飞对自己的好。

其实自己很多时候也确实对他的母亲有一些天然的敌意，如果她能够选择另外一种方式面对她，也许场面不会这么难堪……可是这真的好难啊，宋洁相信人与人之间是有气场相合不相合一说的，有的人一遇到一起，自然就会默契欢喜，有的人则正好相反。佛教里说有八苦，生苦、老苦、病苦、死苦、爱别离苦、怨憎会苦、求不得苦、五阴炽盛苦。她和婆婆应该就是怨憎会的苦。是不是自己也确实带了一种自私的偏见，所以总是跟婆婆无法正常相处呢？

宋洁在考虑自己改变一下方式，也许一切真的会不一样。

正在思索，看到总监的电话来了，说下周开会会有一个重要的事情宣布，让宋洁做好心理准备。

宋洁顿时忘记了婆媳烦恼，浑身紧张起来。

唐静心给欧小歌打电话的时候，欧小歌正在一间孕妇商店采购，接到唐静心的电话，欧小歌提起一大包东西一边向外走一边说着，唐静心有些不好意思地说：“小歌，真不好意思，前段时间一直忙，也没跟你联系。”

“没关系，怎么样了？你跟高强他妈的问题解决了吧？”欧小歌愉快地问道。

“也没什么解决不解决，只能说凑合度日。跟她相处实在是太难。”

“互相多担待吧。”

“我这个婆婆，一直拿自己儿子当小宝宝，吃饭的时候恨不能喂他，有时候我们睡觉她直接就进屋拿东西，没见过这么不讲礼貌的人。”

欧小歌哈哈大笑，说：“我公婆有时候也不知道敲门，我觉得可能是老年人的习惯吧。”

“她绝对是故意的。不过我现在也没有精力跟她婆媳过招，我所有的心思都在宝宝身上，别的什么都不想管。”

“唉，别想太多了，虽然婚前她对你是有一些偏见，不过现在你们都是一家人了，宝宝又快要出生了，再怎么说，她也不会像以前那样对你了吧？会慢慢改变对你的看法的。”欧小歌说。

唐静心说：“现在很多问题都横在面前呢，我都快觉得自己得忧郁症了。”

“你现在在哪里呢？我现在正好有空，我们见面说吧。”

唐静心说：“行，我就在你家附近呢，你告诉我具体位置，我去接你。”

不一会儿，唐静心开车过来了，看到欧小歌手里一大包东西，开玩笑地说：“小歌，你该不会是送我的礼物吧？”

欧小歌不好意思地说：“不是，是给自己买的。”

唐静心笑了，说：“知道你是给自己买的，逗你呢，你现在反应还厉害吗？”

“还行，就是什么都吃不下去，闻什么都恶心，最夸张的是，我现在看到街边小吃店的招牌，都会反胃，真不可思议。”欧小歌说着，摸了摸肚子，虽然是讲述着痛苦的感觉，却也有一种愉快和喜悦。

“过去这几个月就好了，我现在就好多了，就是困，总是没精神，有时候跟客户谈生意，说着说着就打哈欠。而且我现在穿不了以前的衣服了，开始发胖，哈，可能再过几个月，就会变成大肚婆了。”

“对了，静心，你买防辐射服了吗？”

“没有，那个管用吗？”

“我听一个同事说的，说经常坐在电脑前工作，会辐射到孩子，还有家电什么的，都有辐射，我刚才买了一件，还以为挺便宜呢，没想到这么贵。”

唐静心说:“我不信这些。刚怀孕那会儿很紧张,整天在网上搜索怀孕的注意事项,后来觉得有必要吗?太累了，不如顺其自然的好。”

欧小歌说：“还是注意点吧，万一有点什么危险，后悔可来不及了。”

唐静心叹了口气，点了根烟，欧小歌想提醒她抽烟对孩子不好，可是看她心情很糟糕的样子，也没好意思说出口，只好把车窗打开，尽量让自己不吸二手烟。

唐静心带欧小歌到了附近的一个茶餐厅，点了点小吃，幽幽地继续吸着烟，心事无限。

“小歌，我现在在考虑一件事情。”

“什么事情?”

“我在想，我为这个孩子付出的一切，到底值得不值得。”

“怎么这么说?”

“现在高强他妈一口咬定我是拿孩子来骗婚,我为了高强和孩子一直忍她,可是,没人的时候我就想，我做这一切到底值得不值得。高强他妈明显是个变态，年轻时候守寡，一个人带大孩子，把所有的感情都倾注到孩子身上，现在觉得我夺走了她儿子的爱情，她根本没有把儿子当儿子，而是当成了情人。”

欧小歌不知道该说什么好，喝了口水，看着唐静心。

“你知道她变态到什么程度吗?我们俩独自在房间的时候，都不许关门，整天防贼似的防着我，没事就在高强那里说我的坏话，目的就是拆散我们俩，同意我们结婚也是逼不得已，听说拆迁房子可以多个名额而已。可是结婚又怎么样?结婚并没有给我带来快乐，只会让我更痛苦，这样的婚姻，我何必要它?”

“静心，你别多想了，现在怀孕已经五六个月了，很快就会跟宝宝见面了，想想这是多么高兴的事情啊。”

“不说宝宝我还不心烦，那天高强他妈找我谈话，问我宝宝出生后怎么办。”

“怎么办?什么怎么办?”

“就是问谁帮我们看孩子。她说了，她养高强一个就够辛苦了，不可能再拿出时间和精力来帮我养孩子，我心想，我需要你帮我养吗?我还怕她把我孩子也养成变态呢。”

“你打算怎么办?”

唐静心说：“月子中心，找月嫂，都是经过专业训练的，多省心。”

“嗯，不过我妈说，还是自己亲人带比较好，月嫂毕竟是外人，不可能尽心尽力地照顾孩子。”

“管他呢，反正再怎么不好，也不可能比我婆婆还恶劣，我花钱图个清净。”

欧小歌叹了口气。

唐静心说：“对了，小歌，你打算顺产还是剖？”

“当然顺产了，剖腹产太恐怖了，要在肚子上切这么长一道口子……而且听说连子宫都要切开，太恐怖了，不敢想象，我想我要坚持顺产。”

“那个可是非常痛苦的，我有一个朋友跟我说，她就是坚持顺产，最后疼得都恨不得杀了自己。”

欧小歌有点不相信地说：“有那么疼吗？满大街跑的都是人，不都是妈妈生下来的吗？我觉得很多人喜欢夸张，就像电视剧里演的那样，像杀猪一样号叫……”

“我是不打算冒这个险了，我打算选个日子直接剖了就OK了。”唐静心说，“你如果想顺产，多锻炼，争取少受点罪。”

虽然欧小歌是坚定地说自己要顺产，可是她最近也一直听说所谓生产的痛苦，说得她有点害怕了，剖还是顺，确实是个难题，她想回头还是跟母亲和林佳铭好好商量商量再说。但是在她内心深处，一直是渴望顺其自然生产的，毕竟剖腹产要动刀子，她从小身体就很好，从来没有住过院，没做过任何手术，真不知道将要来临的生产会不会让她尝试一下开刀的滋味。

唐静心的电话一直在响，大部分是向她咨询买房子的情况的，看她那么忙，欧小歌跟她告别，分头散开了。

临走也免不了互相嘱咐保重，看着唐静心洒脱地离开的微微开始变形的身影，欧小歌心里生出一阵不好的预感，不过她觉得自己可能是太敏感，笑笑回家了。

Chapter 19 //

B 超 B 超！

李心如为欧小歌做了一道爽口的菜，看到欧小歌回来，高兴地招呼她来吃饭，按照李心如的说法，现在欧小歌不能按照正常一日三餐吃饭，而是要少量多餐，以更好地补充身体所需要的营养。欧小歌鲜少能有想吃的时候，但是对于母亲的安排，她还是比较顺从的，坐下之后，欧小歌问母亲："妈，生孩子疼吗？"

"傻孩子，生孩子当然疼了。"李心如笑着说。

"有多疼？"

"反正再疼也疼不死人，到时候一咬牙一坚持就生下来了。"

"您那时候生我，是顺产的吗？"

"我们那时候差不多都是顺产，现在可不一样了，年轻人都喜欢剖，相对比较安全，也少受点罪，不过剖腹产也有很多问题，总之，生孩子对女人来说是一个关口，勇敢点，没关系的。"

欧小歌听了母亲的话，心里的恐惧更加重了，她说："别人都能忍住的，我也能忍住吧？"

"只要孩子胎位没问题应该就没问题，不过现在的胎儿普遍比过去大，也就增加了生产的困难，别勉强自己，到时候如果条件不是特别好的话，剖也没关系，我帮你找个好的大夫，不会有什么危险的。"

"我还是想顺产，想想一辈子可能就生一个孩子，如果连生产的过程都不好好体验的话，那可是太遗憾了。"

"我女儿就是勇敢，老妈支持你。"李心如心情好到爆，说，"我给孩子准备了待产包，还有尿裤、奶瓶，总之，孩子需要的你都别管了，全部包在老妈身上，你就安心地把身子养好就可以了。”

有李心如在，欧小歌就觉得很安全，好像天塌下来都不必担心。从小到大，李心如一直扮演着欧小歌的保护神角色。欧小歌心里开始对母亲有一点愧疚，想想自己任性地私自领了结婚证，这对一直爱她的母亲是多么大的打击，不过事已至此，多想也没用，只是暗暗发誓自己将来一定会好好地孝顺父母，好好地爱他们。

林佳铭回家的时候，看到欧小歌一个人呆坐在沙发上，电视也没开，音响也没打开，只是一个人发着呆，觉得很奇怪。他走过去，在欧小歌面前晃了晃，欧小歌回了回神，看到林佳铭，笑了。

“怎么了小歌？”

“不知道，就是莫名其妙心里泛起一阵伤感。”

“伤感？都快要做妈妈了，多骄傲和自豪的事，伤感什么？”林佳铭倒了杯水递给欧小歌，自己也倒了一杯，一饮而尽。

“突然觉得自己有资格做妈妈吗？感觉自己还没完全成熟，还在受爸妈的照顾，现在一下子就要变成别人的妈妈，真有点觉得不可思议。”

林佳铭坐在欧小歌身边，握住欧小歌的手说：“也许有了孩子我们才能真正成熟、长大。别担心，我们陪孩子一起成长。”

“佳铭，我发现我的脸没有以前有光泽了，好像很黄，你看看，是不是很难看啊？”

林佳铭认真地看了看欧小歌的脸，说：“没有的事，还是像以前一样漂亮，一点都没变。”

“你说谎，你看，我的眼圈也发黄，嘴角也发黄，鼻子旁边还有一些褐色的斑，我就要变成标准的黄脸婆了！”欧小歌拿着镜子，对着里面的自己百般挑剔，说着说着，又难过起来。

“小歌，你别傻了，现在的你是最美丽的，你自己都察觉不到，怀孕后你的脸上多了一种宁静和祥和，这是用什么化妆品都涂不出来的，而且不管现在、过去还是未来，你在我心里的分量是不会改变的。”

欧小歌说：“不可能，我很快就会变大肥婆，180 斤，甚至更胖，到时候你连抱都抱不动我了。”

林佳铭说：“那敢情好，如果你惹我生气了，我把你放在大床上，你是不是连下都下不来？”

欧小歌哈哈大笑起来，笑完，她说：“佳铭，你觉得我肚子里是男孩还是女孩？”

“这个猜不出来。”

“猜猜看嘛，猜中有奖！”

“嗯……”林佳铭思考了半天，对着欧小歌的肚子说，“宝贝，告诉爸爸，你是男孩还是女孩？”

欧小歌说：“他说要你猜。”

“男孩吧？”林佳铭随口一说。

欧小歌马上追问：“为什么是男孩？为什么不是女孩？”

“你要我猜的，我就猜男孩了。”

“你是不是不喜欢女孩？”

“没有的事，女孩跟爸爸还更亲近一些呢，但是你要我猜，我感觉应该是男孩。”

“我最近收集了很多男孩女孩的怀孕特征，我觉得我怀的更像是女孩。”

林佳铭点点头，欧小歌说：“怎么？失望了？你老实说，你是不是就喜欢男孩？”

“小歌，我说了N遍了，我并不在乎是男孩还是女孩，男孩大了当飞行员，女孩大了当音乐家，都是很完美的，你想得太多了。”

“我想让我妈找个大夫给我做B超看看是男是女。”

“不要这样。”林佳铭反对地说，“提前知道男女有什么意义？”

“好奇啊！”

“现在医院规定不许看男女，你不要让你妈做这样为难别人的事情。还有几个月答案就揭晓了，不管是男还是女，我们都是用一样的心情来等待的。”

欧小歌虽然嘴上没说什么，心里却真的非常想知道肚子里即将出世的孩子，到底是男孩还是女孩。

跟欧小歌一样好奇的还有宋洁，虽然她很痛恨婆婆的重男轻女，可是在潜意识里，她也希望自己怀的是男孩，她觉得自己并不是一个重男轻女的人，可是她真的很想有一个小男孩，一男一女最完美，至少会缓和她跟婆婆之间紧张的关系吧？自从那次俩人吵架后，由张大飞从中调解，算是暂时平静了下来，可是她们之间的矛盾并非一朝一夕，想彻底解决也不太可能。

这天，张大飞的一个客户突然说起自己正在经营着B超测试仪的生意，张大飞回家随口一说，宋洁便动了心思，她跟张大飞商量说问问那个客户能不能给自己看看男女，张大飞一开始拒绝了，但是挨不住宋洁的软磨硬泡，终于厚着脸皮跟客户说了一声，没想到客户一口答应下来，说这是件简单的事情，正好可以帮他们测试一下新仪器，就这样说定了周末去检查。

宋洁激动得不知所措，她太想知道男女了，当天晚上她就打电话给欧小歌，问她愿不愿意一起看看宝宝的性别，欧小歌连犹豫都没有就答应下来，听欧小歌的语气，激动程度一点不比自己差，俩人又在电话里聊了半天，才恋恋不舍地挂掉电话，等着周末的来临。

欧小歌把这好消息告诉了林佳铭，林佳铭表示强烈的反对，觉得根本没有任何必要，而且又不是在正规医院，还怕会出什么问题。欧小歌却下定了决心一定要去，林佳铭也无奈得很，晚上跟父母通了电话，林母激动地询问欧小歌怀孕的一些事情，跟欧小歌讨论了半天男女的问题。

林母说："我们老一辈子里流传一种说法，怀孕的时候男孩是背对着母亲，女孩则是跟母亲脸对脸，所以将来胎动的时候，如果是大面积蠕动的，可能就是女孩，而小面积拳打脚踢的，就是男孩。"

还以林佳铭为例子，说他当年就是在肚子里伸胳膊蜷腿，果然生出来就是个大胖小子，欧小歌听了哈哈大笑。

林父这时候接了电话，跟欧小歌说，让她好好保重身体，什么都不要多想，也不要太在乎男孩女孩，无论男女都是自己的宝贝等等，目的是让欧小歌放轻松心情，愉快地孕育孩子，还跟欧小歌说了很多祝福和盼望的话。

挂了电话，林佳铭说："小歌，我妈那话你就一听，没什么科学根据的，再说都过去二三十年了，她怎么还记得什么胎动的事？"

"总之,周末就可以见分晓了！"欧小歌激动地躺下,摸着自己的肚子,对孩子说，"宝贝，周末妈妈就知道你是男孩女孩了！"

看着欧小歌如此激动的样子，林佳铭也就叹了口气，不再多劝了。

说真的，他也很想知道是男孩女孩。

又有谁不想知道自己将要有一个什么样的孩子呢?

会议室里，总监宣布了近几个月的员工业绩情况，前三名就有宋洁。大家热烈鼓掌的同时，总监忽然宣布说，经过各方面的考虑和检验，觉得宋洁可以胜任主管的角色，希望宋洁接下来不负众望，继续创造佳绩，顺利地得到这个职位。

大家都愣住了，尤其是宋洁，虽然她之前隐约明白这个决定，可是当下真的听到她又开始焦虑起来，面对五个多月的肚子，眼看就是藏不住的事实，面对职业的晋升和即将到来的宝宝，该如何平衡呢？

回家把这件事给张大飞讲了一下，张大飞显然是希望以孩子为重，觉得工作随时可以换，宝宝却是独一无二的，宋洁当然知道宝宝重要，可是……

她打算暂时隐瞒，隐瞒到无法隐瞒的时候，再说。

周末很快到了。欧小歌一大早就爬起来激动地晃着林佳铭说："佳铭佳铭，我太兴奋了。"

林佳铭毫无反应。

欧小歌在他耳边大喊："林佳铭！大懒虫赶紧起床！你得陪我一起去，要不然我怕我心脏受不了。"

林佳铭正在甜蜜梦乡中，翻了个身，拿枕头盖住头，欧小歌生气地用另外一个枕头砸了他一下说："喂！你怎么回事啊？你竟然睡得着？"

林佳铭仍旧没动，欧小歌强硬地把他拉起来，说："林佳铭，你到底陪不陪我去？"

林佳铭打了个哈欠，揉了揉眼睛，说："几点了……"

"赶快起来吧，跟宋洁约好了十点，现在都快九点了。"欧小歌一边说着，一边匆忙地换衣服，还不断地催促着林佳铭，"快点，赶快，别让人家等咱们。"

林佳铭呆呆地看着欧小歌。

欧小歌气得说："你愣着干吗？赶快穿衣服洗漱啊！"

"小歌，你真的决定要去看孩子的性别？"

"对啊，看一下就放心了嘛。"欧小歌坐在梳妆台前打扮，但是每次拿起什么想涂抹在脸上的时候，又想到可能会影响胎儿，于是又失望地放下，"别再啰唆了，我已经决定了。"

"看完之后呢？男孩怎么样？女孩又怎么样？"

"不怎么样，就想知道。"欧小歌的固执让林佳铭无言以对，他知道自己是没有能力说服欧小歌的，虽然他心不甘情不愿，却还是陪欧小歌到了指定的地点。

欧小歌给宋洁打了一个电话，不一会儿，宋洁就神情疲惫地出现在大厦的一层，欧小歌激动地说："你早到了？现在可以去看了吗？"

宋洁说："可以的，不过今天有好几个孕妇在看，可能要等一会儿。"

说完，跟林佳铭打了个招呼，林佳铭笑笑说："有那么多人在意这个？"

宋洁说："难道你不想知道男孩女孩吗？"

林佳铭不置可否，欧小歌说："别理他，他根本不关心孩子。"

宋洁说："别这么说，他要是不关心孩子，怎么会陪你来？"

欧小歌说："那是我生拉硬拽才把他给弄来的。"

宋洁说："能生拉硬拽给弄来也算不错。"

欧小歌说："怎么？你一个人来的吗？"

宋洁点点头："本来大飞说陪我来，可是他临时有事，来不了了，不过我也不想让他来，这件事我想自己知道结果就可以了。"

欧小歌说："哈，很快就知道结果了？"

宋洁什么话都没说，跟欧小歌随便聊了几句，然后带欧小歌坐电梯到了 10 层。欧小歌注意到这是一个专门卖医疗器械的公司，林佳铭说在门口等她们，欧小歌对他展露了一个神秘的笑脸，说一会儿就可以知道结果了，林佳铭无语地翻了个白眼。

她们到了会议室等待，看到一群大肚婆在叽叽喳喳地说笑着，有一个孕妇正躺着接受检查，欧小歌好奇地凑过去看了看，显示器中一团模糊，根本不是她想象中的彩色图像。

操作者是一个年轻的女人，面目非常清秀，看起来也很温婉，是个美女，这应该就是宋洁的朋友吧。

她认真地盯着屏幕，对孕妇说："我好像看到宝宝的手一直保护着脸，好像很害怕的样子呢。"

她的话刚说完，旁边一群孕妇就发出了惊呼，为这个发现感到好奇和喜悦。欧小歌凑近了看，可是只看到黑漆漆的一团，什么宝宝呀，什么手呀，根本就看不明白。

宋洁在后面小声说："这个只有专业人员才能看清楚。"

欧小歌点点头，操作员继续说："好像是个很有礼貌的宝宝呢，两只手一直在作揖，好像是在拜拜，很可爱哦！"

又一阵惊呼，躺着的孕妇更是欣喜得合不拢嘴，一个劲问："能看出是男孩女孩吗？"

操作员手里的仪器棒一直在孕妇肚子上来回辗转，终于，她停到了某个位置，然后说："看到了，看到了，是个小茶壶盖……"

"哇，好棒呀！"旁边几个孕妇拍起巴掌来。

被检查的孕妇带着满脸的满足和喜悦起身了，连连感谢操作员，旁边一个孕妇说：“今天真是好奇怪，这么多男孩。”

操作员笑着点点头，回头一下看到了欧小歌，说：“下一个，是你吧？”

欧小歌心跳若狂地点了点头，什么也没多想，就躺在了刚才那个孕妇躺着的位置，双眼一闭，说：“来吧。”

操作员说：“好像要上战场呀。”

欧小歌似乎能够感觉到自己心跳的声音，好像当年高考看榜的时候，也有过这样难以抑制的激动心情。她一个劲在心里念着，无论是男是女，都没关系，但是这仍旧不能让自己平复躁动的心情，她的脑子里出现了很多奇怪的场景，比如说，今天之后，她就将被决定成为未来的婆婆或者是丈母娘，再比如说，这一刻之后，她就可以按照性别给孩子准备一切用品……总之，因为即将揭晓的答案，欧小歌的大脑变得一片空白……

操作员看了半天，一直没说话，宋洁在旁边说：“怎么了叶子？”

操作员说：“正在看，好奇怪，宝宝好像一直在躲着，刚才照的时候，能看到脸，可是一转眼，他就翻过身去了，现在只能看到宝宝的后背。”

欧小歌喊起来：“不会吧？这样就看不到性别了？”

“是的。”操作员说，“再等一下，如果孩子一直不转过脸来，恐怕就没有办法看到了。不过你的宝宝长得好像很结实呢。”

“是吗？我怀孕后可没怎么吃好东西，我都害怕他缺营养呢。”

“不会，你的孩子现在应该十八九周了吧？你在医院里做过B超吗？我刚才测了一下，他的双顶和股骨都很标准的。”

“哦。”欧小歌对这些数据倒是不怎么感兴趣，着急地说，“还是看不到男孩女孩吗？”

操作员盯着显示屏，皱着眉看了半天，说：“稍等啊，我好像看到他扭过身子来了，呀，又扭回去了，这个小家伙好像知道我们在看他，故意躲起来不让看。”

旁边一个孕妇说：“小胎儿在肚子里原来这么有趣，我还以为他们什么都不知道呢。”

另外一个孕妇说：“怎么会？我倒觉得胎儿很聪明，什么都知道呢。”

操作员突然大喊一声：“呀，我看到了，看到了，他突然转了一下身子，可是脸还是藏在子宫壁上……”

欧小歌一下感觉到窒息，说："是男是女？"

"男孩，百分之百的男孩！"操作员肯定地说，"看，又是一个小茶壶盖！"

操作员的话音刚落，几个准妈妈就迫不及待地围了过来，操作员给她们示意道："你们看，这个位置，看到了吗？很明显的，没错，绝对不会有错。"

欧小歌似乎不敢相信这是真的，一个劲地问："真的吗？不会看错吧？"

操作员说："不会，你自己看。"

她把显示屏扭到了欧小歌的面前，欧小歌想抬起头来看看所谓的"小茶壶盖"，可是无论她怎么努力，都看不出任何东西来。

这时候，操作员已经把仪器从欧小歌的肚上拿开了，宋洁说："小歌，恭喜你啊，要生个小公子了。"

操作员又一次感慨说："今天来检查的怎么全是男孩？"

欧小歌对宋洁说："哈哈，真是不可思议，全是男孩？我肚子里的小家伙也是男孩？"

"是啊，真怪，前面检查的几个全是男孩。"

欧小歌只顾高兴了，也忘了问宋洁是男孩女孩。

这时候，操作员说："哎，大家不要太认真啊，我可不是专业的医生，只是今天正好赶上测试仪器，就顺便帮大家看看性别，按说这个是违法的呢，大家就当作一个游戏好了，我可不能保证百分之百准确。"

几个妈妈争先恐后感谢操作员，然后纷纷走了，欧小歌也打算走，宋洁却没有要走的意思。

操作员关好机器，看到欧小歌和宋洁还没走，对宋洁说："宋姐，你别难过，其实我刚才说了，我也不是专业的，就是随便操作一下，测试一下，不一定准的。"

"嗯，要不，你再帮我看一看？"宋洁问。

操作员有点为难地说："刚才看得差不多了，现在该走了，一会儿要是被领导知道我假公济私在帮你们看胎儿性别，那我可就麻烦了。"

宋洁点了点头，操作员说："我们走吧？快到中午了，我还得到我实习的单位去呢。"

宋洁有点不情愿，可是看到操作员已经下了逐客令，只能和欧小歌一起，向门外走去。

林佳铭等得花儿都谢了，才看到欧小歌和宋洁出来，还没等问结果呢，操作员突然也走了出来，林佳铭吓了一跳，操作员也吓了一跳，她冲口而出：“林佳铭？”

林佳铭也不可思议地说：“怎么是你？”

操作员说：“你怎么会在这里？难道……”

说完这句话，她马上意识到问题，林佳铭指了指欧小歌，不好意思地说：“我妻子。”

操作员的脸上掠过一丝复杂的神色，随即，她满脸堆笑地对欧小歌说：“太巧了，真没想到，你是林老师的妻子啊。”

欧小歌被这两个人的古怪关系给弄迷糊了，林佳铭赶紧介绍说：“陶叶子，是我们单位的同事……”

陶叶子纠正说：“是实习生！林老师，还请多关照。”

“不会吧，这么巧？”欧小歌感觉到有点不好意思，陶叶子很落落大方地说：“天涯何处不相逢，林老师，恭喜你了，是个儿子。”

林佳铭笑笑，没说什么，陶叶子又说：“真是很巧的，今天我来帮我的一个朋友测试一款新仪器，然后就认识了宋姐，又认识了林老师的妻子，还是第一个知道林老师儿子的人。将来儿子出生了，一定要请我吃饭呀！”

“没问题，今天就可以！”林佳铭说。

“今天？今天就算了，我还得赶回单位去，好多报告没弄完呢。”陶叶子说完后，跟欧小歌和宋洁分别告了别，然后翩然离去。

林佳铭的目光追着她走了很远很远，收回来的时候，突然看到欧小歌正在看自己，于是，尴尬地说：“没想到，实在是太巧了。”

欧小歌什么都没说，只顾着跟宋洁说话。

宋洁说：“刚才叶子说我的可能是个女孩，今天也真是奇怪，清一色男孩，就我这一个可能是女孩，不过她说也不确定，说有时候B超也不一定很准，还说有些孩子发育晚，现在还不能百分之百地确定男女。”

“是啊，这也确实不能百分之百相信，再说她也是临时客串，准确率值得怀疑。”欧小歌看到宋洁的表情非常不愉快，试图安慰她，说了几句话，也就到了电梯口，然后分道扬镳了。

一路上，欧小歌一直没说话，林佳铭说：“怎么了？不是很满意吗？知道男女了。”

欧小歌还是没说话，林佳铭说：“怎么？为什么黑着脸？你不是很喜欢男孩吗？”

欧小歌停住脚步，说：“刚才那个女的是谁？”

“都跟你说过了，是我们单位的实习生。”

“实习生？我怎么感觉你们俩眼神交换的时候，有很多复杂的内容？”

“你别发神经了，什么眼神交换？什么复杂内容？”

欧小歌说：“怎么？你心虚了？你刚才看她的时候，非常不对劲，如果是普通同事的话，完全可以光明磊落、坦坦荡荡的，可你好像一直在躲闪。”

“哪有？完全是莫名其妙。”

“在这种场合遇到她，让你觉得非常尴尬？陪怀孕的妻子外出让你觉得没面子吗？你是不是在单位里没事还冒充单身呢？”

林佳铭被欧小歌的话给气到了，说：“你知道自己在说什么吗？”

“怎么不知道？我说的不对吗？实习生？其实没那么简单吧？”

“欧小歌，我今天陪你来，可不是跟你吵架的。”

“你别以为有什么可以瞒得过我，我刚才明明听到她第一句喊你的名字，连名带姓，后来你介绍了我之后，她才开始喊你林老师的，这句林老师，恐怕是喊给我听的吧？”

“你现在简直是莫名其妙，捕风捉影，空穴来风，而且你的联想力太丰富，我看你简直可以去做狗仔队或者去编电视剧了。”

“是啊，我在你心目中，也就是个无理取闹的主吧？”

“那是你自己的想法，不要把自己的想法强加在我身上。”

“林佳铭，你不要把话题岔开，你现在看到满世界都是鲜艳的花朵，唯独我是枯草一枚吧？脸上也长斑了，皮肤也发黄了，头发都分叉了，过几天我就会变成一只水桶，别说陪我出来见同事朋友，就连跟我一起上街都觉得丢脸，对吧？”

林佳铭被欧小歌气得一句话都说不出来，俩人僵持在大街上，一辆一辆出租车行驶过来，他们都装作看不见，谁都不肯给谁台阶下。

就这样赌了一会儿气，林佳铭偷偷看了看欧小歌，欧小歌还在气呼呼地面向相反的方向，他想到欧小歌正怀着孕，自己应该多体谅她一下，于是主动过去碰了碰欧小歌。欧小歌一把把林佳铭的手甩开，林佳铭说：“小歌，别再乱发脾气了，医院也说过，怀孕期间要控制自己的情绪。”

“是要控制自己的情绪，可是你为什么非要惹我生气呢？”

林佳铭哭笑不得：“我都不知道怎么你了，就算法官要判刑，也该有一个申辩的机会吧？”

欧小歌眼睛红红地说："就是不许你看别的女人好，不能对我之外的女人表示出任何好感和兴趣……"

林佳铭一把搂过欧小歌说："傻丫头，我怎么可能会看到别的女人好？我现在有妻子，有儿子，万事顺畅，不知道多得意，我根本不可能有那些奇怪的心思，你放心好了。"

"真的？"欧小歌听到这样的话马上雨过天晴，泪汪汪地看着林佳铭，林佳铭有点心疼，也有点头疼，却认真而郑重地点了点头，欧小歌这才高高兴兴地挽着林佳铭的胳膊回家了。

还没到家，李心如的电话就打过来了，不断追问着欧小歌去看彩超的情况，欧小歌保持神秘地说："一会儿回家说吧。"

回到了父母家里，李心如和欧正几乎是并排着一起冲向欧小歌，关切地问："怎么样？查了吗？"

欧小歌叹了口气说："查了。"

"什么结果？"

"你们猜。"

欧正说："这怎么猜得出来，你就直接告诉我们吧。"

欧小歌嘻嘻哈哈笑了半天，顺手拿起个橙子，优哉游哉地吃起来，两个老人连忙围了过来，继续追问，林佳铭感觉这个场面很喜剧。

欧小歌看到父母焦急成这个样子，也不忍心继续隐瞒下去，神秘地对他们说："据说是个——男孩。"

"哎呀！我就知道会是个男孩！"李心如喜笑颜开地跟欧正的视线相对了一下，满是掩盖不了的喜悦，欧小歌说："为什么？怎么一说男孩，你们这么高兴？"

"我跟你爸早就猜到你会生男孩了。"李心如仍旧保持着笑容说，"准没错。"

"怎么看出来的呀？"

"你看你虽然怀孕已经四五个月了，行动非常灵活，不像我那时候怀你的时候，整个肚子、后背全鼓起来了，像套了一个大救生圈，一走路就腰疼。"

欧小歌起身慢慢地扭了扭腰说："我倒还真的没觉得有什么呢，不过过几个月肚子再大点就不知道怎么样了。"

"这可是大好的消息了，我们就要有外孙了，真高兴啊，佳铭，你还没给你父母报喜呢吧？赶快告诉他们吧，你们林家马上就要有大宝贝孙子了！"

林佳铭说："妈，这个不一定准确，因为不是在医院里做的，只是一个朋友帮别人测试仪器，就那么顺便看了看，我觉得准确率不高。"

"瞎说，B超是最准的了，如果看到女宝宝还未必准，但是看到男宝宝是百分之百准。"李心如满怀自信地说，"虽然我不是妇产科医生，但是我知道B超的准确率是很高的，再加上我根据很多特征判断，小歌怀的肯定是男孩。"

林佳铭不敢反驳丈母娘，因为据他的经验来说，如果想过安稳的日子，就得拿丈母娘的话当成圣旨，这样就会天下太平，繁荣昌盛。如果稍微有违逆，肯定迎面而来的就是滚滚浓烟，刀枪棍棒，周旋到最后还得是委曲求全，妥协结果。所以林佳铭已经慢慢掌握了相处之道，他默认了丈母娘的话，拿起电话给自己的父母打了一个电话。当然电话那边的兴奋和喜悦一点也不输于这边，林父林母甚至激动得连话都说不出来了，只知道呵呵地傻笑，估计好几天老两口都会激动得睡不着觉，再就是一通叮咛嘱咐，林佳铭都快背熟了，不外是好好照顾媳妇，好好照顾孩子，好好工作……林母还特别让欧小歌接了电话，俩人说了半天，也都是关于怀孕的注意事项，在电话快要结束的时候，林母说："小歌，我现在不在你身边，没法照顾你，我心里很着急，我寻思过几天我跟娃他爹再去一趟北京，好好地照顾你和孩子。等孩子出生，还要帮你过完月子，虽然你的母亲在身边很方便，我还是不能坐在家里这样白等呀，毕竟我们盼孙子已经不是一天两天的事了……"

欧小歌痛快地说："爸妈，你们随时有空随时过来，哈，孩子好幸福呀，有爷爷奶奶，有姥姥姥爷，还有爸爸妈妈疼爱，真是太完美了。"

吃饭的时候，李心如对欧小歌说："你高平阿姨最近跟儿媳妇又闹起来了。"

"又闹起来了？为什么？"

"好像说是儿媳妇经常跟什么男人见面吧，被她给抓住了，闹得不可开交，高强夹在中间非常为难。她这几天都没去跳舞，我们都惦记着她呢，劝她想开点。那个儿媳妇怀孕都七八个月了，挺着那么大的肚子，怎么可能还有心思跟什么男人见面，没准是误会，可她还是不依不饶，两个人吵得非常厉害。"

欧小歌生气地说："高强他妈太过分了，处处看唐静心不顺眼，以前谈恋爱的时候就是这样，现在都结婚了，还是这么气势汹汹的，她是不是真的觉得自己儿子是潘安再世，比尔·盖茨第二？"

"她主要是对她一直有偏见，一是觉得她是外地的，身份不明，二来她年龄太大，背景很复杂，再有就是觉得她不把她放在眼里，不怎么尊重她，总之吧，就是互相看不上。”

“又不是跟她过一辈子，她看不上有什么用？”

“儿子可是她的生命，所以对儿媳妇挑剔些也是情由可原的吧。不过现在儿媳妇正怀孕，总这么吵架，对孩子可不好。”

欧小歌说：“遇到这样的婆婆可真够倒霉的。”

说完，她陷入沉思，因为自己怀孕，她更能够体会到唐静心的心情，所以她打算找个时间好好安慰安慰唐静心。

宋洁回家的时候，张母正在厨房里收拾东西，一看到她回家，展露出难得的笑脸，上来就问：“听大飞说你去检查男女了？什么结果？”

宋洁不动声色地笑了一下，说：“等大飞回来再说吧。”

张母说：“怎么？还对我保密？好事总得让我先知道知道吧？”

宋洁走到屋里，打算换衣服，却发现自己的床上零七八碎地铺了好几件衣服，她奇怪地问：“妈，你是收拾我的衣服了吗？”

张母走过来，看了看床上的衣服说：“哦，是婷婷刚才说要去见一个朋友，我想你的衣服那么多，暂时也穿不着，不如让她选几件穿穿，婷婷好久都没买新衣服了。”

“婷婷想穿什么衣服，应该提前跟我说一声吧？我可以帮她找一些适合她的，这样随便翻我的东西不好吧？”宋洁只觉得一阵怒火涌上来，她极力克制着，张母倒也没拿宋洁的话多当回事，说：“到底是男孩还是女孩？”

宋洁一点心思都没有，疲倦地说：“你希望是男孩女孩？”

“肯定是男孩啊，这还用问？”

“那可能你得失望了。”宋洁说，“是女孩。”

“什么？”张母的脸立刻拉了下来，“你是跟我开玩笑吧？女孩？”

“是啊，是女孩。”

“怎么可能是女孩呢？怎么又是女孩？”张母顿时毫不掩饰地把自己的内心活动全部表现在了脸上，“你是在骗我吧？”

“确实是女孩。”

张母表情一沉，扭身就走了，过了一会儿，她又返回来，看着宋洁说：“现在政策只能要二胎？”

“什么意思？”宋洁没明白。

“不行的话你偷偷把这个生下来，先送个人，然后再生一个，就说双胞胎，一起报户口也可以。”

“你在说什么呢？”宋洁简直不敢相信自己的耳朵。

张母说：“我说什么了？我是替你们想办法！”

“把孩子生下来送人？这就是你想的办法？“宋洁悲愤地问，脑子里一片空白，肚子也没来由地痛起来。

“总比把孩子打掉强吧？我听说你身体有问题，再流产可就不能生了。”张母看了看宋洁的肚子，一脸嫌弃。

宋洁倒吸一口冷气，一字一顿地说：“不好意思，又让你失望了，这一胎又是个女孩，但是无论是男孩女孩，这毕竟是我跟大飞的孩子，也是你家的亲生骨肉，你难道没有一点点感情吗？”

“我之前找人算过命的，说我将来会有孙子的，现在你突然怀了一个女孩，我的孙子怎么办啊？”

“呵呵。”宋洁实在是没办法再跟她讲任何道理，在过度气愤的情况下，她反而忽然冷静了，“要不，我替你想想办法吧。”

“你？你能有什么办法。”

“办法当然是有的，想听吗？”

张母被宋洁的奇怪态度吓住，愣愣地看着宋洁。

宋洁冷笑着说：“现在不是有代孕吗？你可以让你儿子找个代孕给生啊，这不是更省事吗？”

“你说的这叫人话吗？找代孕？我儿子好好地找了个媳妇，又不是找了一个不会下蛋的鸡，我找什么代孕，你也不觉得羞耻吗？”

这几句话的伤害力实在很大，宋洁再次被激怒，对着婆婆怒吼道：“你那么喜欢孙子，你去领养好了！要不就劝你儿子再找个媳妇，运气好的话没准能生出孙子，我只能生女儿，你喜欢也好，不喜欢也好，这件事已经注定了！”

“你怎么这样跟我说话啊？你生不出男孩反而要怨我了？我可是一直在伺候你，看你的脸色，本想一心为了我孙子，现在你生不了男孩，反而怨起我来了？”

宋洁感觉自己没有办法跟婆婆对话，本想安静地在房间里待一会儿，可是没想到婆婆在旁边说三说四没完没了起来，她冲动地把门砰一下关上，躲在屋里哭起来。

没过多久，张大飞跟张婷婷一起回来了，一进门，看到母亲生气地坐在客厅，张大飞奇怪地说："妈，您怎么在这儿坐着呢？"

"问你媳妇去！"张母怒不可遏，把张大飞和张婷婷吓了一大跳，张婷婷下意识地悄悄问："妈，怎么了？是不是她怪我穿她的衣服了？"

"你赶快把衣服脱下来还她，以后你买什么衣服买什么东西妈给你钱，再不行还有你哥呢。"张母故意说给屋里的宋洁听，张婷婷撇了撇嘴说："至于吗？不就是借件衣服穿吗？我哥还说我可以随便穿呢。"

张大飞说："你嫂子不是那么小气的人。"

张母嘟囔着说："不是小气的人？那都是在你面前装的吧？再说她有小气的资本吗？她一天到晚不上班，钱不都是你赚回来的？怀个孕像有多么大的功劳，天天就知道躺在家里让人伺候，你天天在外面跑赚点钱容易吗？你看看她，不知道省钱过日子，还买了那么多衣服，穿得花枝招展不知道给谁看。"

"妈，您就少说两句吧。"张大飞生怕母亲的话被屋里的宋洁听到，张婷婷倒也不干了，说："哥，你就知道向着她，什么事都听她的，现在连妈的话你都不愿听了，还让妈少说两句？妈现在身体不好，你们不但不对她关心点，反而整天给她气受，妈身体要是有个三长两短，你们负得起这个责任吗？"

张大飞知道要是继续说下去，自己肯定收拾不了局面，所以干脆推门进了房间，想清净一下。

一进门，就看到宋洁背对着他在收拾东西，他走过去，发现宋洁满脸是泪。

"小洁……"

"别说了，我们俩到此为止，我先搬走，过后我们找时间去办理离婚手续，两个孩子你都不用管，我一个人负担。"宋洁一边说一边眼泪哗哗地流下来。

张大飞急了，一把夺过宋洁手里的行李，扔到一边，说："你说什么傻话呢？"

宋洁哭着说："对不起，大飞，这日子我实在没办法过下去了，我知道你对我很好，我也知道你为我付出了很多，但是生活毕竟不是舞台，咱们这儿也不是演电视剧，我受不了一天天这么折腾，再这样下去，我就要崩溃了。"

"小洁……"张大飞看到宋洁脆弱的样子，心里非常难受，拉住她的手说，"你先别哭，发生什么事告诉我，别动不动说离婚，你这么说，我心里真是太难受了。"

宋洁黯然失色地坐在床上，眼泪大颗大颗往下掉着，张大飞说："是不是因为婷婷乱穿你衣服的事？她年纪小，不懂事，你别跟她一般见识，我刚才说她了，以后不会再随便动你的东西了。"

“无所谓，反正衣服都是你买的，她喜欢怎么翻都可以，拿走我都没什么意见。”

“那是为什么？”

宋洁说：“你别再问了，我也不知道为什么，我想咱们俩暂时分开一下，冷静冷静，等我心情好点再说吧。”

“不行，你到哪儿去？现在你怀着身孕呢，怎么能乱跑？”

“我想回老家，我想我妈了，我现在每天忍受着你妈，你根本不知道我的心情怎么样，你只知道和稀泥，可是很多问题不是搪塞掩盖过去就能够解决的。”

“我妈又怎么你了？”

“没怎么我。她没什么错，她喜欢孙子，天经地义，谁都没办法指责她什么。”

张大飞不明白地看着宋洁，宋洁继续说：“我怀的是女儿，不是儿子。”

“哦？”张大飞一时没反应过来，有点愣神。

宋洁冷笑着说：“你也失望了吧？”

张大飞顿了顿，马上笑着说：“女孩也不错，我怎么会失望呢？”

“也不错？也就是没有办法的妥协，对吧？如果是儿子，肯定不会说也不错吧？我知道，你和你妈的想法其实是一样的，希望我能生个儿子，为你们家传宗接代。但是很可惜，现在又是个女儿，所以你妈有足够的理由羞辱我，你也有足够的理由理解她。”

张大飞没说话，宋洁起身拿起了衣服继续收拾，张大飞说：“我妈因为这个说你了？”

说完这句话，张大飞黑着脸走了出去，没一会儿，就听到外面吵吵嚷嚷起来。

宋洁轻轻地拍着肚子，对已经成型的小孩子说：“亲爱的女儿，不管这个世界上其他人怎么对你，妈妈会永远爱你，永远保护你，永远不会让你受到任何伤害……”

Chapter 20 //

好好孝敬你媳妇就行了

高强下班后，高平给他打电话，说自己做了他最爱吃的糖醋排骨和丸子，让他赶快回家来吃。高强放下电话后立刻给唐静心打了电话，说让她早点回家吃饭，结果唐静心说自己在一个客户那里谈点小事情，不回家吃饭了，高强也并没在意，只是嘱咐她小心自己的身体之类，就回家了。到家之后，看到母亲忙里忙外地做饭，高强跑去帮忙。

高平说："儿子啊，今天太阳从西边出来了？"

"怎么了，妈？帮您打打下手还不是很正常的？"高强努力地讨母亲欢心。

高平叹口气说："果然结婚后就不一样了，家务活都给锻炼出来了。"

"我以前太懒，现在马上要当爸爸了，也更能体会您的辛苦和不容易。"

"我可不敢指望你多孝敬我，你好好孝敬你媳妇就行。"

"妈，看您说的，我跟媳妇一起孝敬您。"

高平瞪了儿子一眼，看着儿子满头大汗忙来忙去，心里顿时什么气都没了。

忙活了一会儿，菜饭端上桌来，高平问："唐静心几点回家？"

高强说："哦，静心今晚有工作，不用等她了。"

高平不高兴地说："挺着个大肚子跟谁谈公事？"

"上回有个客户要投资他们公司的一个楼盘，谈了 N 次都没谈妥，因为这件事一开始就是静心接手的，很多细节方面没办法交给别人去做，上次说已经谈得差不多了，但是临时又有小问题，今晚可能就是去跟他谈。"

高平说："她就那么重要？离开她地球都不转了？"

“妈——”

“强强，不是我说你，也就是你这个傻小子，让她给骗了，你没看她那双眼？精明里透着刁蛮，还带着桃花，这绝对不是个简单角色。”

“妈，您对她的偏见实在太深了。”

“什么偏见？我看人准着呢，当年把你爸勾走的那个小狐狸精，跟她的眼睛长得一样一样的，这种面相全是风流相。当然，你妈说什么你都不会放在心上，将来当心给人戴了绿帽子还都蒙在鼓里！”高平意味深长地说完这句话，端着她最拿手最得意的糖醋排骨走进了客厅。

高强却被母亲这句话说得有点犯嘀咕，他跟过去，问道：“妈，您想说什么？”

“没什么，反正你好自为之，婚姻本来是件大事，我要你好好选择好好考虑，结婚你给我唱了一出先斩后奏，奉子成婚，现在跟你说什么都晚了。”

高强知道理亏，也不敢再说什么。

高平自己找台阶：“要不是看在拆迁的分上，我不可能答应你这种事，摆明了是被那个狐狸精给算计了！”

“这件事真的是意外，不是我们故意设计好的，我已经跟您说过很多回了，而且正好我也想成家了，这可能是缘分吧。”

“想成家你也应该选个合适的，我就不明白你究竟看上她哪一点了？你下回注意看看她笑的时候，眼角的皱纹比我的还多！”

高强想说什么，却忍不住笑起来。

“你笑什么？难道我说错了？”

“妈，您是年轻，跟同年龄的老太太比起来，您比她们看上去都年轻。”

“你净会说好听的话逗我。”高平瞪了儿子一眼，脸上却是喜滋滋的。

高平给儿子盛了满满一大碗饭，还不断地给他夹菜。

“不光这些，主要是她的行踪非常古怪，有一次你不在，她在屋里睡觉，我就老听到屋里有声音，扒门上一听，听到她在打电话，声音特小，但是说说笑笑的。你想，她有什么电话不能光明正大地打？总是偷偷摸摸躲在屋里打？还笑得那么开心，一听就不是在谈工作，她就是老拿工作来敷衍你，到底跟谁打的，还不一定呢！”

高强吃着饭，虽然没说什么，心里却也产生了一点点不愉快。

高平继续说：“还有一回，我邻居的赵阿姨说，她看到你媳妇开车带了一个男人回来，在咱们小区门口停下的，俩人说笑了半天，男人才走。”

“可能是同事吧？”

“什么都是同事，她哪那么多同事，整天那么多公事，连怀个孕都不能消停？她自己出事倒是小事，万一肚子里的孩子出点什么事，那可怎么办？”

“妈，我知道您担心，我跟她好好说说，让她现在安心养胎，一切以孩子为主，什么都别多想了。”

“她会听你的？会安心养胎？”高平露出不以为然的表情，高强这顿糖醋排骨吃得没滋没味。

唐静心回家的时候，脸色并不好看，她匆匆地换了衣服，冲了个澡，就钻到屋里去了。

高强当时正陪着母亲在外面看电视，高平示意高强到门口听一下。高强本来是有些不情愿的，但是心里多多少少有一些狐疑，于是他悄悄地走近门口，果然听到唐静心在里面打电话，声音非常小，像是盖着某种东西发出的声音。他屏住呼吸，努力地听她在说什么，可是由于声音实在太小，只能隐隐约约听到唐静心说了几句“好痛苦，很难受，流血了”之类的，像是很私密的对话。高强感觉心里升腾起一阵莫名其妙的怒火，刚要回头，却看到母亲也在自己身后，正眼神怪异地听着，看到儿子回头，高平努了努嘴，表示自己对唐静心的推测并非空穴来风。

两个人听了一会儿，高强听不下去了，转头回到原地去看电视，可是表情已经做不出来平静了。

高平说：“你就任由她这么随便？”

高强没说话，脸色难看得要命。

高平说：“强强，你可真不像我的儿子，我当年就是忍受不了你爸的背叛，才毅然地离开他，一个人抚养你。”

高强沉默了一会儿，站起身来，向房间的方向走去。高平探着头看事态发展，只见高强把门推开，猛然出现在正在满脸笑容打电话的唐静心面前。

唐静心显然吓了一跳，她看到高强的脸青一块紫一块，明显是在生气的样子，目光往门外一瞥，看到高平鬼鬼祟祟地闪了一下，她对电话那边说了句“先这样吧”，就挂了电话，看着高强说：“你怎么了？”

“大半夜你跟谁打电话呢？”

“没谁。”唐静心简单地说，高强说：“没谁是谁？”

“你想说什么？”唐静心问。

“我想知道你到底整天偷偷摸摸给谁打电话。”高强直截了当地说。

唐静心冷笑了一下说：“你觉得我是在偷偷摸摸给谁打电话？”

“你回答我。”

“我现在连打电话的自由都没有？”

“我看你是太自由了吧？怀孕期间尽量少用电话，医生不是嘱咐过你吗？可是你什么时候听过？你白天打了不算，晚上还要打，我就不知道你怎么那么忙，有那么多电话要打？”

“莫名其妙。”唐静心说完，躺下准备睡觉，高强走过来，一把把唐静心的电话拿过来，开始翻来电记录，唐静心尖叫了一声说：“你干什么？手机还我！”

“你现在是做贼心虚吧？”高强不但不还，反而开始查她的短信记录。

唐静心冲过来夺手机，这时候高平突然推门闯了进来，说：“你们俩在干什么？大晚上折腾什么？”

唐静心仿佛根本没有把高平放在眼里，一心去抢高强手里的电话，但是因为肚子比较大，所以非常不方便。高强把手机举得很高，本来他也只是怀疑，可看到唐静心如此紧张的表现，更加激发了他的好奇和疑心，他非要看看唐静心整天到底是跟什么人往来密切。

高平见唐静心大着肚子在夺手机，冷嘲热讽地说：“看起来那些见不得人的事什么时候都能干。”

唐静心听到这句话，突然停下了，直直盯着高平说：“你这话什么意思？”

“我这话什么意思你还不知道吗？你不要以为你整天偷偷摸摸做的那些事瞒得过我们。”

“我偷偷摸摸什么了？”唐静心问。

“你不偷偷摸摸为什么害怕强强看你的手机？”高平不甘示弱。

“这是我们夫妻俩的事，跟你没什么关系吧？天色不早了，你该休息了，我们也该休息了。”唐静心说着就把高平往外推，想把门关上。

高平夸张地叫起来：“强强，你看看你媳妇怎么对我！”

高强一回头正好看到唐静心在推高平，他猛然窜上来，一把把唐静心拨到了一边，保护住母亲，厉声喝道：“你想干什么？”

唐静心被高强猛地一推，只觉得重心不稳，差点摔倒，她愣住了，不敢相信自己看到的事实。

高平却在旁边变本加厉地说："不得了了，唐静心，你怎么给我保证的？你是保证了多少遍听话我才允许你嫁过来的？你现在不但不听我的话，反而骑到我脖子上拉屎了？你想打我对吗？来，你打，你打！"

说完高平向唐静心冲过来，被高强拦住，唐静心冷冷地看着这一幕，突然笑了。

唐静心的笑把母子俩吓了一跳，俩人都呆住，看着唐静心。

唐静心说："你累不累啊？整天防贼似的防我？我看你就是整天没事干闲的，你有空多干点有意义的事行不行？实在不行你去参加个什么老年相亲团，谈个恋爱什么的，人老是没事可做一个人待着会变态的。"

"你在说什么？"高平的嘴唇变得发紫，声音哆嗦着问。

"我说什么你听不懂吗？"唐静心反唇相讥，"看起来你不像这么白痴的，你平时在小区里败坏我的时候，真是精明着呢。"

"唐静心！"高强听不惯了，嚷道，"你怎么跟我妈说话呢？你发疯了吗？"

"我发疯？我看发疯的是你们母子俩！"唐静心说，"我实在受够了，今天索性把憋在我心里大半年的话全盘托出，免得把我憋出毛病来！"

"好，好，你让她说！"高平怒气冲冲地拿了个板凳坐下来，冷笑着说，"我倒要听听她要信口雌黄些什么！"

高强傻傻地站在中间，看到母亲和妻子怒火相视的模样，一种不祥的预感突然弥漫过来。他有点后悔自己太冲动把局面掀起来，虽然他很生气、很恼火，可是他并不想把局面搞成这样，现在后悔有点来不及了，冷静了一下的他试图做一点弥补："算了算了，妈，您先回去休息吧。我有些话必须要当面问问她。"

没想到高平动真格的，说："不行！既然话说到这里了，今天必须说明白，唐静心，你说我在小区里败坏你？你给我把证据说出来，我这么一把年纪，不能被你白白诬陷了！"

"妈……"

"你给我闭嘴，你别想护着她，我看她现在越来越放肆，不把问题说清楚，还以为我怎么着她了！"

"说清楚就说清楚，你自己做的那些丑事，你以为我都不知道吗？"唐静心毫不客气地说，"我忍你太久了，现在我想通了，没必要忍了，你从头到尾、从里到外就是一个披着母爱外衣的自私变态狂，你自己感情遭遇了背叛，所以把所有的怨恨发泄到了与你相关的任何人身上。你想让高强跟你一样，不准他跟任何女人交往，你的目的很明确，你已经把儿子当成了感情依赖品，你讨厌他身边的人，不光是我，以前还有那个可怜的安妮。你嫉妒儿子跟任何人亲近，是因为你潜意识里已经把儿子当成了自己的情人！”

“唐静心！”高强听不下去了，怒吼道，“你浑蛋！你这是说了些什么狗屁？还是人话吗？！”

唐静心不顾高强的愤怒，继续说：“你天天无聊地在外面臭我，说我跟别的男人怎么怎么瞎勾搭，说我整天不在家里待着四处乱跑乱疯，我今天就告诉你，我为什么不愿意在家里老老实实地待着，因为我讨厌你！我讨厌你！讨厌你！”

还没等唐静心说完，一个耳光上来了，唐静心顿时觉得左边腮帮轰轰地响了起来，模糊中她听到高强说：“唐静心，我没有想到你是一个如此阴暗、歹毒的人，我一直以为你很善良，很单纯，很……你今天说的这些话让我没办法相信！”

唐静心心里仅存的一点点情感，在高强的一巴掌下化为乌有，她捂住热辣辣的脸，冷冷地说：“高强，你不是想看我跟谁勾搭吗？好，我告诉你。”

说完，唐静心拿起手机，按了一个重拨，把手机交给高强，高强迟疑了一下，还是接了过来，把电话放在耳边，只听到电话那边传来一个老年女人的声音，慈祥而温和：“喂？心心？刚才不是说挂了电话睡觉吗？怎么又打来了？是不是身体又不舒服了？你别嫌老妈唠叨你，现在你的身体很虚弱，一定要多休息……喂？喂？”

高强感觉自己像一只斗败的公鸡一样沮丧，他什么话都说不出来，面对电话那边唐静心妈妈一声一声的问候，他没有办法形容此刻自己破碎的心情，他感到自己非常可笑，像个丧心病狂的疯子。

此刻，唐静心的脸色灰灰的，没有半丝血色，她对高强说：“你们全是阴暗的人，全是歹毒的人，你们从来都是生活在黑暗的世界中，从来不以善良的心态去面对这个世界。我告诉你们，这个世界不都是背叛，不都是坏蛋，不都是敌对，可惜你们就算明白，也为时已晚了。”

“静心……”高强艰难地喊出这样一句话，只听高平高声怒喝：“你不要在这里散布这些奇怪的言论，你了解我们有多少？你又比我们强多少？你浑身上下都写满了风尘味道，你一个人漂流在北京，如果不是靠着男人，你混得下去？你能买上房子？买上车？如果你不是以怀孕来要挟我们，你怎么可能嫁给一个北京人？别以为你这一套可以欺骗我儿子，你在我眼里永远是一个不入流的外地打工妹！你无论怎么涂脂抹粉，都抹不掉你浑身散发的廉价气质！我告诉你，你今天晚上说的话，我一字不漏地记在心里，记住，每个人都要为自己的行为负责，我就是要你为今天的行为负责！”

唐静心说：“那么你呢？你能为你的行为负责吗？你这个扭曲的变态，你可以看不起我，我也可以告诉你，我从来没有看得起你过，小市民、势利眼、吝啬、狭隘，没一样你不占的。你在我眼里，什么都不是，如果你不是高强的妈，我连看都不会多看你一眼，不过现在也OK了，就算你是高强的妈，我也不会再多看你一眼了，这个家已经让我忍无可忍了。”

“好像当时是你哭着求着跪在我面前，我才同意你们俩的婚事的，”高平扬扬得意地说，“好像谁多么稀罕你嫁给我儿子似的！”

“如果我没误会的话，你答应结婚应该更大的原因是我和未来的孩子可以帮你争取到更大的拆迁面积吧？”

一句话说得高平哑口无言。

高平理亏，嘴却不亏，说：“你也真逗，我想要拆迁面积有问题吗？我儿子除了你就没人能娶回来是吗？如果娶个本地媳妇，至于这么没教养，这么费劲吗？说到底，你还是哭着喊着要攀我们的高枝儿。”

唐静心说：“是的，当初我很愚蠢，因为我爱高强，我想把他从水深火热中解救出来，你禁锢他太久了，你像个魔鬼一样扣住了他的幸福。虽然你是他妈，可是你没资格扣住任何人的幸福，我一直希望自己能够救他。可是今晚开始，我的想法变了，我为什么要救他？他已经被你给污染了，而且是深深地污染了，他没救了。这半年，我努力过、尝试过，可是都是徒劳，你应该窃喜，你亲手培养出了一个懦弱、软弱、没主见、没出息的好儿子，这儿子离开你，可能连路都不会走，你的目的已经达到了。我真是愚蠢，我为什么会趟你们这浑水呢？罢了罢了，一了百了……”

说完这些话，唐静心缓缓地向门外走去。

高平不依不饶地对高强说：“看看，这就是你娶的媳妇，你都听到了吗？看到了吗？她今天晚上终于原形毕露了，你从来不听我的话，总以为我误会她，我对她有偏见，总算老天有眼，让你看清楚这个女人的真实嘴脸……”

高强仿佛什么都没听到，只是呆呆地追着唐静心的身影慢慢移动。他还在为自己错怪她的事感到难过，也为唐静心对自己的评价而难过，他从来没有想到过自己在唐静心心目中竟然会如此不堪、软弱、无能，可是她说的又确实句句是事实。离开自己的母亲，可能连路都走不了，正是自己恐惧的现实，他从来就是生活在她的阴影之下，从来都是欢喜着她的欢喜，仇恨着她的仇恨，从来没有独立地思考过属于自己的情绪世界，唯一的一次违抗，就是结婚这次。

其实结婚这件事让高强非常难堪，连婚礼都没有举行，只匆忙领了结婚证，算是有了名有了分，可是这个名和分更像是给孩子的，而不是给他们俩的，尤其不是给唐静心的。

想到这里，高强一阵阵抽痛，他在母亲的絮叨声里瘫痪了，全身都瘫痪了，他挣扎着想起来，可是骨肉分离的感觉特别明显，他站不起来，一种强烈的意识让自己想逃跑，可是他迈不开双脚。当门突然关上的一瞬间，他又好像恢复了，猛然地恢复了，接着他跑出去，母亲在后面气急败坏地狂喊，他什么都听不到了，他跑出去，在黑暗里抓住了唐静心的胳膊，唐静心的身体此刻变得冰冷，表情亦是一样。

“静心……对不起。”高强难过地说，夜晚的风呼呼地吹着，他却感觉自己心里更加寒冷。

“不要说对不起，我们之间完了。”唐静心说完继续向夜色中走去。

高强再一次拦住她：“是我不对，我不该乱猜疑、乱猜测，为了肚子里的孩子，你不要说走就走！”

“肚子里的孩子？一切都说是为了肚子里的孩子，可是谁又真正关心过他？我怀孕已经七个月，你有陪我做过一次产检吗？你知道我有好几次出现流血的现象吗？你知道我的情绪直接导致胎儿的不安吗？你知道吗？你并不知道，你根本没有爱别人的能力，你连你自己都不爱，高强，你根本不适合结婚，跟你结婚是我一生中最大的错误！”

“静心，我知道你心里有很多委屈，可是……我有什么办法，我平日里非常忙，可能忽略了你的感受，但是不要因此把事情搞得这么大，我很盼望孩子的降临，我会用我全部的心血去爱他的。”

“不要继续给我灌迷药，我为你付出的已经太多了，已经达到我人生的极限。高强，你真的以为我对你有什么目的吗？你能给我什么呢？安定的婚姻？愉快的生活？优厚的物质？还是无微不至的关心？你什么都给不了我，反而给我凭添了烦恼、羞辱、侮辱……你去小区里打听打听，你妈在背后怎么造谣中伤我的……”

高强不想继续听这些是非，他很想把唐静心搂在怀中，把她的怨恨全部打消，他真想一切可以重来，跳过刚才那讨厌的一幕，可是……不管可是了，不管一切了，只要能挽救的，他都想试试看。

就在他想用拥抱缓和矛盾的时候，他的母亲在黑暗中跑了出来，他吓了一跳，整个心脏都停止跳动的感觉，黑暗中看到母亲怒目圆睁，像一个黑夜里的恶魔，向他们冲来。

高强下意识地松开了拉住唐静心的手，呆了。

“强强。我真没想到，你竟然这么惯着她，她刚才在屋里把你妈一顿痛骂，你竟然还跑出来找她？你眼里究竟还有没有我这个妈？”

唐静心绝望地看着这一幕，高强退缩了，软弱地说：“妈……”

“不要叫我妈，今天我就问清楚，你到底是要媳妇还是要妈？如果你要媳妇，咱们俩母子关系一刀两断，我白养你三十年我认了，我吃再多苦我活该了！如果你还有点良心，知道你妈多么不容易的话，你现在赶紧跟我回去！”

高强为难地站在两个女人中间，一边是即将失去的爱人，一边是下了最后通牒的母亲，他不知道该做何选择。

唐静心看到高强为难的样子，转身便走，高强刚要去追，听到母亲大声吼道：“强强！”

这句话仿佛一根钉子，把高强钉在了原地，他眼睁睁地看着唐静心一步一蹒跚地离开了自己，消失在这个绝望的夜色里。

在妇产医院见到唐静心，让欧小歌有点吃惊，算起来唐静心应该很快就到预产期了，却看到她肚子瘪瘪的，好像根本没有怀孕的样子。欧小歌当时跟林佳铭正在排队等待检查，前面排了N多大肚子，她蹒跚地走了过去，拉住唐静心，问道：“静心，你怎么了？”

唐静心看到欧小歌的大肚子，嘴边泛起了一个很难堪的微笑，她说：“小歌，你的肚子好大，预产期快要到了吧？”

“是啊，最近我感觉好辛苦啊，孩子踢得很厉害，睡觉也不敢乱翻身，腿还经常麻……唉，不知道小家伙什么时候才能出来呢。”

“尽量左侧卧睡觉，对孩子和大人都比较好。”唐静心说。

“静心，你的肚子怎么……”

“我的宝宝提前出生了，只有三十四周，早产。”唐静心很平静地说，可是脸上阴云密布，似乎很忧愁的样子。

“什么？早产？是男孩女孩？”

唐静心眼睛红红地说：“是小男宝。当初怀他，情绪一直不好，怀孕期间经常流血，吃了保胎药，做 B 超的时候也总是发现宝宝发育得不是非常好，明显比同孕周的胎儿发育得迟缓。医生建议引产，我想，我既然怀了他就一定要把他生下来，引产实在是太残忍了……”

欧小歌同情地说：“是啊，不怀孕真的不知道跟孩子的感情会这么强烈，宝宝现在情况怎么样？”

“医生建议我们一直住院住到宝宝达到正常标准再出院，可是我婆婆说回家我们自己照顾，这不宝宝身体情况很不好，我来咨询一下医生。”

“高强呢？他没陪你来吗？你还在坐月子呢，怎么一个人出来乱跑？”

“小歌，他没有陪我来。”

欧小歌说：“高强也太不像话了吧？怎么能让你一个人跑来跑去的？”

唐静心简单地笑了笑，什么话都没说。

“真的，我妈说了，女人坐月子是一辈子的大事，坐不好的话会落一身病的，千万不要大意啊。”

“我现在已经不关心我自己的问题了，我只是看到宝宝那么脆弱、那么无助的样子，我的心都碎了。早产儿的成活率很低，我真害怕……”唐静心说着，本来泛红的眼圈更加红肿，流出眼泪来。

欧小歌安慰道：“别难过，肯定没事的，只要好好照顾，应该很快会达到标准的。”

唐静心点点头，叹了口气。

“高强的妈妈还是老样子吗？有了孙子应该好一些吧？”

唐静心说：“他妈怎么可能会改变呢？一开始就戴了有色眼镜去看世界，这世界再美丽，在她眼里也都只是一团狗屎。不过，小歌，自从我的宝宝出生后，我的很多想法突然变了，我开始觉得自己很多余，非常多余。我始终走不进高强和他母亲常年积累的亲情城堡中去，我永远是个局外人。”

“别多想了，尽量不要去想他妈的事情，多跟高强好好相处吧。”

“其实，他妈是一部分原因，光靠自己的努力是没用的。主要是因为他吧，对，主要是因为他，算了，不说了，我现在感觉生活如同一团乱麻，理不出个头绪来……”

欧小歌还想劝唐静心几句，林佳铭突然喊：“小歌！轮到咱们了！”

欧小歌跟唐静心告了别，急着去检查，唐静心喊了一声：“小歌！”

欧小歌停住脚步，回头看着唐静心，唐静心微笑着说：“好好照顾自己。”

欧小歌点了点头，然后跟唐静心告别了。

看着欧小歌被林佳铭鞍前马后照顾着幸福满身的样子，唐静心平静地笑了一下，又笑了一下，一直到看不见欧小歌为止。

专家给欧小歌测量了宫高，听了胎心动，又给欧小歌做了胎心监护，可是欧小歌一直心不在焉，精神很恍惚，尤其是做胎心监护的时候，因为要长时间坐在那里测听孩子的心跳，所以她有大把时间可以考虑问题。唐静心迅速憔悴的样子让她感觉很难过，她反复想着她脸上那种有点绝望无助又有点绝决的神情，不由得有一种不祥的感觉在弥漫。

小宝宝在欧小歌的肚子里踢来踢去，自从怀孕六个月开始胎动以来，她几乎每天都在跟宝宝以这种方式交流。小家伙非常活泼，动不动就会踢她一脚，擂她一拳，甚至有时侯还会连续拳打脚踢上一阵。每当这时候，欧小歌总是会拉林佳铭来摸摸小家伙，可这小家伙好像不可思议地懂事般，只要林佳铭一靠近，他立刻安安静静的，悄无声息，屡试不爽，逗得大肚子的欧小歌哈哈大笑。

怀孕期真是痛苦，尤其马上就要到炎热的夏天，虽然欧小歌的胃口好了几天，可是天气稍微一热她又吃不下去东西了，肚子大了之后走路也很不方便，处处小心，生怕会碰到孩子，所有的衣服都穿不进去了，脸也越来越肿。两只手臂摊开，连手都快变成熊掌了，晚上尤其痛苦，因为欧小歌一直比较瘦，身上的营养并不丰富，怀孕后一直处于缺钙状态，有几次晚上睡觉突然抽筋，疼得差点哭出来……不过这一切的一切，都比不上感觉到孩子胎动的快乐。

欧小歌每天都在盼望着跟孩子见面，不管是男孩女孩，不管美或者丑，黑或者白，眼睛大还是小，这些都没关系，只要是他，就可以了。

检查完毕后，一切正常，在外面等待了一个多小时的林佳铭都快睡着了，他手里拿了一堆宣传单，大部分是关于为孩子保存脐带血的宣传广告，每次来检查，都会遇到热情的宣传员们拉着他们说个不停。欧小歌对于这些推销相当反感，而且李心如也说这个基本上没什么用，除非孩子将来可能会患重病什么的，可是谁又愿意在孩子没出生就为他患重病打算呢？谁都希望孩子健健康康、茁壮地成长，林佳铭则看法不一样，他觉得有备无患、未雨绸缪才是理智的做法，为此俩人没少吵架，大家坚持己见，谁都不让步，这件事后来不了了之。

林佳铭看着走出来的欧小歌的脸色不太好，问道：“怎么样？检查的结果呢？”

“还是老样子，一切正常！”

林佳铭松了口气：“我都觉得医院里要我们频繁地一次一次重复检查是为蒙钱的。”

欧小歌“哦”了一声，没精打采。

“小歌，你在听我说话吗？”

“嗯，听到了，医院蒙钱的。”

“你怎么了？怎么精神恍惚？”

欧小歌说：“刚才看到唐静心了，她说她的孩子早产，身体状况很不好。”

“哦。早产？应该在医院的监护室吧？”

“她也没说得很清楚，好像是高强的妈反对让孩子待在医院吧。总之，孩子现在在家里呢。”

“太冒险了。”林佳铭摇摇头，显然对这件事只有遗憾，没有多大兴趣，欧小歌则一直在脑海里思索着唐静心与以往不同的神态。

回家的时候，李心如打电话来问长问短，还给欧小歌买了营养配方奶粉和钙片，千叮咛万嘱咐要她一定要注意身体，千万不要干重活或者单独行动。欧小歌感觉李心如有点小题大做，太夸张了，但是又深深地感受到来自母亲的爱，再加上怀孕后更加能体会母亲的心情，所以她还是乖乖地答应了。

回到自己家，欧小歌正跟林佳铭说着孩子的事情，突然被门口的景象吓了一跳。

只见林佳铭的父母坐在门口，地上有一大堆从老家带来的特产和包袱，看样子是等很久了。

看到儿子儿媳妇回来，他们离了地站起来，满脸笑容。

林佳铭一步冲过去，喊了声：“爹、娘？你们？你们怎么来了？”

林父笑着说：“我们来看孙子了。”

“爸妈，你们怎么没提前说一声啊！在门口等很久了吧？”欧小歌也大吃一惊，赶快掏钥匙开门，把大包小包的东西往屋里拿，林母一个劲地笑着看欧小歌的肚子，然后点点头说：“嗯，男孩，男孩。”

欧小歌好奇地问：“妈？您怎么看出来是男孩？”

林母说：“怀男孩的，前面看肚子大，身子后面是看不出来的。”

欧小歌美滋滋地扭过身去看了看自己的后背："好像从后背是看不出来啊，哈哈……"

"不光这样，生男孩挂相，脸色不好看，生女孩的就不一样，怀孕时候脸上好看的都是怀的闺女。"

"我的脸上长了好多斑，急死我了，这些斑什么时候能消掉呀？"欧小歌捧着脸问。

"生完孩子就没有了，放心吧。"林母显然非常高兴，拉着欧小歌的手，不断地看她的肚子。

林佳铭把父母接进家门，急切地说："太突然了，太突然了，爹，怎么不通知我去车站接你们？"

"你爹认路，上次来了一次，他就记住路了，我们俩一路从火车站走来的。"

"不会吧？"欧小歌吓得用手捂住了嘴，不敢相信。

"没多远，我们以前赶一次集就要两个多小时，也都是走着去走着回，山里人不怕走路，我们走过来才花了一个多小时。"

"爸，下回你们可一定不要这样了，佳铭去接你们很方便的，而且你们拿的东西太多，走那么远的路，实在是太累了。"欧小歌说完就要去倒茶，林父赶快阻拦说："小歌，现在你是一级保护对象，千万别乱走乱动，娃不知道哪天就出世了，这段时间一定要小心再小心。"

欧小歌笑了。

林母说："我本来打算到预产期再过来，你爹比我还着急，说没准孩子会提前出生的，还是早点来，做好准备的好。"

林佳铭激动得不知所措，跟父母寒暄了几句，就跑去给父母收拾床铺，放好洗澡水，沏好茶，大家又针对孩子的问题说了一通，林佳铭不断责备父母不该不提前告诉他，林父说："你们都很忙，我们不想打搅你们，就在门口等了一会儿，没多久，没多久。"

总之，两个老人再次到来，让欧小歌和林佳铭都感到很安心、很高兴，也渐渐感觉到孩子来临的脚步已经越来越近了。

Chapter 21 //

婆婆成了大总管

差不多快要到预产期了，宋洁却一点都开心不起来，本来打算把母亲接来陪自己渡过这人生中最大的难关，可是婆婆死活不同意。她的意思是，既然她在这里，根本不用再把宋洁的母亲接来，话虽然是这么说，可是宋洁心里很明白，婆婆之所以不愿意让自己母亲来，并不是打算自己帮忙看孩子，而是怕再来一口人，吃喝拉撒，增加张大飞的负担。

宋洁的母亲也很担心女儿生孩子的事情，虽然她并没多说自己跟婆婆之间到底有什么解决不掉的大矛盾，可是每次跟女儿通电话，都听得出来她的心情和状态很不好，所以，前思后想之后，宋母还是决定来北京了。她本来想把外孙女妞妞一起带来，可家里实在住不开那么多人，加上张母本来就讨厌这个孙女，宋母也不想给女儿惹麻烦，于是妞妞暂时在家里跟着宋洁的父亲生活。

宋母虽然百般为别人考虑，张母却一直非常生气，一方面她觉得宋洁把母亲接来明显是对自己的挑衅和不信任，再一个就是她认为宋洁这时候把母亲接来是有阴谋的，因为张大飞前段时间接了一个活，赚了点小钱。虽然钱并不多，可是在张母看来，很多人在觊觎这笔钱。她在宋母来的前一天晚上突然宣布，因为孩子马上要出生，家里的一切开支都会很大，所以张大飞和宋洁的钱暂时由她来掌管。

宋洁当然不干，僵持了好久。赶上酒店要提拔她，为了保护住孩子，最终宋洁在百般纠结无奈的情况下还是坦白了自己怀二胎的事，虽然这次升职是失败了，但总监也算有情有义，为宋洁保留了职位，让她安心在家里养胎，希望她生产完后再次回来为酒店工作，宋洁算是放下了心。

想到自己的母亲马上就要到来，她也不想跟婆婆闹得太僵，所以委曲求全地答应了她的“暂时保管”条件，只想图个安静，没想到这一个错误决定让自己和母亲彻底陷入尴尬的境地。

吃饭的时候，婆婆会话里有话地说：“亲家啊，你看这年轻人赚钱可真不容易，我儿子出去奔波一天，累得回家连床都找不着，有时候在沙发上就睡着了，才赚那么一点点钞票，还要交房租，还要供应一家人吃穿，现在又要为养两个孩子做准备，真是太难了。”

宋母笑笑说：“是啊，这些年多亏大飞辛苦了，但是我女儿也很辛苦，工作换了好几份，虽然收入不怎么理想，不都是想着贴补家用吗？这回要不是因为怀孕，她也能升职加薪了。”

张母撇了撇嘴，脸上暗暗流露出不屑。

“不过话又说回来，咱们做父母的，能帮孩子点就帮孩子点，咱们都是半截身子入土的人了，留那么多钱有什么用，你说呢？”

张母说：“是啊，年轻人只知道花钱，不知道攒钱，吃了一顿不管下顿，别人家还好，两个人一起赚钱，咱们家可不一样，都是我们大飞自己赚，我看了都心疼。这不，为了让他赚的钱合理地花出去，我暂时帮他们管管钱，等他们自己有能力了，我再把这权利放心地交给他们。”

“亲家，我觉得你多心了，年轻人有自己的生活方式，咱们当老人的过多参与不好。”

“话可不能这么说，不赚钱不知道赚钱难。”

就这样夹枪带棒的一番对话后，宋母已经明白了女儿的难过。吃完饭，她偷偷地塞给女儿五千块钱，说这是给女儿的一点心意，宋洁哭着收下了母亲的钱，更加觉得万分委屈。

因为岳母的到来，张大飞被迫睡到了沙发上，宋母和女儿睡在大床上，张母和女儿搬回了小床，因为宋洁的肚子越来越大，一个人要占两个人的位置，所以张母不得不让出大床。

张婷婷倒是经常夜不归宿，一会儿说在朋友家，一会儿说在同学家，张母对女儿倒是出奇地宽容，她总幻想着女儿有一天会遇到一个贵人，能让他们一家摆脱贫困的现状，对儿子已经没有过多幻想的她现在把所有的希望寄托在了女儿身上。

当然，张婷婷也算是不负众望，三天两头换男朋友，对谈恋爱的兴趣大于一切，从来没有为自己的未来考虑过。因为母亲从小灌输的扭曲价值观，她也一直在做着灰姑娘变身阔太的梦，期待哪天遇到一个白马王子，把自己彻底拯救和改变。她相信自己的魅力，也知道自己有年轻的优势，趁着自身条件最优良的时候，抓住根救命草是她目前唯一的目标。

她来北京后陆续认识了不少男人，唯一一个让她放不下的，就是在医院里有一面之缘的蒋天承，他几乎符合她所有的梦想，可惜他好像对她没有丝毫兴趣。当初张婷婷搞到了蒋天承的电话号码，给他发过一段时间的信息，可惜他从来没有给她回过，有几次她找借口去找他看病，可惜因为没有适当的理由，她根本就见不到他本人。也许是因为对蒋天承的期望比较高，所以张婷婷不敢轻举妄动，总想找个适当的机会跟他接近。想来想去，也只有嫂子生孩子这个绝佳的机会了，所以她自告奋勇，说嫂子生孩子住院的时候由她来陪床，大家还都觉得她懂事，谁都不知道她葫芦里卖的是什么药。

总之，一切的一切都不重要，现在最重要的，就是孩子的到来。

宋洁最后一次检查的时候，医生笑眯眯地对她说："孩子发育一切正常，下周你要做好生产的准备了，因为预产期也只是一个大概的预测，孩子哪天出生可都是不一定的。"

张婷婷比宋洁还着急地问："那什么时候知道要生了呢？"

医生说："每个人反应不一样，有的人先破羊水，有的人先见红，有的人规律地宫缩……不一样，如果到了日子，差不多的时候，有一些不太对的状况，就要赶快来医院住院。"

"不能提前住院吗？"

张婷婷说完,张大飞瞪了她一眼,低声说"提前住院？你知道住院一天多少钱吗？"

张婷婷撇撇嘴，不作声了。

宋洁掰着手指数来数去，预产期已经不到一周了，也许就在这一周内的某一天，自己马上就要跟宝宝见面了！怀孕已经有 39 周，第二个宝宝就要降临，他到底是男是女？长什么样？应该送给他 / 她什么名字？对于伴随着宝宝而来的一切未知，宋洁充满了好奇。

回到家里，宋洁只觉得浑身酸痛，却又很无聊，一方面她不愿意面对婆婆那张看上去就不愉快的脸，另一方面，也是因为临近生产，心里总是慌乱无措，幸好有母亲在，否则她简直不知道该怎么应付。

说到孩子马上降临，她却发现很多事情都没有做。第一，孩子没有名字，因为当时查 B 超发现是女孩，一家人为这件事闹了一场，很不愉快，所以她再没提过，也没心情和丈夫一起给孩子起个像样的名字。想起来，大女儿妞妞的名字也是出生后随便起的，遵循贱命好养活的原则，想等上学的时候再改一个像样的名字。难道第二个女儿，也要这样被冠以一个随意的名字？

婆婆有一次无意说，其实 B 超也不一定准，看来在她的潜意识里面还是心存侥幸，觉得有可能会是男孩，对此，宋洁只感到无奈。她已经确定自己怀的是女孩，而且那种与女儿之间的心灵感应越来越强烈，很多次当她面对无理取闹的婆婆，她都能感觉到女儿在自己肚子里那种小小的倔强地保护自己的力量，正是因为女儿，她才不至于对自己的婚姻完全绝望，毕竟她要给女儿一个完整的家和一份完整的爱。她不愿意用世俗观念去嫌弃她的性别，相反，她打算把两个女儿都接到身边，好好地享受一下母女的生活。她曾经在杂志上看过很多时髦的母亲和女儿穿着亲子装的照片，如此和谐如此美好，想到即将要到来的这个孩子，她的心都是暖的。

再就是孩子出生用品，虽然母亲准备了一些，甚至把妞妞以前的旧衣服带了过来，但是她总觉得不够，心理上也觉得不该这么亏着孩子。

有一次跟欧小歌通电话，欧小歌正在购物，好像从里到外、从上到下买了个遍，这让她很羡慕。其实她也很想好好地为孩子准备一些礼物，可是怀孕期间她心情一直很差，再加上从婆婆到来后，张大飞的钱差不多都是月月光，也没有太多多余的钱给她随便处置，现在母亲给了她一笔钱，她打算为孩子买些衣服和用品。

宋洁约了母亲一起，在附近的一家不算很大的母婴商场转了转，因为肚子太大，不方便行动，所以不敢走太远。不转不知道，原来现在为婴儿准备的用品真是琳琅满目丰富多彩，各种各样的奶瓶、奶瓶刷，各种各样的小衣服、小脚套、小手套，各种各样的口水巾、湿巾，各种各样的洗澡盆、水温剂，各种各样的童枕、抱被、披风等等，简直把宋洁给看傻了，当然，也把宋洁的母亲给看傻了。她不断地念叨说：“现在的孩子真幸福，啥都有，根本不用做准备。”

说着，母女俩对视，有一种悲伤的共鸣。

想起妞妞出生的时候，她们根本没有逛过母婴商店，也只是随便买了几套便宜的换洗的婴儿被褥和尿布，甚至连纸尿裤都没舍得买过。

省下来的钱，又有什么伟大的用途？无非被张大飞的妈妈拿去看病，被张大飞的妹妹拿去整容了吧?

不管怎么说，第二个女儿降临的时候，她们希望把所有的遗憾都弥补上。

丰富的商品刺激了宋洁和母亲的购物欲，于是俩人不顾一切地采购起来。也是从里到外、从头到尾，方方面面，无比齐全，就差把整个商店都搬回自己家了。

购物让宋洁非常愉快，到家的时候，她们把一大包东西拿到了自己屋里，正好张母从屋里走出来，看到宋洁母女俩兴高采烈地采购回来，非常好奇地凑过来，眼睛盯着她们手里的购物袋说：“出去买什么了？”

宋母说：“给孩子买了点东西，不逛不知道，原来现在婴儿的用品花样这么多！”

“那都是商家想赚人钱，弄出来些莫名其妙的东西，前几天我在小区里锻炼的时候，听一个人说，现在还有给那没满月的孩子刷牙的，你说可笑不可笑？没满月的孩子有牙吗？刷什么？”

宋洁的母亲好脾气地笑着说：“亲家啊，咱们都落伍了，现在都时兴科学的方法育儿，咱们得好好学学呢。”

“什么科学的方法，全是蒙人的，就是想方设法要你多花钱。”张母冷冰冰地撇了撇嘴，眼睛却一刻都没离开宋洁手里的大购物包。

宋母看到张母那么好奇，就很坦然地说：“小洁，快拿出咱们今天买的东西让孩子他奶奶看看。”

张母一听这话，马上就坐到了床边，盯着宋洁说：“是呀，让我这老太婆也开开眼，都买了些啥？”

宋洁说：“没啥，就是些小孩的衣服什么的。”

“小衣服我跟你妈不是都给做了吗？怎么还买衣服？”

“我看这些样式挺不错的，就买了。”

“小婴儿要什么样式？”

“现在很多设计的衣服穿脱很方便。”宋洁对婆婆始终保持一种戒备，所以她并不打算让她看到自己的东西，所以敷衍了几句，就忙自己的事情了。张母一脸不情愿，但是也没什么办法，整整一个下午，都露出不高兴的神色。

晚上张大飞回家了，宋洁才释放了逛街的兴奋感，她激动地把他拉到屋里，关上门，给他展览起自己的战利品。张大飞自然也是非常兴奋，看到这些小衣服小用品如此真实地摆在自己面前，一次次提醒自己马上就又要做爸爸了。迎接一个新的小生命，如此令人喜悦，他愉快的心情不比宋洁差。

俩人说笑了半天，听到张母远远地喊了声大飞，张大飞脸上还带着笑意就跑过去了，一进母亲的屋，张母把屋门关上，神秘地说："下午她娘儿俩出去买了很多东西，你知道吗？"

"知道啊，刚才还看了呢，挺不错的，买得真多。"

一听张大飞这么说，张母立刻生气了，说："我问你，你是不是偷着把钱都给她了？"

"钱？妈，钱不是都给您了吗？我哪里还有钱给她啊？"

"你别想骗我，你不给她，她哪来的钱？偷的？抢的？"

张大飞一时也没回答出来，不是母亲提醒，他根本就没有想这个问题，过了一会儿，他说："妈，她原来也工作，也有积蓄的，你不至于怀疑我偷着给她什么钱啊。"

"她自己的钱她舍得那么花？才怪！今天还藏着不想给我看，你说她这是什么意思？明明我们给孩子都准备好了小被子小衣服，连棉衣我都给她做好了，可她看不上，非要花钱去买那些贵的，不是我吓你，那一套衣服还不得好几十？她完全拿你的辛苦钱不当回事，说花就花了，你都不生气？"

张大飞有点不高兴地说："她也没花给别人，是花给孩子的，这有什么可生气的？"

"花给孩子？你这个笨小子，她是花给我看的，是在向我挑战！"

"啊？"张大飞完全没有跟上母亲的思路。

"她的意思很明显——你不是管着我们的钱吗？我非使劲花不可，看你拿我有什么办法。"

"妈，您想太多了，她不可能是你说的那种想法。"

"是不是我说的那种想法我心里清楚得很，不用你在这儿拼命地维护她、向着她，就怕她受点委屈，反而把我这当娘的当成是坏人。你说，天底下还能有人比我更疼你吗？"

"您最疼我了。"张大飞息事宁人地笑笑，哄母亲开心。

张母瞪他一眼，嗔怪道："疼你也是白疼，你是只白眼狼，娶了媳妇忘了娘！"

张大飞用微笑化解了一场矛盾，暗地里庆幸，也着实捏了一把冷汗。

找了个机会，他偷偷地试探了一下宋洁，买这么多东西得花不少钱吧，宋洁不以为然地说，一两千而已，贵吗？

张大飞冒了一身冷汗，没说什么，可是心像是被剜了一下似的，生疼生疼。

"怎么？心疼了？"

“当然不是，我……怎么会心疼呢！”

“你当然不该心疼了，因为花的又不是你的钱。”宋洁有点不高兴了，“是我妈给我的钱。”

“哦……是吗？嘿，不该拿咱妈的钱啊，你要是需要买什么，跟我妈说一声，拿钱就行了。”

宋洁说：“跟你妈要钱？恐怕不花你的钱她都会乱猜疑！”

张大飞没说话，心想：宋洁还真聪明。

“你妈也真够可以的，你妹妹花钱跟流水一样，她什么都不说，今天买一个手机明天买一个包，不都是钱吗？到我这儿，连吃饭她都觉得我不应该吃，吃一口就浪费一口。”

“小洁，怎么又说到这个问题了？你看，孩子马上就要出生了，别再想一些不高兴的事情了！”眼看宋洁又要旧账重翻，张大飞马上把话题截住。

这时候，宋洁的母亲也正好进来，看到小两口不怎么愉快，问道：“怎么了？”

“妈，没怎么，没怎么，小洁怪我对孩子不关心呢，我其实不是不关心，是实在太忙了。”

“大飞啊，我知道你很忙，不过再忙也要注意身体，现在孩子马上要出生了，一切全靠你了，你可不能有任何闪失啊。”

“放心吧妈，我以万分之万的热情和力量等待我们宝贝的来临呢！”张大飞做出一个健美状，忽然想起什么似的，说，“对了，我下周把所有的活都推后了，打算好好照顾小洁生产，都说女人坐月子非常重要，可不能大意了。”

宋洁听到这样的话觉得挺高兴，宋母说：“小洁这边你放心好了，有我和你妈在，我们会照顾好她的，倒是你，如果工作忙的话，就先顾着工作吧。”

“没关系，我都安排好了，最近在闹金融风暴，很多生意都不好做，我也有点累了，打算等这笔生意做完之后，就不再接零活了，正好孩子也出生了，我还是打算找个稳定的工作干干。”

宋母点了点头。

张母始终抑制不住自己的好奇，借着问宋洁农历日期为借口，到了宋洁屋里。

当时宋洁和母亲已经打算睡觉了，为孩子买的东西都摊在床上，还没收拾起来，张母正好趁机看了个遍。

张母皱着眉头说："咦？你们怎么给孩子买的全是粉色和红色的衣服呀？"

"怎么？这有什么不对吗？"宋洁奇怪地看着婆婆。

张母说："我都跟你说了，B 超不一定准的，它说你生女孩就生女孩了？万一是男孩呢？"

宋洁说："万一是男孩就当女孩养好了。"

张母说："这说的是什么话？咱们等着盼着来个男孩，怎么好当女孩养？别说笑，我是认真说的，这个东西有讲究的，如果你按照女孩子来准备，生出来八成就是女孩，按照男孩子来准备，就保证是个男孩了。"

宋母有点听不下去了，说："亲家啊，女孩男孩其实都一样，只要孝顺父母，好好做人，就行了，何必非要计较男女呢？你看，你有女儿，我也有女儿，咱们的女儿不都很贴心吗？"

张母冷冷地说："我可是先有了个儿子才有一个女儿的，算是给张家有一个圆满的交代，儿女成双，要不然我可没脸生活在张家啊。现在时代不一样了，我们当年，做事说话都是看婆婆脸色的。"

张母的话把宋洁气得脸色发青，她说："是啊，幸好时代变了，否则我还真没脸活下去了呢。"

当着宋洁母亲的面，看到宋洁如此顶撞自己，张母虽然愤怒，也难免为了面子压抑着自己，说："小洁啊，其实你什么都好，就是说话太冲，我刚才说那话又不是针对你，对不对？当着你母亲的面，你怎么能这么误会我的意思呢？现在孩子没生下来，谁都不知道是男是女，退一万步说，就算你生了女孩，咱们也一样得养她，不是吗？难不成丢到大街上？"

宋洁冷冰冰地说："孩子出生跟咱们都是缘分，你要是实在不喜欢她，不勉强你。"

"小洁。"宋洁的母亲说，"大飞的妈妈怎么说也是孩子的奶奶，怎么会不喜欢孩子？"

"就是，咱们不都是得奔着希望而去吗？至于结果怎么样，就只能听天由命了。"张母说完这句话，打算离开，临走的时候，还讪讪地扔下了几句话，"现在的年轻人，都太任性，动不动就不高兴、发脾气，完全不把老人放在眼里。唉，也不知道这社会是进步了，还是退步了。"

张母走出房间的时候，宋洁气得浑身发抖，宋洁的母亲看到女儿气成这样，非常紧张地说："小洁啊，这个时候你可千万不能生气啊，不管怎么说，要为孩子着想，尤其现在快要生了，更不能动怒，要是动了胎气可就麻烦了，咱们已经受了九个多月的辛苦了，千万别在这最后关头出什么事啊。”

“她不就是喜欢男孩吗？我偏不生男孩，生出来要是男孩我就送人。”宋洁因为生气而赌气起来，她越说越气，似乎感到肚子里的孩子也变得焦躁不安起来。

这时候突然电话响，宋洁隔着沙发去接电话，结果不小心脚底滑了一下，一下子跌坐到沙发上，接着肚子剧烈地疼起来。

宋母吓得魂飞魄散，大叫着冲向女儿，她的叫声也吓到了外面的张大飞，张大飞来不及思索，一下子冲进卧室，只见宋洁手捂着肚子脸色发白，他的脑子里闪过很多不吉利的画面，也跟着大叫起来。接着，张大飞的母亲也闻声跑来，她心里倒是有点发慌，因为她刚刚离开房间没几分钟，所以她有点害怕自己惹了什么麻烦，看到宋洁的样子，她也害怕了，催着儿子说：“大飞，赶快，赶快送医院！”

打电话的是欧小歌。

此刻的欧小歌正在跟公婆和丈夫一起讨论孩子到底用纸尿裤好还是用尿布好的问题，大家的意见无法统一。

公婆的意思是说小孩子的屎尿虽然多，但是并不脏，所以用尿布就好了，大不了就是勤洗而已，一来林母从老家里带来很多破旧的秋衣秋裤打算做尿布，二来公婆从来没听说过纸尿裤，不知道现在科技已经发展到可以让传统的尿布退休了。

林母甚至皱着眉头说，要是刚出生的孩子穿上那种东西，岂不是跟女人来月经时候用的卫生巾一样？怎么可能舒服呢？

对于这个问题，欧小歌也确实犯过难，她在网上看了各种各样的纸尿裤介绍，差不多都是好评，说纸尿裤透气好、柔软、迅速干爽等等，还有一些知名品牌的纸尿裤的试用测评。

欧小歌作为一个追求时尚的年轻人，没有办法想象几块破布放在孩子屁股底下会是什么样的情景，另外，在欧小歌心中，她觉得旧的秋衣秋裤也不是很卫生。当然这样的话是不可能当着公婆面说出来的，毕竟他们大老远一片好心地带来，还特意剪成一片一片的，整齐地洗干净叠好，说是热水消了毒的，无论如何也不能表现出这样伤害他们的举动，所以犯了难的欧小歌想打电话问问宋洁准备给孩子用什么，想作为一些参考意见。

没想到她的一个电话，促使宋洁提前见到了孩子。

Chapter 22 //

顺还是剖？这是一个人生课题

宋洁无论如何也没想到这一次生孩子会这么疼。

也许是因为第一个孩子过了几年，已经忘记了当时的疼痛？还是说二胎比头胎更有痛感？

在生妞妞之前，她也曾经在电视上看到过女人生孩子的情景，无外乎都是夸张地大喊大叫、满头是汗、精疲力竭的模样，她一直觉得这种表现太不可思议，太夸张。她也曾经问过自己的母亲或者其他生过孩子的人，大家几乎异口同声地回答说，生孩子并没那么可怕，还有的人轻松地说，生孩子比便秘轻松多了，还没等明白怎么回事呢，孩子就出来了……

这样的话当初无疑给了宋洁很多错觉和误导，让她以为其实并没多疼，于是她带着“自己完全能行”的心态选择了顺产。而且，她很快忘记了当时生产时候的痛感级数，第二次生孩子，她依然毫不犹豫地选择了顺产。

当年生一胎时，医院里临盆的产妇非常多，大部分选择了剖腹产，有一个孕妇知道宋洁要顺产，还特别大腹便便地跑来跟她说，自己的同事告诉自己，生孩子多么多么可怕云云。宋洁完全没有拿这种警告当回事，不断给自己加油鼓励，看看满眼满世界里全是人，每个人都是从妈妈肚子里生出来的，还有的妈妈能生五六个甚至更多，所以所谓的可怕的生产，估计都是编出来吓人的。

确实，当疼痛过去，疼痛就会被忘记，一切受过的罪，只要忘记痛感，想起来就没那么恐怖。

宋洁因为到医院的时候，羊水已经破了，所以医生直接让她进了产房。本以为张大飞可以陪她一起进去，医生却说产房是不许亲属陪同的，别说张大飞，连宋洁的母亲都不行。

所以，宋洁是一个人孤零零地进的产房，因为当时已经接近凌晨，所以产房里的人并不多，据说大部分已经在凌晨之前剖了，产房里只有一两个产妇在打点滴。

宋洁躺在一张病床上不断地祈祷着自己早点见到孩子，不断给自己鼓劲、加油，试图用精神安慰法来调节自己的心情。

可是，精神安慰没有办法治疗身体上的真实痛感。

阵痛来临的时候，她都感觉到自己快要死掉了，虽然阵痛过去后，她又像没事人一样安慰自己其实没那么恐怖，其实没那么疼。

想起上一次生妞妞的时候，阵痛的时候张大飞嘱咐她可以听歌，可男人永远也不会体会到，真的疼痛席卷全身的时候，别说是听歌，连呼吸都觉得很多余。

就这样，持续阵痛了三个小时后，医生来产房检测，检查了一下宫口的张开情况，皱着眉说："才开了一指。"

宋洁忍住疼，问道："怎么会才一指啊？我这儿疼好半天了。请问我的孩子什么时候能生下来？"

医生冷冰冰地说："还早呢，慢慢等吧。"

一句"还早呢，慢慢等吧"，说得宋洁有点绝望，已经疼了这么久，为什么才只开了一指呢？

又来了一个护士，宋洁抓住护士，焦虑地问道："要开到几指孩子才能出生啊？"

护士也冷冰冰地说："十指。"

宋洁差点没晕过去，十指？？那岂不是还要等上好几天？

"你不是二胎吗？"

"是……"

"那你还问？"护士对于这种当过一次母亲还对基础知识问来问去的妈妈有点不耐烦。

宋洁被疼痛折磨得生无可恋，虚弱地跟护士说："我能跟我妈说句话吗？"

"说什么话？我帮你带话吧。"

"……"宋洁一时间也不知道该跟母亲说什么，于是沮丧地说，"算了。"

然后躺在床上继续忍受一阵一阵的剧痛来袭。

产房外面也并不平静，张大飞紧张地来来回回地走，张母则抽了根烟，皱着眉头沉思。

宋母则急得团团转，不断抱怨北京的医院不人道，为什么不许亲人陪同，一方面担心宋洁忍受不了痛苦，另一方面也担心她的身体弱，会不会出现什么意外。总之，虽然产房内外只有几步距离，却像是银河隔断了群星，干着急使不上劲。

张母不紧不慢地说："着急有什么用？您忘了上一胎了？天亮了要能生出来都算快的。我看咱们还是先回家休息吧。"

张大飞说："那怎么行？小洁在里面生孩子遭罪，咱们回家睡大觉？睡得下去吗？"

"全家人这么陪着也没用啊！"

"我不回去，要回去你们回去。"张大飞耿直地守在产房门口，倔强地说。

"我还不是为你着想？你这么扛着，扛一夜，身体累垮了怎么办？人家又不让咱们进去。"

张大飞叹了口气说："也不知道小洁在里面怎么样了！"

"能怎么样？疼呗。不过话又说回来了，哪个女人不遭这种罪？不用担心，疼也不会疼死人的。"

宋母听了张母的话，非常生气，又不便发作，只好找了一个离她远一点的座位，求清净。

张大飞说："妈，要不您跟小洁她妈回去休息吧，我在这儿盯着，有消息一定第一时间汇报。"

张母看了一眼宋母，宋母也没什么好脸色，但还是维持着基本的礼貌，说："累的话你先回去休息吧，这儿我跟大飞盯着。"

"妈，你回去休息一下，我一个人盯着就行。"张大飞对岳母说。

"那怎么行？小洁生孩子这么大的事，一会儿她跟孩子出来，我得第一时间看到她们。"宋母很坚决。

张母一看宋母那么坚决，也知道"回去睡觉"这件事不太可行，她四周看了看，神秘地把张大飞拉到一边，低声说："大飞，我前些日子找人算了一卦，你知道怎么说的吗？"

"算卦？什么卦？"

张母说："生男生女的。"

张大飞问："怎么说的？那个准吗？"

"当然准了，我是特意打电话给咱们以前的邻居孙头让他帮我找人算的，人说白天出生的话就是男孩，夜里出生就会是女孩。"

张大飞看了看表，说："妈，这可马上就白天了。"

"就是。"张母表现出很高兴的样子，"我估计差不多到中午就能出生了，白天准是男孩。"

张大飞听到这句话也觉得很高兴，在一边的宋母听到了这对母子的对话，很不高兴地说："现在咱们最该担心的是大人和孩子的健康。"

张大飞讪笑着，说："对对，妈您说的对。"

"算命的就知道骗钱，生儿生女刚怀上的时候就注定了，怎么可能跟着时辰乱变？荒唐。"

张母白了宋母一眼，继续抽她的烟。

不知道过了多久，走出来一个护士，张大飞冲过去抓住护士说："请问我媳妇什么时候能生？"

"你媳妇谁呀？"护士扫了张大飞一眼，不耐烦地问。

"宋洁，昨天晚上快十二点送来的那个。"

"哦，还早呢。"

"还早？这都进去好久了啊……"

"不是说要顺产吗？等吧。"护士说完风一样走了。

张大飞傻眼了："等吧？等到什么时候呀就等吧？"

"大飞，这种事急不得，要不这样吧，你先陪你妈回去休息一会儿，我在这里听消息。"宋母说。

"不行不行，咱们还是一起等吧。"张大飞再次坐了下来，但是此刻他已经明显体力不支，坐在排椅上没一会儿，就打起瞌睡，张母也打着哈欠，但是始终没有人打算离开。

三个小时又过去了，产房内筋疲力尽无比虚弱的宋洁对着前来检查的护士们问："快了吗？什么时候可以生？"

护士说："这才开了两指，宫口开得非常慢。"

听到这样的话，宋洁几乎要昏厥过去。

难产，第一胎明显不是这样的节奏。没想到第二胎，迎来了难产。

“着急也没用，你要是实在忍不住，就去剖吧。”护士看宋洁实在太痛苦，提醒她。

宋洁说：“我已经疼了这么久，为什么才只开两指？”

护士说：“每个人的情况不一样。”

宋洁痛苦地捂住肚子，等待下一次阵痛的来临。

这时候，产房进来一个女人，她脸上丝毫没有露出生产前的疼痛，反而很愉快、很轻松的样子，护士给她检查了身体，挂了吊瓶，然后走了。

宋洁看了看那个女人，一阵强烈的疼痛又翻江倒海地到来，宋洁满头大汗，使劲扯住被单，手都扭红了。

那个女人看到了宋洁的状况，同情地说：“别受这种罪了，还是剖吧，很简单的，一刻钟就完成了。”

宋洁强撑着说：“你打算剖吗？”

“是啊，我选好的日子，直接来剖了，我不想受这份罪。”

“剖不受罪吗？听说要割开子宫。”

“我生过一个，这是第二胎，还是剖了算了，生孩子实在太疼了。”女人安静而坚定地表达了自己的选择。

没一会儿，麻药针打完之后，她就被推向了手术室。

宋洁心里有点犹豫，在这种难产的情况下，要不要选择剖腹产？

在这种痛不欲生的时刻，要做出如此重大的人生选择，连个商量的人都没有，此刻的宋洁觉得六神无主，完全不知所措。

也许像别人说的那样，剖腹产不会忍受这么可怕的疼痛，可转念一想，为了生孩子要做手术，要开刀，开刀后还会留一道难看的疤痕，肚子上会永远留着一道伤痕。

咬咬牙，宋洁实在也不愿意半途而废，于是，继续疼下去吧。

就这样，产房里面的宋洁痛不欲生，产房外面的亲人也都焦虑过度，连夜不归宿的夜店女王张婷婷都闻讯赶到，一起等待着了。谁都不知道小家伙到底什么时候才出来跟大家见面。

等待的焦虑感持续蔓延，疲惫、乏力、困倦，这些情绪魔鬼般一窝蜂地结伴而来，产房内的人已经支持不住，产房外的人也基本要宣告沦陷。

又不知道等了多久，对于产房里痛苦的宋洁来说，简直像度过了前世今生一样漫长悠久。疼痛越来越剧烈，阵痛的间隔也越来越短，短到她还来不及缓缓，下一次疼痛就又来了。

中间有几次医生都来询问宋洁的意思，看起来难产已是定局，建议她剖腹产。

谁也没想到宋洁无论如何也不答应，她只有一个信念，咬牙坚持到底。

看着这名“勇敢而壮烈”的产妇，医生摇摇头说：“何苦呢？现在做剖腹产手术非常简单的，少受很多罪，而且你羊水那么早就破了，一直这样无休止地疼下去，对胎儿也很不好，很容易引起胎儿窒息的。”

宋洁心里也觉得害怕，几近哀求道：“我能不能跟我家人见一见？我想跟他们商量商量。”

护士说：“你床头有一个喊话器，你可以跟你家人说几句话。”

宋洁赶快拿起喊话器，“喂”了几声，张大飞和自己母亲的声音便出现在她耳边，都是匆忙问询她的：“怎么样怎么样？到底怎么样了？”听得出每个人都要被这漫长的等待折磨疯了。

宋洁一听到他们的声音，眼泪大颗大颗地掉了下来，她简单说了说自己的情况，说宫口开得非常慢，现在连一半都还没到，完全没有希望的感觉。

宋洁的母亲在那边着急地说：“小洁，你要坚持一下，顺产是很疼，可是生完孩子之后恢复得很快，你忘了你第一次生孩子，生完孩子没多久就能下地了。况且你现在已经受了十多个小时的罪，如果这时候做手术的话，等于再受一次罪，实在是太不值得了，你要不再忍忍吧？”

张母的声音也传来，说：“孩子怎么样啊？要是实在受不了就割肚子吧，趁现在是白天，割出来是男孩，要是再等到晚上可就麻烦了！百分百是闺女！”

宋母说：“小洁现在身体很虚弱，不一定受得了开刀的，还是再忍忍吧。”

张大飞说：“小洁，你一定要挺住，有什么需要要及时告诉我，实在太疼的话要不咱们就手术吧。”

挂掉电话，宋洁难过地哭起来，她从来没有过这么没有主张、慌乱的孤独感，最关键的时刻，其实谁都没办法感同身受，谁也没办法替她做主。

她偷偷地对肚子里的孩子说：“宝贝，妈妈实在有点忍受不住了，你到底什么时候才能跟我见面呢？”

一直等到傍晚，宋洁的疼痛已经发展到没有办法忍受的程度，她的胳膊上全部是疼痛来临时咬的淤伤，而她已经根本感受不到被自己咬的疼，比起阵痛，所有的疼痛都显得很单薄，微不足道。

虽然宋洁一直在忍受着难以忍受的煎熬，医生却有些不高兴了，严肃地警告宋洁，现在她这种情况对孩子来说非常不利，如果因为她的拖延孩子发生什么事的话，医院可不会为她负责任。

宋洁这时候也已经完全没有劲了，她像一个奄奄一息的病人，无助地拿起听筒，对张大飞说："大飞，我……已经受不了了……要不……剖吧？"

还没等说完，一阵猛烈的疼痛又来袭，宋洁忍不住尖叫了一声，挂掉了传话筒。

张大飞说："小洁可能忍受不了了，要不咱们跟医生商量，还是剖吧？"

宋母的眼泪一下子就下来了，说："小洁都受了这么长时间苦了，还是要去做手术，这要受多少罪呢……"

张母这时候也坚决地摇摇头说："不行，不行，现在是傍晚，不能剖，早干吗去了，现在剖出来肯定是女孩。"

张婷婷在旁边笑着说："妈，孩子在肚子里早就已经注定好性别了，什么晚上白天的，什么时候出来性别都不可能改变的！"

"你懂什么？算命先生说白天是男孩就肯定是男孩。"张母固执地说。

张大飞说："到底怎么办啊？我听到小洁在里面好像很痛苦的样子！"

张母说："我刚才跟你们说要剖，你们都不听我的，早剖了她也少受点罪，我们也能早点回家休息，现在都晚上了剖什么呀？剖出来是女孩！不能剖，要不叫她再坚持坚持，等天一亮要是再生不出来，就可以开刀了。"

张母的话刚说完，宋母就带着眼泪嚷起来了："你整天就知道男孩男孩的，现在小洁那么痛苦，你有没有为她想过？"

"我就是为她着想，刚才是你不让她剖的，怎么能怨我呢？"张母说。

"妈，我看叫嫂子直接剖了得了，这么等下去也不是个办法。"张婷婷劝道。

"不行！坚决不行！别的事我都可以答应你们，唯独这件事，我不能依着你们，你们都年轻，根本不懂这些事，时辰太重要了……"

几个人说来说去，一点结果都没有。

就在几个人来回争执的时候，一个护士突然从产房跑过来说："不好了，你们是宋洁的家属吧？"

宋母面色苍白地冲过去问道："小洁她怎么了？"

"刚才我们给她打了一针催生针，可能是她太累了，休克了，你们赶快签字做手术吧，如果晚了恐怕大人孩子都会有危险！”

护士的话把几个人吓得魂飞魄散，张大飞和宋母表示希望赶快手术，张母虽然不同意，可是面对这样的情况，她也实在是没有办法，嘴里不断念着：老天爷爷啊，老天爷爷啊，保佑我们生男孩吧。

张大飞哆嗦着双手，在家属告知书上签上了自己的名字。

宋洁就这样不知不觉地被推进了手术室，然后就什么都不知道了。

蒙眬中，一阵婴儿哭泣的声音惊醒了宋洁。

好累。感觉浑身没有一点力气，好像刚刚从一万米跑道上撤退下来一样，腿也是没知觉的，手也是没知觉的，只有脑子有知觉，果然最后还是选择了剖腹产。

宋洁想说话，一张口，眼泪却掉了下来。

两个护士抱着一个包裹好的小婴儿，对宋洁说：“恭喜，是个千金。”

宋洁多么想看一眼这个在自己肚子里陪伴自己走过了将近十个月的小宝贝，可是她根本动弹不得，而且她实在是太累太累，已经累到连睁开眼皮都奢侈的程度了。

护士抱着孩子走了，自己却还在手术台上，她感觉一群人围着她，应该是在给她缝针吧？真不可思议，就这么睡了一觉，已经陪伴她大半年，习以为常的大肚子就这么没了？

好想摸一摸，但是，手根本抬不起来。

被缝合后的肚子，会是什么样子呢？

以后还能穿比基尼吗？

胡思乱想一番，宋洁只想闭上眼睛休息，她体力已经透支到连思考都没力气了。

缝完针后，宋洁被护士推出了手术室，推向病房的方向。

张大飞跑过来，一把拉住宋洁的手，眼睛红红地说：“亲爱的，你终于出来了。”

宋洁想忍住，却马上大声哭了起来。

“小洁，别哭，有我在呢，我简直快要担心死了！你怎么样？是不是还疼？”

“大飞，我妈呢？”

“在照顾孩子呢，你看到我们的女儿了吗？很漂亮，刚才有好几个护士都夸咱们女儿漂亮呢，我看她随你，也有点随我，不对，咱们俩都随。小洁，我真不敢相信，我们又有一个孩子了，我现在很想念妞妞。”

宋洁点点头，一点力气都没有，但是很想看看孩子，还有自己的母亲。

一会儿，她被推到了病房，挂上了氧气罩和点滴瓶，浑身像被固定住了一般，不能动弹。

宋母抱着孩子过来了，眼睛红红的，看到宋洁后，眼泪马上就掉了下来。

宋洁嘴唇动了动说："妈，我挺好的。"

"小洁，真没想到生这个孩子让你受了这么多的苦……"宋母一边抱着孩子一边掉眼泪。

孩子倒是很安静，老老实实地待在姥姥的怀抱里，宋洁非常想看看孩子长什么样，却连动都不能动，身体整个是麻木的，非常痛苦。

宋母一直在哭，宋洁说："妈，真的，已经没事了，这一次不像你说的那么轻松呢……"

"我是怕你受两次罪，才劝你坚持的，女人生孩子是在地狱门口走一遭。都怪妈不好，妈应该早点支持你剖腹产，或者一旦发现情况不好，就应该直接剖的，让你白白疼了这么长时间……"

"算了妈，都过去了，麻药真神奇，一打上之后，什么都感觉不到了。"

张大飞在旁边说："小洁，你真是受苦了，咱们回家之后，我给你做好吃的，好好补养补养身体。"

宋母生气地说："你们不给她气受就谢天谢地了！"

张大飞尴尬地站着，正好这时候护士喊宋洁的家属签字什么的，张大飞借机跑掉了。

宋洁问："妈，您怎么了？好像不高兴？"

"没什么。"宋母把头别向一边，不想把心里的话告诉宋洁。

"到底怎么了？我婆婆呢？她没在吗？"

宋母说："她回去了，一听说是女孩，连头都没回地就走了。我活了快六十年，从来没有见过这么可恨的人，愚昧！愚蠢！自私！"

宋洁听了这话也觉得很意外，虽然她知道婆婆这人本来就不怎么样，可是再怎么她也不会想到她会重男轻女到这种程度。想想自己在产房里受的那种可怕的罪，再想想婆婆这种冷漠的态度，她的心顿时冻成一大坨冰，估计今生都很难化开了。

接到宋洁的电话的时候，欧小歌正打算在网上定一张婴儿床。

之前她曾经转过好多商店，林佳铭和父母对婴儿床颇有微词，一致反对。

林母说："那么小小的人儿，随时拉随时尿的，把他一个人放在小床上，怎么放心得下？”

林父说：“是啊，还是让他跟你们俩一张床睡吧，照顾孩子不是件容易的事。”

林佳铭的说法是：“咱们家本来就已经不算大了，再加上婴儿床，实在是太占空间，还是算了吧。”

欧小歌一开始倒也没觉得什么，后来一逛商场，看到琳琅满目的各式各样的婴儿床，自己都动心了，恨不得马上给宝宝买上一张。

李心如也支持女儿的想法，她觉得让婴儿独立睡觉有助于锻炼孩子的胆量和独立能力，这点上两家父母发生了非常大的意见分歧。林母不高兴地表示，那么小的孩子，锻炼什么胆量呢？李心如则表示，小孩子一定要用科学的方法去对待，不能盲目地宠溺，否则将来不成样子。

林母不以为然地想：我倒是真宠孩子，可是你看看我养出来的儿子怎么样？不但相貌堂堂，更是当年的高考理科状元，谁见了谁不羡慕？

当然，这些话也都是私底下互相抱怨的，表面上大家也都还和和气气，因为孩子马上就要到来，大家的出发点也都是为孩子好，所以很多问题都按捺下来。

尤其是李心如，本来她是快人快语、麻利快捷的一个人，做事情很少跟人商量，无奈现在多了一对亲家，很多观念和想法都跟她背道而驰，她觉得这都是因为大家生活环境不同造成的。当然他们也没什么坏心，这也是大家能够和平相处的关键，一切的一切，为了孩子，能够找出最好的方式，也就 OK 了。

欧小歌看着网上 N 多张婴儿床的式样来回比较，林父和林母正在商量着一件什么事，因为用方言交谈，欧小歌也听不懂他们在说什么，电话一来，她马上接了，宋洁说：“小歌，我生了……”

“什么？”欧小歌几乎跳起来，着急地说，“真的吗？生了？怎么这么快就生了？不是还不到预产期吗？男孩女孩？疼吗？剖的还是顺的？孩子多少斤？”

宋洁听到欧小歌一连串的问题，忍不住笑了，虽然还挂着吊瓶，刀口也在隐隐作痛。

“小歌，我都晕了。孩子挺好的，女孩，六斤多一点，挺瘦的，很可惜，到现在我还没抱抱她呢，我现在浑身插着管子，像变形金刚似的。”

“为什么？怎么不抱她？怎么插着管子？”

“唉，一言难尽。我本来打算顺产的，可是疼了十多个小时，还是生不下来，然后又剖的，等于受了两次罪。现在手术完了，躺在病床上打点滴，给你打电话的这只手臂上还插着镇痛棒。”

“啊！怎么会这样？还是做的手术……”

“是的，小歌，我难以给你形容那种疼痛……总之，我当时都觉得自己活不下去了。你一定要做好思想准备呀。”

“多疼？”欧小歌小心翼翼地问道。

“非常非常疼，以前别人跟我说过，生孩子是仅次于烧伤的一种疼，我不相信，现在我觉得没有比那个更疼的了。”

欧小歌说：“宋洁，你别吓我啊……你不是夸张吧？”

“真的，一点都不骗你，小歌，等你生的时候就知道了。”

“宋洁，你这么一说，吓得我都不敢生了。”

“你检查的情况一切都很正常吧？如果哪里有稍微一点不太正常的，就直接剖了吧，会少受很多痛苦的。”

放下电话，欧小歌心神不定地坐在那里发呆，正好林母出来，看到欧小歌失落的样子，问道：“小歌？怎么了？谁给你来的电话？”

“妈，是我一个同学给我打的，她刚生完小孩。”

“是吗？”林母很有兴趣地问，“男孩女孩？”

“女孩……”欧小歌说，“妈，您跟我说实话，生孩子是不是特别特别疼？”

林母说：“怎么会？也不是非常疼的。”

“可是我那个同学告诉我，生孩子非常非常疼，她坚持了十多个小时，最后还是没办法生下来，最后剖腹产生的。”

林母连连摇头说：“都坚持十多个小时了，马上就要出生了，怎么不多坚持一会儿呢？太可惜了，太可惜了。”

“她说她实在疼得受不了了，真的会有那么疼吗？忍受不了？”

“现在这些年轻人太娇气了，生孩子是很疼，但是也没疼到忍受不了的程度，我们年轻的时候，哪里有做手术生孩子的？就算疼三天三夜也坚持自己生出来，小歌，你别听她的，生个孩子不用开刀的，那个很伤元气，而且听说割完肚子的，伤口会一直疼，一直痒，阴天下雨什么的还会更难受。”

欧小歌倒吸一口冷气，满脸伤感地说：“到底怎么办啊，我非常怕疼，但是我也很怕刀子……”

“剖腹产出来的小孩，我们那里叫‘不走人道’，这样生出来的孩子也不如顺产的孩子聪明，身体也不好，顺产，必须要顺产。”

毫无疑问，林母是一个坚定的顺产主义者，她甚至觉得难产也要咬紧牙关挺过去。作为还没有任何生育经验的欧小歌来说，婆婆的立场无疑给了她很强烈的心理暗示，她不断重复婆婆的话：“顺产，必须要顺产”。

欧小歌又陷入了不知所措的境地，尤其是临近生产的这几天，欧小歌的情绪起伏一直非常大，她甚至做了好几回噩梦，梦到自己流血了，梦到孩子有危险了，梦到自己迷路了等等，这些梦让本来就难以承受身体负重的她更加难过，她经常会陷入沮丧和慌乱的情绪中，感觉自己快要得产前抑郁症了。

面对欧小歌的这种情况，林佳铭也觉得很头疼，他是男人，没有办法体会怀孕的辛苦，也没办法想象生产的痛苦，对于马上就要到来的孩子，他感觉既陌生又奇怪。他明白这是自己的亲生骨肉，可他实在没办法把一个还没见过面，不知道什么模样、什么脾性、什么性别的小家伙跟自己挂上关系。

这种感觉他只敢自己想想，坚决不敢跟欧小歌说，否则又会引起一番口水讨伐战。怀孕后他已经因为自己不小心说错话受到过很多批评了，从欧小歌到丈母娘，她们俩不愧是娘儿俩，什么事都一条战线一条心，凡事都是统一原则，让他不得不时刻改变自己的立场，曲意逢迎，以求得安全保障。

在单位里，他曾经向几个老大姐讨教过怀孕的种种事情，老大姐们生怕别人不跟她们讨论这些，一旦打开话匣子，那简直是滔滔不绝，妙语连珠，从自己的经验谈到听说的经验，再谈到书本上的经验。总之，一开口就是一场课题讨论会，林佳铭听得头都大了。他觉得女人，尤其是将要生孩子或者已经生过孩子的女人，真是太恐怖了。

这天下班，他刚准备回家，却看到陶叶子在门口站着，一脸茫然的模样。

“还没回家吗？”林佳铭问了一句，陶叶子点了点头，情绪明显很低落。

“怎么了？发生什么事了？”林佳铭问道。

陶叶子说：“没什么，你的宝宝现在怎么样了？”

林佳铭说：“在路上呢。”

“在路上？”

“是啊，每个小孩都像是上帝送给我们的礼物，订购好了，然后等他坐着宇宙飞船到来。这段路程有点远，所以差不多得需要十个月的时间，我的孩子现在已经快要抵达地球了。”

“哈哈……”陶叶子哈哈大笑起来，好半天才止住，“林佳铭，没想到，你太幽默了。”

林佳铭无奈地笑笑：“幽默？我现在都焦头烂额的，虽然他还没来，全家却整天在为他的到来做准备，我简直有点诚惶诚恐。好像来的不是儿子，而是祖宗。”

“都一样，现在的宝宝是全家人的小皇帝，不像我们小时候，扔家里没人管、没人看的，一转眼也就长大了。”

林佳铭看看陶叶子说：“我跟你可不是一代人。”

“你不就比我大两三岁吗？干吗总以长辈的身份跟我说话？”陶叶子笑眯眯地说，“说真的，有时候我喊你林老师都觉得不好意思呢！对了，今天有空吗？陪我一起吃晚饭怎么样？”

林佳铭迟疑了一下，看了看表，很遗憾地说：“对不起，我得早点回家。”

“哦，对，忘了，你得照顾孕妇。”陶叶子拍了拍脑袋，“算了，本来还想跟你吐吐苦水呢，我找别人吧，再见了！”

说完还没等林佳铭反应过来，陶叶子便一蹦一跳地走远了，仿佛刚才在门口神情忧郁的女孩根本不是她。

看着陶叶子远去的身影，林佳铭突然想起很多年前，跟欧小歌谈恋爱时的情景，欧小歌也是喜欢走路的时候一蹦一跳的，也总是阴晴不定的，刚才还生着气一会儿又忘记了。可是，自从结婚后，尤其是意外怀孕后，林佳铭再也见不到那个阳光下大蓓蕾一般的欧小歌了，取而代之的是一个脾气暴躁、易怒、极端、较真又多疑的女人。现在他每天都在想着如何小心翼翼地不惹她生气，因为她一旦生气之后产生的连锁反应，会让他好久不能平静，而平静，是他现在最需要的状态，无论是对于工作还是生活。

可是，无论林佳铭如何小心，一场潜伏已久的战争，还是悄悄来到了。

Chapter 23 //

埋伏已久的战役

林佳铭回家的时候，看到欧小歌正在阳台上浇花。

自从林父第二次来到北京，就在阳台上种了几盆花，林佳铭也不知道这是什么品种，也不怎么关心花的情况，没想到休产假中的欧小歌却对花草产生了兴趣，没事就帮着林父浇花什么的，也算是一种乐趣。

林母则在厨房里弄饭，为了给欧小歌补充营养，林佳铭采购了好多好多山珍海味，什么鱼、虾、海参，甚至还有蝎子，整天惦记着给儿子吃好的。但是因为欧小歌的胃口一直不太好，东西一直吃不动，但也不影响林佳铭继续往家里搬运。

林母看到蝎子在那儿扔了好几天了，觉得再不吃就浪费了，打算弄一个油炸蝎子，还做了一桌子其他的美味。

可是这天偏偏李心如和欧正过来了，说好几天没见着欧小歌，心里惦记，过来看看。

李心如一进门，一眼看到女儿正端着花洒在阳台浇花，声调立刻提高了 180 度地喊道："小歌！你干吗呢？"

吓得欧小歌花洒差点掉地上。

林佳铭解释说："我爹喜欢花，在阳台上养了几盆，小歌挺喜欢的，老去浇水。"

李心如快步走了过去，一下子把欧小歌和花草们间隔开，她挨个闻了闻那些颜色各异的花，回头说："小歌，怀孕期间可不能随便接近花草，有一些花草是对胎儿不利的。"

说完，李心如问林父："亲家，你这种的是什么？"

“我那天去早市，遇到一个花农，我也搞不清楚是什么花，就买了点种子种上了。”林父说。

“那怎么行？不知道什么你就随便乱种？你知道不知道很多花草的味道孕妇都不能闻的？”

林父尴尬地说：“这个还真的不太清楚，我就是养养花解解闷，没想到小歌那么喜欢，总喜欢去照顾它们……”

“我听佳铭说你对中医也有研究，不可能不了解中草药的一些习性吧？”

林佳铭在一边听不下去了，说：“不至于吧？花草会对胎儿有影响？那那些花农都不敢生孩子了？”

李心如眼珠一瞪：“你这是什么态度？什么不至于，什么无所谓？你不知道怀孕的女人闻了麝香草以后会流产吗？”

眼看林氏父子被李心如训得头都抬不起来，欧正看到场面很尴尬，连忙说：“好了好了，小歌，以后你注意些，不要随便碰那些东西了。”

欧小歌拍着大肚子说：“我实在太无聊了，孩子又不知道什么时候出来，我在家里也没什么事可做，电脑上多了有辐射，手机也不能用，家用电器也不能太靠近……唉，连出去走走，都不能走远，妈，我快疯了！”

李心如赶快拉住欧小歌的手说：“你就静静养胎，什么都别干，听听音乐，看看书，肚子可不能随便拍打，拍到宝宝怎么办？”

欧小歌翻白眼，四仰八叉地倒在沙发里。

林父虽然没怎么说话，但是听到李心如的一番话，自然心里有诸多不快。只见他快走了几步，走到阳台上，拿了那几盆花，转身去了厨房，李心如跟在他后面想看看他要干吗，只见他一把把那几盆刚长出点小苗的花扔进了垃圾筒里。

等林父出来，李心如说：“亲家，咱们可都是为了孩子好，小歌怀孕都九个多月了，受的苦和罪都太多了，咱们还是都小心些为好，你说对吧？”

林父勉强地笑了笑，没说什么话，转身进了房间里。

林佳铭看到父亲不高兴，有点无奈，又不知道该如何安慰父亲。

李心如这时候已经跟欧小歌聊起孩子的种种事情。

欧正走到一边，温和地对林佳铭说：“跟你爸好好说说，小歌她妈也没什么恶意，只是太担心孩子了，她一向就是心直口快……”

林佳铭点了点头，转身去厨房帮忙端菜，也是避开场面上的尴尬。

一会儿，饭菜上齐了，林母满头大汗地从厨房里走了出来，一边跟欧正打招呼一边拿围裙擦着汗。

林母招呼李心如和欧正一起吃，俩人说自己已经吃过了，只是过来看看小歌，所以不必管他们。

李心如跟林母寒暄了一番，催促着欧小歌去吃饭，顺便看了一眼桌上的饭菜，不看不要紧，一看就尖叫起来："天哪，你们怎么给小歌吃蝎子？"

林母吓了一跳，小心地问："小歌不爱吃蝎子吗？"

李心如说："你不知道吗？蝎子属热，吃那个容易引起流产的！"

欧小歌刚要夹起的筷子瞬间掉到了饭桌上，林母万分尴尬地看着李心如，又看看林佳铭，一脸做错事的紧张。

林佳铭说："妈，不会吧？蝎子不是解毒的吗？"

"亏你还是名牌大学高才生，怎么什么都不懂，一点常识都没有。"李心如很不高兴地说，"我以为农村比城市更懂这些禁忌呢！"

林佳铭语塞，林母说："亲家，我们老家没有那么多禁忌，也没见因为怀孕后吃什么流产的，我们农村人吃东西杂，也没什么讲究，还不是个个生出的孩子都生龙活虎的。"

"怀孕是闹着玩的吗？这世界上不知道有多少智力发育不全的孩子是因为怀孕的时候没有足够的科学知识造成的，我看小歌以后还是跟着我吃饭得了！"

欧小歌被李心如说得胃口全无，筷子一扔也不想吃饭了。

忙活半天准备饭菜的林母被李心如的话噎得半天没回出来一句，转身走进厨房里，对着菜板掉起眼泪来。

林佳铭看到母亲走开，心里也是一股无名之火，他黑着脸坐在那里，一动也不动。

李心如则更加气愤地说："都是过来的人了，难道不懂怀孕多么重要吗？小心翼翼还怕出什么问题，现在可好，一个养花，一个炸蝎子，也不知道你们安的是什么心！"

林佳铭忍不住了，说："我承认我们生活在穷乡僻壤、信息闭塞的农村，可是我爹娘都是全心全意地照顾着小歌和孩子，没有半点疏忽的意思，您不至于这样误会他们吧？"

"我误会？难道我看到的不是事实？"李心如说，"你爸妈不懂这些科学饮食也就罢了，你难道不知道研究研究？马上要做爸爸的人了，怎么一点都感觉不到你的责任感呢？我可是当医生的，要是我的女儿因为这些事情影响到孩子发育健康，传出去会被人笑掉大牙！”

“您老说自己是医生，您也不是妇科医生，您只不过是牙医……”

林佳铭的话没说话，李心如就全面爆发了：“牙医不是医生吗？你看不起牙医？你知道牙医是多么受人尊重吗？”

欧小歌一看母亲过于激动，赶快拉住她说：“妈，别说了，没事没事，我这不是没吃呢吗？”

“你要是吃下去就晚了！你忘了上回的事了？他们非给你配什么戒酒药喝，要是真的喝了那个玩意儿，当初早就把这孩子打掉了，想想都后怕，怎么就不知道总结总结经验教训呢？”李心如越说越气，忍不住把旧账翻出来了。林佳铭一直以为那件事李心如并不知道的，没想到在这个节骨眼上捅了出来，刚才赌气在屋里的林父终于按捺不住，黑着脸走了出来。

大家都沉默了，连李心如也停止了唠叨，林父走向李心如，李心如忍不住后退了一步，问道：“你想干什么？”

欧正也站了起来，生怕这个老实巴交的亲家会做出什么奇怪的事情。

林父看了看李心如，什么话都没说，端起炸好的蝎子，进了厨房，一下子都倒在垃圾桶里，破碎的花盆、无辜的蝎子，还有乱七八糟的杂物都陈列在垃圾袋里，跟着此刻屋里僵硬的空气一起显得非常难堪和多余。

林母正在抹眼泪，看到老伴走进来，扔掉了自己辛苦做出来的蝎子，然后用一种自己从来没有听到过的语气说道：“走。”

林母有点吃惊地看着林父，林父拎起了一垃圾袋，拉上林母，就要往外走。

林佳铭喊了一声：“爹！”

林父勉强地笑笑，说：“我们去倒垃圾。”

说完，跟林母一起，走出了屋门。

屋里一片寂静，散发出来的都是不和谐的沉默。

稍后，李心如坐在沙发上，说：“这是什么意思？”

“咱们回去吧。”欧正站起身来，

“干吗要走，这是得罪他们了？要下逐客令？”李心如还是嘴硬。

欧正说：“你呀，就是不注意说话的方式，本来是好心，结果还是弄成尴尬的局面，走吧，他们都还没吃饭呢。”

“你还怪我？我不是为女儿好吗？如今都是一级战备状态，怎么能这么麻痹大意呢？”李心如不高兴地说。

“行了，今天先这样，咱们改天再来。”欧正此刻只想息事宁人。

李心如看了看，也只能先回去，于是起身。

俩人正准备告辞，一直沉默不语压抑愤懑的林佳铭突然不知道哪里来的一股火气，上前一步，猛然把满桌子的饭菜掀翻，在乒乒乓乓的碎裂声里，他摔门直接走了出去。

同时闹翻的，还有病房里的宋洁和张大飞。

因为孩子出生之后张母的反应让宋洁和母亲心里的怨恨非常大，所以连带的，对张大飞她们也没什么好脸。

宋母一直耐心地照顾着宋洁，抱孩子，换尿布，喂奶粉，里里外外地照应，几个昼夜没休息好。

张母因为觉得大家都不听她的话没有在白天剖才导致生了个女孩，所以一直赌气在家里待着不肯来医院看孩子。张大飞劝不动母亲，只好医院、家里两头跑。

张婷婷因为希望可以在医院里见到蒋天承，所以破天荒地在医院里帮忙，说是帮忙，她也只是四处闲逛，根本没有照顾孩子的意思。对此，宋母也是一肚子怨气，她一边照顾孩子，一边生着气，一边还要照顾女儿的情绪，因为月子期间孕妇是绝对不能有闪失的，比起怀孕时候更加需要重点保护，一旦因为生气或者受凉受累等落下病，那可是一辈子的事。

宋母跟宋洁说：“我给孩子想了个名字。”

“什么名字？孩子正好没名字呢。”

“嗯，我想，她奶奶那么不喜欢她，我们偏要起个吉祥讨喜的名字。我记得你最喜欢吃桃，就叫桃喜吧，起个谐音。”

“桃喜？”宋洁念来念去，说，“不错，很好听，就叫桃喜吧。”

名字就这样定了下来，甚至没通知孩子的父亲。

桃喜倒也真的是讨喜，生下来不久眼睛就睁开了，而且很少哭，好像懂事般，小黑眼珠溜溜地转着，注视着这个崭新的世界，好几次宋洁挣扎着起身亲自给孩子喂奶，看到小家伙可爱的小脸，都忍不住掉下眼泪。一个如此可爱的小婴儿，只因为自己的性别，一出生就受到不公平的对待。看看其他床铺都是爷爷奶奶姥姥姥爷团团转的情景，宋洁心里就感到发酸，又想到自己其实根本没有足够的能力让孩子过上富足美好的生活，孩子跟着她，甚至连一个固定的居所都没有……想到这里，更加愧疚的难过涌上心头。

这时候，正巧张大飞走进医院，看到哭泣的宋洁，问道："怎么了小洁？怎么哭起来了？"

宋母一看到张大飞进来，脸一沉，拿着饭盒走了出去。

"来，我抱抱。"张大飞接过女儿，逗弄着她，"笑一个？给爸爸笑一个？"

宋洁擦擦眼泪，说："女儿有名字了。"

"啊？什么名字？"

"桃喜。"

张大飞皱着眉头念了半天："桃喜？桃喜？这名字……不太好吧？"

"为什么？"

"我妈好几天前就给孩子起名字了，说是找人算的，孩子命里缺火，给她起了个名字叫焰焰，本来以为是男孩……"张大飞刚说到这里，宋洁猛然喊道："什么男孩女孩？我受够了！把孩子还我！"

张大飞被宋洁猛然一声吼叫给吓了一跳，他下意识地把孩子递给了宋洁，宋洁抱着孩子气呼呼地说："孩子的名就这么定了，你妈起的名字留给她孙子好了！"

"小洁，你怎么能这么说话呢？"

"我怎么说话了？你妈什么意思？女孩不是人对吗？想男孩想疯了！那么喜欢男孩，自己再生一个好了！"

"我妈喜欢男孩有什么错？"张大飞也有点生气了，说，"至于你这么生气吗？我是家里唯一的儿子，我妈当然希望我们张家后继有人，这有什么错？你说一次两次也就算了，可是你没完没了，到底想干什么？"

"张大飞，你这个浑蛋，我为了孩子受了那么多苦，你妈是怎么对我的？生男生女是我一个人的事吗？拜托你去看看书，看看生孩子到底是怎么回事吧。"

张大飞憋得脸红脖子粗，听着宋洁的抱怨。

"我看你们家没有男孩传后代也是你妈造孽造太多，所以才断了后的！"

周围的人都看着这对夫妻，张大飞觉得自己颜面扫地，当着这么多人的面被怒斥，让平日还算忍气吞声的他尊严彻底粉碎。

"你！你敢再说一遍？"张大飞火了，冲着宋洁就过来了，桃喜这时候吓得"哇"

的一声哭了，旁边床的人也都在扭过脸来看热闹。

有一个老太太说："姑娘，可不能那么说话呀，都是当妈的人了，怎么还像小孩子一样？"

宋洁抱着孩子放声大哭起来。

这时候，宋洁的妈妈正好进来，看到这个情景，疯了一样扑过来保护女儿和外孙女，冲张大飞嚷："你干什么你？"

"我干什么我？你教出来的好女儿！"张大飞感觉在众人面前丢了面子，怒不可遏。

"我女儿怎么了？我女儿哪点配不上你？你妈天天找碴气我女儿，我说什么了？现在你倒厉害了，还吹起胡子瞪起眼睛来了？混账，你知道现在小洁正坐月子不能动气吗？"宋母抱着孩子跟张大飞理论。

张大飞说："我跟小洁本来好好的，自从你来之后，我们就整天闹矛盾，我看你在里面根本没起什么好作用！"

"张大飞你给我滚！"宋洁突然爆发了，冲着张大飞就喊，结果因为喊得用力，刀口剧烈地疼痛起来，宋洁连忙捂住肚子，张大飞见状也害怕了，但是又觉得没面子服软，于是气腾腾地跑了。

宋洁和母亲都掉了眼泪，宋母说："小洁，真没想到大飞这孩子脾气这么坏，而且心眼还那么脏。我来你们家尽心尽力地为照顾好你，女人生孩子是多大的一道坎，我就是担心你，所以才把你爸和孩子扔家里，坚持来照顾你，没想到张大飞他这么想我，以为我挑拨了你们的关系。小洁，你们家我是待不下去了，等你出了院，我就回家……"

"妈，他是人吗？您就当他是个浑蛋吧，我受了那么多的气，他什么时候为我说过一句话？他总是怕他妈生气，可是他妈是什么人他难道自己不清楚吗？罢了罢了，我们的婚姻看来是走到尽头了，我实在没有办法继续忍受下去了。妈，您别难过，等出院之后我跟您一起回家，咱们带着孩子一起走，离开这个肮脏的家庭，我再也不愿意忍受下去了！"

宋母说："小洁，你别傻了，虽然气话是这么说，可是日子不能不过下去啊，况且现在又有了俩孩子，怎么能说走就走。"

宋洁满脸是泪，委屈就像是喷泉一样从心底汩汩流出来。

“我知道我在这里，大飞跟他妈都不高兴，觉得我碍事。小洁，我看着你把孩子平安生下来就可以了，如果我继续待下去，矛盾会更大，这样对你不好。你婆婆再怎么不喜欢女孩，这毕竟是她的骨肉，一旦见了孩子也不至于不管的，你在月子里一定要听妈的话，不要沾凉水，不要吹空调，不要光脚下地，不要坐得太久，刷牙洗头更不要，你不为自己着想就没人为你着想了……”

宋母越说越难过，宋洁也越听越难过，孩子也跟着一起哭。想想自己的婚姻，想想无望的将来，宋洁实在没有办法接受现实，日子还能怎么过下去呢?

大概过了几个小时，张大飞又来了，出门之后，他开始感觉到自己的冲动，也觉得自己不该在这个时候跟宋洁生气。他一直很爱她，一直很宠着她的，可是她一次一次对自己母亲的不满让张大飞非常恼火。他也知道母亲喜欢男孩，从几年前就念叨着抱孙子，直到幻想再破灭，他知道这件事对母亲的打击非常大，再加上母亲身体又不怎么好，他很担心母亲会因此出什么事。

从医院出来的时候，他正好看到妹妹跟蒋天承在医院门口说话，张婷婷满脸洋溢着幸福的表情，笑容挂在脸上，看起来整个人显得光闪闪的，比平时好看很多。

这让张大飞猛然想到了宋洁，想起她曾经是多么开朗爱笑的姑娘，曾经脸上整天挂着笑容，而现在……他忍不住掉下了眼泪，说真的，在他内心还是很爱宋洁，他根本不可能离开宋洁的，尤其现在有了两个孩子，他更想好好照顾她们。只是宋洁现在似乎对他和他母亲的意见实在太大了，母亲和妻子之间的矛盾已经抵达白热化状态，根本不是他能调节的。

张大飞讪讪地走进来，提着洗好的饭盒，对宋洁说：“小洁，你晚上想吃什么，我回去给你做。”

宋洁把头别向一边，装作睡觉的样子，张大飞尴尬地看了看宋母，宋母把头也偏向相反的位置，不与他目光对接。

张大飞走过来，小心翼翼地赔不是：“妈，对不起，我刚才太冲动了。”

“不是冲动，这是你压抑在心里很久的话吧。”宋母冷冷地说。

“真不是……您不能拿气话当真，就当我犯浑放了个屁，别往心里去。”

宋母不吃张大飞这一套，说：“你放心，等小洁出院之后我就回家，我不会留在这里继续挑拨你们的关系了，希望你能好好照顾自己的媳妇、孩子，好好地过日子就行了。”

“妈，您别生我的气，等小洁出院后，我给您买车票……”张大飞的话音一落，宋母愣了一下，倒是说不出话来了。

宋洁在一边暴怒，再次发作："给我也买一张，我跟我妈一起走。"

"你们这是干吗呢？"张大飞着急地说，"孩子现在刚出生，小洁你还在坐月子，咱们能不能高高兴兴愉愉快快的，至少把月子过去再说？"

"现在不高兴不愉快的不是我们，是你们，是你，是你妈！"

"就算是我妈不好，可是我也没有办法改变她，不是吗？你现在别哭了，听说很多女人生完孩子都会患产后抑郁症的，你有什么火可以跟我撒，但是不要太放在心里，否则对奶水也不好，对自己身体伤害更大……"

桃喜哭了，宋洁连忙抱过孩子，轻轻地拍她。虽然张大飞服软也给了自己台阶，可是她心里那道越撕越深的鸿沟，是无论如何都抚不平了。

李心如坐在客厅里，越想越生气，越生气就越坐不住。

欧正在一边默默看报纸，他很清楚李心如的个性，这件事非同小可，她肯定咽不下这口气，但是这时候如果劝她，肯定也没什么好结果，索性沉默，让她一个人冷静一下就好了。

"不行，这口气我咽不下去！"李心如一把把欧正的报纸拿开，"你倒是什么事都不管！"

"你要我怎么管？小歌已经嫁给林佳铭了，让他们好好过日子得了，我们不要掺和太多，否则会引起不必要的麻烦。"

"不必要的麻烦？我看他们现在是原形毕露！"李心如说，"上回见他们，被他们的假象给欺骗了，看上去老老实实、朴素温和好相处的样，这全是装出来的，这回你看到他们的真实面目了吗？你看看那个林佳铭的爸爸，整天叼个大烟袋晃来晃去散布尼古丁不说，脾气倔得很呢！我说什么了他就甩脸子给我看？还把花也扔了，菜也倒了，这是扔给谁看？倒给谁看？"

"毕竟都是长辈，当着儿女的面儿，你用教训的口气跟他们说话，他们肯定受不了的。"

"又不是外人，还需要客客气气假把式？"李心如丝毫不觉得自己有任何问题。

欧正叹了口气："我说，咱们尽量少去插手他们家的事，要不然小歌在那儿也很难做。"

"还有他那个妈，你看她整天扮可怜，我那天说什么了，她就躲在厨房哭去了，不知道的还以为我怎么欺负她了呢，你当时可是亲眼看到的，我只不过是告诉他们怀孕注意的一些事情，怎么反倒成了不是了？”李心如气得站了起来。

欧正感觉不妙，李心如有点越说越气的意思。

“林佳铭的父母也真够意思，孩子结婚买房子，一分钱不出不说，还心安理得地住下来了。走也不知道说，来也不打个招呼的，一点礼貌客气都不讲，说是来看孩子，伺候小歌，实际上还不是整天添麻烦？他们那个房子本来就够小了，还来挤！要不是他们来，我完全可以把小歌照顾得好好的，直到把孩子生下来。”

“你这么说也不对，他们也是好心，想来看孙子，你不要这么想人家。”

“我就是气不过，本来没有什么大事的，不懂也没关系，不懂的就要努力学习，好好吸取教训，现在算什么？说也不能说？小歌可是我女儿，肚子里可是我未来的大外孙，出了什么差错他们负得起责任吗？”

“现在孩子还没出生，等孩子来了就好了。心如，你以后改改你说话的方式，虽然是亲家，毕竟以前也没打过什么交道，他们不了解你的脾气，时间长了就好了。”

李心如此刻根本就听不进去欧正的话，继续发表自己的见解：“‘穷山恶水出刁民’这句话真是一点也没错，我看这个林佳铭也不是什么好东西，那天竟然还指责我不是妇科医生！这是什么意思？我不是妇科医生我至少是医生，而且是个女人，生过孩子养过孩子的母亲！我吃的大米比他吃的味精都多……”

“你吃的大米当然比他吃的味精多了。”欧正说。

“什么乱七八糟的，我都被气糊涂了，不行，这件事我一定不能算完，咱们必须要召开家庭会议，坐在一起讨论讨论。既然是一家人，既然都是为了即将出世的孩子好，那么就不能这样藏着掖着躲着的，有什么问题必须要当面沟通！老欧，你去跟他们谈谈，问他们愿不愿意坐下来大家一起谈谈，我承认我说话比较直，可能他们是接受不了，那好，就让他们说出一个能接受的方法，这样总行了吧？”

“我看这紧要关头就先别弄什么家庭会议了，这种事还是要他们小两口去解决吧。”

“这些事他俩解决得了吗？不都是大人们之间的问题？”

“我相信他父母也不会太计较的，毕竟也没什么大事。等过一段时间，咱们再找机会去他们那儿把这事说说，我看这样做比较妥当。”

“真不知道小歌看上那个林佳铭什么了，论长相根本比不上天承，脾气又闷又倔又固执，谁知道他心里到底在想些什么！”

“谁知道你妈心里在想些什么！”终于不再忍耐的林佳铭彻底爆发。

虽然这天晚上的事情并不是什么大事，他也很了解李心如的脾气性格，可他还是感觉自己忍耐太久，需要发泄一下。

欧小歌说：“我妈能想什么？还不是担心我跟宝宝吗？”

“担心你跟宝宝是没错，可是谁受得了她那种嚣张的气焰？”

欧小歌一直知道自己母亲比较强势，觉得有点不好意思，但是面子上又过不去，加上林佳铭掀桌子摔门，如此不敬地面对自己的父母，她觉得非常生气。

“平时像个女霸主训弟子一样训我也就罢了，现在连我父母也训。医生？医生了不起吗？她打心眼里就看不起我们，自己又有多高贵？虚伪的小市民！”

“林佳铭，你说什么呢？谁是虚伪的小市民？我妈再怎么着，平时对你可不薄，你这么说话实在太没良心了！”

“我知道，你妈心里一直对我不满意，她心目中满意的女婿并不是我。所以她看我什么都不顺眼，想方设法地羞辱我。”

欧小歌说:“你简直是莫名其妙,从来没有人看不起你,是你自己的自卑作怪吧？”

“不管怎么说，你妈得跟我父母道歉，我父母都是老实的农民，一辈子没跟人红过脸，辛辛苦苦把我养大，现在我结婚了马上就要有孩子了，我不但没孝顺他们，反而让他们受到这种委屈，我实在没办法忍受！”

“佳铭！”门外林母敲了敲门。

林佳铭暴躁的发作暂时告一段落，他停顿了一下，推门出去了。

林母把林佳铭拉到一边，低声地说：“娃，你别再吵了，我跟你爹想好了，我们还是回去吧。”

“娘！您说什么呢！孩子眼看就要出生了，你们盼了这么多年不就是盼见到孙子吗？”林佳铭急了。

林母叹了口气，摇摇头说：“我跟你爹确实是什么都不懂，不知道城市里怀孕有这么多讲究。我看小歌她妈很在行，又是医生，又很疼孩子，我们也就放心了，我和你爹不想继续给你们添麻烦了。我们先回去，等过一段时间孩子出生后需要我来帮忙看孩子的话，你给我打个电话，我马上来。”

“不行，娘。我不让你们走！”林佳铭的倔脾气上来了，“孩子是姓林的，不是姓欧的，他是我们大家的，不是她妈一个人的，她说了不算，下次她要是继续这么无理取闹，我一定不允许。”

“娃，你不要跟她闹了，好好跟小歌过日子，将来有了孩子，要操心的事还有很多，你和小歌也都还年纪小，尤其小歌，性格还像个孩子，家里家外的你都要操心。娘恨自己帮不上你啊！”林母说着，眼泪又掉了下来，她不断用袖子擦着眼泪。

这时候，沉默的林父也说话了：“娃，你也别劝了，我跟你娘都想好了，能不能亲眼看到孙子出生是小事，你们的家庭和睦才是至关重要的大事，不能总因为我们来，而引起不愉快，我们还是回去吧。”

“爹，你们要我怎么做才好呢？孩子可能就这几天出生，我真的很希望你们都能够见到孩子的面……”

林父叹了口气说：“我们何尝不想看到孙子？我跟你娘日想夜想、日盼夜盼，可是娃，我们的到来给你添的麻烦太多，小歌的妈没什么错，她疼自己孩子，又是有经验的大夫。我那次确实差一点好心办坏事，现在想起来我都觉得没脸见小歌。”

“爹，没那么严重，您别自责了，过去的事就让它过去吧。”

林父摇摇头，叹气，摆手让儿子别说了。

“我跟小歌说，让她妈跟你们道歉……”

林佳铭还没说完，林母立刻说：“娃呀，可使不得，千万不要那么做啊。”

“她对你们这种态度我接受不了。”

“她是小歌的母亲，也是你的母亲，你可千万不要不尊重人家。”

“没有人不尊重她，不尊重人的是她，她怎么教训我都无所谓，但是轮不到她来教训你们。”

这时候，欧小歌挺着大肚子突然出来了，缓缓地走向林佳铭，看着他说：“你在说什么呢？”

此刻已经急眼的林佳铭当然不愿意在父母面前熄灭他已经点燃的战斗火焰，他挑衅地说：“我说什么你都听到了吧，因为你妈无理取闹，现在我父母要走，欧小歌，我父母走了，我绝对不会原谅你们！”

“爸妈，你们为什么要走？”欧小歌转向林父林母问道。

林父和林母对视了一下，没说话。

“是因为我？还是因为我妈？”欧小歌继续问。

林母说：“小歌，你别误会，什么事都没有，我们家里的豆角该收了，我们想回去看看。”

欧小歌转向林佳铭说：“你这人真奇怪，明明是豆角熟了要回家收，你干吗拦着他们？”

“你什么都不懂，我父母千里迢迢来到这里，为的是什么？为什么你们总是对他们百般挑剔？北京人了不起吗？至于这么颐指气使吗？”

“爸妈，如果我妈有什么地方说的不对，希望你们就事论事，请你们多多原谅，但是至于说什么北京人了不起，什么颐指气使，上升到地域攻击，我觉得莫名其妙。我妈都是为我好，哪句话说重了也都是对事不对人，可是林佳铭你一口一句我妈怎么我怎么，完全就是人身攻击！”

“我忍你妈很久了！”林佳铭说。

“佳铭！”林父喊住了林佳铭，“别犯浑！”

“林佳铭，没想到你心里这么阴暗，这么阴险，这么歹毒！”欧小歌说，“你这算什么？”

“随你怎么说，我再也不想活在你们的照耀下了。”

“我一直以为你很自信的，没想到你骨子里这么自卑，这么暴躁……我也不知道该说你什么好了。”

林佳铭有点语塞，但是他非常不服气。

“无论我妈说了什么也好，你爸妈介意了什么也好，你在双方父母中间到底起了什么作用？作为一个儿子、一个女婿，你究竟是在调和矛盾还是在激化矛盾？”

欧小歌的语气异常冷静，冷静到林佳铭觉得有点陌生。

“在一个婚姻关系里，你扪心自问一下，就你现在的表现，你配做一个丈夫吗？你配做一个父亲吗？”

欧小歌的话让林佳铭目瞪口呆，也让林父林母目瞪口呆。

印象中欧小歌一直是一个大大咧咧什么都不懂的人，没想到在她心里，自然有一把天平，衡量着身边每一个人的分量。她短短的几句话犹如从天降了一盆冰凉的水，浇得林佳铭和他的父母都木在当前了。

Chapter 24 //

不会说人话的大 Boss 诞生

比预产期拖后了五天，欧小歌终于在一次洗澡的时候发现已经见红，这个发现让她既惊又喜，喜的是马上就可以把孩子生下来了，预产期前一周开始她就时刻处于紧张、焦虑、警备状态，可是孩子迟迟没有发出要出世的信号。

拖延的这五天中她几乎感觉是在煎熬，可是转念一想，马上就要面临自己想象了几百次的生产，这可不是闹着玩的，真是心惊肉跳。

欧小歌一边碎碎念念地安慰自己要放松要放松，一边开始盘算接下来要做什么。

因为之前李心如已经不断地跟她讲述生产前的种种情况，待产包也早就准备好了，所以她还不是特别紧张，从浴室走出来的时候，她像宣布一件非常平常的事情般对林父和林母说："爸妈，我们一会儿去医院吧。"

林母当时还没反应过来，说："今天还去检查吗？"

说完这句话，还没等欧小歌有回应，两个老人突然间有了心灵曙光，几乎是立刻都跳了起来说："小歌？有反应了？"

欧小歌笑着点了头。

林母激动得竟然话都说不出来了，连忙换衣服换鞋子，一边换一边说："小歌啊，赶快给你妈打电话说一声吧，还有娃他爹，赶紧给娃打电话让他回来。哎呀，我的孙子就要来了！阿弥陀佛，佛祖保佑，观音保佑……"

"妈，您先别着急，我现在只是见了点红，还没什么其他的反应，我妈说从见红到生产还有很长一段时间呢。"

"可不能大意呀，我们村以前有一个女的，就是见红没多久羊水就破了，没及时送到县医院去，结果死在路上了。不行，小歌，你收拾收拾咱们赶紧去医院吧。”林母的话让欧小歌也变得害怕起来，她连忙走到屋里，把事前准备好的东西又大概检查了一遍，然后匆忙约了车带着林父林母去医院了。

路上给父母打了电话，李心如正好不在家，欧正接的。

接到女儿电话他也显得非常激动，一连说了好几遍“太好了，太好了”，说现在马上去找李心如去。

电话刚挂，林佳铭的电话就打来了，自从那天跟他吵架后，欧小歌还一直没给林佳铭好脸看，这次也不例外。虽然听得出来林佳铭也是万分激动的腔调，可她并没有因此而忘记他在父母面前不小心流露出来的狰狞嘴脸。

这是他们恋爱到结婚这么多年来她第一次改变对他的看法，这种改变不是赌气，不是闹情绪，不是瞬间即逝，更不是变完就可以一笔勾销的。这种改变产生的感觉令欧小歌感觉非常奇怪，就那么一两个场景，她竟然感觉不认识林佳铭了，又或者说一直认识的是另外一个人，而现在自己嫁的，并不是当初那个人。

是谁偷梁换柱了吧？从那天开始，欧小歌就没办法抛除这种古怪的念头。

虽然林佳铭后来也道了歉，林父林母也表示希望这件事就此过去，谁都不要提这些不高兴的事儿了，可是欧小歌的心里，这件事真就过不去了。

印象一旦打了折，只会每况愈下，没可能再恢复正常值，更不太可能增加了。

当然，这些细微的感觉只存在于她心内，她并没有如她平常一样稀里哗啦地表达出来，面对百分之百信任的人，淋漓尽致地表达是一种沟通方式，可是面对自己心里出现了变异和裂缝的林佳铭，她却已经失去了坦白的欲望。

出租车到医院后，只见蒋天承已经等在门口，欧小歌奇怪地说：“天承，你怎么知道我要来？”

蒋天承一笑说：“心灵感应吧？”

“不会吧？真有心灵感应一说？”欧小歌信以为真，夸张地喊。

蒋天承说：“当然，我刚才已经帮你定好了一个单间，住院手续都办好了，现在你得去做一个检查，然后等进产房。”

“佳铭还没来呢。”欧小歌说，“我还是等他一会儿吧。”

蒋天承说：“我今天上午正好没什么事，我陪你去吧？”

“好啊！”欧小歌笨拙地挪动着脚步，忽然想起林父林母还在，回头对他们说了几句话，然后跟蒋天承去做检查了。

林父林母看到一个高大英俊的医生带走了欧小歌，心里很不是滋味，坐在走廊的长椅上等着。

不一会儿，李心如跟欧正就风风火火地赶到了，李心如一眼看到了林父林母，快步走过来说："小歌呢？"

"刚才有一个大夫带她去检查了。"林父说。

"哦。"李心如点了点头，自从上回闹了那场别扭后，四个人还没见过面，李心如只是从欧小歌的转述中听说他们本来打算走，但是后来还是决定不走了，那件事也都不再提了，跟欧正预料的差不多，也是最好的结局。

当他们再见面，毕竟还是有一道尴尬的围墙堵在当中，让他们彼此都觉得坐立不安。

幸好没多久，欧小歌就回来了，蒋天承跟在身后，帮她拿着东西。

李心如一见蒋天承，立刻眉开眼笑地说："天承！"

蒋天承抬头跟李心如打招呼。

"我就知道什么事交托给你最放心。"李心如忍不住满脸笑容，欣赏地看着她心目中"最佳女婿"的人选。

"李阿姨，不用担心了，刚才医生给小歌做了检查，说孩子的情况非常好，建议她顺产。"

"太好了。"李心如对欧小歌说，"顺产当然是最好了！伤害小，恢复快，就是得受点疼。"

"妈，我现在就感觉到疼了呢，一阵一阵的。"欧小歌说，"是不是快生了？"

"傻孩子，还早呢，现在这种疼是不规则的，一会儿才是真正的阵痛开始。赶快去病房躺着吧，中午我给你做点好吃的，生孩子可需要力气了，喏，刚才路过超市给你买的巧克力。"李心如从口袋里掏出了一大块黑巧克力，递给欧小歌，"要保存体力，马上战斗了！"

李心如的几句话把大家都逗笑了，一群人浩浩荡荡地进了蒋天承事前预定好的单间。欧小歌换好了病号服，躺在病床上，好奇地看来看去，然后说："真神奇，马上就有一个小人从我肚子里出来了，哎呀，想想就觉得激动啊。"

大家又是一阵笑，林母说："小歌，一会儿阵痛的时候，你就数数，那样会忘了疼的。"

欧小歌刚要说什么，突然面色一变，捂着肚子说："哎呀，疼死我了。"

"赶快数数……"林母提醒她。

欧小歌扭曲地数着一二三四五，没数到四十，表情突然又变正常了，她摸了摸肚子说："呀，好奇怪啊，怎么突然又不疼了？"

李心如说："对，这就是阵痛，你现在得看着表点，几分钟一次疼。"

差不多隔了八分钟，疼痛再次来临，欧小歌连忙数起数字，连续几次八分钟疼痛，一点都没有偏差。

护士走进来说："我隔一会儿来一次，阵痛五分钟一次的时候赶快喊我们。"

快到中午了，欧小歌仍旧保持八分钟疼一次的频率，没有什么进展。李心如一边劝她不要着急，一边看了看表，跟欧小歌说她要回去给他们准备午饭。这时候林母说她也想跟着一起去做饭，李心如迟疑了一下，答应了。

正好这时候林佳铭也赶到了，于是他和林父守在医院，其他人都回去准备饭了。

"怎么样小歌？"林佳铭摸着欧小歌的肚子问道。

"你怎么才来？"欧小歌不高兴地问。

林佳铭说："我刚才正在开会，是跟主任请了假才能出来的，路上又堵了会儿车……对不起小歌。"

欧小歌冷冷地说："幸亏没指望你，指望你的话没准孩子要生家里了。"

"怎么会呢，我父母不是在家里吗？再说你爸你妈也都在，怎么会发生那样的事情？"

"你还真是个会卸包袱的人，是不是大家都在，就不需要你了？"

"小歌……"林佳铭尴尬地看看在旁边坐着的父亲，父亲示意他以大局为重。他只好低声下气地对欧小歌说，"都是我不对，别生气了，孩子马上就要出生了，你马上就要做妈妈了，不兴奋吗？"

"兴奋是兴奋，就是不知道我给他找的这个爸爸，合格不合格。"

林父咳嗽了一声，走了出去。

林佳铭小声说："还在生我气呢？"

欧小歌瞪了他一眼，没等说话，肚子又狂烈地疼起来。

她顾不上再跟林佳铭斗嘴，一把抓过林佳铭的手，紧紧地握住，眼睛紧闭，脑门上都渗出了汗珠。

林佳铭看到欧小歌这个情形，非常害怕，赶快喊医生，门口蹲着的林父也走了进来，护士匆忙跑来问长问短。欧小歌阵痛过去又恢复了生龙活虎，护士问现在持续几分钟疼一回，欧小歌回答说好像比原来缩短了一点，但是疼痛的时间延长了。护士给欧小歌测了胎心，又做了一些常规检查，完毕后告诉林佳铭，一定要密切注意阵痛间隔的时间，林佳铭诚惶诚恐地答应了。

这顿饭做得很热闹，一开始是李心如亲自操刀，林母在旁边帮忙，后来因为林母不熟悉李心如厨房的状况，不小心切菜切到了手，虽然不是什么大伤口，不过也是忙乱了一阵，贴上了创可贴的她坚持还要做。看得出来，林母是想趁此机会修复跟李心如的关系。

李心如看到林母那么热情，至少在心理上觉得舒服很多，她干脆退下来，让林母来掌大勺，这么一来，本来有些尴尬的局面被热烈的忙活驱散，林母兴高采烈地做好了几个菜几个汤之后，李心如也眉开眼笑了。

林母找了个机会，对李心如说："亲家，以后有什么事做得不好你多担待啊。"

李心如心直口快的人，听到这样的话慌忙也检讨自己说话太直接，很不注意方式，其实没什么坏心等等，大家一旦把话说开了，积蓄了好久的别扭也就随之烟消云散。

一切都不重要，只有即将到来的孩子最重要。

大家高高兴兴地提上饭就要去医院，欧正建议大家先吃点填填肚子，因为接下来战役还很长，于是三个人匆忙填了点饭，赶快向医院去了。

到了医院，病房里的欧小歌阵痛已经达到每五分钟疼一次，护士要求欧小歌进产房，欧小歌问能不能带家属，护士说当然不行，产房里不能有外人。

欧小歌就在这样五分钟一疼的节奏中被推进了产房，看着一大家人为她担心和盼望的眼神，欧小歌把眼睛一闭，鼓起勇气上了战场。

一个下午的时间，欧小歌都在待产室里度过。她亲眼看到了一些产妇被临时推去做手术，也听到了一些撕心裂肺的狂叫声，她一边安慰着自己一边数着数字，疼痛越来越强烈，间隔越来越短，经过检查，已经开了三指。

晚上，大夫过来检查了一下欧小歌的身体，跟她说一切状况良好，鼓励她勇敢地顺产，欧小歌也点了点头，不想做手术。

紧张的时刻终于到来，在痛不欲生的疼痛中，子宫口终于开了六指，医生要欧小歌上了产床，欧小歌本来想努力地忍住不喊，可是疼痛来袭的时候那种感觉真的是太可怕了，她不由自主地狂喊起来。医生说："别喊了，再喊你的力气就全没了。"

欧小歌就在这一分一秒的煎熬中终于等到了分娩的时刻，笔墨已经没有办法形容欧小歌的感受。整个过程中，她时而觉得自己丧失了意识，时而觉得自己无比清醒，时而认为自己不该坚持，时而觉得必须不能服输，各种奇怪的意识，包括幻境都交叠着在欧小歌的身体疼痛中穿梭大脑，最后她只剩下一个意识，那就是她已经死了，已经死了。她甚至想起她读过的一句话：上帝，请让我精神痛苦吧，求你别让我身体痛苦，身体的疼痛比精神痛苦不知道要难熬多少倍。当时她还无法体会这句话的精髓，如今，在生产的过程中她彻底明白了此中含义。

也不知道过了多久，当她如幻听一般听到“哇”的一声哭泣的时候，整个人都晕了过去。

欧小歌的儿子终于在千般期盼和万般等待中来到了人间，重 3500 克，身长 52 厘米，一个标准的、可爱的大胖小子就这样降生了。

林父林母、李心如和欧正，轮流地抱着孩子一边看一边笑，像捧着一块金子做的豆腐，金晃晃，明灿灿，却不敢稍微懈怠，简直兴奋得不知道说什么好了。

李心如怎么看孩子怎么觉得像欧小歌小时候，林父林母则暗暗感慨简直跟林佳铭出生时候是一个模子里刻出来的，大家各怀心思，却同样激动愉快，就差没一起结伴跪谢苍天了。

笨拙的林佳铭看到这一团柔软芳香的小宝贝，也激动得不知所措，想抱却觉得无从下手。看着自己亲自制造的宝贝被父母们围绕着，一种奇异的荣耀感顿时弥漫全身，一种神圣的仪式感的身份提升也令他一瞬长大，他不知道该干吗，也跟着两家的父母一起傻笑起来。

欧小歌把一切想得太简单了，她怎么也没想到一个小人儿的降生会带来那么多麻烦，比如说，没完没了地拉尿，莫名其妙地哭泣，就像一个随时发布指令的大 Boss，最可怕的是，他还不会“说人话”。

欧小歌因为刚生产完，身体非常虚弱，所以宝宝一直是四个老人在照顾。俩人一组轮流值班，不值班的就在家里准备饭菜。其实医院里有食堂，可是四个老人一致认为月子里的饭菜一定要亲自料理，万万不能随便凑合地在食堂里解决。

林佳铭则跑前跑后，也不知道在忙什么，他的脸上一直带着欣喜若狂的微笑，见谁都咧着嘴，恨不能跟全世界宣布自己当爸爸了，连路人也要跟他分享这个喜悦。

欧小歌的一帮同事带了鲜花和水果来看孩子，林佳铭的同事也随后赶来。产房变成了动物园，欧小歌和孩子变成展览品，几乎每个人都会惊呼地扑向宝宝这样看那样看，像观看外星人，欧小歌在医院里蓬头垢面，面目浮肿，也不怎么乐意周旋，更不太愿意见人。

欧小歌注意看了看林佳铭同事中那个曾见过面的同事陶叶子，不知道为什么，她总是感觉这个女孩并不简单，而且也隐隐约约地感觉她跟林佳铭的眼神确实不像普通同事那么单纯，不过她目前除了静养的力气，什么都没有了。

一团和气了没几天，矛盾就来了。

这天，林父林母值班，在医院里照顾欧小歌。

欧小歌生完孩子之后，因为奶水还没下来，所以暂时只能凑合让宝宝喝一点婴儿奶粉，等待母乳来临。

李心如带了饭菜来看望，一进病房，就看到林父正抱着孩子，林母在往奶瓶里倒水，倒完水之后，林母习惯性地喝了一口尝尝冷热，李心如几乎是尖叫了一声，林母没防备，一下子失手把奶瓶掉到了地上，孩子也因为这阵尖叫吓得大哭起来。

欧小歌抱过孩子一边轻拍安慰一边抱怨道："妈！您把孩子都吓哭了！"

李心如对林母说："亲家，你怎么能用嘴接触孩子的奶嘴啊？"

"我……怕烫着孩子，尝尝冷热。"林母小心翼翼地说。

李心如拿过奶瓶，把瓶盖拿下来，往手背上倒了点水，说："你这样就可以试出来，大人的嘴里多脏，是坚决不能直接接触婴儿的物品的。"

"哦，"林母的脸色沉了下来，她讪讪地说，"我去洗洗奶瓶。"

"算了，洗也洗不干净，还是买个新的算了，待会儿我去买。"

林母拿着奶瓶，走也不是，待着也不是，她犹豫了一会儿，拿着奶瓶去洗漱间了。

林母走后，李心如不放心地对林父说："一会儿你回去休息吧，我也来一起照顾他们，还是不放心，小歌现在在月子里，孩子又还那么小，我在家里坐也坐不住，睡也睡不着，干脆我长值班吧，反正再过两天小歌就可以出院了。"

林父点了点头，说："行，那你多辛苦了。"

林父起身去找林母，却看到林母拿着奶瓶在洗漱间偷着抹泪，林父走过去安慰了她几句，然后说了李心如的建议，他先回去，让林母不要往心里去，跟李心如一起照顾照顾孩子，别太在意李心如说了什么。

林母点了点头，把眼泪擦了擦，然后走进了病房。

这时候李心如正在给孩子换尿布，一边换一边说："医院里不是发了专用的纸尿裤吗？怎么还是用尿布？也没勤换着点，孩子的尿都凉了。”

林母说：“这是你刚才来之前换好的。”

“哎呀，刚出生的孩子拉尿太频繁了，不能按正常的频率来判断，我看还是用尿裤吧。”

正说着，孩子突然又拉了，一块纸尿裤就这么浪费了。

端了一大盆尿布的林佳铭大汗淋漓地走进来，一看到李心如在给孩子换尿裤，无比赞成地说：“一上午我都洗了十多块尿布了，我看全医院就我在洗尿布，咱们也用纸尿裤吧。”

林母说：“那个兜在裤裆里一点都不透气的，把孩子憋坏了怎么办？”

“不会吧，我看外包装介绍说透气很好的。”

“说是那么说，这么大热天把屁股包起来，孩子肯定好受不了。”林母说。

欧小歌也赞同婆婆的说法，说：“是啊，洗几块尿布你就受不了了？”

李心如一边拿了块湿巾擦着孩子的屁股一边问欧小歌说：“奶还没下来吗？”

欧小歌说：“是啊，我也着急呢，医生说孩子生下来半小时后让孩子吸奶，可是我一抱孩子，孩子就睡觉，这都两天了，奶还没下来呢。”

“实在不行可以请催奶师来帮忙，现在很多医院里都有专业的催奶师。”

“那可不行，多别扭啊！”欧小歌下意识地护住了胸部，完全还没适应做妈妈的那种豁达和开阔。

林母出去了一下，一会儿端进来一小盆水，也没说什么话，抱过孩子就洗起了屁股，李心如正跟欧小歌说下奶的事情，猛然看到林母拿着布子在洗孩子屁股，忙说：“小孩子拉尿这么勤，屁股不要老洗，用湿巾擦擦就可以了。”

林母已经拿布蘸了水擦在孩子的屁股上了，听李心如这么一说，停顿了一下，把布又扔到了水里，顺势在盆里洗了洗手。

欧小歌这时候也看到了，说：“妈，您怎么在孩子的盆里洗手啊？洗手池离这儿不就几步远吗？”

林母错愕地说：“这是娃娃洗屁股的盆啊。”

“洗屁股的盆您也不能拿来洗手啊，大人手上有多少细菌？一旦细菌沾到孩子的皮肤上，那可了不得。”李心如也在旁边说，母女俩明显对于林母的行为表现出不满。

林母嘴巴动了动，想说什么，可是什么都没说出来，活生生把一堆话咽了下去。

李心如跟欧小歌倒也没多在意，继续说起催奶的事。

从外面进来的林佳铭正好看到母亲一脸委屈地往外走，手里端着一个盆子，他赶快走了过来，帮母亲端着盆水就出去了，林母随后也跟了出去。

不一会儿，林佳铭一个人回来了，说："我娘有点不舒服，我叫她先回去了。"

欧小歌听这话就有点不高兴了，本来是要在医院里照顾孩子的，说句不舒服就走了，李心如倒是很想得开，对林佳铭说："让她回去休息吧，看孩子挺累的，我在这儿就成了。"

林佳铭点了点头，虽然人在病房里，心里却还牵挂着母亲，没过几分钟，他随便找了个借口，就溜了出去。

林母呆呆地正在医院门口站着，眼神很茫然无助的样子，林佳铭跑过来说："娘？您怎么站在这里？"

林母看到林佳铭，也很惊讶，说："你怎么出来了？"

林佳铭说："我放心不下您。"

林母眼睛红红的，她说："你爹先回去了，我不认识路啊……"

林佳铭自责地说："都怪我大意了，我送您回去。"

"别，别，你还是回去照顾小歌去吧，你告诉我怎么坐车，我去坐公交车回去吧，她刚生完孩子身体太虚弱，她妈一个人在那里应付不过来的。"

"离开这么一会儿不会有什么事的。"林佳铭说完，不顾母亲的阻拦，拦住一辆出租车，把母亲送了回去。

欧小歌跟李心如等了林佳铭一会儿，没见他回来，这时候有一个护士进来说："欧小歌的家属，请去办理孩子的出生证明。"

欧小歌应了一声，这时候孩子又莫名其妙地大哭起来，欧小歌一下慌了神。

"宝宝一定是饿了，哭得这么难受。"欧小歌自责又难过，恨自己还没能力亲自喂孩子。

"所以说要赶紧想办法催奶，我可不是跟你闹着玩的，光靠这点奶粉可顶不住。"

李心如赶快去给孩子冲奶粉，一边冲一边对欧小歌说："我得回去给你煮点下奶的汤，这样下去孩子营养跟不上，会影响发育。"

冲完奶粉，拿到孩子嘴边，没想到孩子尝了一点点，"哇"一声哭得更厉害了，他只知道闭着眼睛大哭，看起来对奶粉的味道没有丝毫兴趣。

“妈，是不是给他加点糖？我看林佳铭他妈喂他的时候，加了好多糖，孩子挺喜欢喝的。”

“怎么能给刚出生的孩子喝糖呢？？”李心如提高了声音。

“不能加糖吗？”

“糖会产生气体，孩子容易胀气，刚出生的孩子肝赃都不完善，还不能处理过量的糖代谢产物，所以过量的糖摄入会加重肝脏的负担，引起腹胀、腹泻，使未完成消化的蛋白质和脂肪物质也随大便排出，导致营养素丢失。怪不得孩子老莫名其妙哭呢，这些都是常识，过来人都该知道的。”

欧小歌说：“啊？这林佳铭他妈怎么回事啊？好像什么都不知道似的！”

“农村人不讲究，孩子随便往地上一放自己就干农活去了，还有的，听说一边看孩子一边在大锅里做饭，结果一不小心孩子掉锅里的。”

“天哪，太夸张了……”欧小歌说，“我可不敢把宝宝交给她照顾了。”

“那是说得夸张点的，她还不至于这么荒唐。”

“妈，说真的，我觉得跟他妈单独在一起特别别扭，她这个人性格很奇怪，有什么话都不直接说出来，经常偷偷掉眼泪，跟儿子诉苦。我真不喜欢这样的个性，我觉得有什么必须要说出来，说出来解决掉了就 OK 了啊。”

“人跟人不一样，咱们都是坦荡荡，有什么说什么，他们家可不是这个风格。”

“我觉得他们其实很难相处，表面上看着老实而已。”

“对啊，就像上回，我没说什么呢，提醒几句，可能嗓门大了点儿，他们俩就不高兴了，当场甩脸子给我看，那孝子还帮着摔盆子砸碗，真是精彩。回去你爸还把我说了一顿，说我什么不懂跟人沟通的方式，我怎么觉得那么累呢？”

欧小歌叹了口气，说：“我第一次觉得人和人原来真的不一样。”

李心如试了好几次，孩子还是不喝奶粉，依然饿得哇哇大哭，李心如把孩子抱在怀里，走来走去地哄着，护士又来催：“你们还办不办出生证明了？”

欧小歌一边答应着，一边在暗暗嘀咕林佳铭到底干吗去了，怎么在这样的时刻竟然找不到他人，她摸起电话来打给他，却发现他的手机正在桌上，说明他应该根本没走远。

欧小歌想来想去，觉得不能干等着，干脆自己爬起来打算去办理孩子的出生证明。

李心如抱怨起来：“林佳铭怎么说没影就没影了？这儿一堆事要忙呢，怎么能让你一个产妇跑来跑去？来来，你抱着孩子，我去给你办。”

“算了，还是我去吧，医生不是说让适当下床多运动吗？”欧小歌脸色苍白地摇了摇头，向门外走去。

办手续的时候，那边问孩子叫什么名字，欧小歌当时愣了一下，孩子还没起名字呢，于是想了一会儿，随口一说：“叫林乐乐。”

办手续的人说：“林乐乐？确定吗？”

“确定。”欧小歌回答。

扔来一个表格，欧小歌填写了一些资料，不一会儿，林乐乐的出生证明就办好了，欧小歌小心地拿着那张纸，慢慢回病房。

还没等走到门口，突然看到一个中年女人，很神秘地说：“听说你的奶水还没下来呢？”

欧小歌愣了一下，觉得很奇怪，素昧平生的人，怎么会知道自己的事情？

“我是隔壁病房的月嫂，我跟你说啊，你得积极点，不能干等着奶下来。”

欧小歌说：“那我应该怎么做？”

“你摸摸你的乳房上是不是有肿块？有的话要赶快揉，使劲地揉，把肿块揉开了，奶就下来了。”

欧小歌“哦”了一下，却不好意思在陌生人面前“揉胸”。

“孩子出生后没母乳吃可不行，现在的奶粉谁知道里面含有什么成分？看你这么年轻就当妈妈了，完全没有经验，走，我教你！反正我这边现在正好没什么事。”热情的月嫂边说边拉着欧小歌进了病房。

欧小歌还没反应过来，月嫂就开始给欧小歌示范怎么下奶，还说要亲自帮她催奶，欧小歌觉得非常难为情，可是看到月嫂这么热情，又不好意思推托，就这样僵持着。

李心如抱着孩子走过来，月嫂看了一眼林乐乐，高兴地说：“这胖小子模样真不错，随妈，眉清目秀的，长大一准是个帅哥。”

月嫂这么一句简单的奉承话，说得欧小歌和李心如简直心花怒放，李心如连连点头说：“是不是？我也看着这小家伙跟我女儿是一个模子里刻出来的，眉眼里透着聪明劲！”

“这么好看的宝宝可一定要给他喂母乳。”

欧小歌肯定地说：“一定的，我绝对支持母乳喂养。”

“现在这些年轻人啊，图省事，为了保持身材，不给孩子吃奶，那样子太委屈孩子了。唉，现在这些女人跟我们当年可不一样了，我们当年哪有人给孩子喂奶粉的呀，现在可倒好，十个妈里有九个喂奶粉，当年三聚氰胺的事闹得多厉害，那么多孩子都被有毒奶粉给害了，真是遭天谴的一帮商人，没良心，赚小孩子钱。所以我就说母乳是最理想的了，又安全，又无害，还营养丰富，人奶不比那牛羊的奶好多了？好好的一个孩子，干吗喝畜生奶呀！我看到喂奶粉的都生气，恨不能亲自替她们喂孩子。”

月嫂有点口无遮拦，让李心如一边点头一边哈哈大笑，欧小歌却在月嫂的话里听出了点别扭，她说：“我可没为了身材不给孩子喂奶，我着急着呢，奶就是不下来。”

“你听我的，使劲挤挤就下来了，再不成让你老公去药店买个吸奶器，这东西不能坐在这儿等啊，得积极点，奶水才能下来呢。要是错过了最佳下奶时间，容易得乳腺炎，那个疼死人的。”月嫂半吓唬半劝道。

欧小歌本来就因为奶水没下来很着急，被月嫂这么一说，更加着急了，旁边孩子又在可怜地哭，她心烦意乱极了，心里又在怨恨着林佳铭为什么还没回来。如果他在的话，立刻让他去药店买一个吸奶器，现在什么也做不了，急得团团转，越来越怨恨。

月嫂看欧小歌着急，说，“你让孩子吸吸试试，没有你想的那么难。”

欧小歌接过孩子，解开了衣服，还有点不好意思地背了背身子，月嫂做了一个喂奶的姿态教她说：“来来，就这样，双手捏住乳晕，放到孩子的嘴边……”

欧小歌用月嫂说的方法喂孩子，结果孩子一扭头大哭起来，惊天动地，仿佛受了多大的委屈。

这时候欧小歌也感觉到自己的乳房里确实有月嫂说的肿块，她着急了，月嫂说那个肿块要是不及时揉开的话，很容易在里面发炎，还可能会引起发烧等症状，欧小歌急了，按照月嫂教的方法挤了起来，折腾了半天，好像终于看到有几滴奶水流了出来，欧小歌惊喜地大叫起来，李心如也高兴地说：“对对，就是这样的，再使劲挤挤！奶水马上就有了，亲爱的大宝贝蛋儿，你妈马上就有奶给你吃了！”

月嫂说：“就这么挤啊，别停，一会儿奶管通了，奶水就下来了，你就可以给宝贝吃奶了，我得赶快去看看，你有什么事可以随时叫我啊。我姓周。”

李心如连连感谢，说真是善良人遇到善良事，这种热情的月嫂能从天而降来帮忙，真是孩子的福气。

“谢谢啊！”慌乱的欧小歌来不及说感谢的话，一个劲地挤，林乐乐好像也有感应般，突然停止了哭泣，两只眼睛乌溜溜地转着，眉头也皱得紧紧的，似乎在等待着奶水下来的那一刻。

经过不懈努力，欧小歌终于挤出了一些奶水来，她跟李心如说：“妈，赶快，拿宝贝的奶瓶来，别浪费了，挤点先喂喂看他喝不喝。”

李心如抱着孩子，腾出了一只手把奶瓶递给欧小歌，欧小歌满头大汗地挤奶，挤了半天也才滴了小半勺那么多，不过这样也很兴奋，至少能够看到奶水了，之前欧小歌一直怀疑自己根本就没有奶呢。

李心如拿给林乐乐一喝，林乐乐皱了皱眉，把头给偏开了，对于自己的黄金奶矿，他显然还没熟悉。

这时候，林佳铭回来了，一脸黑沉沉的。

看到欧小歌的样子，林佳铭吓了一跳。

欧小歌只顾挤奶的兴奋，根本没注意林佳铭的脸色，看到林佳铭回来了，说：“你干吗去了？愣着干吗？快来帮我挤奶！”

林佳铭吃惊地看着欧小歌，说真的，他很难接受这种怪异的场景。

可是想到孩子吃奶是天经地义，自己的这种尴尬会显得比较不合时宜，于是他也过来帮忙，按照欧小歌说的帮她一起挤，毕竟当着丈母娘的面，他有些不好意思，硬着头皮去做这件怪事。

不一会儿，挤出了差不多 20 毫升，他拿给孩子，孩子还是不喝，欧小歌奇怪地说：“怎么回事？为什么林乐乐不喜欢喝我的奶？”

林佳铭问道：“谁是林乐乐？”

欧小歌说：“当然是我儿子了！还能有谁？”

“林乐乐？你给他起的名字吗？”

“对啊，怎么样？”

“……”林佳铭想了想说，“太普通了吧？”

“名字就是顺口，好叫就行，起得那么高深干吗？”

“孩子的名字咱们还是再商量商量吧。”林佳铭说。

“商量什么呀？出生证明上都写好了，没的改了。”

“什么？”林佳铭一下子急了，“你怎么能这样呢？”

“我怎么了？”

“孩子的名字，这么重要的事，你怎么连跟我商量都不商量，自己就定下来了啊？”

欧小歌一听林佳铭的话，马上火了：“我倒是想跟你商量来着，你人呢？这么忙这么需要人的时候你一出去一个多钟头，干吗去了？明天就要出院了，人家医院里等着给孩子办出生证明呢，我还没问你呢，你到底干吗去了？”

“我……”林佳铭沉默了一下，“我回家了一趟。”

“你回家干吗？”

“我娘不认识路，我送她回去。”

欧小歌说：“她那么大个人，还会丢了吗？都来回医院多少回了，怎么这次就怕迷路？”

林佳铭说：“之前她都是跟我爹一起的，我娘从来没有出过门，分不清楚东西南北，根本不认识路。”

“你还真是二十四孝儿子，你自己的儿子在这里嗷嗷待哺你撇下不管，倒是有一把时间带你路盲老妈回家。”

“小歌，你现在怎么变得这么刻薄？”林佳铭一着急，腾地站了起来。

李心如双目圆睁：“林佳铭，你干什么呀？”

林佳铭忍了忍，又坐下了。

欧小歌继续说：“说我刻薄？你们家做得像话吗？”

“我们家怎么了？”一提到父母，林佳铭立刻一级警备，随时要爆发来保护他们。

“你妈也真是柔弱，说好了两家轮流值班，我妈值完自己的班又来帮忙，可她倒好，还没干什么呢，先就累了，要休息了！你也真够疼你妈的，大家都是妈，你干吗不心疼我妈累了一天又来帮我们看孩子呢？”

李心如说：“小歌，算了，你们俩别吵了，别吓着孩子！”

欧小歌白了林佳铭一眼，坐在那里生闷气。

李心如对林佳铭说：“佳铭，你赶快跟小歌道个歉不就没事了，她现在在坐月子，不能生气。”

林佳铭说：“我做错什么了？我娘累了需要休息是我提出来的，不是她自己的意思，这有什么错？我娘不认识路，我做儿子的带她回家，有什么错？至于被她冷嘲热讽？要我道歉？她不能生气，那我呢？我就能被人随便冤枉吗？”

李心如说：“林佳铭，你还越说越来劲了？跟你说月子里的女人不能生气你没听到是怎么的？你还非得较这个真儿，将来小歌被气出点病来你负责吗？”

林佳铭坐在一边生气。

欧小歌说："你妈也真是太过分了，还跟人家隔壁的月嫂说我年轻，为了保持身材不给孩子喂奶，这难道不是最大的诬陷吗？"

林佳铭说："我娘什么时候跟隔壁的什么人说这些了？她平时都很少跟人打交道，她根本就不可能说那些话，你凭什么这么说她？"

"这就奇怪了，不是她说的，难道是你爸或者你说的？没人说这些事怎么她就会跑来教育我？"

"行，我现在就去把她找来，问个究竟！"

"林佳铭！"欧小歌怒喝一声，林佳铭没听欧小歌的话，摔门就走了。

不一会儿，刚才那个月嫂跟着林佳铭一起来了，她手里还抱了一个同样刚出生没几天的小婴儿。

欧小歌感到非常尴尬。

林佳铭说："阿姨，是谁跟您说我老婆没有奶的？是我妈吗？"

月嫂脸上露出了奇怪的表情，说："你妈？哪个是你妈？"

林佳铭说："您只需要告诉我是不是就可以了。"

"没有啊，我那天去洗漱间洗衣服，听到一个老太太说她儿媳妇奶还没下来，很着急，我一听也跟着着急啊，就想过来教教她怎么早点下奶……"

看到欧小歌已经下奶，她非常高兴。

"咦，你已经挤出那么多了？"月嫂惊喜地说，"不错不错，继续努力啊！"

月嫂走后，屋子里一片寂静，只有小婴儿间或发出的声音。李心如感觉这个场面也很难堪，借口说去跟月嫂说说话，抱着林乐乐出去了。

林佳铭说："小歌，为什么你对我娘有那么多偏见？我娘是个很善良、很朴实的农村人，她一辈子没跟人红过脸，没有一个人说她不好，她对你也是非常喜欢，喜欢得像对自己女儿一样，为什么就换不来你的一点感动？"

"我对她有偏见？我根本没有什么偏见，我看有偏见的是他们，是你们！"

"我们……会有偏见？"

"你们没有吗？都对我妈有奇怪的抗拒，我妈处处为我着想，处处为我们俩着想，可是你们总觉得她这样那样不好，她是我妈，退一万步讲就算她真的不好，她也是我妈，你们也不能那样对她！"

“小歌，你讲不讲道理？我们怎么对她了？我们都是尽可能地避着她，以免引发矛盾！”

“这是积极的处理方式吗？避开？而不是坦诚相待？”

“你从小习惯了你妈的说话方式，可不是所有的人都能接受她那种半教训半教育的口气，你妈是妈，我妈也是妈，她们是平等的，对我们来说，她们的地位也应该是一样的，为什么你妈总以居高临下的口吻对待我妈？是，我妈是农村人，没念过多少书，也没见过什么大世面，可是我很尊重她，很爱她！在我心目中，谁都不能代替她的位置！”

欧小歌看着林佳铭激动的样子，问道：“你妈又跟你说什么了？”

“没什么。”

“你说谎！”

“你想知道什么？”

“你刚才说，你妈在你心目中的位置，没人能代替，对吧？”

林佳铭没说话，欧小歌说：“那我在你心目中是什么位置？”

“不要问我这样的问题，你在我心目中是什么样的位置你心里最清楚。”

“你错了，我一点都不清楚，林佳铭，我突然觉得你好可怕，我们俩之间一下子变得很陌生，怎么回事？这到底是谁出了问题？是我吗？我觉得我一点都没变，变的是你，不，也许是我以前并不了解你。这是你们家的传统吧？什么事都放在心里，什么都不表达，一旦出了问题却又对别人百般指责，从来没有检讨过自己的问题？”

“欧小歌，你不要太过分了，我们家人什么样我心里很清楚，如果你拿臆想出来的一些东西去定义别人，我对你很失望。”林佳铭的嘴唇微微动了动，眼睛始终没有看欧小歌。

这时候门突然开了。

李心如面色冷紫地抱着孩子站在门外，看起来里面的对话她已经差不多全听到了，欧小歌和林佳铭同时感觉到了一种席卷全身的尴尬，也有点害怕李心如有过激的反应。

李心如呆呆地看了两个人几分钟后，径直走向欧小歌，把已经睡熟的孩子放到她的怀里，一句话都没说地走了。

Chapter 25 //

定期爆炸的大乐园

出院的那天，欧小歌本来以为李心如会来接她，可惜左等右等，都没看到她的身影，只是欧正来了一趟医院，给欧小歌带了一大包物品来，包括包头的围巾、棉袜、软底鞋等等，他说那都是李心如早就给她准备好的出院物品，千叮咛万嘱咐让欧小歌一定要穿戴好再出门，虽然门外是炎炎七月。

欧小歌一边穿着衣服一边掉着眼泪，她抱起孩子，穿得像一个大粽子，笨拙地抱着林乐乐走出医院。

经过四天的住院休养，她的身体已经基本上恢复了，因为是顺产，恢复得非常快，现在她几乎已经忘记了当时在产房里那痛不欲生的经历。

自从那天李心如被气走后，再也没给她打过电话，甚至没再来看过她，为此欧小歌非常恨林佳铭，她感觉林佳铭对自己母亲的态度非常恶劣。在这样的发现里，连带自己也不打算再跟他妈客气，尤其是住院这几天来林母的表现让她觉得她非常小心眼、阴险以及别扭，相比之下，自己的母亲热情、耿直、爽朗而且事必躬亲的态度实在是林母没办法追赶上的。

怀里的林乐乐小小的脸上带着满足的微笑，似乎知道自己马上就要回家了。老老实实地在妈妈怀抱里睡觉，只等一觉醒来能够看到一所温馨、温暖、愉快气氛的大乐园。

可惜，一回家，大乐园就出了问题。

欧小歌一推门的时候，突然听到轰隆隆的一串物品坠落声音，声音虽然不算大，还是把林乐乐给吓醒了，本来嘴角带着愉快微笑安睡的小人马上烦躁起来，哇哇大哭。

欧小歌一边连忙哄着孩子，一边看是什么东西塌了。

不看不要紧，只见进门处的一个角落里，花花绿绿地堆满了废弃的酒瓶、油瓶和饮料瓶子。满满地堆了差不多有半米高，什么颜色都有，有的甚至里面还残留一些没喝完的液体。林佳铭这时候也看到了，很奇怪地问："爹，这些瓶子是？"

正在屋里编草鞋的林父看到孩子们回来了，放下手里的活，高兴地去迎接他们："来了，乖娃，让爷爷抱抱……"

欧小歌看到林父的手上有一些污渍，下意识地一闪，抱着孩子进屋了。

林父扑了个空，笑容还挂在脸上来不及收回去，很快他就反应过来，看了看自己的手，意识到了问题所在。

他假装什么事都没发生地说："你娘给你们炖猪蹄黄豆汤呢，下奶的。"

林佳铭看到欧小歌对自己父亲的态度如此冷漠，心里非常生气。

他跟随欧小歌进了屋，把屋门关上，欧小歌还在来回晃着孩子，林佳铭说："你有什么气冲我撒，别老板着脸。"

"我脸就长这样，我喜欢怎么摆着是我的事。"欧小歌冷冰冰地说，"与你无关，看不惯你也可以别看。"

"小歌，你别再赌气了好吗？之前全算我的错好了，你至于好几天连句话都不跟我说吗？"

"我跟你没什么话可说。"

"你打算一直不跟我说话了？"

"除非你跟我妈道歉，否则我绝不原谅你。"欧小歌坚定地说。

"我没什么错，我为什么要道歉？"林佳铭坐在一边，气呼呼地说。

孩子还在哭，欧小歌怎么哄都哄不好，她着急得要命，林佳铭却坐在那里生气，欧小歌把孩子往床上一放，说："孩子不是我自己的，你来哄他！"

林佳铭走了过去，把孩子的抱被解开一看，原来孩子已经拉了，他说："孩子一哭你就该第一时间看看他有没有拉尿，是不是饿了，没有目的地抱着走来走去是没用的。"

欧小歌说："你那么有经验你来哄好了。"

林佳铭笨手笨脚地给孩子换尿裤，可是还没等把新的尿裤展开，林乐乐突然尿了，尿冲得很高，直接上天了，后来全部落在林佳铭的衣服上，林佳铭有点懊恼，把尿裤一放，去换衣服了。

欧小歌因为跟林佳铭正生气，索性就等他回来再换，她坐在旁边玩手机，林乐乐在四面朝天地伸胳膊动腿。

林佳铭洗好手回来一看孩子还四肢乱晃地待在床上，火又来了，说："你就不会给孩子换好吗？"

"你不是有经验吗？你来换好了。"

林佳铭没办法，只好忍着怒火帮孩子换尿裤，刚把安全扣扣好，后来他又想起什么来，把尿裤重新解开，去端了一盆水，拿起一块布，准备给孩子洗洗屁股。

欧小歌说："不是用湿巾擦一下就可以了吗？"

林佳铭没听欧小歌的话，继续拿着布在孩子的屁股上擦，没想到刚一擦，林乐乐就放声大哭起来，而且每擦一下，孩子大哭声就更强烈一些。

孩子的哭声把林父和厨房里的林母都引了过来，林母手里还拿着铲勺，满头大汗不断地顺着头发向下流，她用袖子擦了擦，把手里的东西往桌上一放，就去抱孩子。

欧小歌看到林母的手上还有很多油，衣服上也有浓重的烟熏油味，再一看炒菜的铲勺就那么放在铺着洁白餐桌布的桌子上，往下滴着油，欧小歌感觉自己简直快崩溃了。

林母来回抱着孩子晃了几圈，问道："是不是饿了？是不是饿了呀？"

"有可能，小歌你给孩子喂喂奶吧。"林佳铭对欧小歌说。

欧小歌抱过孩子，撩起衣服就喂奶，林父非常难堪地转了转身子，想了想还是走了出去。

无奈孩子无论如何也不肯吃奶，欧小歌急得心烦意乱，林母说："是不是奶水不足啊？为什么娃连看都不看？"

"不看就说明不饿。"欧小歌把衣服放下来。

林母说："那有没有拉，有没有尿啊？"

"娘，他刚才刚拉完、尿完。我给他换的。"林佳铭说，"本来想给他洗洗屁股，没想到他突然大哭起来。"

林母一边念念着娃娃听话一边来回走，可是孩子的哭泣声完全没有停止。

她把宝贝放在床上，看他的屁股，一看不要紧，发现孩子的肛门附近变成红红的了，林母说："娃娃的屁股淹了！"

欧小歌听到这话，马上跑过来看，果然，林乐乐的屁股整个变成红红的了。

欧小歌急得团团转，不知道为什么会这样，她摸起电话来，打电话给李心如，问孩子的屁股怎么那么红。李心如说回家后就用尿布吧，不要用纸尿裤了，那个透气性肯定没有尿布好，而且既然大家都在家里，要多给孩子看着点，不要让屎尿总是在屁股上沾着等等，还说要欧小歌去药店买一瓶护臀霜。

林佳铭听到这话后马上飞出去买护臀霜，买回来之后欧小歌小心翼翼地给孩子洗干净屁股涂了一层，然后喂孩子吃奶，果然，折腾了大半天的林乐乐老老实实地吃奶睡着了。

累了大半天，欧小歌只觉得浑身酸痛难忍，就想躺下大睡一觉。这几天住院，林乐乐几乎都是白天睡觉晚上折腾，而且每次睡觉的时间都很短，所以欧小歌几乎没怎么能够好好休息过，而且经过生产和几天的住院，她感觉自己的头发和身体都非常脏，很想冲进浴室好好地洗个澡，然后吹着空调大睡一觉。可是这些都是月子里的禁忌，又是李心如苦口婆心再三嘱咐的，所以尽管欧小歌很痛苦，却还是忍耐着。

现在她只想趁孩子安静了一会儿自己蒙头大睡，林佳铭却喊她去吃饭，说母亲已经忙活了一个上午，就等着欧小歌好好地、吃一顿。欧小歌本来也没什么胃口，一听说什么猪蹄黄豆，什么排骨粥，怀孕时候的那种恶心的反应又上来了，她表示自己不饿，然后闭上眼睛睡了。

林佳铭看欧小歌也实在是累了，于是跟父母说叫他们先吃饭，等一会儿欧小歌醒过来再说，林父林母脸上露出为难的表情，意思是这些都是专门为催奶给欧小歌做的，他们随便吃点面条就够了，大鱼大肉过于油腻，他们享受不了，结果推来推去，一桌菜晾在那里，谁都不想先吃。林佳铭劝父母不听，自己也没什么胃口了。

欧小歌刚刚打算进入梦乡，蒙蒙眬眬中，听到手机响，这一响不要紧，把正睡得很香的林乐乐给吵醒，林乐乐咧开大嘴大哭起来，哭声惊天动地。

欧小歌一边哄孩子一边接电话，这时候坐在外面发呆的三个人分别走了进来，林母看孩子是不是拉了，林父则随手把旁边堆着的几块脏尿布拿进了厕所里准备洗一下，林佳铭则帮母亲弄孩子。欧小歌嫌吵，一只手堵住耳朵，一只手拿着电话去了阳台上，电话是好久没联系的宋洁打来的。

宋洁在电话里哭着说自己现在正在住院，说是跟婆婆前段时间一直在吵架，气得得了乳腺炎，疼得要命，而且因为在打针，也暂时不能给孩子喂奶。听了宋洁的话，欧小歌心里也很难过，她连忙问她到底什么原因，宋洁只简单地说跟婆婆闹矛盾，欧小歌这边还没等详细问问，林佳铭又在那边喊起她来，欧小歌心烦意乱地说一会儿再给宋洁打过去。

林佳铭对欧小歌说："你怎么回事？现在忙成一团，你还有时间打电话聊天？"

"你们不是都在吗？我难道接一通电话都不行？"

"行，你接电话去吧，孩子你也别管了，欧小歌，我从来没有想到你这么不负责任……"林佳铭低声地嘀咕着，林母偷偷地碰了他的手一下，他把后面的话忍了下来。

可是这些话已经被欧小歌给听到，她高声地问："林佳铭，你把话说清楚好了，我不负责任？我走到鬼门关把孩子生下来，我不负责任？那么你呢？是不是怀孕、生孩子、照顾孩子全是我一个人的事？你换块尿布把你委屈成这样？"

林母张了张嘴，没说出什么话来。

林佳铭却不干了，说："既然知道是大家的事情，就应该大家一起干，你生了孩子受了罪，这是没错，可是每个女人都会有这样的经历，你不必特别感到自己有多大的牺牲和委屈。"

"林佳铭！"欧小歌气得嘴唇发紫，林佳铭也毫不示弱，直直地看着欧小歌，欧小歌气愤难当，眼泪夺眶而出。林母看到欧小歌哭了，赶快对林佳铭说："不要再吵了，看看娃的屁股怎么越来越红了？"

一句话让两个僵持不下的人忘记了争执和赌气，俩人同时冲向了林乐乐，看到林乐乐的屁股比先前更红了，而且红肿的位置有点发硬，林佳铭说："怎么越来越严重了？

欧小歌看到儿子的屁股红成那样，心里也着急，李心如建议的护臀霜看来没什么作用。

林母说："我们老家，孩子要是淹了屁股，都是炒点茶叶碾成末，抹上就好了。"

"是吗？那我去炒茶叶。"林佳铭急忙照自己母亲的话去做。

林父这时候把孩子的尿布都洗好了也晾到了阳台上，他对欧小歌说："小歌，饭菜快要凉了，你先吃饭吧，我跟你娘先看着娃娃点。"

"我现在哪有心情吃饭呀？"欧小歌说。

就这样，因为林乐乐的红屁股，四个大人都没有心情和胃口吃饭，林母也还是心疼儿子的，不断催促林佳铭去吃饭，后来林佳铭也觉得自己肚子有点咕咕叫，所以没顾及其他人，自己先吃饭去了。

碎茶叶末涂抹了林乐乐的整个屁股，可是茶叶并没有帮助他缓解疼痛，林乐乐的大哭终于被揭开是因为屁股疼造成的了。

事情发展到傍晚，当疲惫的欧小歌再次检查儿子的屁股的时候，可怕的事情发生了——

先前红肿的地方出现了破皮，而且好像还有脓水流出，很明显，先前的做法起到了更差的作用。

面对这个状况欧小歌只觉得自己的心理防线几乎崩溃掉了，她喊来林佳铭的母亲，几乎是用指责的语气问道："你看看你说的茶叶末，让宝宝的屁股烂掉了！不是说你们老家的孩子都用这种方法吗？"

林母过来看了看，显然也没想到会发生这样的事情，她的表情为难而愧疚，一把抱起孩子，抹起眼泪来。

林佳铭也看到了孩子屁股的惨状，当机立断地说："去医院吧。"

几个人风风火火地带着屁股上有伤的林乐乐直奔儿童医院，到了医院，医生看了看林乐乐的屁股，轻描淡写地说："尿布疹，很正常，抹点药膏吧。"

说完，给林乐乐开了两盒鞣酸软膏，又嘱咐林佳铭平时要多给孩子晾着屁股，尽量不要用纸尿裤或者不透气的东西，林佳铭连连点头，而欧小歌已经累得连话都说不出来了。

回家的路上，林母不断地劝欧小歌，说娃娃出生之后很可能会有这样那样的问题，不用太担心，在他们老家，对孩子可没这么仔细，一般都把孩子扔在床上，大人就出去干农活或者忙家务了，孩子也不一个一个地长大了。本来是好心的劝慰话，可是此刻在欧小歌听来是如此刺耳和风凉，欧小歌忍不住说："全家就这么一个孩子，大家还是多上点心吧。"

一句话把林母堵在了当下，林佳铭本来还想替母亲说句话，但是想到如果这样很可能还会引起新一轮的战争，此刻，面对变得情绪非常急躁的欧小歌，他已经非常疲倦了。

宋洁在病房里寂寞地打着针，陪伴她的不是丈夫张大飞，而是自己的母亲。

前些日子宋母一直要回老家，可是张大飞的母亲明确地说她不带孩子，说自己身体不好，而张大飞的那个妹妹也根本靠不住，为了女儿能够把月子顺利坐好，她还是选择了委曲求全，明知道女婿并不欢迎自己，却不能因为赌气而让女儿受罪。

可是千没想到，万没想到，无论自己怎么小心，怎么保护，女儿还是跟婆婆吵了起来。

吵架的原因其实很简单，孩子自从出生后，张母几乎从来没有抱过孩子，虽然她也已经接受了“又是女孩”这个事实，可是她打心眼里不喜欢女孩，经常话里话外地带出嘲讽，这些宋洁和母亲都默默忍受，就是不愿意在月子期间发生冲突。一方面是害怕宋洁生气落下病，再一方面是怕再闹起来，宋母彻底没有留在这里的余地，也就不能继续照顾女儿坐月子了。

没想到张大飞的母亲却越来越过分，有时侯还会控制伙食费。在她的概念里，钱是她儿子赚的，多花一分在宋洁身上她都会心疼，月子里本来应该多补充营养，可是因为是张母控制着财政，所以天天都是清汤寡水，宋洁的奶水非常少，奶水少桃喜就老是因为吃不饱而哭，吃不饱就要买奶粉，买奶粉花钱张母又老大不高兴，觉得本来就是个女孩很扫兴，却因为妈妈的奶水不够又要额外花钱，于是大矛盾小矛盾不断在这个由婆婆控制的家庭中上演。

张大飞本来打算照顾妻子月子，可是家里天天吵架，孩子又老是哭闹，母亲又天天跟自己抱怨，实在也没办法忍受下去，于是又去上班了，图的就是耳根清净。可是他的撤退给了宋洁更大的精神打击，她处于一种可怕的自怜情绪中无法自拔，又陷入无法满足孩子的需要中内疚不已，如今闹成了乳腺炎还要忍受非一般的疼痛，日子该怎么过下去?

宋洁的母亲分分明明地看到女儿的处境，却没有办法帮助她，只好偷偷地抹眼泪，她的眼泪让宋洁更加无法承受，母女俩本来是在高高兴兴迎接着新生命小桃喜的喜悦兴奋中，却如坠地狱般难过、煎熬。

“妈，我真的有点后悔嫁给张大飞。你说我到底图他什么？他又不帅，又没钱，还有那样一个妈那样一个妹妹，如果我选一个有钱人，哪怕他对我不好，最起码我有物质上的保障，孩子也不至于跟着我挨饿受苦的。”

“小洁，这都是缘分啊，其实说实在话，大飞对你也还算不错，虽然他没什么出息，可他挺诚恳的，就是他那个妈太难缠了，我自己也做母亲，没听说过儿女结婚后，财政大权交给老妈子来管理的。”

“其实他妈就是一个财迷，因为我生完妞妞后，工作一直不稳定，收入也不多，所以她觉得她儿子亏了，觉得我老花她儿子的钱，所以隔三岔五地来北京，找各种借口住在我们家，其实目的就是让他儿子的钱不至于全花在我身上。”

宋母叹了口气说：“小洁，虽然我知道生活很艰难，女人外出工作不是一件容易的事，可是女人要想有尊严、有地位，真的不能放弃工作的机会，我看你等桃喜大一点，就赶快回公司上班吧，别受这种气。”

宋洁茫然地说：“妈，结婚的意义到底是什么？”

宋母无语而对。

宋洁说：“我以前总觉得家庭是一个人最大的依靠，亲人是最大的依赖，结婚代表的是稳定，可是我的婚姻到底给我带来了什么？如果没有这个孩子，我的事业正好遇到一个突破口，那么好的升迁机会，我错过了，下一次升迁不知道猴年马月。我已经三十岁了，已经没有任何竞争力，除了一个破败不堪的家庭，我一无所有。”

宋母掉眼泪，为女儿的遭遇。

宋洁说：“如果没有结婚，我也许现在还是一个潇洒的单身族，没有孩子、房租的羁绊，没有恶婆婆的气受，没有任何不公平的对待，不需要忍耐任何人。为什么要结婚？到底为什么要结婚？如果没有结婚，我完全可以每天打扮得漂漂亮亮，想约会就去约会，想晚睡就可以晚睡；如果没有结婚，我也许会步步高升，甚至出国深造。然而现在，我所有的光环都消失了，我是谁？我只是一个穷屌丝的老婆，两个被奶奶嫌弃的女孩的母亲。妈，这就是婚姻带给我的一切。”

打完针回家的时候，还没走到楼梯口就听到桃喜撕心裂肺的大哭声。

宋洁和母亲听到孩子如此惨烈的哭泣声，不知道孩子发生了什么事，快步跑了回去。

一推门，吓了宋洁一大跳，狭小的客厅里坐了四个人，正在表情肃穆地打麻将，张母更是一本正经地抽着烟，面前一大堆花花绿绿的票子。

哭得惊天动地的孩子，在麻将桌旁边像是伴奏音乐，谁都没在意这个小家伙到底怎么了，为什么哭得那么壮烈。

看到宋洁母女回来，张母连忙说：“你们回来得正好，小家伙正在哭呢，快去看看是不是尿了还是拉了。小孩子真是麻烦，不是哭就是闹，不是拉就是尿，真是赔钱货呀！”

说完，扔出一张牌，仿佛那个哭得上气不接下气的小女孩跟她没有半丝关系。

牌友在旁边随声附和说：“是呀，咱们一把年纪了，也不能安心享受点生活，还得伺候这些小祖宗，孽债呀！”

宋洁忍注心里的怒火，冲向桃喜，只见桃喜哭得脸色都发了紫，满脸都是眼泪，连嗓子都嘶哑了，看起来至少哭了有十分钟以上。

宋洁心疼地抱起女儿来，宋洁的母亲赶快去冲奶粉，可是小桃喜明显已经太饿了，看到母亲来了，小嘴一个劲地做出找奶吃的样子，宋洁的心都要碎了。

好容易冲好了奶粉，可是水太热，孩子又着急，于是宋母找了一个大杯子，来回倒奶粉，希望它快点冷却下来。折腾了差不多有一刻钟，桃喜终于喝上了奶粉，可是没喝几口，就突然脸色一变，头一别，哇哇大哭起来，宋洁抱着孩子来回晃，宋母尝试再次喂孩子喝一口，可是桃喜无论如何也不喝了。

解开纸尿裤一看，原来孩子已经拉了一屁股，宋母气得低声说："太不像话了，咱们出去总共也没俩小时，竟然让孩子拉成这样，还好意思在外面打麻将！"

张大飞晚上回家的时候，宋母正在厨房里做饭，张母则还在打麻将。一看张大飞回来了，几个牌友也发现到了该吃晚饭的时候，于是纷纷告辞，张母还恋恋不舍地说："哎呀，再玩一会儿嘛！好不容易那么高兴！"

几个牌友坚持要走，大家就约好了下回打牌的时间，张母这才推了一把乱七八糟的牌，伸了个懒腰，对儿子说："今天手气真不错，赢了三十多块钱呢！"

张大飞走进屋里，看到宋洁抱着熟睡的孩子一动不动地面向墙坐着，张大飞走过去说："今天怎么样？去打针了吗？"

宋洁一句话没说，张大飞一看，原来宋洁抱着孩子，一直在掉眼泪。

张大飞问道："怎么了？"

宋洁没说话，张大飞又问了一遍，这时候正好张母推门进来，看到儿子围着宋洁低声细语说话的样子，气不打一处来，说："坐着个月子哭什么哭？哭坏了身子没奶给孩子吃，又要喝什么奶粉，一个月光奶粉钱下来，都够四个大人的伙食费了！"

宋洁擦了擦眼泪说："不至于吧？我平时吃饭估计连三十块钱的标准都够不上呢。"

张母说："天天吃肉天天有鸡蛋，怎可能连三十块都没有？你这是什么意思？暗示你应该改善生活？"

"你不是嫌我没奶吗？你多给我弄点下奶的饭菜，我能没奶吗？"宋洁说。

"笑话，你没奶还怪我了？人家农村的女人，生完孩子就下地干活，人家吃的是地瓜玉米，怎么照样有奶？照样把孩子喂得饱饱的？怎么就你娇贵了？还非要顿顿吃排骨不成？"

“妈，算了别再吵了！”张大飞一看到母亲和媳妇又要开始一场战争，连忙举手求饶，“我累了一天了，你们就不能让我安静会儿？”

大家沉默了一会儿，张母唠唠叨叨地走了出去，宋洁说：“今天下午我去打针，回来的时候孩子在哭，你妈却在那里打麻将。”

张大飞说：“我妈身体不好，打打麻将也没什么吧？”

“你有没有搞错？我现在身体这么差，又是在月子里，难道她不能帮我照顾一下孩子？”宋洁吃惊地说。

张大飞说：“我妈早就说过了，她身体不好，没办法给我们看孩子。再说了，你妈不是在吗？你去打针一个人就可以了，还要你妈陪你？”

“你妈身体不好，孩子哭得上气不接下气，她连看一眼的力气都没有？坐在那里打一下午麻将却神采奕奕的？张大飞，你要搞清楚，我妈来照顾我，不是给我们当保姆的！”

“你到底想怎么样？”张大飞说，“你没觉得你生完孩子之后，整个人都变了吗？”

“变的是你！”宋洁叫道，“我真不明白，为什么你总是装糊涂？明明是你妈不对，你却拼命维护她。”

俩人正在僵持，宋洁的母亲推门进来，手里端了一碗红糖鸡蛋，她看到张大飞后，没说什么话，只对宋洁说：“小洁，趁热把这个吃了。”

宋洁点了点头，宋母接过孩子，让宋洁先吃饭。张大飞走了出去，一出门就看到母亲在那里数钱，满脸乐开了花，张大飞忍不住说：“妈，您别老玩牌了，现在小洁身体不好，您有空也帮她带带孩子。”

张母一听这话，脸色立刻一变，说：“你媳妇跟你告我的状了？我怎么没帮她看孩子？她娘儿俩一出去就是两三个小时，这时候谁在看孩子呀？只不过正好今天她们回来的时候，我马上要和，不能走开，怎么能说我不看孩子？”

“我知道，可是……”张大飞脸上露出为难的神色。

张母说：“对了，你妹妹说了，她最近认识了一个不错的男孩，要给她找个工作呢，好像是在什么超市工作，听说收入还不错呢。”

“哦。”张大飞显然对妹妹的事情并不关心。

张母继续说：“我叫她好好谢谢人家，给她拿了三百块钱，叫她请人家吃饭去了。”

张大飞说：“有谱没谱啊，就花钱请他吃饭？别再是个骗子。”

“看你说的，怎么会是骗子，咱们婷婷多精，她怎么会被人骗了？放心吧，婷婷说了，过几天上班了，就自己租一间房子，免得整天看你媳妇脸色。”

“妈……”张大飞阻止了母亲下面的话，因为宋洁这时候已经出来了，她的脸色非常不好，身体本来就瘦弱，现在加上生病和生气，更显得形单影只，非常憔悴的样子。

张母在背后说：“你看她整天板着一张脸的丧气相，怎么可能生男孩？”

吃完晚饭，宋洁一直没有再跟张大飞说话。

张大飞对宋洁说：“小洁，我知道，又生了个女孩你心里也不痛快，可这个是没法改变的事实，反正也都是我们的孩子，我们就试着接受她吧。”

宋洁像在看一个陌生人一样看着张大飞，说：“你在说什么？”

“说你呀，自从生了桃喜之后一直心情不好，其实我知道你也希望这一胎生个男孩的，咱们还年轻，以后没准政策好了还有机会再要一个，你说呢？”

“张大飞，你终于把你心里的话说出来了！”宋洁怒不可遏地站了起来，“我一直以为可能你跟你妈不一样，毕竟孩子是你的亲生骨肉，没想到你们俩的观念是一模一样的，就是不喜欢女孩！”

“你怎么了？我这不是在劝你吗？我是说我们好好待她就行了，这有什么错？”

“你的潜台词就是你也不喜欢女孩，可是你又改变不了事实，所以只能勉强自己去接受，不是吗？”

张大飞说：“你这么说话我们简直都没办法对话了！”

正说着呢，突然听到屋外面嚷了起来，张大飞赶快走了出去，只看到自己的母亲依在门框上，对着正在洗碗筷的宋母说：“我只是建议建议，你何必那么大的怒火呀？”

张大飞问道：“妈，怎么了？”

宋母看到张大飞，把碗筷一放，说：“你问问你妈刚才说的是什么！”

张大飞看着母亲，张母则把嘴一撇，说：“不至于吧？我就是好心提议，你何必生气？真是有其母必有其女！”

说完，张母就摇头晃脑地走了，宋母觉得气不过，追出来说：“我都不敢相信你自己也是个做母亲的人！你天天游手好闲也就罢了，孩子用不着你看，活也用不着你干，全是我来，可是你也别欺人太甚了！”

“妈，到底怎么了你们？”张大飞听不明白两个老人之间的对话，着急地问。

宋母回过头来说：“你妈说要小洁把孩子再送给我，假装没生，你们俩再生一个！”

张大飞被这句话给惊到，他也没想到自己的母亲会说出这么过分的话来，一时间不知道该说什么好。

张母看到张大飞的表情并不好，赶快扯着嗓子说："怎么了吗？我就是一个好心的建议，你觉得不可行就算了，我这不是跟你商量吗？"

"你说的那叫人话吗？小洁刚生完孩子，刀口还没愈合好，现在又要去打针，你不但不关心她，反而总在旁边说风凉话！"

"男人修阳关道，女人修产床，她难产是她自己品行不好、心眼不好，怎么跟我有关系了？她乳房发炎更是不关我的事，是她不多给孩子吃奶，奶水才堵住的，我还没抱怨她饿到孩子，怎么你这个做妈的护女儿反倒把所有的罪过推到我身上来了？大飞啊，你评评理，这是怎么回事呀！"

正在闹成一团的时候，宋洁突然抱着孩子出现在客厅中，目光严峻地看着张大飞的母亲，张母因为自己平时的品行，此刻面对宋洁凛冽的眼光，心里也有些发毛，说："你……要干什么？"

宋洁沉默了大概五分钟后，对张大飞说："明天去买张票，送你妈回家。"

张大飞还没反应过来，宋洁说："我们家里实在没有办法容纳太多的闲人，明天马上买火车票，我们出钱，把你妈送走。如果她不走的话，那么要走的，就是我。"

当然，宋洁的这番话说出来之后张母哭天喊地的闹腾不必过多描绘，总之，这一夜，张大飞和宋洁都失眠了，桃喜则一晚上哭醒过来七八回，每次醒来，宋洁都是呆呆地看着她，张大飞则去给她冲奶粉，一晚上折腾得够呛。张大飞也实在已经没办法化解自己母亲和老婆之间的怨恨，于是，他也暗暗下了决心，天一亮，他到附近的火车站售票处分别买了两张火车票，一张给自己的母亲，一张给宋洁的母亲，在他看来这是最好的处理办法了。

火车上，分别有两个白发苍苍的老人各自驶向不同的地方，一个一直在火车上掉泪，另外一个则一路上都在诅咒，无论怎么说，张大飞只是感觉自己的身心快要被折腾得承受不住了。

不过，送走两个老人后接下来的问题，也足够令张大飞头疼的。

比如说，宋洁现在生病，要去医院打针，可是孩子不能离开人；比如说孩子晚上老是闹腾，俩人一晚上都睡不好觉，第二天他还要坚持去上班，而宋洁也不能休息，还要连续照顾孩子。

吃饭也是大问题，原来宋洁的母亲在，她早晨去采购，回来三餐都是她做，如今她也走了，剩下俩人一个要上班，一个要看孩子，谁来做饭？后来他想来想去，决定请一个月嫂，本来是觉得找个月嫂帮忙带孩子一切问题都可以解决，可是一到家政中心询问月嫂的情况，着实把张大飞给吓到了。他本以为请个月嫂也就一两千块搞定，没想到家政中心的人告诉他，如今月嫂的工资基本跟白领差不多，都是训练有素，持证上岗的，最低档的也要五六千块，还要管吃住，而素质高些的都要上万了。张大飞傻眼了，找一个月嫂比自己的工资还高？

他走出家政中心的时候，简直可以用“万念俱灰”来形容了，他有点后悔自己冲动地把老人们都送走，以前有俩老人在，虽然自己的母亲不怎么出力，但是至少有个人在，方便照应，而自己的岳母更是勤劳朴实，把一家人照顾得妥妥当当，实在是解决了他所有的后顾之忧。现在他一赌气把她也送走，剩下的难题只能自己去扛了。

张大飞后来想到自己的妹妹，她没什么工作，身体又健壮，帮帮忙带带孩子应该没什么问题，便跟张婷婷商量让她帮忙照顾孩子的事。还没等开口，张婷婷却噼里啪啦地教训起他来，指责他为什么把生病的母亲送走，为什么擅作主张，为什么不跟她商量，为什么为了宋洁对自己的母亲那么残忍等等，已然是道德审判官的模样。张大飞焦头烂额地跟她简单说了说自己的想法，说自己暂时把母亲送回老家一段，也是害怕她受累，等孩子稍微大些再把她接来等等，张婷婷撇了撇嘴，不置可否。

然后说到看孩子的事情，张婷婷瞪大眼睛不可思议地看着张大飞说：“哥，你没搞错吧？你拿我当保姆了？”

“什么保姆？现在特殊时期，只有你能帮我了，如果我把工作辞了，一家人喝西北风去吗？”

“干吗不请保姆啊？你也太抠了吧？请个保姆，让宋洁也去上班，干吗整天把她当个大少奶奶一样捧着？你看人家谁生完孩子不去上班呀？就她娇贵！”

“请得起保姆我就不找你了！”情急之下张大飞忍不住也说了实话，“你知道请个月嫂要多少钱吗？我要是有那份钱，我也什么工作都不干了，在家里天天养着。”

“你别指望我，我可不帮你们看孩子，咱妈看她脸色还不够？现在还要我看她脸色？你要是觉得请保姆贵的话，你可以让她自己看嘛，我马上就要上班了，我可帮不了你。”张婷婷绝情地说，看到张大飞实在为难，她又说，“要不这样吧，你给我每月两千块钱，我帮你找一个便宜的保姆，怎么样？”

“你歇着吧！”张大飞气呼呼地走了。

“喂！你干吗这样对我啊？宋洁怎么就不能看孩子了？咱妈一个人不是把咱们俩都养大了吗？她找谁帮过忙呀？”

张大飞停住脚步说：“宋洁她一个人在家里带孩子，吃饭怎么办？晚上孩子闹得那么凶，她根本都没法休息，白天又要带孩子，这么下去身体垮了怎么办？”

“说来说去你还是心疼她！谁让你把一个现成的保姆送走的？她妈在这儿不是照顾得很好吗？”

“你帮不了就算了，别说风凉话了！”张大飞这次头也没回地走了。

Chapter 26 //

“辣妈”美丽计划

欧小歌站在镜子前面，努力地吸着气，前后来回地看着镜子里的自己，像是被偷偷扎了针眼的皮球一样泄了气。

她原来很天真，以为生完孩子之后，那个巨大的肚子便可以自行收回去，没想到现在生完孩子已经快半个月了，肚子却还是像怀孕时候那么大，而且因为怀孕时候肚子撑得太厉害，也没听话涂抹橄榄油，满肚子上都是花纹，像一个血丝满布的西瓜，近看还有一道道凸起的痕迹，简直惨不忍睹。

不光是肚子，欧小歌感觉自己整个人都圆了一圈，手臂、脖子、脸、胳膊、大腿、屁股、小腿甚至脚。之前欧小歌的身材非常好，细腰长腿，衣服基本是最小码的，怀孕后因为一直穿孕妇装，所以也没怎么太在意身材问题，现在所有的衣服没有一件穿得进去，曾经有一件套上之后下不去也脱不下来，勒在半空中把欧小歌牢牢捆绑住，差点造成窒息。

看着自己的身体，欧小歌才真切地意识到一个问题，生孩子原来真的是一条“美丽毁灭”之路，难怪那么多的女人不敢母乳喂养，难怪有那么多的机构针对产妇推出各种套餐。欧小歌实在是太自信了，涉世未深的小女孩，以为好运都在自己手里，有孩子之前是无敌美少女，有了孩子也会自动升级无敌美辣妈，如今当她看到这样的自己，她只有沮丧、失落和绝望，如果就此松懈下去，也许身体永远没办法恢复原状了。很多女人真正告别少女时代，走向“邋遢，不修边幅”的黄脸婆，正是生完孩子之后吧。

不光是身材，脸色也一直不好看，因为怀孕期间一直不敢用化妆品，淡淡的妊娠斑也就大胆地留在了脸上，虽然欧小歌很年轻，可是生育过后的痕迹却是隐藏不了的，镜子前面的欧小歌，简直立即抑郁了。她没办法相信自己有一天也会变得那么平凡，那么普通，那么家常，那么“像个妈妈”。难怪很多人不愿意要孩子，难怪说母亲“伟大”，在这些充满安慰的赞誉背后，隐藏着多少辛酸和牺牲。

当然，孩子给母亲带来的快乐也是很珍贵的，可是因为生孩子所付出的代价实在是太大了。

痛定思痛，欧小歌决定给自己制订一个减肥美容计划。她上网搜索了很多关于产后瘦身的食谱，下载了一些产后恢复的瑜伽和健身操，还买了收腹内衣，各种祛斑祛妊娠纹的产品，还有一些网红产品她也打算买来试试，总之，不但从自身方面积极锻炼，还要去专门的产后恢复中心做仪器瘦身和美容。她给自己三个月的时间，尽快恢复原来的美丽。

对于欧小歌的这个伟大计划，林佳铭却不以为然，他认为欧小歌现在的样子挺好的，并没有她自己想象的那么可怕，而且做了妈妈为什么还要像少女时代那样？妈妈有妈妈的美丽，少女有少女的风采，完全不是一回事，对于欧小歌给他看的那种让她羡慕不已的“抱着孩子的少女妈妈像姐姐”的照片，他也不以为然，觉得那种妈妈瘦骨嶙峋的一看就靠不住，养不好孩子，甚至抱不动孩子。

最重要的，现在是哺乳期，营养根本不能减少，否则对孩子成长健康不利，欧小歌坚持要减肥，林佳铭也头疼得很。

有一次暗地里跟母亲说了一下，林母非常生气地说：“这怎么行？现在还在月子里，要是一减肥，娃就没奶吃了呀！”

“我劝她她也不听，本来说月子里不能洗澡洗头的，你看她没坚持一周，就全破戒了。”

林母说：“将来有她后悔的啊，现在的年轻人，都不拿老规矩当回事，那可是祖祖辈辈传下来的教训，不遵守肯定会受罪的。”

对于欧小歌的这些打算，李心如也提出了反对意见，虽然她一赌气不去见女儿了，可是没几天她就绷不住了，天天打电话给欧小歌，不光询问日常的生活、孩子的情况，更是关心她的月子，因为月子对于女人的意义，她实在太深有体会了。当年生欧小歌的时候，她就是没注意月子里的种种讲究，结果落了一身病，虽然也不是什么大毛病，可是头疼骨头酸的毛病一直跟随着她，所以她对于女儿的月子，也是非常上心。

后来林佳铭有一次主动给李心如和欧正打电话，又加上欧正经常做李心如的思想工作，她也就想通了，不再跟林佳铭生气，所以日子逐渐又恢复了正常。

她跟欧小歌说，女人生完孩子后，要恢复没那么快，要慢慢来，尤其现在要喂奶，更不能从饮食上减肥。那些产后恢复中心，也差不多都是美容院改的，什么承诺多少天里减多少厘米，基本是虚假广告，骗钱的。

欧小歌听不进去母亲的话，执意去了一家产后恢复中心，结果那里连秤都没有，只是拿尺子量了一下欧小歌的腰、胳膊等部位，说可以保证治疗后能够比现在缩小三到五厘米，欧小歌回家自己拿尺子一量才发现产后恢复中心的人每个部位都多给她加了几厘米，所以可以基本肯定的是，不运动、不节食、不吃药，不知不觉减多少厘米的神话基本是个骗局。

说来说去，减肥还是要靠残忍的意志力，狠狠地节食，狠狠地运动，除此之外，根本不可能有其他可能。

这天，李心如来看孩子和欧小歌，林母正在准备饭菜，李心如看到林母准备了菠菜、豆角什么的一堆素菜，对林母说：“亲家，小歌现在吃这些是不是有点太素了？”

林母愁眉苦脸地说：“我也是这么说的，可是现在小歌要减肥，说不吃肉，不吃鱼，不吃荤的，我劝她，她不听啊。”

李心如走到屋里，看到欧小歌光着脚正对着镜子在做操，李心如着急地说：“小歌，你可不能胡闹了，你怎么能光着脚踩在地上？”

“没事，妈，天儿这么热，不会凉到的。”欧小歌继续伸胳膊蜷腿地做着运动，李心如赶快拉欧小歌坐在床上：“你还在坐月子呢，你着什么急？等你以后不喂奶了，自然就瘦下来了。”

“那要等到什么时候啊？”欧小歌老大不高兴地说。

“女人生了孩子，再想完全恢复原来的样子基本是不可能了。”李心如这话一出口，欧小歌更加难过了。

李心如赶紧安慰了她一番，欧小歌本来对自己很有信心，听了母亲的话感觉又一次掉入情绪深渊，觉得没法活下去了。

正好这时候林乐乐也醒了，要吃奶，欧小歌给他喂奶，可是吃了几口林乐乐就不吃了，还是大哭，欧小歌很奇怪，李心如说：“是不是奶水不足？孩子饿了着急吸奶吸不出来？”

欧小歌用手挤了挤，果然一滴奶都挤不出来，她才开始着急。

李心如说：“小歌，做女人是要有牺牲的，不能只为了漂亮、好看，你现在牺牲的是孩子的健康，现在一切应该以孩子为主，等孩子长大一点，断了奶，你再考虑减肥的事情吧。”

欧小歌虽然着急自己的身材，可是看到儿子着急大哭的样子，也不得不暂时放弃了快速瘦身的念头。

她拿了奶瓶去给孩子冲奶粉，刚一到厨房，就看到林母点起了火，倒上油，然后把盐加了进去。

欧小歌拿了奶瓶回去，跟李心如说了林母在油里放盐的事情，李心如想去跟她说说，说要是在那么高温的油里放盐，盐里面的很多微量元素就破坏了，但是欧小歌劝母亲说算了，以后找个机会潜移默化地提醒一下比较好。李心如想想，觉得虽然是亲家，但是毕竟不能像一家人一样毫无顾忌地说话，也就作罢了。

给林乐乐喂完了奶粉后，就听“扑通”一声，欧小歌说：“准是又拉了。”

李心如给孩子换尿布，却看到孩子的屁股还是红红的，她关切地说：“怎么还这么红？抹了药膏也不管用吗？”

欧小歌说：“是呀，那个药膏抹完之后没问题，很快就好了，可是他总还是要拉要尿，屁股就还会红，恶性循环。”

“这看了可太让人心疼了。”李心如一边说着，一边把尿布换好了。

“你平时多给孩子晾着点屁股，让它保持通风状态，对尿布疹会好一些。”

“妈，你看，乐乐的脸怎么了？”欧小歌突然像发现了新大陆一样惊奇地说，李心如凑过来一看，林乐乐的额头上和两腮边起了一些小红点，李心如看了半天，说：“你是不是吃辣椒了？”

“林佳铭他妈做饭都放辣椒的，他们贵州人特爱吃辣。”

“那怎么行？你现在不能吃辣的，要不然孩子吃了你的奶会上火的，我看这个疙瘩可能跟辣椒也有关系。”李心如说。

“那我得提醒她一下，让她以后别搁辣椒了。”欧小歌去厨房跟婆婆说话，一进厨房，只见婆婆正用汤勺盛起一小勺汤，放在嘴边尝了尝，然后又把汤倒了回去。

欧小歌被这一幕给吓到了，胃里马上翻腾起来，想起这一锅菜里都是婆婆残余的口水，她简直没办法接受。

林母这时候看到欧小歌过来，笑着说：“饿了吧？别着急，饭菜马上就好了。”

欧小歌想冲口而出问她为什么如此不讲究卫生，可是话到嘴边，滚了半天，终于没有说出口。经过那么多的家庭矛盾，她已经不再是那个口无遮拦快人快语的欧小歌，很多觉得说出来恐怕不妥当的话，都会想想最后生生地咽回去。

这时候林佳铭也从外面回来了，一脸轻松地说：“小歌，我回来了。”

欧小歌皱着眉头走进了屋，林佳铭一边跟着走进屋一边说：“儿子想我没？”

林乐乐莫名其妙哭起来。

欧小歌坐在旁边，一脸不高兴地说：“跟你妈说以后做饭不要老放辣椒了，你看宝宝脸上起了那么多小红疙瘩！”

“哦？我看看。”林佳铭凑过来看了一下，“这是怎么回事？是不是过敏？”

“是过敏！是对食物过敏！”欧小歌没好气地说。

“我妈给咱们做饭一直是放辣椒的，以前也没听你说过什么不好，怎么今天突然找起辣椒的麻烦来了？”林佳铭说。

“林佳铭！你这句话是什么意思？什么叫找辣椒的麻烦？”

“咱俩都喜欢吃辣，我妈平日做饭也都是按照我们的一贯口味来做的，怎么这样也出问题了？”

“现在不是关心你俩有什么口味的问题，最重要的，是什么样的饮食对孩子更好的问题！”李心如还是按捺不住自己的急脾气，嚷了起来。

“我们那边的孩子都是从小吃辣椒长大的，没有什么问题啊。”

“那是你们那边，你们那边有几个长得像样的？”

林佳铭气呼呼地走了出去。

欧小歌看到林佳铭对自己母亲的态度，生气地把一个抱枕扔了出去。

林佳铭下班的时候，看到陶叶子正向外面的公交车站走去，两个人发现了对方，陶叶子主动向林佳铭打招呼说：“还没回家吗？”

林佳铭说：“嗯，加了会儿班。”

“你们家小宝贝怎么样了？一直说去看他，一直没找到机会呢。”

林佳铭笑了笑说：“以后有的是机会。”

陶叶子看了看林佳铭，有点奇怪地说：“怎么看起来你的脸色这么差？”

“可能是没休息好吧。”

“有了孩子是不是很辛苦？”

林佳铭苦笑了一下说：“辛苦倒是没什么，可怕的是心累。”

陶叶子愣了，林佳铭叹了口气说：“先这样，车来了，我先走了。”

看着林佳铭略显憔悴的身影，陶叶子陷入了沉思中。

Chapter 27 //

我既然可以自己生活，要你有什么意义

宋洁做了一个大胆的决定，她打算跟张大飞离婚。

这个念头其实盘算已久，可是一直没有下狠心来实施，就像每一场战役必须要有一个导火索一样，压倒所有坚持信念的稻草，就是张大飞为了心理平衡，送走自己老妈的同时擅自决定送走岳母的事件。

这天，张大飞下班回家，宋洁说跟他谈一下，张大飞非常欣喜，因为自从送走了老妈和丈母娘后，宋洁一直冷着面孔不跟他说话，俩人在同一屋檐下进进出出，却互相视为空气，变成了两个最熟悉的陌生人。

张大飞以为按照宋洁的性格，生几天气就没事了，没想到一直过了一周，宋洁还保持着冰冷的姿态，张大飞心里也有些没底了。

桃喜睡着了，笑容安详地一个小人躺在一张大床上，单纯而干净，无辜又温暖，张大飞看着小女儿，心里竟然有点酸楚。

宋洁沉默了一会儿，简单地说："张大飞，我想了很久，我们离婚吧。"

"什么？"张大飞被宋洁的话给吓到。

抬头一看，宋洁的表情坚定而固执，仿佛在宣布一项既定的命令，而丝毫没有协商的余地。

"小洁，你怎么了？怎么突然说起离婚？别吓我啊。"

"离婚的事情我考虑很久了，这次我是认真的。"

张大飞说："因为什么？因为我把你妈送走？"

"因为我对我们的未来不抱任何希望。"

“这不是离婚的理由吧？”

“我想，我一个人跟女儿也可以好好地生活，你在或者不在，对我来说没什么特别的意义。”

“我不同意。怎么了你说离婚就离婚？婚姻可不是儿戏！”

“当然不是儿戏，正因为不是儿戏，我才郑重思考它存在的必要性。”

“别说气话了，小洁，不管什么事，我做错了你可以指出来，我努力改正，不要动不动就上升到离婚层面上。”

“你觉得我们的婚姻还有维持下去的必要吗？”

“怎么没有？我不管，我是不会同意离婚的！”张大飞坚决地表达了自己的观点。

宋洁说：“我们的婚姻是个错误。”

“……”

“结婚是个错误，生孩子更是错上加错，二胎则是错到离谱。”

“小洁，你别这么说好吗？我知道，这段时间我对你关心不够，但是我的心、我对你的感情从来没有改变过。现在我们有了两个孩子，你不能说走就走啊，有什么事你不满意的，我们可以坐下来慢慢谈，离婚不是解决问题的办法。”

宋洁说：“我们还有什么好谈的？谈你妈？谈你妹妹？还是谈你？我知道你妈一直看不起我，觉得我没有正式工作，总是花你的钱，也生不出儿子。张大飞，你不要逃避了，她是你妈，你其实什么都知道。可是因为她是你妈，你什么都装作看不见，明明知道她错了，却拼命地维护她，帮她遮盖，什么都不愿意面对！”

张大飞沮丧地说：“那你要我怎么做？”

“现在我已经不想提任何要求，我也不想继续忍受下去了，也许你应该找一个让你妈满意的儿媳妇。”

“你别说这样的傻话了。我知道，我妈有时侯说话是有点冲，可是她的心不坏，你跟她相处的时间很短，所以你不了解她的个性，我想，以后等我们有条件住上大房子，让我妈搬过来住，一方面可以帮咱们带孩子，一方面可以让你们有更多的相处机会……”

“张大飞！”宋洁几乎叫了起来，“你竟然有这样的想法？！”

“……”张大飞看着宋洁，不知所措。

“你妈心不坏？如果不是你妈，我能坐这样一个倒霉的月子吗？我不求她照顾我、伺候我，我只求她不要找碴，不要冷嘲热讽，不要处处责难！我妈一直担心我，怕我月子里生气落下病，可是你妈呢？你妈唯恐我安稳，只要看我心情稍微好些，马上就会搞出事情来让我生气！这些你知道吗？她天天在我背后说我的坏话，难道你以为我不知道？这就是你认为心不坏的妈？！”宋洁越说越激动，竟然无法自控地哭了起来。

张大飞哑口无言，对于所有关于母亲的指摘，他确实无法有任何反驳。

“你妈重男轻女，都到了令人发指的程度！孩子也是有思维有尊严的，在她还没有足够的能力来保护自己时，如果有个人时时刻刻和她待在一起，分分秒秒用语言和行为提醒她是个不受欢迎的生命，这对于她的身心是多么大的摧残，可能算得上是精神虐待了吧？”

“小洁，你对我妈的成见实在太深了，她就是喜欢说，从小我就听惯她絮叨了，可是她真的没你想的那么坏，而且她身体也不好，我希望能尽我当儿子的孝心，你理解理解我。”

“我可以理解你，谁又来理解我？天天被人冷眼盯着，防贼似的防着，谁能忍受？还有，你可以全世界调查一下，有哪家的财政被婆婆管着？我买什么东西都要向她申请！”

“我妈也是为咱们好……算了，这些都过去了，你看，现在不是一切都好了吗？她回去了，咱们可以过过安静日子了，好了好了，别再生气了，千错万错都是我错，千不该万不该不该让你受委屈，你就算不看在咱们夫妻好几年的分上，也该看在女儿的分上，别再赌气了，嗯？”

宋洁看了看桃喜，眼泪更加控制不住地掉下来。

“我妈千里迢迢地来照顾我，帮我们看孩子，可是你又是怎么对她的？你给她买回去的车票跟我商量了吗？你凭什么自作主张？我妈来之后，不但帮我们做饭、打扫卫生，还要伺候你妈你妹妹，我给孩子买衣服没有钱，都是我妈拿出来的，相比之下，你妈都做了些什么？”

说到宋洁的母亲，张大飞也觉得理亏，没话可说。

“现在倒好，你把她赶走了，谁来帮我们照顾孩子？请保姆？你那点工资请得起保姆吗？你告诉我现在应该怎么办吧！”

张大飞想了想说：“我是想，白天你辛苦点，带带孩子，晚上我来，怎么样？”

“你？”

“对，我想过了，这是咱们自己的孩子，还是由自己带比较好，将来跟咱们感情也深，你说呢？”

宋洁不屑地笑了笑，说：“行，照你说的，试试吧。”

张大飞看到宋洁不再提离婚的事，深深地松了一口气。

自从张大飞决定俩人分工看孩子之后，桃喜也好像懂事一般，白天总是睡觉，偶然醒来一会儿吃吃拉拉，大部分时间在沉睡，让宋洁有了很多时间。

虽然月子过得很悲伤，可是这段时间宋洁倒是觉得很愉快，除了累点，至少没其他的矛盾烦扰着她。

据说张婷婷找了一份工作，也搬了出去，家里突然安静了，平稳了，这让宋洁烦躁的心情得到了很大程度的舒缓。而且自从满月后，小桃喜越来越可爱，每次烦恼来临的时候，只要看到女儿的笑脸，一切都随风而去了。

桃喜就是她的一切。

希望，寄托，以及支柱。

没生孩子之前，宋洁从来没有过这样的感受，眼前一个小人，会呼吸，会哭闹，会微笑，会用纯洁的眼神看着自己，这种愉快的感受胜过任何一种情感，这就是与生俱来的母女亲情吧。第二个孩子的感受尤为深刻，尤其是在对第一个孩子充满内疚的同时，把更多的爱倾注在了身边这第二个女儿身上。

少女时代叛逆无知，自从当了母亲后，宋洁对自己母亲的感情愈加深厚了，她常常想到妈妈对自己无微不至的照顾，心里就觉得难受，觉得自己没有能力孝顺父母，非常没用，越想越难过，对张大飞的感情也就越来越淡。

张大飞因为自知理亏，也没办法指责宋洁对自己的态度，只希望息事宁人，暂时稳定一段时间。

桃喜似乎也故意跟他作对，白天呼呼大睡，每当张大飞下班的时候，她就来了精神，一会儿哭一会儿闹，一会儿笑，一会儿拉尿的，把张大飞忙个团团转。白天辛苦工作，晚上回来伺候小祖宗，张大飞也慢慢意识到自己逞口舌之快，但是能力确实有点不够了。

张大飞曾经私下里算了一笔账，使用纸尿裤，一天差不多要用八到十条，每条的费用大概是一块五，每天就是十多块，每月就要三四百块，再加上奶粉、各种日常用品，开支实在太大，所以想来想去，该减则减。张大飞找到了关于纸尿裤种种不利的传闻，坚持劝说宋洁给女儿用传统的尿布，一开始宋洁不同意，为了减轻宋洁的后顾之忧，张大飞把洗尿布的任务主动承担了下来，工作量虽然大得惊人，可是毕竟能够省下一笔可观的费用。

每当张大飞抱着女儿一边满屋子里乱转，一边发愁一会儿那一盆巨大的脏尿布的时候，他总是感慨，做男人难，做一个女人的丈夫更难，做一个孩子的父亲更是难上加难！

然后他又替自己捏把汗，幸好另外一个孩子在岳母那边，否则俩孩子需要伺候的话，他真的打算上吊自杀了。

同样，跟张大飞有着一样感慨的，还有比张大飞更加焦头烂额的林佳铭，他要面临的，不仅仅是巨大的工作量的问题，还要协调妻子和自己父母、自己与岳父岳母之间的关系，还要安抚得了产后抑郁症的妻子的情绪，恋爱时期的种种浪漫已经荡然无存，无处可寻了。

这段时间，林佳铭经常跟陶叶子一起在乘车站等公交车，所以交谈的机会也多了一些，他经常有意无意间地透露出自己的焦虑，把陶叶子当成了倾吐对象。

林佳铭太需要倾诉了，太需要有一个宣泄口了，在家里，他只能处处装孙子，老婆惹不得，父母惹不得，岳父岳母惹不得，连儿子都惹不得——动辄就会来一个彻夜啼哭，撕心裂肺，让林佳铭束手无策，只能点头哈腰地抱着儿子深夜里穿梭在窄小的卧室里当人肉摇篮。

欧小歌因为是在月子期间，不能过于劳累，所以晚上照顾孩子的任务基本上是指望林佳铭，而每天朝九晚五的工作却是一刻都不能懈怠，在这种精神压力下，林佳铭很快就瘦了下来，并且毫无生机。

这天一回到家，就听到欧小歌在打电话给社区医生，说什么湿疹的事情，看到林佳铭回来了，欧小歌挂了电话说："儿子得了湿疹。"

好几天林乐乐身上的小红点终于找到了根源，不必再埋怨因为母亲做饭的问题而导致的毒火。

欧小歌说今天社区医生来家里为林乐乐检查身体，除了有点轻微的黄疸之外，就是湿疹和尿布疹的问题，因为林乐乐的皮肤非常敏感，所以对于欧小歌的饮食方面，医生也提出了一些建议，希望她能够避免海鲜类容易过敏的东西，再配合药物，希望林乐乐能早点恢复健康。

林佳铭听完欧小歌的话之后，感觉鼻腔一阵刺痒，打了个喷嚏，欧小歌尖叫道：

“你是不是感冒了？”

“没有吧？我好像有点鼻腔过敏。”林佳铭一边说着一边进了卫生间。

不说还不要紧，越是紧张，林佳铭越是控制不住，连续打了好几个喷嚏。

欧小歌一口咬定准是感冒了，以林佳铭肯定生病了为由，不允许林佳铭接近自己和孩子，怕病毒传染。可是说起来也蹊跷，晚上欧小歌也开始连续打喷嚏，疑似感冒，她一口咬定是林佳铭带了病毒回来，抱怨了一晚上，结果到了第二天，林佳铭身体一切正常，欧小歌光荣地生病了。

李心如一听到女儿月子里感冒的消息，几乎是火速飞了过来，一进来就开始抱怨：“不是说了吗？月子里一定要注意，不能生病，怎么还是感冒了？”

林母说：“感冒很正常的，谁还能没个病呢？”

李心如说：“话不是这么说的，感冒是很正常，可是小歌是在坐月子，你们怎么能让她在月子里感冒呢？而且现在哺乳期，很多药都不能吃，只能生扛着，再说，传染了孩子怎么办呢？”

林母说：“要不这几天我先帮着照顾孩子，让小歌好好休息休息。”

“那怎么行？小歌俩小时就要喂一次奶，半夜里也要喂奶，肯定要跟孩子睡一起。”

“那……”林母为难地看着李心如。

“要不这样吧，赶快给她买个大口罩，能隔离一下，避免传染孩子，小婴儿要是生病发烧可不得了！”

林母听了这话，翻箱倒柜地找出了一个口罩，刚要递给欧小歌，李心如一把夺了过来，说：“这个都是多少年没用过的东西了，也没消一下毒就用？”

林母顿了顿，转身拿去洗，一边洗一边嘀咕说：“就只会发布命令，知道女儿生病了，又是医生，怎么就不知道带几个医用口罩来呢？”

林父在旁边看了这一幕，一声不响地走了出去，没多久，他从门口的药店买了两个新口罩回来，与此同时，他手里还拎了两个刚捡回来的塑料瓶子，顺手就扔在了门后堆积着的瓶子堆里。

李心如好奇的问：“亲家，你捡这么多塑料瓶子干吗？”

林父说：“我听人说这个可以卖钱的，我平时又没什么事，就捡了一些回来。”

“这样堆积在这里是很不卫生的，现在孩子那么小，小歌又在月子期间，你弄那么多脏瓶子，空气里弥漫的可都是细菌啊。”

“哦。”林父尴尬地哦了一声。

欧小歌说：“那个一两毛钱一个，没必要捡，爸，您要是缺钱花了吭一声，我这儿有。”

林父悻悻地躲进了自己的房间，什么话都没说。

欧小歌戴上了医用口罩全副武装地给孩子喂奶，林乐乐吃了一会儿奶，好像很不满意地大哭大叫，欧小歌把他放在床上，林母听到了哭声马上跑了过来，手上的水还没擦就把孩子抱了起来，来回地摇晃。

李心如说：“孩子不出满月不能老抱，他现在骨骼都很软，老抱着他容易发育不好。”

“你没听到娃娃在哭吗？”林母着急地一边哄孩子一边说。

“哎呀，不能孩子一哭马上就抱起来，哭哭不是坏事，可以锻炼肺活量，外国专家说孩子哭的时候最好能让他保持哭上五分钟，然后再看看他有什么需求。”李心如说。

林母不以为然地说：“哭上五分钟，嗓子也哭哑了，脸也哭紫了，这就是锻炼肺活量？”

李心如奇怪地看着林母，又看了看欧小歌，因为林母一直是很老实憨厚的，每次她们说话，无论对错、占不占理，林母都很少会反驳什么，没想到这次她不但反驳，还好像振振有词充满了挑衅的味道。

“我妈是怕您太累了，孩子不能老惯着。”欧小歌打了个圆场说。

林母脸色一直很低沉，听到欧小歌的话，她不但没有顺势下台阶，反而像赌气一般把孩子抱走了。

李心如看到林母的表现，非常生气地对欧小歌说：“她这是什么意思？怎么说走就走了？”

欧小歌也觉得莫名其妙，不明所以，李心如越想越气，把门关上，对欧小歌说：“我看林佳铭他妈很不对劲。”

“我也觉得，她怎么了啊？”欧小歌迷惑地看着李心如。

李心如说：“一定是林佳铭给她助长的气焰，否则她怎么会突然变成这样？”

“林佳铭？”

“是啊，其实你一直没注意林佳铭的情绪变化，他非常维护他父母，你没发现吗？”

“妈，他父母他当然维护了，这有什么奇怪的。”

“是，他维护他父母，所以他才会整天挑我们家人的毛病，好心也被他当成驴肝肺，你说你怀孕的时候，他在咱们家里，我哪天不是好吃好喝伺候他？结果呢？我没得着半点好，反而被他当仇人了。都说一个女婿半个儿，我看真未必，女婿多半是白眼狼，怎么养也养不亲。”

李心如的话犹如一枚炸弹般地在欧小歌心里点燃了一股愤怒的火焰，想想自己母亲对林佳铭确实也是很够意思，再想想自己也从来没有图过他什么，连结婚的房子跟家具都多半是从父母那里拿来的。可是林佳铭对李心如始终带着一种偏见和敌意，从来没有真诚地放下这些负面情绪好好地融入到她的家庭中，把她的父母当作自己的父母对待，这让欧小歌非常生气。

李心如继续说：“他不交代的话，他父母不会有这种态度的。”

欧小歌坐不住了，下床出去了，一出门口，就看到林母抱着孩子在走廊里来回走，林乐乐还是断断续续地哭，林母不断地摇晃着孩子，幅度看上去还挺大。

欧小歌说：“妈，小婴儿不能那么剧烈摇晃的，他的大脑还没发育好呢，这么使劲摇，会摇成脑震荡的。”

林母呆了，惊讶地看着欧小歌说：“佳铭小时候都是这么抱的，他脑袋可没有比别人差。”

“这是科学，您别老拿自己的那些经验说事了。”

林父从房间里走出来说：“小歌，佳铭他娘从小一手把佳铭抚养成人，论经验她还是很丰富的，你不用担心的。”

“我是看你感冒了，怕你身体不舒服，帮你带带孩子……”林母话还没说完，眼圈就红了，满腹委屈全部写在脸上。

欧小歌也早就厌烦了林母这种总是委屈至极的模样，她把孩子接过来，说：“我戴着口罩呢，再说我感冒也是被佳铭传染的，还是想想怎么让佳铭隔离一下吧。”

说完，欧小歌把林乐乐抱了回来，李心如接过孩子，把他放在床上轻拍，可孩子的哭声越来越大，李心如解开林乐乐的衣服，发现屎又糊了一屁股，生气地说：“怎么拉了这么久都没发现？本来孩子尿布疹就那么严重，这下可好，怪不得孩子一个劲哭呢。”

林母听到了李心如的话，也赶过来帮助孩子换尿裤，可是李心如俨然一副抗拒的姿态，自己把一切包圆了。林母在屋里站也不是，坐也不是，想抱孩子也不行，看着又焦急，停顿犹豫了一会儿，还是走出门去，一个人躲在房间里叹气。

林父走过来拍了拍林母的肩膀说："算了，别往心里去。"

傍晚，林佳铭回家的时候，林乐乐还是在不断地啼哭，几个大人围着他团团转，一会儿看拉没拉，一会儿看饿没饿，折腾得精神快崩溃了。而欧小歌的病情似乎也严重了很多，虽然戴着口罩，却不停地打喷嚏，后来还是林母抱起了孩子，仍旧按照她的育儿老习惯晃了又晃，然后把手放在孩子头上摸了摸，这一摸不要紧，林乐乐的额头滚烫滚烫的，她又摸了摸身上，一样滚烫，她说："娃是太热了吧，八月天似火烧，是不是给娃穿太多了？"

欧小歌说："别脱衣服，容易感冒呀！"

林母说："穿得多，捂也能捂出病来。"

说着，林母就把林乐乐的衣服领口解开了。

李心如在旁边觉得很奇怪，按说现在是八月底，屋里气温差不多有二十六七度，根本算不上很热，她也过去摸了摸孩子，然后问："你们家有体温表吗？"

林佳铭说："好像有，我找找去。"

找了半天，也没找到在哪里，李心如说："你们这些年轻人，生活细节一点都不注意，家里怎么连个体温表都不准备？"

说完她摸了摸林乐乐的额头，又摸了摸自己的，说："我感觉他有点发烧。"

林佳铭听到这话，非常紧张，赶紧飞奔到楼下的药店去买了一个体温表，回来一测量，果然，三十八度。

"天哪，乐乐发烧了。"欧小歌叫起来。

林佳铭没好气地说："你们一大堆人，就没有一个发现孩子发烧的？"

"谁也没想到啊！"李心如说，"不过按说六个月前的婴儿吃母乳的话，应该有一定的抵抗力，不会轻易生病啊。"

"都怪你，整天减肥，奶水质量那么差，不能给孩子提供免疫力。"林佳铭指责欧小歌。

欧小歌说："奶水少能怪我吗？咱们平时吃饭也没有特别加催奶水的饭菜啊！现在怪我奶水少？"

林母说："给你炖了猪蹄汤、排骨汤，你都说油腻，不喝，我也就没再做。其实下奶只要多喝汤水就可以了，我们那个时候，哪里有什么肉吃，都是吃粗茶淡饭，还不是一样有奶的？”

“您今天说话怎么全是刺啊？”欧小歌忍不住了，直截了当地对婆婆说，“您心里有什么怨恨要不然直接说出来好了，何必这样？”

林母嘀咕着说：“我跟你说你感冒了我先帮你带带孩子，隔离一下也好啊。”

欧小歌说：“怎么能怪我？是林佳铭把病毒带回家的，我还在坐月子被传染了我找谁喊冤去？”

“是啊，佳铭，你知道小歌在坐月子，出门的时候就该注意点，尽量少到人多不通风的地方去，现在可好，大人孩子全病了。”李心如说。

林佳铭气愤地说：“怎么矛头又指向我了？我什么时候感冒了？我一天都不在家，怎么大人孩子生病都怪到我头上来了？”

“不怪你怪谁？现在外出的就你一个人，其他人都在家里待着，没可能会带病毒回来，难道说是你爸捡的那些破塑料瓶子里带回来的细菌？”李心如咄咄逼人地说。

李心如的话音刚落，就听“砰”的一声，林父走了出来，黑铁着脸，说：“都别吵了！赶快去医院吧！”

林佳铭听了这话，打算带上孩子就奔医院，李心如阻止道：“现在只有三十八度，不用去医院，物理降温一下。”

李心如命令林佳铭端来一盆水，用一块小方巾给林乐乐擦身体，然后又命令他去药店买了小儿退热贴，退热贴刚贴到林乐乐头上，林乐乐就大哭起来，这一哭把全家人的心全哭乱了，大家手忙脚乱，东窜西跳，没多久，测试了一下体温，三十八度四。

林父又建议去医院，李心如则还是保持冷静地要求物理降温，再折腾了一个多小时后，温度已经达到了三十八度七。欧小歌也坐不住了，央求李心如放弃物理降温，赶紧送医院。李心如一看实在没办法了，也同意孩子去医院，于是，一行人乘风破浪地带着还没满月的小婴儿，风驰电掣地奔向了医院。

虽然一家人如此紧张，儿科医生却有点不以为然，粗略地检查了一下，就下了定义：“上呼吸道感染”。给开了一大堆药然后就开始接待下一个患儿，林佳铭去划价拿药吓了一跳，几盒不起眼的药，已经两百多块钱。

返回的时候，欧小歌又递给他一个新的药单，原来是医生针对产妇开的一种感冒药，林佳铭硬着头皮再去划价付款，没想到又一个两百块扔出去，林佳铭当时身上带的钱不够，想刷卡付款，没想到付款台小姐说晚上六点之后，只接受现金付款。

正在踌躇不前中，突然看到蒋天承穿着白大褂走过来，林佳铭也顾不上面子，赶快跟蒋天承说了一下情况，蒋天承毫不犹豫地慷慨解囊，解决了林佳铭的尴尬，并陪他一起去看望生病的母女两个人。

拿了药，大家也稍微平静了一些。

走到门口的时候，林佳铭正跟蒋天承道谢，突然看到了陶叶子，陶叶子也很惊喜地喊出了林佳铭的名字，原来陶叶子是来找蒋天承的。于是，大家分道扬镳，各自向自己的目的地走去，走了好远，林佳铭忍不住回头看了一眼，看到陶叶子正一脸陶醉地看着蒋天承，他认识陶叶子那么久了，还从来没有看到过她露出那样的表情，不知道为什么，这表情让林佳铭心里酸酸的。

晚上回家，给林乐乐喂了药，李心如嘱咐了半天，也就回家了。林母本来留李心如吃饭，但是想到下午大家的不愉快，也就没多留她。

李心如走后，林母在厨房里忙着做饭，欧小歌则昏昏欲睡地躺在床上，闹了差不多一天的林乐乐也累了，呼呼地睡了。只有林乐乐安静下来，整个世界才有了片刻的宁静，这奢侈的宁静让欧小歌和林佳铭都感觉到了一种难以言说的疲惫。

林佳铭脑子里不断地回忆着医院门口看到陶叶子的情形，她难得一见的笑脸以及跟蒋天承神秘的往来。不知道为什么，林佳铭在内心深处对蒋天承有一种天然的敌意，这种敌意深深地隐藏在自己的身体里。

回头看了一眼欧小歌，欧小歌正沉沉地睡着，还在月子中的她几乎跟他从前认识的那个欧小歌不是一个人，他完全没有把眼前这个不修边幅的女人和自己当年着迷的漂亮女孩欧小歌联系在一起。难道每个女人经历过痛苦的生产之后都会不知不觉地变成一个俗气的妇女？再也没有昔日的神采、眼神和灵气，好像生产把女人的灵魂带走了。

林佳铭叹了口气，觉得自己这样想其实也不怎么道德，于是他心事重重地拿着手机走到客厅里去了。

趁欧小歌正在睡觉，林佳铭偷偷地给陶叶子发了条信息，问她为什么那么巧会在医院碰面，想了想又加了一句，问她怎么会也认识蒋天承。等了一会儿，陶叶子没有回信息，林佳铭想她可能忙着约会，没时间回他这种无聊的信息吧，再说他平时跟她私下几乎从来没有打电话或者发过信息，唯一的接触就是平时下班一起在公交车站的短暂交谈。

而这段短暂而甜蜜的时间，林佳铭已经是越来越留恋。

没多久，林母已经把饭菜都做好了，林佳铭进屋去叫欧小歌吃饭，欧小歌哼了几声说自己太困了，让林佳铭先吃，于是林佳铭就先去吃饭了。吃了没一会儿，就听欧小歌喊了一声，林佳铭跑进去看怎么回事，欧小歌说："刚做了个噩梦，几点了？"

林佳铭摸出口袋里的手机，看了看说："都快九点了，小歌，你赶快起来吃饭吧，要不然身体受不了。"

欧小歌打了个哈欠，浑身无力地伸了伸懒腰，随口说："怎么下班了还把手机带在身上？"

林佳铭说："哦……忘了放下了。"

说完，他有点小心翼翼却又装作漫不经心地把手机扔在了沙发上。

林母进来劝欧小歌先去吃饭，说她先照看一下孩子，欧小歌点了点头，起身去吃饭，刚下床，就听到林佳铭的手机短信声音响了一下。欧小歌刚要过去拿起来看一下，没想到林佳铭如离弦之箭噌的一下飞了过来，抢着拿起手机看了看，说："啊，天气预报！明天多云转晴……"

本来欧小歌也没多在意手机短信，可是林佳铭的奇怪表现引起了她的注意，她没多作声，去吃饭了。

吃完饭，她催着林佳铭去洗澡，然后偷偷地看了看林佳铭的短消息，却发现无论收件还是发件箱，已经空空如也，检查了一下微信等社交工具，也发现信息被全部清空，这更加加重了欧小歌的疑心，林佳铭洗完澡出来之后，欧小歌说："佳铭，我怎么感觉你今天不大对劲？"

林佳铭有点心虚地说："不对劲？怎么会？"

"你没感觉到吗？感觉你眼神挺慌乱的。"

"可能是孩子生病的缘故吧……对了，等你月子坐完了，咱们把孩子的户口早点上上吧。"林佳铭随便把话题给转移了，"我听我们单位一个大姐说，她跟她老公户口都不在北京，孩子没有北京户口，到哪儿都交借读费，听说幼儿园的借读费都上万了。"

欧小歌显然对孩子户口的问题没多大兴趣，她本想直接问他为什么那么紧张手机的事，可是转念一想，自己还没拿到任何把柄和证据，如此着急地揭发容易打草惊蛇，于是她把心里的疑虑按了下去。

她想，有问题总会水落石出的。

半夜十二点，林乐乐的哭声把全家人都惊醒了，林父林母都焦虑地跑来看生病的宝贝孙子，欧小歌和林佳铭也手忙脚乱地哄孩子，可是无论怎么哄，不管怎么抱，宝宝的哭声震耳欲聋。

林母说："没准这娃是吓着了，深更半夜这么大哭，我看还是给他叫叫魂吧。"

欧小歌说："什么？叫叫魂？"

"对，叫叫魂，小娃很容易掉魂，叫叫就回来了。"林母认真地说。

欧小歌直觉得啼笑皆非，想提醒她不要那么迷信，但是看她那么认真的神情，又不好意思直接反驳，于是她装作没听见地把这件事挡过去了。

换尿裤的时候才发现，林乐乐不但屁股患有严重的尿布疹，身上也布满了婴儿湿疹，浑身通红，看起来很痛苦，而且因为持续大哭，肚脐眼鼓了出来，像个小球一样，形成了脐疝，非常可怕，欧小歌看着浑身是伤的林乐乐，心里难过得要命。

林父看了一眼说这个不可怕，只要拿个乒乓球，用布缠在肚脐上，凸出来的那块就会慢慢下去，林佳铭这就要去找乒乓球，被欧小歌给制止住了。

在欧小歌看来，公婆简直是迷信到了极点，所有的做法都没有任何科学根据，都是农村流传的一些土方法，这些土方法是否真的有效，后果根本无证可考。

林父林母见自己说的话都不被欧小歌所接受，也就沮丧地收敛了热情，可是在骨子里，他们认为自己的经验都是非常可靠的，只是城市人盲目信仰科学，把很多老祖宗传下来的精华给遗弃了。

好容易哄好了还在高烧中的林乐乐，林母临走之前还嘱咐欧小歌说："你就给娃叫叫魂吧，方法很简单，我一说你就会。就用你的头发在他的头顶划上一圈，然后念：娘的头发在四方，儿赶紧回家吃饭。说三遍就可以了。"

林父林母回房间之后，欧小歌说："你爸妈能不能不要老是拿这些莫名其妙的东西来教我？"

"那怎么是莫名其妙的东西？我爹在我们村里，经常给人看病的，谁家有个头疼脑热，找我爹开服药，准好。"林佳铭说。

欧小歌说："你还好意思提你爹的医术呢。"

林佳铭知道欧小歌话里带话指的是什么，于是赶紧阻止了她下面的话，说："快睡吧，我明天一早还得上班呢。"

欧小歌一夜无眠，满脑子里想的全是关于林佳铭奇异表现的各种可能性。思前想后，她越想越觉得气恼，种种迹象表明，林佳铭很可能隐瞒着她一些见不得光的事情。欧小歌的脑海里呈现出种种可怕的景象，后来她迷糊迷糊地进入了梦乡，梦里看到林佳铭跟一个妖艳的女人贴在一起跳艳舞，表情和神态都暧昧得要命，欧小歌满腔怒火地走了过去，一把抓过了林佳铭的衣领，冲他的脸颊打了过去……

欧小歌被猛然一阵啼哭吵醒，摸了摸林乐乐的头，还是感觉高烧不下，欧小歌一边烦躁地哄着宝贝，一边仇恨地看着熟睡仿佛什么都没听到的林佳铭，她打算一定要把真相查个水落石出。

Chapter 28 //

浪漫西餐厅捉奸记

因为桃喜改变了生活规律，黑白颠倒，白天总是呼呼大睡，宋洁突然有了大把时间，当然一开始觉得照顾婴儿是件非常劳累的事情，可是一周下来，差不多形成习惯后，也觉得没那么累了。

闲来无事，宋洁迷上了上各种母婴网站，先是在一个社区里看到很多妈妈在转让二手婴儿用品，有的是同城交换，有的是低价甩卖，品牌都不错，只是闲置不再用了，宋洁觉得比买新的划算多了，毕竟婴儿用品只是阶段性使用，没必要样样买新的。

社区的论坛里还有一些版块是便于妈妈们交流的，也有一些是专门的育儿经验讨论，甚至是一些晒宝宝照片的，总之，宋洁似乎一下子找到了属于她的世界。没想到那倒霉的月子过完，反而进入了一种全新的愉快状态，加了妈妈群，还交了一些“妈妈”朋友，没事一起聊聊天、诉诉苦，交流一下经验。

不聊不诉不知道，原来几乎每一个看似美满幸福的家庭，都存在着或多或少的隐患。有的“妈妈”抱怨老公赚钱少，不照顾孩子；有的“妈妈”则跟婆婆势不两立，水火不容；有的“妈妈”在母亲和丈夫间左右为难；有的“妈妈”则抱怨公婆笑里藏刀，不帮忙带孩子……家家有本难念的经，经过一系列交流和探讨，宋洁倒觉得自己并不是世界上最倒霉的人了，她只是倒霉家庭倒霉事件中的一员而已。

最让宋洁感觉可怕的是，有几个“妈妈”在怀孕期间不注意，导致孩子中途流产，还有几个“妈妈”的孩子因为早产护理不当，最后夭折了。想想那些因为坐空月子而濒临精神崩溃的女人，宋洁从心里生出一阵痛彻心骨的共鸣。看看自己身边孩子熟睡的可爱小脸，这才是自己最有力的精神支撑，如果没有这个宝贝一样的女儿，想想自己刻薄的婆婆、可恨的小姑子，在老家连通电话都不打一个来的公公，再想想丈夫的无能，未来的渺茫，她简直感觉自己活不下去了。

在“妈妈”们的介绍下，宋洁知道了一个网站，叫“失落的天使”，是一个失去儿子的妈妈为她的儿子建立的，页面做得一点都不悲伤，反而很活泼，很愉快，主页上面有一幅巨大的小婴儿照片，笑得特别甜。据说这个婴儿因为感染了并发症，没有存活两周就夭折了，坚强的妈妈经历了痛苦的失子煎熬后，制作了这样一个网站来纪念这个匆促的小生命，照片虽然只有一张，可是怀孕和生产日记有好几百篇，详细地记录了从怀孕初期到中期再到晚期的具体过程，以及生产直到孩子死亡的往事，没有人看了不会潸然泪下。

很多失去孩子的妈妈也都在这里建立了自己的主页，那些弱小的、夭折的生命驻扎在这个站点，仿佛灵魂结了伴，一起在愉快的天堂里聚会了。

看到这么令人感动的东西，宋洁突然想起了欧小歌，想跟她一起分享这些生命中的感动。

怀孕的时候还隔三岔五交流，可自从生完孩子后大家似乎都在自己的小世界里焦头烂额，很少有机会关心别人。

正好现在有空，应该关心一下生完孩子的欧小歌了。

她拨了通电话给欧小歌。

欧小歌接电话的时候，声音非常怪异，好像不方便说话。宋洁问她在哪儿她也说不清楚，但是肯定不是在家里，宋洁问了几句林乐乐的情况，欧小歌匆忙地回了几句，就挂了电话。

此刻的欧小歌正乔装改扮，戴了一副巨大的墨镜，躲在一棵大树后面，专等林佳铭中午下班外出吃饭的身影。

说来也巧，这天的课题会开完之后，正好陶叶子约林佳铭一起吃午饭。

本来林佳铭还有很多工作要做，晚上下班又要着急回家伺候祖宗，所以想中午多加会儿班，把工作提前完成，但是面对陶叶子的邀请，让他开不了口拒绝，内心甚至是愉悦的。

俩人有说有笑地一起乘电梯下了楼，肩并肩地向远离公司大厦的一条街道上走去。

躲在暗处的欧小歌吃惊地看到了这一幕，她真的呆住了。

之前只是疑神疑鬼地猜测，如今事实就在眼前，欧小歌傻眼了。

走了差不多有一刻钟，两人在一间装潢比较优雅的西餐馆门口停下来。

欧小歌因为还在月子中，身体本来就很虚弱，再加上她患了感冒，晚上又照顾儿子而睡不好觉，所以浑身冒了冷汗，不过让她更冷的事情，却是眼前看到的一切。

陶叶子给欧小歌的印象非常深刻，因为当初操作彩超的正是她。欧小歌清楚地记得在走廊外遇到林佳铭时候，陶叶子脱口而出他的全名，而知道自己的存在的时候，她才改口叫“林老师”，这样奇怪的表现让欧小歌刻骨铭心。她当时就怀疑他们俩有不太正常、超越同事的关系，因为她非常清楚林佳铭的眼神里充满情感。

那天的遇见，欧小歌只记得陶叶子是个年轻、高挑的女孩，其他也没多少特殊印象，可是这次当她清清楚楚地跟在他们后面去观察她的时候，欧小歌心情沮丧极了。

原来陶叶子不光年轻、高挑，而且她的身材比例非常好，腿长胸大腰细，属于穿什么都好看，穿什么都不会出错的类型。如同此刻的她，只是简简单单地穿了一件样式简单的白色衬衫，一条普通的牛仔裤，可是看上去却如此清新、明朗和特别。

再看看自己，简直像一头母熊。粗壮的身体，蜡黄的脸色，毫无特色的衣服，身材走形后，欧小歌已经告别了时尚，一切衣服以舒适、合体为主，因为方便照顾孩子，她把头发也剪短了，没有任何造型，蓬松松地生长在脑袋上。

生孩子前，欧小歌也是拥有长腿细腰的时髦姑娘，现在挺着没有收回去的肚子，脸上还有没褪去没法遮盖的妊娠斑，已经零乱得没有造型的头发，以及阔大难看的衣服……一股强烈的自卑化作熊熊烈火灼伤着欧小歌的全身，她感觉自己简直变成了复仇的小丑。

欧小歌尾随林佳铭俩人进了西餐厅，找了一个不引人注意的角落坐了下来。这间餐厅真的是那种适合恋人的气氛，有一个长头发蓝眼睛的帅老外眼神忧郁地拉着小提琴，屋里整个光线非常柔和，几乎听不到任何人的嘈杂言语，有的只有飘荡在空气里的暧昧和美食的芳香……为什么工作时间的午饭，孤男寡女，会到这样的餐厅里来吃饭呢?

自从未毕业闪电结婚，刚毕业闪电有子之后，两个原本甜蜜的小恋人跌跌撞撞闯进生活的大门，再也没有了任何浪漫的欲望。他们还没明白婚姻是怎么回事，就匆忙地做了爹妈，越过了那层跳板，直接跳到了主流家庭生活中去。

欧小歌迫不及待，也不由地跟着变成了主流的主妇形象。结婚伊始，欧小歌曾经自信地宣称自己就算怀孕，做了妈妈，也一定是新潮、时髦的前卫辣妈，看看那些杂志上刊登的明星妈咪们吧。可是真的降临到自己身上，才发现能够做到潇洒和不凡得需要多么大的奇迹，而自己已然被生活乖乖地凿成了一个面目平凡的“中年女人”。欧小歌沮丧地坐在餐厅里，甚至不敢自信地抬起头，感觉自己跟餐厅里的氛围格格不入，她假装看着菜单，用植物来掩护着自己。

选了一个离他们远远的座位，是方便观察他们的行动，欧小歌把头上戴的帽子拿了下来，大眼镜没有摘，她静静地看着林佳铭的背影和陶叶子一直保持的友好笑容。

“真不好意思，昨天手机没有电了，今天一早才看到你的短信。”点完餐，陶叶子抱歉地说。

林佳铭笑笑说：“没关系，我就是随便问问，不必在意。”

说完这句话，他心想，幸好没有看到，否则被欧小歌给抓到，那可就麻烦了。

“世界真是太小了，为什么总能意外地遇到你，发现有跟你关联的事情？”陶叶子抬着眼睛问林佳铭，林佳铭不怎么敢看那双青春的炙热的大眼睛，害怕自己一不留神陷入其中无法自拔。

“还是说说正题吧，你怎么会到医院去的？”

陶叶子说：“我是去找蒋天承的。”

“嗯，知道。我是说，你怎么会认识他？”

陶叶子说：“怎么？认识他很奇怪吗？”

“不是……只是觉得非常不可思议。”

“那你是怎么认识他的？”

“我……我老婆跟他认识，是从小比较要好的朋友。”

“啊，那真的是太巧了！”陶叶子点了点头，“对了，你们的宝宝生病了啊，我看嫂子好像蛮着急的样子呢。”

林佳铭轻描淡写地说：“她容易急躁，一遇到事情就这样。”

“嗯，尤其是做了妈妈，我看到周围做了妈妈的女人差不多都是以孩子为生活重心，我很难想象自己将来也会进入那样的状态中去……”

“千万不要。”林佳铭几乎冲口而出，话说出来又觉得有点不妥，于是尴尬地说，“我的意思是说，你还这么年轻，多享受几年青春吧。”

陶叶子不以为然地说：“青春有什么好？全是伤口和心碎，我倒觉得自己心理已经很苍老了。”

林佳铭说：“这就是年轻人的通病，而真正老了的人都拼命找借口装嫩。”

“哎，说真的，你觉得他怎么样？”陶叶子突然表情一变，露出了那天在医院里那种甜蜜的笑容。

林佳铭有点意外地说：“谁？谁怎么样？”

“蒋天承……”陶叶子有点不好意思地说。

林佳铭的情绪一下子就降低下来，这时候正好他们点的餐来了，林佳铭以吃东西为由，巧妙地避开了这个话题。

没想到陶叶子一点都不舍弃，找了个谈话的空当，她又问了一遍刚才的问题，林佳铭实在躲不过去了，就说：“挺好的。”

“挺好的？”陶叶子不满意地说，“就完了？”

“你想听到什么？”

“对他的印象、他的为人，等等，越多越好，拜托了，说说吧。”

林佳铭说：“我跟他只见过几面而已，没有什么很深的印象，我老婆跟他接触多，要不你有空找她问问，总之来说吧，是个优秀的帅哥。”

陶叶子比较满意林佳铭的评价，低着头笑嘻嘻地吃起饭来。

林佳铭问道：“你们在交往吗？”

陶叶子猛摇头说：“没有，没有的。”

林佳铭放下心来，轻松地说：“我以为……”

“他那么优秀，怎么会轻易喜欢上谁。”陶叶子言语里全部是遗憾和惋惜，“我倒是很喜欢他的，可惜搞不定他——他心里有人。”

“你怎么会这样想？我以为你非常自信、非常自信的。”

陶叶子说：“我是非常自信的，可是遇到他，我的自信就全没了。总之，我就是无论怎么想办法，都走不进他心里去，他对我，甚至连朋友都算不上，可能我在他眼里，不过是个不起眼的小屁孩吧。”

“他喜欢成熟型女人？”

“他从来没有跟我谈过他喜欢什么样的类型，只是我想他心里肯定有一个不可替代的人。”陶叶子说，“他周围优秀的女人很多，可是谁都打不开他的心门，他好像对谁都蛮好的，但是谁也接近不了他。对了，前段时间有一个外地女孩，疯狂地追求他呢，短信攻击、围追堵截……什么招数都用了，他还是微微一笑拒绝了。真不知道他心里的那个女人，到底是个什么样的女神……”

“没准他喜欢男人呢。”林佳铭不以为然地说。

陶叶子“啊”了一声，嗔怪地看着他，因为她的声音有点大，一个刚刚经过他们身边的送餐生吓了一跳，停了一下脚步，陶叶子对人家笑了笑，送餐生礼貌离开，这一切全部被躲在一边的欧小歌看得清清楚楚。

她当然无法知道他们谈的是什么，可是陶叶子的表情她却一览无遗，欧小歌的心碎了，她知道这一切完了，她也曾经觉得自己是多疑症怀疑狂产后抑郁，可是眼前的事实已经证明了一切，勇敢直爽的欧小歌，此刻面对丈夫的背叛，却一时之间不知道该怎么办才好。

过去闹一场吗？那简直是自取其辱，佯装不知地离开？忍气吞声地继续过下去？这不是她的风格。

想想刚刚出生二十多天的儿子，想想破损不堪的自己，想想为了和林佳铭在一起受过的所有委屈，想想自己义无反顾地跟青春告别，带着自己所有的爱全部倾囊奉送的这个男人……欧小歌的眼泪忍不住掉了下来。她伸手到包里去拿纸巾擦泪，却听到手机突然狂响起来，欧小歌心跳加速，赶紧低下头把手机按成了静音。

没想到没过一会儿，林佳铭的手机也狂响起来，林佳铭接了电话，说了没几句，只见他跟陶叶子说了几句话，然后脸色慌张匆忙地离开。

躲在旁边的欧小歌松了口气，这才看了看手机来电显示，原来是家里的电话号码。她回拨过去，婆婆用极其焦急的声音说：“小歌呀，你到哪里去了？我到处找你呀，小娃刚才大哭，哭得嗓子都哑了，给他喂奶粉不喝，水也不喝，我摸了摸他的头，感觉他烧得更厉害了！”

欧小歌听了这话，吓得六神无主，结结巴巴地说：“我马上回去……马……上回去！”

说完，她也不再顾及形象，疯狂地冲出了西餐厅，没想到林佳铭还没有打到出租车，正在焦虑地等车，不留神一回头，表情顿时僵住：“小歌？你怎么在这里？”

欧小歌只觉得满腔的恐惧和愤怒全部结伴而来，她冲向林佳铭，用尽一切力气说：“林佳铭！你这个浑蛋！儿子要有什么问题我杀了你！”

以最快的速度回了家，抱起儿子就奔向医院，同时通知了李心如和欧正，欧小歌脑子里一片空白。林乐乐因为哭得过度嗓子完全哑了，想发声却发不出来，很痛苦地啊啊伊伊，欧小歌看在眼里，痛在心里，眼泪哗哗地掉了出来。

一路上，欧小歌和林佳铭都没有说话，好像两个人都把即将爆炸的手雷揣在了怀里，而火苗正在悄悄地舔舐着火信，只等待最终时刻来临，终究会一触即发。

到了医院里，医生给孩子检查了一下，说没什么大事，就是上呼吸道感染，让家长们不必太紧张。开了点药之后，医生对欧小歌说："新生儿的免疫系统还未发展成熟，免疫球蛋白不足，抵抗力差，易受感染，一定要小心护理。还有就是，男孩的话一般不要给他捂得那么厚，尤其是发烧的时候，要尽量让他的身体凉爽一些。"

林佳铭在旁边迷惑地说："大夫，人在发烧的时候不是会感觉特别冷吗？穿得少了不会冻着孩子吗？"

医生说："大人跟小孩不一样，孩子生病发烧的时候，更不能穿得太厚或者抱得太严实，否则会加重病情，还有就是多喝水，多用温水给孩子擦擦身体。"

嘱咐完了之后，也开完了药，一家人才抱着林乐乐回家。

回到家里，四个老人和两个大人全部脸色发青，林乐乐则已经睡了，空气中弥漫着一种奇异的、蠢蠢欲动的战争味道，就等号角吹响的时刻了。

沉默了一会儿，李心如忍不住了，对林父林母说："亲家，咱们也都算是过来人了，你们怎么那么没经验，给孩子捂那么厚？你们没看他身上都起了那么多痱子吗？"

"没有人跟我说小娃生病不能捂啊。"林母说。

"这还用说吗？现在又不是寒冬腊月，大人也穿不了那么多啊。"

林父咳嗽了一声，说："小歌，你今天去哪里了？我们一直等你回来给娃喂奶，娃哭成什么样子了？"

李心如一听林父的话，惊讶地问："小歌？你今天出去了？你怎么能跑出去呢？你现在还在月子里呢！"

欧小歌呆呆的，什么话都没说，林佳铭看了她一眼，也没说什么话。

"说话呀，你到底干吗去了？怎么能把生病的孩子扔在家里，自己一个人跑出去？"欧正也有点坐不住了，批评女儿。

欧小歌说："你们问林佳铭吧。"

林佳铭莫名其妙地说："怎么要问我？我还想问你呢，为什么在我们单位附近的餐馆门口会看到你？"

欧小歌说："不应该看到我对吧？打搅了你的甜蜜约会，对吧？"

"你说什么呢？什么甜蜜约会？你别血口喷人好不好？"林佳铭被欧小歌这么一说，满脸通红，又当着四个老人的面，非常难堪。

"我血口喷人？好，今天当着咱们父母的面，你把事情交代清楚。"欧小歌的火也已经上来了，她毫不示弱地说着，脑海里仍旧想着那个小提琴声音弥漫的浪漫午餐场面。

“佳铭，发生了什么事？”林母悄悄地看着林佳铭，问道。

“哪里有什么事？我今天就是跟我一个同事吃饭，中途接到你们的电话，我就跑回来了。”

“你倒真是会掩盖啊，跟同事吃饭？跟什么同事？”欧小歌咄咄逼人地问。

“你也见过，你也认识的，我们研究所里的实习研究员小陶。”林佳铭匆忙而敷衍地说。

“你们单位那么多同事，为什么你偏偏要跟一个女人单独吃午饭？而且还选在那种餐馆？”

“小歌，你别没事找事好不好？”

听了林佳铭的话，李心如坐不住了，说：“你这是怎么跟小歌说话呢？什么叫没事找事？她是你老婆，有权利知道你的任何事情，你是不是跟女同事吃饭了？”

“是又怎么样？”林佳铭说。

“是又怎么样？”李心如嚷起来，“你们看看，你们听听，这是一个正常男人该说的话吗？你现在已经结婚了，也做了父亲，为什么在外不知道检点一点儿？背着老婆孩子跟年轻实习生约会，像话吗？”

“亲家！”林母也激动得坐不住了，说，“话不能这么说，我们佳铭不是这样的人！”

“我女儿也不会冤枉他，他是什么样的人，你让他自己说！”

林母看着林佳铭，希望他给自己正名。

林佳铭对李心如说：“我就是跟一个同事吃午饭，没别的，餐馆是她选的，我问心无愧。”

林父一看场面已经非常难堪，赶紧说：“你们都还没吃饭吧，娃他娘，给亲家煮点面吃吧……”

“我们现在没心情吃饭，我就想问问，你们是怎么照顾小歌，怎么照顾孩子的？你们知道不知道我女儿现在还在坐月子？孩子现在还没满月？如果你们早说你们照顾不了，我就把女儿接回家坐月子，之所以放心让你们照顾，全是因为信任你们，可是你们是怎么做的呢？”

听了母亲这话，欧小歌的眼泪哗一下掉下来，她大声对林佳铭说：“你敢做就要敢当，别以为我是个白痴，是个傻瓜，你就可以随便糊弄我！你以为我不知道你下班后整天盯着手机？你以为我不知道你背着我跟小实习生眉来眼去？你以为我什么都不知道？林佳铭，你别以为自己太聪明了，如果这段婚姻你已经觉得无所谓，我们干脆离婚好了！”

“小歌！你知道你在说什么吗？”林佳铭被欧小歌的这段话彻底激怒，对着欧小歌咆哮起来。

李心如此刻也是誓死捍卫女儿地站起来，喋喋不休地开始指责林佳铭，本来林佳铭心情已经是极度糟糕，听到李心如立场坚定的话，更是要接近崩溃的样子，他怒不可遏地叫了起来。他这一叫，林乐乐被吓醒，顿时大哭。

李心如当然也不甘示弱，对着林佳铭嚷起来，骂林佳铭不懂克制，让老婆孩子跟着遭殃。

林母跑进去看孩子，一边喊着，别再吵了，要把孩子给吓到了，一边掉起眼泪来。

欧小歌此刻也像是被点燃的爆竹，噼里啪啦地指责起林佳铭，林父和欧正都试图阻止更加可怕的场面发生，可是事实总是不尽如人意，失去控制的三个人越说越生气，完全是停不下来的节奏。

最后林佳铭用尽全身力气，抽了自己一个耳光，这个耳光非常清脆，像是一记讽刺的钟声，一下子把所有人吓到了。

只有不知所措的林乐乐，张着小嘴大哭，他还不明白这一场恶性战争带来的危害和影响有多么大。

林佳铭扇完自己一个耳光之后，沉默了大概三分钟，然后冷静地说：“欧小歌，你闹够了吗？如果你已经不再信任我，不愿意再跟我一起生活，那么我尊重你的选择！现在我要去上班了，你自己好好考虑，记住，要相信自己的感觉，不要总是受人摆布！”

说完这些话，林佳铭离开了家门。他感觉自己腮边火辣辣的，脑子里一片空白，头顶上还盘旋着欧小歌和李心如对他莫名其妙的指责和父母委曲求全的眼神、泪水，以及儿子嘶哑的呐喊和狂叫……

这就是他的生活吗？这就是他梦寐以求的婚姻生活吗？这就是他人生的归宿了吗？

他只觉得浑身的肌肉都萎缩了，脑子也瘫软了，腿脚也不再强壮有力，他曾经的无比自信和信念已经全部坍塌，只剩下一点点微弱的挣扎的意识，那就是——离婚。

“什么？你要离婚？不要开玩笑。”蒋天承倒了杯水，给正在哭泣的欧小歌。

“你看我的样子像是在开玩笑吗？”欧小歌拒绝了水，拿起旁边的纸巾擦了起来。

蒋天承笑着说：“什么理由？”

“没什么理由，就是离婚，觉得没意思了，我的婚姻太轻率，简直是个致命的错误！”欧小歌越说越伤心，新一轮的眼泪又掉了下来。

“当初为什么会嫁他？”

“当初以为他会是个好丈夫，可是他根本不是，他是个不折不扣的浑蛋！自私，狭隘，固执！自以为是的凤凰男！”

蒋天承摇了摇头说：“过几天你心情好点了，这些话全部收回，现在暂时放在我这里保管。”

“天承，我说的是认真的，我真的要离婚，这样的日子，我再也无法忍受下去了。你看看我现在这个鬼样子，我还是我吗？我简直被折磨成了一个标准的黄脸婆、大肚婆、邋遢婆……这根本不是我，这只是一场噩梦，我要赶快从这场噩梦中清醒过来！”

“孩子怎么办？”

“我一个人抚养他，要做个快乐的单身妈妈。”欧小歌说。

蒋天承说：“你总是想什么做什么，一点都没有变。”

“嗯？”

“我刚回来的时候，知道你结婚的消息，怎么说呢，非常难过。”蒋天承微笑地说，“但是也不意外，因为这正是你能够做出来的事情，这就是欧小歌。”

“天承，我现在真的很后悔当初的冲动，为了这件事，我妈生气了好久，难过了好久，当时我不以为然，到现在才知道，真正最疼我、最关心我、最为我着想的，始终是我的爸妈。”

“当然，不管怎么说，父母一定是最爱你，这不需要怀疑。不过，既然已经结婚，也有了宝宝，还是不要太任性，吵架就提离婚，这不成熟。”

“你根本不了解，现在已经不是你以为的那么简单了，现在的情况是，我们已经决裂了，我是说我、我父母、他、他父母，我们已经彻底闹翻，完全不可开交。”

“这么严重？”

“我搬回我妈家了，孩子我也带过来了，我们已经有两天没联系了。”

“他没有去接你们回家？”蒋天承吃惊地说。

“是的，已经把话说绝了，这次是一定要离婚不可了。”欧小歌说，“他根本也没有积极的姿态，我心里非常明白，他已经变了，不再是以前的他了，可悲的是，我还是以前的我。”

蒋天承点了点头，对欧小歌露出一个鼓励的微笑，却又不知道该如何劝她。

欧小歌说：“天承，问你个问题，你跟我说实话。”

“好，你问。”

“我现在是不是……非常难看？”欧小歌一脸紧张地看着蒋天承。

“怎么会，你没怎么变，只是没有装扮自己。做个头发，换件新衣服，化个妆，你还是原来的你，根本没有变。”

“你不知道生孩子、坐月子是一件多么可怕的事情，好像整个人都废掉了，不能洗脸，不能洗头，不能刷牙，不能化妆，不能见风，不能久坐，不能吃所有好吃的调味品，不能生气，不能看书，不能上网，不能爬楼梯……你知道我有多痛苦吗？刚生完孩子的时候，我感觉整个人都被抽空了，浑身是汗，骨肉都散了架，可是为了坐好月子，不落下毛病，我坚持着不洗澡，坚持了两个星期，这两个星期你知道我是怎么过的吗？我随时可以闻到自己身上的汗味，被头上的油腻刺激得抓狂！我一辈子都没有这么脏过！后来我忍不住洗了头，我不相信这些鬼禁忌，可是自从那次洗完头后，我就一直感觉头疼，我不知道是巧合还是怎么回事，现在我的头也还在疼，我妈本来希望我坐一个安全的月子，可惜我没听我妈的话，洗头、洗脸、刷牙、吹风、爬楼、吵架、哭……我没一样不沾的，我的身体恐怕是毁了。”欧小歌一边说一边哭，泪流满面，有点歇斯底里。

蒋天承说：“虽然现在提倡科学坐月子，可我觉得老人们流传下来的传统还是应该遵守。小歌，你要勇敢一些，不是已经马上就熬过去了吗？”

“其实，最难过的还不是这些，身体的难过都可以克服，可是我没想到我的婚姻在这个时刻出现了问题。”

“你到现在也没有告诉我到底怎么回事。”

“告诉你也无所谓，林佳铭变心了，喜欢上了他单位一个年轻的小实习生。”

“这个怀疑有根据吗？”

“当然，我绝对没有诬陷他。”

欧小歌把短信和跟踪的事件跟蒋天承讲了讲，蒋天承听完欧小歌的讲述后，也不觉得这两件事有什么奇怪的。他说：“小歌，你是不是错怪他了？第一，你什么都没看到，短信，跟谁发的短信？什么内容？第二，就算他跟一个女同事吃饭，也不至于因此怀疑他出轨，而且这两件事未必是联系到一起的，我觉得是你多心了。”

“你会跟一个女同事到那种适合谈恋爱的餐厅去吃饭吗？”

“适合谈恋爱？这是你的判断，也许只是一个普通的餐厅。”

“天承，你要相信我，我不会冤枉他的。”

“好吧，就算环境比较暧昧，那也许只是因为离单位近，吃个饭我不觉得有问题。”

“我不该问你，你跟他不一样，你是单身，你可以随便跟任何一个女人到任何一个地方去约会，可是……他有什么资格那样做？他已经结婚，有了孩子，难道不能因此而检点一些吗？”

“你们是因为这件事彻底闹翻的？”

“对，集体撕了。”

“小歌，可能我说这句话你会不爱听，但是我必须告诉你，这件事其实错的是你。”

欧小歌迷惑地看着蒋天承，蒋天承继续说：“你并没有百分百清楚事情的真相。而且，这件事退一万步讲，就算他有了什么背叛的行为，你也不该在两家父母面前去质问他。”

“他做都做了，还怕人知道吗？”

“这些都是你自己的猜想，你跟他沟通过吗？我想，可能他现在比你还痛苦，被人误会的滋味可不是好受的，尤其是被自己所爱的人误会。”

欧小歌说：“他根本没有诚意谈，已经两天了，他一个电话也没给我打，儿子病得那么厉害，他连问候都没有！”

“你有没有想过，面对婚姻，面对家庭，他跟你一样年轻，一样不成熟，你不能要求他面面俱到，你们应该彼此包容，一起成长。”

欧小歌眼泪汪汪，内心无比委屈。

“多给彼此一点时间吧。”蒋天承说完这句话，拍了拍脆弱的欧小歌的肩膀，叹了口气。

林佳铭这边如同蒋天承所说，几乎是站在插满刀剑的群岛上，每天精神萎靡，内心狂乱却很无奈。

他很想念儿子、想念妻子，可是面对目前的状况，他根本没可能低下头去丈母娘家求他们的原谅，他甚至可以想象出李心如会用什么样尖酸刻薄的话语训斥和指责他，也可以感受到一直以来很信任、很理解他的岳父那沉默却越来越失落的眼神，更让他没办法面对的，是欧小歌歇斯底里、莫名其妙的怀疑。

他没想到自己面对婚姻危机会是如此无措，本来他不知道自己是如此在乎的，本来他以为结婚离婚只是双方情感问题的抉择方式，当时一气之下他有过离婚的打算，可是经过两天的转折和煎熬后，他才发现原来离婚这件事是多么难、多么残忍、多么可怕。

他本来一无所有，只是这座城市的过客，可是与欧小歌恋爱、结婚、生孩子，让他刹那间拥有了一切。虽然这中间经历的风雨确实有点多，可是如果一旦离婚，他将失去一切，他将又回到原始的位置，他还能有原始的平静和安闲吗?

最实际的问题——房子大半是欧小歌和她的父母出的，一旦离婚，就算他拿回属于他的那一部分钱，他将又回到租屋的时代，要忍受那些中介没完没了的骚扰，要没日没夜地去看房子、砍价格，要搬家，要重新熟悉周围的环境，要防备房主突然有事驱赶……在北京生活，他感觉最荒凉的事情就是租房子，现在好不容易有了一个属于自己的房子，属于自己的家，虽然面积不是很大，也发生了很多不愉快的矛盾，甚至因为父母没出钱，自己出的钱少而被嫌弃，可是这毕竟是一处安稳的住所，不会让他醒来就感慨这城市多么冷漠，多么难以接近……

可是，再次想起那天的情景，他的心在发疼，他万万没有想到欧小歌不信任自己竟然到了要跟踪追查的程度，而且是在儿子生病发烧的关键时刻，他没办法相信这是他从上大学就开始交往的自信的、漂亮的、爽朗的妻子欧小歌所做出来的事情。

一旦没有了信任，感情显得多么暗淡可怕……

林父林母自从那天欧小歌带着孩子跟父母回了娘家之后，一直非常难过和自责。林母一直在哭，林父也一直在叹气，虽然他们至今觉得自己和儿子根本没有做错什么，可是毕竟一个好好的家庭现在搞得两极分化，互不往来，让他们简直陷入了痛苦的泥潭里。如果不是林佳铭苦苦哀求，他们可能早就已经返回自己的老家，去过自己平静安稳的生活了，再加上惦记孙子，也让他们没办法潇洒地离开。

好几次林母建议他们一起去给李心如赔个不是，把欧小歌和林乐乐接回来，可是林佳铭总是严词拒绝，他已经尊严扫地，而且无比委屈，没有办法让自己先走出这屈辱的一步，在他看来，这场婚姻关系中，他忍受的侮辱已经太多太多了。

就这样僵持着，五天过去了。

林乐乐在李心如和欧正的精心护理下已经退了烧，慢慢恢复健康，而欧小歌也在父母的照顾下，过上了衣来伸手饭来张口的公主日子。她不得不感慨还是父母家舒服，无论公婆如何对自己好，她心里总有一层无法解开的疙瘩，生活习惯的不同、讲话语言的不同、表达方式的不同，以及价值观念的不同让欧小歌很痛苦，好像进入了一个完全陌生的王国里。一旦住回父母家，那种熟悉的惬意和轻松又找回来了，加上李心如为欧小歌一日三餐营养搭配和合理进补，欧小歌不但身体有了很大程度的进步，而且奶水也明显多起来，奶水一多，林乐乐就吃得非常美，经常被汹涌的奶水呛到咳嗽，不过咳嗽完了脸上总能够露出满意的笑容，于是睡眠也很好，拉撒也很好，一切都非常好。

只是，横在这些美好中间的那块鱼骨头始终是欧小歌轻松惬意背后难言的心事。

不提林佳铭的时候，一家四口都很高兴，欧正和李心如轮流照顾孩子，欧小歌除了喂奶，其他时间都可以好好休息。而且眼看月子就要过去，禁忌也就变得不那么重要，欧小歌还可以上上网，听听歌，打打游戏，打打电话，生活也变得丰富多彩起来。

她跟宋洁俩人昏天黑地地彼此说了半天月子里的痛苦遭遇，吐槽抹黑婆婆、老公、婚姻无极限之后，宋洁问道："你真打算跟林佳铭这么僵持下去？"

"难道他做错了事，还要我跟他赔礼道歉吗？"

"小歌，你别任性了，我最近老上网在论坛里看故事，你知道多少夫妻因为月子里的矛盾而离婚的？其实这段时期很特殊，过去了就好了，何必为这么一点小事搞成这样？"

"越是特殊时期，越可以看出一个人的办事能力和人品，总之，林佳铭让我失望透了，我都已经没有信心跟他继续过下去了。我现在倒真的很舒服，还是自己的父母好。"

"当然，公婆毕竟不是我们的父母，可是，平心而论，你公婆已经很不错了，如果你遇到我公婆那样的极品，我都不知道你会怎么样。"

"说的也是，真是难以想象你有那样一个什么事都不问的公公和一个刁钻可怕的婆婆……"

宋洁补充说："还有一个整天挑拨离间、不务正业、老盘算着问我们要钱的小姑子。"

欧小歌叹了口气说："人生真没意思，生活真肮脏……"

"也不是呀，看看我们的宝贝，不是比什么都高兴？"

“是呀，哈哈，你不说我还忘了告诉你，你们小桃喜满月的时候多少斤？我儿子出生的时候七斤，可是一个月就长了三斤，真神奇，天天看着他，都不知道什么时候长的肉。”

“桃喜生下来就比较瘦小，现在也才七斤多，女孩跟男孩没法比的。”

“你多给孩子吃母乳，我妈说，奶水是越吸越多，而且你要多弄些汤水喝，现在我妈天天给我变着花样煮各种粥，我现在的奶水非常多，乐乐都吃不完呢。”

宋洁羡慕地说：“你的父母在身边真幸福，可惜我妈原来也打算来照顾我的，没想到……唉，算了，不多想了，总之，现在我只要看到桃喜，就什么都忘了。其实我们真的很幸福了，小宝贝能够健康地来到人间，多不容易。我前些日子在网上看到很多妈妈因为这样那样的问题，孩子生下来之后夭折了，坐的都是空月子，你想想这有多么可怕，好容易熬过怀孕、生产，孩子却没了……”

“唉，完全可以想象……没有怀孕过的人是没有办法理解这种心情的。”

挂了宋洁的电话，欧小歌突然想起唐静心，自从那次在医院知道她早产之后，已经有很久都没有跟她联系过了。正好有时间，欧小歌给唐静心打了通电话，唐静心没有接电话，欧小歌也没在意，放下电话去看电视了。

李心如阴沉着脸对欧小歌说：“看来这次林佳铭这小子是铁了心不打算负责任了。”

欧小歌稍微好了点的心情被母亲提到这件事，又激起了愤怒，她说：“他爱负责任不负责任，他死了跟我都没关系！”

“话不能这么说，你现在还没出月子，孩子的病也还没全好，他还就真的那么放得下心去！”李心如愤愤不平地说，“还有他那对农村的父母，真是没有见过这样的，儿子闯了祸，父母都没有一点点劝说的意思？就这么听之任之了？整天念叨着疼孩子，喜欢孙子，可是遇到问题就躲起来，装没事人！”

欧正说：“这次我对林佳铭也很失望，我以前觉得这孩子朴实、老实、憨厚，没想到他这么拧巴，这么轴，做事一点都不成熟！”

李心如说：“他们一直都这样，表面看着老实憨厚，其实内心丰富得很！不像我们，有什么说什么，心里敞亮，他们都藏在心里，你根本不知道他们想什么。你就看看林佳铭他爸爸，一把年纪了，还学人家去捡什么瓶子卖钱，他妈更是够呛，看孩子半点经验都没有，什么都不懂，还动不动就在儿子面前哭，好像受了天大的委屈似的，这一家人实在是太够呛了！”

“你们只是看到了一点，更可怕的我从来没有跟你们说过，他爸从来不洗澡，我给他们买的床单、枕巾，没几天就油了，而且他爸不会用马桶，不知道小便的时候要把马桶盖掀起来，总是尿得满地满马桶盖上都是……我每次去厕所都要用消毒水洗刷厕所，跟他说过一次，可是他根本就不在意，下回还是一样。他妈也是的，进屋从来不敲门，做饭也不洗手，筷子也从来不分，就这么混着用，而且我最无法忍受的就是他妈动不动就哭，有时侯还不知道说了句什么话，她已经躲在厨房里哭去了。我以前老听人说找对象尽量别找农村人，不好相处，我还觉得有点偏激，不能搞地域歧视，但是我现在才体会到什么叫难相处！……”欧小歌借着心情不好，一股脑地把心里的话全部说了出来，说完之后她觉得无比畅快、爽朗，和空荡。

她脑海里不断闪出的却不是这些让她无法忍受的生活小细节，而是当年林佳铭单纯而诚恳的笑脸，一想到这样遥远却很熟悉的笑容，欧小歌感到自己的心都垮了。

李心如和欧正开始讨论林父和林母以及林佳铭的问题和看法，欧小歌则一个人孤独地盯着电视屏幕，任凭回忆把自己出卖。此刻她多么想念林佳铭，多么希望他能够诚恳地来看她，愉快地把她接回家，就算他父母有一万个让她讨厌的行径，她都不愿意因此而离开林佳铭。

Chapter 29 //

不合适的战场，有逃跑的勇气吗？

没想到张大飞竟然再次失业了。

本来打算多多赚钱贴补家用的张大飞听到自己被裁员的消息后，整个人都颓掉了。

他没有办法想象自己怎么面对宋洁和女儿。

他给妹妹打了通电话，鼓起勇气把自己失业的事情跟她说了一下，张婷婷听后微微一笑说："我觉得吧，有那样的老婆，你不倒霉都奇怪。"

"干吗这么说？"张大飞有点不高兴。

"你没觉得吗？你自从跟她结婚后，你什么时候顺过？工作工作老换，房子房子没有，车也没混上一辆，还要养着她，你不觉得你太倒霉、太亏了吗？婚姻是什么？婚姻是各取所需，互相奉献，可你倒好，简直是一个付出狂，凭什么什么都要你去奋斗、去努力？为什么她就能安安稳稳地待在家里吃闲饭？现在又不是旧社会，现在女人都在外面赚钱，其实你完全可以找一个赚钱多点的女人，或者对你有帮助的，至少你也得找一个不拖累你的吧？这么耗下去，什么时候是个头？"

"婷婷，你今天说话可真可怕，我一直拿你当小孩子的，没想到你说出来的这些话这么可怕！"

"哥，社会这么无情，我们不能老当白痴啊。你看我，我现在傍上一个台湾佬，虽然年龄大点吧，可是有钱呀，我现在租房子的钱就是他出的，而且老带我去买名牌包、名牌化妆品、名牌衣服，我现在可风光了，以前进商场都没人搭理我，现在不一样了，那些势利眼的女店员个个争先恐后地为我服务。哥，社会真的很复杂，你都三十好几了，怎么就不开窍呢？”

“得，你现在混得这么风光，什么时候介绍我去给你的台湾大款开开车什么的，我也沾沾光。”

“你别给我丢人了，他根本不知道我是外地的，我一直骗他说我是北京人，你别哪天给我露了马脚！”

“这你也能乱编？”

“怕什么，反正又不跟他结婚。”张婷婷不以为然地说。

“你悠着点吧，这些老狐狸不是那么好骗的……既然这样，你借我点钱得了，我有钱了还你。”

张婷婷说：“我可没钱借你，我现在要花什么钱都得跟老头子申请，你以为他是傻子呀？我说，哥，你赶快跟那个女的离婚吧，她有什么好呀？又不好看，又没身材，还事儿事儿的，再说她连着生了俩闺女，真是没一点优点，你跟她离了找一女富婆你什么都有了。”

“我可没你那么大本事……”张大飞冷笑了一下。

“哥，你说你在北京混了这么多年，混了些什么呀？你看我，我刚来北京不到一年，就达到了自己的理想，我觉得你实在是太失败了。”

“人的理想不同。就这样吧，我得赶快回家看孩子去了。”张大飞挂断了妹妹的电话和她荒诞的谬论，往回走去。

回家后，他主动跑去做饭，主动逗女儿，主动哄宋洁开心。虽然俩人一度婚姻陷入僵局，但是毕竟时间可以改善一切，虽然宋洁对张大飞有诸多不满，可是也不至于记恨他，所以俩人的关系也就没那么僵持，看到张大飞奇怪和夸张的表情，宋洁心里有些奇怪。

吃饭的时候，宋洁试探地问张大飞：“最近没什么事发生吧？”

张大飞说：“没什么事，当然没什么事发生了。就是你一个人在家里带孩子，实在是太辛苦了。来，多吃点好的，补补身体。”

宋洁吃了口菜，怀疑地看了看张大飞，张大飞被宋洁看得心里发毛，笑着说：“怎么了？这么看着我？”

“你肯定有事瞒着我，说吧。”

“真没什么事。”

“说吧。”宋洁的表情严肃下来，张大飞一看实在推托不过去，只好悻悻地笑笑说：

“没什么大事，不要问了。”

“到底说不说？”

张大飞一看根本隐瞒不下去，只好吞吞吐吐地把自己失业的事情跟宋洁说了，本来以为宋洁会非常生气，会尖叫，会发脾气，他已经做好了承受一切的准备，宋洁却默默地吃着饭，什么话都没说。

不一会儿，桃喜醒了，宋洁跑去看孩子，张大飞跟在她后面，说：“小洁，我知道你心里很生气，会觉得我没用，没关系，你说出来吧，别憋在心里。这份工作不干就不干了，又累又赚不到什么钱，我打算明天就去人才市场看看，找份新工作，你别担心……”

宋洁抱着孩子，说：“不。”

“不？”

“对，不。”宋洁肯定地说，“你现在失业了正好，在家里跟我看孩子吧。”

张大飞不明白地看着宋洁，宋洁说：“孩子现在还小，需要我们好好地照顾她，我想过了，过段时间把妞妞也接回来，我们一起在家里照顾她们，直到上幼儿园，我们再出去工作。我们俩一起赚钱的话，日子应该不会像现在这么辛苦。”

张大飞瞪大眼睛看着宋洁，仿佛根本不认识她。

“最近我想了很多，其实你这些年来受了很多苦，我们的生活一直很拮据，都是因为我们缺乏规划，我的情绪不好，工作状态不行，所以才会经常换工作，所有的经济压力都放在你肩上，这样非常不公平。”

“小洁……你别这么说。”张大飞阻止宋洁继续说下去。

宋洁摇摇头说：“我不是在安慰你，我最近认识了好多朋友，看了很多人的故事，我好像整个人突然扭转过来了。很多妈妈在生完孩子之后都积极地工作了，有的还在家里开起了网店，专卖儿童服装和用品什么的，一边照顾孩子一边赚钱，非常完美，我才意识到我们以前很多问题没有解决是因为思路太不开阔了。”

张大飞看着宋洁的改变，觉得很吃惊，又有点感动。

“大飞，有了两个孩子之后，我们就真的不是小孩子了，我们是成年人，要从更客观的角度去看待问题。与其抱怨生活的艰难，为什么不积极主动起来？生活虽然很艰难，可是我们有两个人，我们也可以开发出更多的赚钱方法，两个人的力量总比一个人的大很多，不是吗？我们现在都没有北京户口，将来孩子入托、上学都要缴高额的借读费，我们一起努力吧！”

张大飞简直不敢相信自己的耳朵和眼前所看到的完全不同的宋洁，她说这些话的时候，是如此从容，如此平静，如此庄重又如此值得尊重，他感到自己的眼泪几乎要掉下来，恨不能马上抱着妻子大哭一场。他何尝不知道这场婚姻中自己给妻子的幸福有多么少，给她的委屈又有多么多，他怎么可能不知道自己母亲和妹妹对她的偏见和误解以及挑剔，虽然他也动摇过，也失落过，可是他从来没有一刻像现在这般感觉跟妻子、女儿是真正的亲人，生命中最重要的人。

他没有想到宋洁会有这样大的转变，这种转变让他更加重了愧疚感，他发誓一定要用双手让她们过上幸福的好日子。

欧正在超市买菜回家的途中，看到了正在小区门口张望的林母，隔着人山人海，欧正想喊她，也怕她听不到，于是拎着菜走了过去。林母看到欧正非常激动，说："亲家，我终于找到你了。"

"找我？"欧正有点奇怪。

林母说："亲家，我这几天一直很着急，想去看看小歌，看看孙子，可是我不认路，也没有去过你们家……我着急啊，你们都是有知识有大量的人，不要跟我们一般见识，让我见见孙子吧！"

欧正说："佳铭难道不知道我们家吗？"

林母露出为难的表情。

欧正说："小歌和孩子现在都很好，放心吧，佳铭什么时候想通了，好好地跟小歌谈一下，年轻人遇到问题要解决问题，躲起来可不是个办法。"

林母一边说"是啊是啊"，一边恳求欧正带她去看看孙子。欧正觉得不好拒绝，于是把她带回了家。

一进门，李心如正在抱着林乐乐唱儿歌，林母一看到孩子，激动地跑了过去，李心如条件反射般掉转了一下身子，躲开了林母热烈的怀抱。

林母眼圈红红地说自己想死孙子了之类，李心如则冷言冷语，根本不给她一点好脸看，跟欧正的态度差不多，说只要林佳铭不来赔礼道歉，欧小歌跟孩子就暂时住在家里，丝毫没有商量的余地。

林母遭遇了冷脸，也不好继续待下去，只是恋恋不舍地看着孩子，含着眼泪走了，林母的到来不但没有解决问题，反而让欧正和李心如的怒火更加旺盛起来。

欧小歌起床的时候，李心如告诉她林母到来的事情，并且嘱咐欧小歌一定要坚持住，不能跟那个浑小子低头，否则将来再也没有任何地位之类的话，欧小歌本来起床心情很不错，被这件事一搅和，没来由地烦躁起来。

看起来林佳铭已经打算破罐子破摔了，眼看欧小歌的月子都已经快过完了，儿子的病也好得差不多了，可是他一点都没有要改善这种尴尬状况的意思。本来欧小歌也有原谅林佳铭，检讨自己是否太过分的意思，可是目前的状况下，已经把她逼得走投无路。

正在烦躁，突然接到了唐静心的电话，唐静心约欧小歌和宋洁一起见个面，说有一个妈妈沙龙，希望她们俩也可以参加，欧小歌正好心烦意乱，也没多问什么就答应下来，时间约好了在这个周末，欧小歌算了算，这周末正好是林乐乐满月。

她跟李心如商量了一下，李心如说孩子满月肯定要摆满月酒的，不要参加什么妈妈沙龙了。说完她又追问一句："你说的唐静心是高强的媳妇吗？"

"对，就是她，好久没跟她联系了，也不知道她的孩子怎么样了，当时说是早产呢。"

李心如想了半天，神秘地说："我怎么听小区里的一个朋友说，高强跟她离婚了呢？"

"妈，您别瞎听人乱传话，怎么可能？"

"真的，我当时听完想告诉你的，但是事太多我给忘了。"

欧小歌半信半疑地说："他们都有孩子了，怎么可能会离婚呢？"

李心如说："有孩子怎么就不能离婚了？过不到一起就分开，有什么好留恋的！"

李心如的这句话宛如一根钉子，刺在欧小歌的心中。

说真的，虽然她当时怒气冲冲地嚷着要离婚，可是静下来想想，离婚实在是一件太可怕的事情，离婚意味着推翻目前的一切，失去已经拥有的一切，离婚意味着孩子将变成一个单亲家庭的牺牲品，离婚还意味着琐碎而残酷的财产分割……欧小歌想想就觉得头痛欲裂，也不打算想了。

李心如说："林佳铭这个兔崽子实在狠心，见过狠的没见过这么狠的，自己老婆孩子现在都不在身边，他倒乐得清闲了，孩子也不用看了，老婆也不用管了，就这么轻松地卸了盔甲，做他的轻松人去了？"

"轻松就轻松去吧，眼不见心不烦，我还不乐意看到他呢。"欧小歌赌气地说着狠话。

"小歌，当初我怎么说你来着？好心也好有个限度，对人留个心眼，你根本不听我的，老觉得自己对，现在看清楚了吗？林佳铭摆明了就是冷血自私！而且忘恩负义，如果不是跟你结婚，他现在还漂泊在外面租房子呢！现在可好，房子也买了，儿子也有了，他却一点都不知道珍惜，反而把自己老爹老娘接来孝顺了！”李心如说着说着，声调就变高，结果怀里的林乐乐给吓醒，哇哇地哭起来。

欧小歌抱过孩子，到屋里喂奶，李心如还觉得意犹未尽，继续跟进来说：“这回你可得好好地教训教训他，不能助长他的气焰，否则将来你什么地位都没了，沦落个任人摆布的境地！”

欧小歌烦躁地说：“妈，您别再说了，乐乐都哭了！”

“你别不爱听，我跟你爸看到你现在这样，心里比什么都难受，这回我们俩铁了心了，就算你原谅了他，我们也不允许他这么欺负你！”

欧小歌只觉得血液倒流，全部充满到脑子里，她一纵身从床上跳起来，扔下哇哇大哭的儿子，出了门。

一出门，欧小歌就气冲冲地给林佳铭打了个电话，还没等林佳铭“喂”完，她就噼里啪啦地发了通火，完全没有理智，冲动无情地对他进行人格上的指责和批判。林佳铭正好在单位里开会，接电话是在会议室门外，他的手机通话隔音效果很差，欧小歌的高声怒吼隐隐约约地传到了会议室，里面几个同事忍不住笑了起来。

林佳铭还没反击，欧小歌就把电话给挂了，林佳铭憋了一肚子火重回会议室，却看到同事门都在窃窃私语，用暧昧的眼神冲他笑，他一下子反应过来自己的家丑已经变成了大家的笑料，于是更加懊恼。

本来他这些日子冷静过后对欧小歌有些想念，还想找个合适的机会跟她谈谈，没想到她来了这么一出，简直让林佳铭把肺都快要气炸了。

会后，领导跟林佳铭谈了谈，意思是说他最近上班精神不是很好，问他家里是不是出了什么事，林佳铭胡乱搪塞了一番，故作潇洒地说没事没事，就是孩子最近生病家人很着急之类。领导带点歉意地说，如果不是最近项目紧，本来林佳铭应该歇产假照顾孩子的，林佳铭则表示孩子有四个老人照顾，尽管放心。

跟领导谈完话后，林佳铭又接到了母亲的电话，林母在里面哭哭啼啼地说自己去看孙子了，林佳铭猛然明白欧小歌突然发作的原因，他安慰了母亲几句，打算重新给欧小歌打电话谈谈，这时候，陶叶子来了。

“怎么了？刚才？”陶叶子显然也听到了林佳铭的尴尬通话，关心地问。

“没什么……”林佳铭掩饰道。

“跟老婆吵架了吧？”陶叶子笑笑，林佳铭尴尬无比。

陶叶子说：“为什么事呀？”

林佳铭说：“没什么，小事。”

“你不诚实……小事你不会这么焦头烂额的，我注意你好几天了，虽然前段时间你也很焦虑，但是这段时间我感觉你的灵魂都不在你身体里了。”

“你一直在注意我？”

陶叶子点点头，林佳铭说：“我们俩吵架还是因为你呢。”

“因为我？”陶叶子吃惊地说，“怎么会因为我？”

“唉，一言难尽，总之，她怀疑我跟你有暧昧关系。”

陶叶子愣了愣，哈哈大笑起来：“怎么可能嘛！暧昧关系？她想得太恐怖了，我才不跟男人有暧昧关系呢，我要是看上你，早就下手了，哈哈……”

林佳铭被陶叶子夸张的笑搞得六神无主。

“说真的，你不这么说我都没往这方面想过，你在我心目中一直是个好丈夫、好爸爸，但是绝对不是个好情人，绝对不适合我的，哈哈……”

陶叶子的话如同尖刀一样一刀一刀剜着林佳铭的心，她当然是无心的，却真的把他给伤害了。

原来他在她心目中，只是一个“高大全”活标本式的雕塑人物，他根本就没有一点点让她心动的可能，而他竟然差点误入了自己臆想中的歧途，精神上几乎已经背离了自己的婚姻和爱人……

林佳铭倒吸一口冷气，感觉自己像个白痴，又感觉自己被耍了。

“不行，我得主动跟她解释一下，以免她误会……哎，我生平最恨‘小三’了，没想到自己差点当了回‘小三’！”陶叶子一边摇着头，一边走开，路上留了一串感慨人生荒唐的笑声，而这串笑声已经彻底将僵持在原地无法思考的林佳铭打入了无边的地狱。

离满月还有三天，唐静心又来了电话，说妈妈沙龙活动的时间改在今天，问欧小歌和宋洁有没有时间参加，声音非常热忱，欧小歌根本没有拒绝的余地。于是她约了宋洁，一起去了唐静心说好的地点。

那是一个小型的咖啡馆，气氛很不错，欧小歌和宋洁到的时候，差不多已经来了十多个妈妈，唐静心正被围在中间，跟妈妈们谈心。

一看到欧小歌和宋洁来了，她主动打招呼，已经好久不见，唐静心像变了个人似的，从头到尾都焕然一新。欧小歌跟唐静心寒暄了几句，突然宋洁喊了起来，欧小歌顺着宋洁的声音看过去，只见沙龙活动的招贴版上贴了一张婴儿照片，欧小歌好奇地走过去，宋洁瞠目结舌地看着唐静心，问："这是你的儿子？"

唐静心点了点头，宋洁的表情充满不可思议和惊吓，她再次看了看照片，再看了看唐静心，没有说话。

欧小歌说："怎么了宋洁？你的表情好怪啊！"

宋洁看了看唐静心，没敢说话。

唐静心则非常明朗地对欧小歌说："对了小歌，好久没见你了，你儿子好吗？快满月了吧？"

"嗯，后天就满月了。终于把这该死的月子坐完了。"

"我本来早想找你的，但是知道月子里事多，就一直没跟你联系。"

"是啊，我简直是焦头烂额了……对了，忘了问你，你儿子怎么样了？那个是他的照片吗？真可爱！"

唐静心说："我儿子已经死了。"

欧小歌不敢相信她的话，又看了看宋洁，宋洁点了点头说："原来你就是'失落的天使'的妈妈……我经常去你的网站的……"

"什么'失落的天使'的妈妈？静心，这是怎么回事？"

"一个悲伤的故事。我的儿子出生后只活了两周就死了，就是上回在医院里见到你的那回，没几天他就没有了，我坐了一个空月子，一个没有小 Baby 的月子。"

欧小歌"啊"了一声，不知道该说什么。

"没关系，一切都过去了。"唐静心舒展了一下眉心，露出笑容，"当时也觉得活不下去了，怀孕那么辛苦，生产那么痛苦，这一切终于都挺过来了，孩子却没了……世界上没有比这件事更痛苦的了。我都不知道我的月子是怎么过来的，天天以泪洗面，我肯定是要坐下病了。不过还好，现在一切都过去了。"

宋洁由衷地感慨说："你真是个勇敢的人，我很佩服你，不过真的没想到'失落的天使'妈妈竟然会是你……这个世界实在是太小了。"

唐静心说："这半年，我过得充实极了，我建了一个网站，还做了心理治疗，认识了很多同样遭遇的妈妈，我们互相鼓励，互相安慰，一路就这么走过来了。后来我们弄了一个小沙龙，经常聚在一起谈谈心，交流交流经验，后来还加入了好多健康幸福的妈妈，我们交流的话题也越来越多，很多人都有这样那样的家庭问题，尤其是生完孩子之后，大家一起谈谈、聊聊，心情非常舒畅。”

欧小歌点了点头，已经完全被这个意外给吓到了，她突然想起了母亲的话，偷偷地问唐静心，是不是离婚了，没想到唐静心非常爽朗地说：“是啊，满月一过我就离婚了，辞职回老家休养了一段时间，真像是噩梦。我当时太固执了，太想证明自己有能力去改变别人，所以才酿造了自己的这场悲剧，还好我现在解脱了，觉得很轻松，像是卸下了一身的盔甲一样，那个战场不适合我，我逃了。”

欧小歌陷入了一阵沉思中。

一会儿，妈妈沙龙的人到得差不多了，大家开始了热烈的讨论，今次的主题是如何给孩子喂辅食的问题，宋洁听得津津有味，欧小歌则心神恍惚，她不断地想着唐静心的话——不适合的战场，逃了……

她自问，自己的婚姻相对来说，也是一个不适合的战场，可是她有逃跑的勇气吗？

沙龙结束的时候，宋洁激动得不得了，跟唐静心说了半天，要加入这个沙龙，定期跟妈妈们交流经验，谈谈心，就像久旱的小苗突然发现了绿洲。

Chapter 30 //

满月！满月啦！

终于迎来了林乐乐的满月和欧小歌的苦日子结束。

早就预约好的婴儿理发师如约到来，没五分钟的时间，就给林乐乐理了一个大光头，林乐乐被这一番折腾给吓哭了，但是看到林乐乐大脑勺子大光头的喜人模样，一家人乐开了花。

拍满月照的也提前来了，带了几套造型服装来给林乐乐试穿，还支好了灯就等着给林乐乐留下满月留念照片了，没想到林乐乐一点都不配合，换一件衣服就哭一回，灯光一闪更不干了，欧小歌来回又是哄又是抱，根本没法拍摄。

后来还是摄影师有办法，拿出了几个玩具逗了逗他，林乐乐果然很吃这一套，马上展露出了几个硕大的笑脸，摄影师抓紧机会劈啪闪烁地按下了快门。

李心如给林乐乐戴上了“长命百岁”锁，还给他换上了新买的衣服，林乐乐脸上的湿疹虽然还没退，可是看上去神采奕奕的，俨然一个大福娃。

满月酒摆了好几桌，差不多都是欧正和李心如的朋友们，欧小歌则比较低调，同事、同学没打招呼，因为跟林佳铭闹冷战觉得很尴尬，也不希望惊动周围的人，所以差不多是应付的姿态跟大家吃了顿饭就匆忙回家了。

一回到家里，就看到了林佳铭的五条未接来电，欧小歌本来赌气装作没看到的，可是她也实在按捺不住自己的心情，还是把门关上，回了电话。

“喂？小歌吗？”林佳铭话还没说完，欧小歌就冷冷地说：“有什么事吗？”

“小歌，今天是儿子的满月。”林佳铭说。

“谢谢你还记得。”

“你还在生我的气呢？”

“生什么气？我不知道你在说什么。”

“我想跟你谈谈。”

“没必要，我也没空，也不想见你，更不想跟你谈。”

“你能不能好好地说话？”

“对不起，不能！”欧小歌怒不可遏，“儿子的满月你倒记得了？打电话问候？这些日子你关心过孩子吗？他发烧那么严重你放在心里过吗？现在你跟没事人一样打电话问我是不是儿子满月？”

林佳铭憋了好久才鼓起勇气给欧小歌打电话，一听到欧小歌爆发，马上头又晕了，说：“好好，电话算我没打，你不愿意谈就算了。我告诉你，我不是你的出气筒！你心里有什么火别老冲我撒！”

说完就把电话给挂了。

电话一挂，欧小歌更加疯狂了，狠狠地把手机冲墙上摔去。

林佳铭回到家里的时候，看到林父和林母已经把行李收拾好了，买好的票也放在桌上，林佳铭难过得喊了声爹娘，眼泪就唰唰地掉了下来。

这些日子他憋闷得太难受，面对沉默的父母，面对怒火中烧的欧小歌，面对严苛的岳父岳母，他感觉自己已经没有能力再承担下去，曾经以为自己非常成熟的他，现在突然回归为当年惹完祸回家对着父母求助的小男生。而这一次，父母也要离开了，父母也已经没办法去帮助他处理这些他无法处理的琐事了。

这天晚上林佳铭跟父母吃了一顿丰盛的晚餐，说是为了庆祝孙子满月，虽然孙子已经不可能到场了。

林父还特意烫了一盅酒，父子俩面对面地喝了起来，也不知道已经有多久没有跟父母这样安静地、悠闲地吃顿饭了。

林父似乎兴致非常好，也不知道多久没见到父亲展露笑脸了，林佳铭印象中的父亲是个和气的人，虽然话不多，却很热情，很善良，很热心，只是这些性格在他来北京之后，好像被一股脑地卷了起来，藏在了他们带来的熟悉而乡土的包袱中，始终没有机会发挥，也没有胆量发挥。

在欧小歌和她父母看来，林父应该是一个倔强不通情理，什么事都埋在心里的怪老头吧。

几口酒下肚，林父开始抽烟袋，跟林佳铭回忆起小时候，农村的一些旧事。一些林佳铭早已经记不起来的人和事，那些村口的小草小花，永远坐在村口的老人们，五岁时候爬树摔断腿的狼狈，六岁时候跟人摔跤被人摔破鼻子的糗事。三个人一边说着一边笑，林佳铭则一边笑着一边掉眼泪，当然，林母一直是在旁边偷偷擦泪的。

后来林父叹了口气说："娃他娘，我就说你是眼泪做成的，你一辈子都在掉眼泪，知道的人知道你受了很多委屈，不知道的还以为你小题大做……"

林母听了林父的话，更难受了，眼泪大颗大颗地掉下来，全部擦在袖子上。

林佳铭给母亲拿了块毛巾，眼睛红红地说："娘，对不起，我一直很想保护您，不想让您受任何委屈，可是……"

"傻孩子，快别这么说……"林母阻止了林佳铭的话，娘儿俩对着掉眼泪。

林父的眼眶也有些湿，他说："说你娘爱哭呢，怎么你也跟着哭起来了，男子汉大丈夫，流血不流泪，快别哭了，来陪爹喝酒……"

林佳铭擦了擦眼泪，陪父母喝酒。

林父说："行了，我们心满意足了。我们想得太简单了，结果给你带来不少的麻烦……"

林佳铭刚要打断父亲的话，林父抬手示意他不要说话，然后继续说了下去："佳铭，你真的长大了，有了自己的思想，有了自己的生活，有了自己的家，现在还有了自己的孩子，我跟你娘由衷地为你感到高兴、骄傲，也希望你日子能够过得舒舒服服。我们明天就回老家了，你跟小歌好好地过日子吧，不要赌气，不要别扭，你们日后的日子还长着呢。"

"是啊，娃，小歌也是个孩子，被父母宠坏了，你有什么事多顺着她的心思就行了，跟她赔个不是，说句软话，她就会回来了。她心眼不坏，对你也是真心诚意的。我们来没给你帮上忙，却惹了一大堆麻烦……"

"爹、娘，我们俩的事跟你们没什么关系，你们千万不要胡思乱想……"

"佳铭，如果你想让我和你娘放心，我们走后，你赶快把老婆孩子都接回来，这么下去总不是个事啊。"

"她想回来会自己回来的，我为什么要赔礼道歉？我到底做错什么了？没错，在她眼里，我什么都不行，在她妈眼里，我更是一无是处，她早就想让女儿嫁给门当户对的英俊医生！"

"娃，别再说气话了，毕竟已经结婚了，有什么事忍忍就过去了。"林母说。

林父摇了摇头，举起酒，一饮而尽，三个人再次沉默起来。

看着火车远去的身影，林佳铭木然地站在月台上呆了好久好久，茫然无措的感觉。

他发了条信息给欧小歌，问她什么时候有空，他想跟她单独谈谈。特意加了一句，不管结果是什么，希望平心静气地谈一次。

收到这条信息的时候，欧小歌正在发廊里烫发，满头绑着小发卷，已经进行了三个多小时了，理发师却还是不紧不慢，看起来好像是永远不会完成的绝望样子。

看到信息后，欧小歌愣了愣，不知道为什么，她突然感觉林佳铭短信的语气有点奇怪。

一边的宋洁问道："是林佳铭吗？"

欧小歌点了点头。

宋洁说："你们俩还在冷战？打算战多久？"

"谁知道？"欧小歌把手机放回口袋里，可是不一会儿，她又拿出来看了看。

"大姐，该洗头了。"这时候，理发师走过来，拍了拍欧小歌，欧小歌生气地说："我是大姐？"

理发师讪讪的，不知道该说什么。

宋洁笑了。

做头发的过程中，宋洁说起自己的小姑子，那个爱慕虚荣一心想要靠傍上有钱人改变命运的可怜女孩，前段时间跟着一个台湾人混了好久，后来才发现原来那个台湾人早就结婚了，并且是在老婆怀孕期间出轨，被老婆请的私家侦探拍到了照片，抓住证据。台湾男人看东窗事发，果断断绝了跟小姑子的关系，回归了家庭，小姑子被人教训了一顿，吓得回老家躲起来了。

欧小歌感慨，人生如戏，现实生活比电视剧狗血多了。

宋洁现在和张大飞关系好多了，经过一段时间的努力，她打算把大女儿也接来，两个孩子一起生活，也不再让任何一方的父母来参与育儿了。

而且宋洁在"妈妈帮"的帮助和指点下，打算开一个母婴儿童用品店，网店和实体店同时开，张大飞也支持宋洁创业，俩人一起做，还有更多的精力来照顾孩子们，一切看上去都已经好转起来。

洗完头，吹好风，再次坐在镜子前面的欧小歌开始认真客观地审视自己。虽然以前总有人说她漂亮、年轻，可是不得不承认，她真的开始变了，不化妆的脸是多么诚实——眼角的小细纹，逐渐松弛的皮肤，都已经是没有办法视而不见的残酷现实，欧小歌在孩子满月那天发誓一定要把从前的自己找回来，狠狠地洗了个澡，差不多把皮肤都搓掉两层，然后开始做面膜，做体操，束紧身带，还有做头发，怀孕后头发一直乱七八糟没个样子，现在也该是重新修整的时刻了。

她要让林佳铭后悔自己的行为。

走出发廊的时候，焕然一新的欧小歌抓住宋洁问："怎么样？"

"大美女。"

"别拿我开玩笑了，还大美女，你没听理发师喊我大姐吗？无论怎么装，一看就是有孩子的人了。"

"好了，小歌，别那么计较了，现在你的身材还没完全恢复，等过个一年半载，你就恢复从前的样子了。"

"我有点后悔怀孕前不多注意一点，完全由着性子吃喝，现在都是为自己的随意埋单的，虽然有点晚了。"

"现在也不晚，你看，那边有帅哥一直在偷偷看你呢。"

欧小歌顺着宋洁说话的方向看过去，很意外，竟然是蒋天承。

欧小歌跟宋洁告了别，向蒋天承跑过去，蒋天承说："我都没认出来，还以为哪个明星正在街拍呢。"

"别老拿我开心，怎么样，我的新发型还不错吧？怎么在这里遇到你？"

蒋天承说："非常棒。我陪朋友逛街，正好路过这边，没想到遇到你了。"

"女朋友吗？"欧小歌笑着问道。

蒋天承不置可否，只是笑笑，然后问道："你跟他还没讲和？"

"讲什么和？说了要离婚，我过几天就找律师写离婚申请书去。"

蒋天承摇摇头说："别孩子气了，主动给他打个电话吧，这并不丢人。"

"我才不呢。他现在不定多美呢，跟他妈他爸好好地过吧，没准过段时间再找个年轻漂亮的实习生回来，全齐了！"

蒋天承叹了口气。

欧小歌说："怎么？是不是觉得我不可救药了？"

"有的人说婚姻会改变一个女人。不过这句话对你来说一点用都没有，你一直是你。"

"我当然一直是我了，怎么会因为结婚生子而变成另外一个人？"

正说着，远处走来一个女孩，长发披肩，袅袅亭亭的，欧小歌笑着说："你女朋友来了，不打搅你们了，我得回家看孩子去啦。"

“等等，介绍一下吧。”蒋天承冲女孩挥挥手，女孩快步向这边跑来，走近了，欧小歌吓了一跳，原来不是别人，正是跟林佳铭在情调餐厅里浪漫共餐的陶叶子！

看到欧小歌，陶叶子也吃了一惊，不过她脸上的表情马上转换过来，她主动地跟欧小歌打招呼，欧小歌则余怒未消，打算马上离开。

“你怎么认识她？”欧小歌问蒋天承。

蒋天承说：“怎么？你也认识她？”

陶叶子说：“我跟林老师在一个单位呢，上回还帮林太太看了回彩超。”

“这么巧？”蒋天承感到不可思议。

欧小歌瞪了陶叶子一眼，说：“我有事，先走了。”

“哎，等会儿等会儿！”陶叶子叫住了欧小歌，欧小歌不友好地问：“什么事？”

“我听林老师说，你对我有点误会，我想趁此机会跟你解释一下。”陶叶子说。

蒋天承越听越奇怪，欧小歌也不愿意在蒋天承面前说这些丢脸的事情，还是执意要走。

陶叶子说：“林老师最近非常痛苦，上班情绪很低沉，做什么都打不起精神来，我想你一定是误会他了。那天我们一起吃饭，是因为当时林老师正在加班，那个餐厅是我的一个朋友开的，请我去试菜帮他写篇菜评，看到林老师没吃饭就顺便喊他一起去了。我虽然很欣赏林老师的才华，可是我们俩绝对没有半点不正常的关系，他也不是我喜欢的类型。”

蒋天承说：“小歌，你说的那个女实习生……不会就是叶子吧？”

欧小歌没说话，感觉自己面红耳赤。

蒋天承哈哈大笑起来，说：“如果是叶子的话，你可真的是冤枉林佳铭了。”

欧小歌奇怪地看着蒋天承：“什么意思？”

陶叶子解释说：“我喜欢的是天承，我追了他好久好久了，从第一次见到他我就喜欢他，我心里不可能有任何人，不信你可以问天承，你真的是误会我和林老师了……”

欧小歌不相信地看着陶叶子，又看了看蒋天承，蒋天承点了点头，表示默认。

欧小歌觉得非常尴尬，心里的怒火也就随之减弱了一大半。

跟两个人寒暄了几句之后，欧小歌匆忙地走了。

在地铁上，欧小歌回了条信息给林佳铭，约他晚上在他们以前常去的一个餐馆门口见面。

林佳铭收到信息后马上回了电话，问欧小歌还好吗，问儿子怎么样，欧小歌在电话里也还是冷冷淡淡地说，见面再谈吧。

回家后，欧小歌给林乐乐喂了点奶，化了个浓浓的精美的妆，穿上了一件非常漂亮的衣服，出门了。

临走之前，李心如问她打扮这么漂亮去哪里，欧小歌扯了个谎说晚上同学聚会，然后出了门。

约好的七点钟见面，欧小歌觉得肚子已经饿得咕噜咕噜叫，自从生完孩子给林乐乐喂奶之后，她就变得很容易饿，可是想到要跟林佳铭见面，她就着急忙慌地往外赶，没顾上先吃点儿东西，她频繁地看着表，等待林佳铭的到来。

七点钟到了，林佳铭却还是没有来。

欧小歌百无聊赖地在路边停着的车玻璃上照了照，新发型看起来非常时髦，妆化得也不错，这样的自己跟月子里那个灰扑扑油腻腻的女人已经完全判若两人了吧？

她开始想象林佳铭见到这样的她之后的表情，内心里充满了报复的快感。

一刻钟过去了，林佳铭还是没有来。

半小时过去了，林佳铭仍旧没有来。

按照欧小歌的脾气，早就该打电话过去骂他一顿了，可是这次见面跟以往有点不一样，欧小歌努力地克制着自己的焦躁，不希望自己像从前那样轻率而浮躁。

他约她见面，没道理迟到或者不到，以欧小歌对林佳铭的了解，他也没可能爽约。

可是，一个小时过去了，路的另外一头始终没有看到林佳铭的身影。

这一个小时里，把很多激动和美好都抹杀了，欧小歌感觉自己真的被耍了。

他没道理不来的，首先是他约的自己，再次，欧小歌的电话绝对是保证在通讯畅通的状态下，就算有什么事不能来赴约，他应该第一时间通知她，他明知道她会等他的……可是现在的状态是人没有来，电话也没有来，一切像是一场阴谋，静悄悄，理所当然地，欧小歌感觉自己被深深地耍弄了。这难道是林佳铭不怀好意的报复？可是……没可能没可能，欧小歌摇摇头，感觉林佳铭绝对不至于如此莫名其妙。

又等了半个多小时，欧小歌终于忍不住了，给林佳铭的手机打电话，响了好久都没人接，又往家里打，仍然是没有人接电话。欧小歌还在纳闷，心想，就算林佳铭有事不接电话，可是公婆没有不接电话的道理啊？难道这是他们串通一气来整她？

不管怎么说，没等到林佳铭令欧小歌火上加火，决定不再等下去，拦了辆车，迅速回了家。

一回到家里，就看到李心如和欧正用奇怪的眼神看着欧小歌，欧小歌问："怎么了？怎么这样看着我？"

李心如说："刚才宋洁给你打电话……你不是去参加同学聚会了吗？"

"哦……我是参加……高中的同学聚会……"说谎实在是一件很折磨人的事情，欧小歌感觉自己的脸红了，她匆忙地说了几句，然后回到屋里去换衣服，在镜子里，她看到了自己无论如何也掩饰不住的怒火。

一会儿，李心如进来了，说："你是不是去见林佳铭了？"

"当然不是。"欧小歌说。

"不是？别骗我，我……"

"好了妈，您别乱猜了！"欧小歌心烦意乱地制止了母亲的话。

李心如说："林佳铭这么对你，你可不要先跟他低头！小两口没有不吵架的，可是哪个男人像他那样，老婆孩子往丈母娘家一扔就不管不顾的？"

"妈，别再说了！"

"总之，这次你千万不要低头，要忍耐住，除非他认真地跟你认错，否则不要原谅他。我看你平时就是一点原则没有才把他给惯成这样的，要是你早听我的话，你至于今天这么被动这么狼狈吗？男人就不能惯，尤其是林佳铭，自以为很优秀，很了不起，不把别人放在眼里，这样下去你还能有好日子过吗？"

李心如的唠叨犹如洪水猛兽，让欧小歌本来已经很烦躁的心情更加焦虑不堪，她在心里埋了一枚仇恨的种子，如果这一刻林佳铭出现在她面前，她一定把高跟鞋摔向他！

林乐乐大哭起来，欧小歌赶紧趁机逃出了李心如的语言魔咒，原来是吐了奶，李心如也跑过来，质问欧正给孩子喂了水之后是不是忘了竖起来拍拍背了。

这时候，欧小歌的手机响了，她犹豫了一下，脸色暗沉地进屋去接电话，李心如看到欧小歌的怪异表情，跟欧正使了个眼色，悄悄地跟过去准备听听究竟。

电话是蒋天承打来的，声音紧张而急迫，他跟欧小歌说，要她火速赶去医院——林佳铭出车祸了。

欧小歌接电话的时候，手一直在哆嗦，这消息让她惊讶到连声音都控制不住了，只觉得眼前一黑，心脏一阵狂跳，她完全慌了神。李心如这时候进来说："怎么？是不是林佳铭给你打的电话？"

“妈！林佳铭他出事了！”说完这句话，欧小歌“哇”的一声哭起来，也不顾自己穿了双拖鞋，疯狂地跑了出去，李心如“喂喂”了大半天，却见女儿已经消失得无影无踪了。

林乐乐还在因为呕吐而大哭，欧正问道：“怎么回事？”

“不知道啊，谁知道林佳铭搞了什么把戏！”李心如一脸愕然。

风一样飞来了医院，正赶上蒋天承风风火火地换衣服打算进手术室，欧小歌疯狂地抓住蒋天承的胳膊问：“怎么回事？到底怎么回事？林佳铭人在哪里？怎么会出车祸的？要紧吗？”

蒋天承耐心地安慰了一下欧小歌说：“别急，小歌，现在情况不算乐观，需要马上手术，这手术我亲自来做，你放心吧。我一定尽力。”

欧小歌失魂落魄地点了点头，蒋天承又安慰了她几句，然后神色凝重地走向了手术室。

欧小歌像是丢了魂一样呆呆地站在走廊上，心里不断地喊着林佳铭的名字，想着他的笑容和他的身影，她开始后悔自己的任性和无情。如果不是她约他在那么远的一个餐馆见面，他又怎么会发生这样可怕的事情？她想起了陶叶子的话——林佳铭现在情绪很低沉，做什么都没精打采的——如果不是她胡乱猜疑，他怎么会陷入情绪的低谷？忍受这样残忍的折磨？

等待简直如同在接受刑罚一样痛苦。

欧小歌在走廊上来回穿梭，走过来又走回去，然后坐下来，双手捂住脸。

她没有什么信仰，这时候才感觉到信仰的重要。她闭上眼睛，双手合十，满脸是泪地暗暗祈祷，祈祷所有的神灵都能够保佑林佳铭平安无事，如果可能的话，哪怕让她付出一切都可以……

欧小歌开始回忆当年在校园第一次见到林佳铭时的情景——那个高大、英挺、认真而执着的男人几乎是一下子就把她给打动了，她怎么可能忘记当年他们一起踩着夕阳欢笑的那些日子？怎么可能忘记他为她做的所有细小的事情，怎么可能忘记他们互相发过的幼稚的誓言？他们相识的时候，是那么年轻，那么无忧无虑，那么从容不迫，本以为婚姻可以让这段感情更加稳固，更加坚硬，没想到走到如今，竟然完全变了味，那些散发着海洋一样芳香的感情到底去了哪里？是什么样的风浪腐蚀了他们的天真？要有多么顽固的坚持可以抵抗生命中的龃龉？如果一切全部不存在了，只剩下当初那两个相爱的人，会不会才是真正的幸福？

可是，生活正如一本完整精彩的小说，有愉快也有压抑，有高潮也有平淡，当风暴来袭的时候，为什么他们不能够坚持当初的信念，紧紧握住彼此的手，一起走过那些困难和坎坷？为什么他们会互相指责互相隐瞒，互不信任，互赠嘲讽？

欧小歌努力地摇了摇头，想让自己冷静点，可是烦乱的心始终没有办法听话，做着最坏的打算。如果林佳铭从此不再醒来，那么该怎么办？自己变成了寡妇，儿子失去了父亲，那些误会再也没办法消除掉……退一步，如果性命挽回了，身体却残疾了，那么该怎么办？失去了生活的能力、生存的意志，只剩下一颗厌世的心……欧小歌不敢多想了，她多么想现在马上穿越时空去到一天之后的日子看看结果究竟是什么，可是她又害怕面对这种既定的答案，就在这反复的煎熬和焦躁中，时间一分一秒地走过……

手术室的灯灭了，欧小歌抓住从手术室里走出来的蒋天承的手，狂躁地问道："怎么样？他怎么样了？怎么样了？"

蒋天承面色死灰地摇了摇头，说："我尽力了……"

"你说什么？"欧小歌呆住了，她沉默了一会儿，笑着说，"你在骗我吧？"

"对不起……伤势实在太严重……"蒋天承还没说完，欧小歌突然双手捂住耳朵，放声大哭起来，声音嘶哑而绝望，震惊了所有的人，蒋天承无限愧疚地把欧小歌搀扶走了。

Ending //

结 局

回到家的路上，欧小歌几乎可以用“瘫软”来形容自己的状态。蒋天承开着车，不断地安慰着她，可是她什么都没听进去，满脑子里都在想着“死了”这样的字眼，她根本没办法把林佳铭和“死亡”这个可怕的名词联系在一起，她复杂而可怕的心情让她无法动弹，呆若木鸡。

车快到家的时候，蒋天承说：“小歌，你勇敢些，面对现实……其实人的生和死是注定的，生命原本就很脆弱……”

欧小歌摇了摇头示意蒋天承不要再说了，蒋天承欲言又止，只好再次把欧小歌搀下了车，向她的家里走去。

蒋天承敲了敲门，只听到林乐乐在门内放声大哭，他的哭声再次刺激了欧小歌，欧小歌忍不住哭倒在门口。李心如听到门口有声音，赶快开了门，发现欧小歌正倒在地上斜依着门大哭，李心如说：“小歌！小歌！你怎么了这是？”

蒋天承说：“阿姨，对不起，手术失败了。”

李心如说：“什么手术失败了？”

“车祸的。”蒋天承看了看欧小歌，不敢把话说得太明白。

“赶快进屋。”李心如说着，跟蒋天承一起把欧小歌拉进屋，欧小歌哭得稀里哗拉的，李心如说：“小歌，你别哭了！你刚才着急出去忘了带手机，我给你打了好多电话，哪都找不到你，还给天承打了，他的手机关机。”

蒋天承说：“刚才在手术，所以……”

“哎呀，别哭了！你们弄错了！”

欧小歌一听这话，眼泪顿时僵在脸颊上，她抓住李心如的胳膊说："妈，您说什么？"

"我说呀，你们是不是弄错了？"李心如说，"刚才林佳铭打电话来了，说晚上跟你约好了见面，等了你一晚上都没见你的身影！"

"怎么可能？林佳铭他……"欧小歌惊恐地看了看蒋天承。

蒋天承说："是啊，是林佳铭，没错，送来医院的时候，我看过他的身份证，1990 年 7 月 11 日出生……"

"啊……"欧小歌不可思议地看着蒋天承，蒋天承说："怎么？难道不是？"

欧小歌哈哈大笑起来："林佳铭是不错，可是，他不是 1990 年 7 月 11 号，他是 1992 年 2 月 8 号！"

"天……这……"蒋天承也被这一惊一喜弄得哭笑不得，只怪自己匆忙看到伤者的名字，没有核实才会产生这样恐怖的误会。

"妈，他在哪儿呢？我等了他一个多小时，他没给我打电话，天哪，不行，我得亲眼看看他是人还是鬼……"

还没等李心如回答，欧小歌就火速跑回了家，一进家门，只见林佳铭正端着牙缸在刷牙，欧小歌也不管三七二十一，纵身一跃跳到了林佳铭的身上，由于身体太沉重，加上没防备，林佳铭被猛烈地撞到了地上，俩人同时"哎哟"一声，然后看了看对方，互相指责起来。

"你是什么意思？我等了你一个半小时，你连个身影都不见？！"

"你还好意思说？我等了你三个半小时，你根本就是在耍我！"

"胡说！不是说好了在咱们常去的餐馆见面吗？你根本没去！"

"对啊，不就是在可乐可乐门口吗？我迎着这么大风等你三个半小时我容易吗？打你手机也没人接！打到你家里又被你妈给臭骂一顿！我现在算是明白了，我就是一出气筒，谁逮着我都可以骂我，不，我连个出气筒都不如！我简直就是垃圾桶，谁心情不好了都可以冲我这儿扔一堆，我还不能出声……"

"我以为你是来跟我认错的，没想到你还是这么斤斤计较，对吗？好，你说，我们俩到底谁出了问题？你是垃圾桶？我看我才是垃圾桶，你们有什么话都不告诉我，却在背后偷偷摸摸地冲我吐痰，别以为我不知道！"

"你还说这样的话？我本来是打算跟你讲和的，好，你这种态度的话咱们俩就把这些事重新掰扯掰扯，到底是谁天天没事找事？天天怀疑人？怀疑到跟踪？不但怀疑跟踪，还乱扣屎盆子，说什么出轨了什么婚外情……”

“是啊，你别以为我没看出来，我早知道你心里是怎么想的了，你就是看我不顺眼了，觉得我老了、胖了、丑了，对你失去吸引力了，人老珠黄嘛，你只是不好意思直接说出来而已……见了年轻漂亮的女孩，你又重新点燃了爱情的信念，只不过碍于已婚这个事实，你没办法直截了当地发展而已！”

“那你呢？你隔三岔五跟你那个优秀的外科医生见面你以为我不知道？我告诉你，我不像你那么小心眼，我有什么事都会顾及你的感受，不会像你一样说发疯就发疯，可是这样不代表我心里不知道……”

“你的思想真是肮脏，我跟他是纯洁的男女关系，根本不是你想的那样！”

“我思想肮脏？我跟她也是纯洁的同事关系，我现在已经是一个孩子的父亲，怎么可能跟一个实习的女同事发展莫名其妙的关系？做出伤害家庭的事情？”

“那谁知道？没准你早就盼着跟我离婚呢。”

“你！胡搅蛮缠！”林佳铭被欧小歌气得浑身发抖。

“对，我在你心目中就是这样讨厌的形象！”欧小歌越说越气，顺手拿起鞋子，冲林佳铭身上打去，一边打一边说，“你心里早就没有我、没有儿子了！你别以为我看不出来！”

林佳铭一把抓过哭得乱七八糟的欧小歌，两人紧紧地拥抱着一起哭起来。

欧小歌小声说：“我以为你死了……”

“你还这样诅咒我！”林佳铭也掉下了眼泪，欧小歌说：“不是诅咒你，我是害怕！”

“你不是很恨我吗？我以为你巴不得我死……”

“胡说，我从来没有恨过你！不！我一直恨你！”欧小歌前后矛盾，语无伦次。

“小歌，我们不要再吵架了好吗？以前都是我不好，我不该处处计较，不该不体谅你，我知道，生孩子是女人最难过的一道关，这个时候跟你吵架，是我没有风度、没有气量，没有……总之，什么都没有……”

“我也不好，我老是怀疑你不喜欢我了……我是非常害怕，刚才在医院，简直把我给吓坏了，心想如果你就这么死了，我该怎么办？我还没有想过生命中没有你会是什么样，虽然你这么坏、这么讨厌，这么……总之，世界上所有坏的形容词用在你身上都不为过！”

“你去了医院？什么意思？”

欧小歌把事情的前前后后说了一遍，林佳铭像是听天书一样听完，愣了半天，然后哈哈大笑起来："还会有这种事？这也能弄错？"

"这有什么奇怪的？那个人被撞得鲜血淋漓，根本看不出来面目，而且家人也不在旁边，只看到一个身份证，上面写着林佳铭。只能说，你的名字太俗，重名率太高了！"

"说真的，你跟儿子想我没？我这些日子简直过得……怎么说呢，度日如年，没有你们在我身边，我觉得人生已经完全失去了意义……"

"胡说，如果你真想我们，你早去接我们了。"

"小歌，过去的事情不要再提了好吗？这些日子我充分反省了自己，觉得自己很多地方非常不成熟，做得也非常不好，没有好好处理关系，搞得两家人都不愉快……"

"其实我也有不好的地方……"欧小歌听到林佳铭真诚的话语，也不由得做起了自我检讨。

经过俩人一番彻底悔悟和谈心，一切风云似乎全部平复，天空变得平静起来。

林佳铭还特意去了趟欧小歌家里，老老实实地接受了李心如和欧正的一番思想教育，然后把林乐乐和欧小歌接回了家。

晚上睡觉的时候，林佳铭紧紧地搂着老婆和儿子，心满意足地笑着，林乐乐也像是有心灵感应一般，不哭不闹，一晚上安安静静地睡着，只是隔三个小时喂一回奶。

林佳铭叹了口气，回想起自己从闪电结婚到闪电怀孕到闪电迎来儿子这一系列狂风暴雨，只觉得像是演出了一场夸张的话剧，他不得不跟生活低头了。他觉得，妥协得到的宁静，反而更让他珍惜起幸福的感觉。

当然，儿子和老婆确实是自己无法失去的一切。

他决定用自己的一生去好好呵护这生命中无法割舍的、重要的一切。

宋洁的婴童用品店开业的时候，欧小歌抱着林乐乐去捧场，张大飞在忙里忙外地运货，盘点物品，只跟欧小歌简单地打了个招呼就扎到繁忙的工作中去了。欧小歌给林乐乐选了一套摇铃组合的玩具，宋洁说什么都不收钱，一定要送给欧小歌，欧小歌无论如何也不接受这种馈赠，推来推去，后来欧小歌提议干脆按照进价卖给她，于是，皆大欢喜。

刚要跟宋洁聊几句，电话狂响起来，是林佳铭打来的，说已经把父母接回家了，要欧小歌赶快把孩子抱回来，老人想孙子想得坐都坐不住了。欧小歌叹了口气，只好跟宋洁告别，宋洁把欧小歌和林乐乐送出门口，突然想起什么似的对她说："对了，忘了告诉你，唐静心又怀孕了。"

"啊？不会吧？这么快？跟谁？"

"前段时间一个妈妈团的人告诉我的，说在一次聚会中，她认识了一个代理儿童服饰的男人，对唐静心特别好，很快俩人就走在了一起，很幸福，现在又怀孕了。"

"那可真是一件好事，她终于从她的悲剧中走出来了。"

"是的，真不容易，希望她好孕好运，不过，看到桃喜都快一岁了，再想想当年怀孕的种种辛苦，真是觉得后怕呢。"

"是啊，生孩子，真的是女人最难过的一道坎……幸好我们的宝贝，都长大了。"

坐上出租车回家的时候，林乐乐嘴里一直在哼哈哼哈地说着什么，似乎在跟欧小歌聊天，又似乎在自言自语。

欧小歌紧紧地抱住儿子，跟司机说了地点，然后微笑地看着窗外。冬天很快就要过去了，那些跟冬天有关的枯叶败草也即将被大自然收回到无边无际的怀抱中，春天马上就要来临，一切似乎也如同期待的那样，欣欣向荣而又充满着激情地铺在前方。